घनचक्कर

सञ्जीव उप्रेती

BOOK HILL

बुक-हिल पब्लिकेसन
कालिकास्थान, काठमाडौं
९८५१०३२४८६, ९८५१०९१६१३
bookhillp@gmail.com
www.bookhill.com.np

आवरण स्केच
सचिन यगोल श्रेष्ठ

डिजाइन/लेआउट
उमेश काफ्ले

प्रथम संस्करण : नेपालय
दोस्रो संस्करण : अक्षर क्रिएसन्स
बुक-हिल संस्करण : जेठ, २०७६

ISBN : 978-9937-9312-7-4

GHANACHAKKAR BY SANJEEV UPRETI

लोकतन्त्र र सामाजिक न्यायका निम्ति सङ्घर्षरत
सबैलाई !

नयाँ घनचक्कर !

घनचक्करको प्रकाशनपछि धेरै पाठकका प्रतिक्रिया आए । कसैले व्यक्तिगत भेटमा त कसैले पत्र, फोन, इमेल, एस्एम्एस् र फेसबुकमार्फत प्रतिक्रियाहरू पठाउनुभयो । ती सबै प्रतिक्रियाहरूबाट उत्साहित भएर उपन्यासको यो संस्करण पाठकसामु ल्याउने जमर्को गरेको छु । तपाईंहरू सबैको प्रतिक्रिया र उत्साहवर्द्धनबिना घनचक्करको यो संस्करण आउने थिएन । सबैप्रति कृतज्ञता ज्ञापन गर्दछु ।

घनचक्कर उपन्यास बुझ्न गाह्रो भयो, उपन्यास पढ्दापढ्दै आफैँ घनचक्करमा परियो भन्ने पाठक-प्रतिक्रिया पनि आए । मलाई लाग्छ, उक्त कठिनाइ कथानकको विषयवस्तु र शैली दुवैका कारणले भएको हुनसक्छ । पागलपनलाई अझैसम्म राम्ररी बुझ्न सकिएको छैन, यो विषय आफैँमा जटिल र घनचक्करमय छ । पागलपनको कथा सुनाउने कथावाचक सद्दे भएको भए सायद पाठकहरूलाई जटिलताको आभास कम हुने थियो कि ! तर यस उपन्यासको 'म' पात्र रहेको कथावाचक आफैँ असामान्य मनस्थितिमा भएकाले उसका दृष्टिले संसारलाई उलटपुलट पारेर हेरेको छ । सायद संसार उलटपुलट हुँदा यस्तै देखिन्थ्यो होला !

घनचक्करको प्रथम ड्राफ्ट जनआन्दोलन २०६२/०६३ को समयावधिमा लेखिएको थियो । प्रथम संस्करण प्रकाशनका बेलामा आन्दोलनको धडधडी अझै बाँकी नै थियो । सायद त्यसैले होला, उपन्यासमा केलाइएका पागलपनको विषयवस्तु व्यक्तिगत पागलपनसँग मात्र नभएर समग्र समाजको राजनीतिक तथा सामाजिक पागलपनसँग जोडिन पुग्यो । लाग्यो, न्याय प्राप्तिका सङ्घर्षका निम्ति हजारौं मानिस मारिएको अवस्थालाई कसरी सहज र सामान्य मान्न सकिन्छ ? यदि कुनै समाज वास्तवमै पूर्णरूपले

स्वस्थ र सामान्य छ भने त सबैले आफ्नो मात्र होइन, अरूको हक र अधिकारका निम्ति पनि आवाज उठाउनुपर्ने होइन र ! हत्या-हिंसा हुने स्थिति नै आउन नदिई सबैलाई समानरूपले न्याय प्राप्त हुने राजनीतिक र न्यायिक परिप्रेक्ष्यको निर्माण गरिनुपर्ने होइन ?

अहिलेको स्थिति निक्कै बदलिएको छ । दलित, मधेसी, नारीलगायतका अन्य सबै सीमान्तकृत समूहकाहरू आआफ्ना हक र अधिकारबारे सचेत भएका छन् । राष्ट्र सङ्घीयताको अभ्यास मार्गमा उन्मुख छ । उक्त मार्गमा देखिएका व्यवधानबाबजुद हामी लगातार अघि बढिरहेकै छौं । तर अझै लागिरहेकै छ, सायद राष्ट्रका चक्करहरू अझै सकिएका छैनन् । सायद समाजमा अझै पागलपनहरू विद्यमान नै छन् । सायद अझै शक्ति भएकाहरूले नभएका र चलाखले सोझासाझालाई राष्ट्रआदर्शको नाममा ठग्न छाडेका छैनन् । अर्को डर पनि छ, के यस्तै हुँदै गएमा पुनः हत्याहिंसा मच्चिने त होइन ? समाज सामान्य स्थितिमा फर्कन लागेको बेला पुनः शक्तिका पुराना 'खेल'हरूले नै चल्न थाल्ने त होइनन् ? इतिहासको चक्र घुम्दाघुम्दै एकपल्ट फेरि पुरानै ठाउँमा आइपुग्ने त होइन ? घनचक्करका अन्तहीन माकुरे जालाहरू पुनः फैलँदै जाने त होइनन् ?

सञ्जीव उप्रेती
मालिगाउँ, काठमाडौं
०७ फागुन २०७५

घनचक्कर

पागलपनका प्रथम लक्षणहरू

विश्वविद्यालयमा पागलपन

ती हल्लाबारे मैले निकै पछि मात्र थाहा पाएँ । त्यसअघिसम्म मेरो जीवन सुखी थियो । म गत दश वर्षदेखि विश्वविद्यालयको नेपाली सांस्कृतिक अध्ययन विभागमा पढाइरहेको थिएँ र मित्र वरूणसँग मिलेर न्यु कान्तिपुर पोस्टमा 'तथ्य र कल्पना' नामको स्तम्भ पनि लेख्थेँ । नौ वर्षदेखि चलिआएको मेरो वैवाहिक जीवन पनि सफल थियो । मनको कुरा बुझ्ने सुन्दर श्रीमती र पाँच वर्षकी चुलबुले छोरी नानूको उपस्थितिले गर्दा जीवन ससाना आनन्दले भरिएको थियो । तर त्यसपछि मेरा बारे किसिमकिसिमका हल्ला फैलन थाले । मेरो सुखी र सरल जीवन अप्ठ्यारो र कष्टप्रद बन्दै गयो ।

मलाई लाग्छ, हल्लाको सुरूवात बिहीबारको दिन भयो ।

त्यो बिहीबार पनि म सधैँझैं चक र डस्टर बोकेर विभागको अफिसबाट बाहिर निस्कें । सांस्कृतिक अध्ययन विभागको एकातिर केन्द्रीय अङ्ग्रेजी विभाग छ र अर्कोतिर केन्द्रीय नेपाली विभाग । विभागहरूको अगाडि एउटा ठूलो चउर छ र बीचमा अजङ्गको वरको रूख । चउरका पूर्वपट्टि कक्षाकोठाहरू छन् ।

वरको फेदमा उभिएका विद्यार्थीहरू उत्तेजित स्वरमा बोल्दै थिए । एउटा अग्लो, दुब्लो विद्यार्थी हावामा मुठी घुमाउँदै थियो ।

"मैले परीक्षाको निम्ति हाडै घोटेर तयारी गरेको थिएँ । राम्रो उत्तर लेखेको थिएँ तैपनि कसरी फेल भएँ ? बुझ्नै सकिरहेको छैन ।"

ऊ वरको तलसम्म लत्रिएको हाँगामा चढ्यो र भाषण दिएजस्तो गरी फलाक्न थाल्यो ।

"ममाथि ठूलो अन्याय भएको छ ।", उसले भन्यो, "उत्तरआधुकितावादबारे घन्टौं बोल्ने प्रोफेसरहरू नै पूर्वआधुनिकतावादी सामन्ती संस्कृतिका पक्षपाती छन् । खोइ उनीहरूले विद्यार्थीहरूप्रति न्याय गरेको ?"

थपडीसहितको ठूलो कोलाहल मच्चियो ।

"विभाग झन्झन् निरङ्कुश हुँदै जाँदै छ ।", एउटा ठूलो स्वर गुन्जियो, "यसो भएमा यस विभागमा पनि आगो लाग्न बेर छैन ।"

म दुखी मन लिएर कक्षातिर बढिरहें । केही वर्षअघि असन्तुष्ट विद्यार्थीले छेउमा रहेको केन्द्रीय अङ्ग्रेजी विभागमा तोडफोड गरेका थिए । कुर्सीहरू भाँचिएका थिए । पुस्तकहरू जलेका थिए । के नेपाली सांस्कृतिक विभागमा पनि तोडफोड होला त ? के एकपल्ट फेरि आगोको मुस्लाले विभागका भित्ताहरू डढाउला ?

कक्षाकोठा आइपुग्यो । लगभग दुई सय विद्यार्थीहरू खुसखुस गर्दै ब्ल्याकबोर्डतिर हेर्दै थिए । एकातिर ब्ल्याकबोर्ड थियो, अर्कोतिर कुर्सीमा बसेका युवायुवतीका आँखा । मलाई टुलुटुलु हेरिरहेका ती आँखा परेवाका जस्ता थिए । म आँखा र किताप छेउछेउ हुँदै ब्ल्याकबोर्डतिर बढें ।

बोर्डको सतह कालो र स्थिर थियो, कुनै पुरानो दहको मैलो तरङ्गहीन सतहझैं । लेख्न थालें । चकको टुक्रा बोर्डमा ठोक्किएर भाँचियो । कुर्सीमा बसें र विद्यार्थीहरूतिर आँखा घुमाएँ ।

कोही मुसुमुसु हाँसिरहेका थिए भने कोही आपसमा खुसखुस गर्दै मतिर हेरिरहेका । पुनः बोर्डतिर फर्केर आफैँले एक सेकेन्डअघि लेखेको पढें: 'विश्व्यापीकरण र अन्तहीन खोज ।'

झल्याँस्स सम्झें । यो त सी सेक्सन पो हो । मैले यसमा 'पूर्वेली मिथकहरूमा अवतार' भन्ने विषय पढाउनुपर्ने थियो । अनि मैले किन बोर्डमा विश्व्यापीकरणबारे लेखें ?

मगजभित्र कताकता सुइराले च्वास्सच्वास्स घोचेको, टाउको अलिअलि चिलाउन थालेको जस्तो लाग्यो । असङ्ख्य माकुराहरू मगजभित्रभित्रै जाला बुन्न थालेझैं ।

"आज मलाई सन्चो छैन ।", समथरो अनुहार पारेर भनें, "आजको क्लास क्यान्सिल ।"

विद्यार्थीहरूतिर एकपल्ट पनि नहेरी किताप तथा चक, डस्टर च्यापी कक्षाबाट बाहिर निस्कें । विद्यार्थीहरूको खुसखुस अब हल्लामा बदलिँदै थियो ।

खै, के सोचे होलान् विद्यार्थीहरूले मेरा बारेमा ?

मनमा एउटा नयाँ चिन्ता बल्झियो । "आजको क्लास क्यान्सिल" भनेर कक्षाबाट निस्कनुअघि मैले ठूलो स्वरमा केही फलाकेको त थिइनँ ? सायद विश्वव्यापीकरणकै बारेमा कुनै कुरा ?

तर होइन, कुनै विषय वा पुस्तकबारे बोलेको थिइनँ । बरू कुनै विशेष शब्द पो ठूलठूलो स्वरमा फलाक्दै थिएँ कि ! हो, त्यस्तै भएको हो जस्तो भयो ।

ओठहरू चुच्चो हुँदै भित्रैबाट प्रतिध्वनित भएको कुनै शब्द : 'खोज !' के यही थियो, अन्तर्मनबाट उम्लेर आएको शब्द ? हो, यही त थियो त्यो शब्द : 'खोज ! खोज ! खोज !'

के यो शब्द मैले मनमनै खेलाएको मात्र थिएँ ! कि हातमा चक समातेर 'खोज', 'खोज' भनेर कराएकै पो थिएँ ?

भित्रभित्रै एक किसिमको डर उम्लिएजस्तो, लाज लागेजस्तो भयो ।

दूबोको चउर आइपुग्यो । डस्टर हातमा च्यापेर कक्षातिर हेरें । तर मैले सोचेविपरीत विद्यार्थीहरू कक्षामै सामसुम थिए । बाहिर आई खुसखुस गरेका थिएनन् । मतिर औंल्याउँदै पनि थिएनन् । बल्ल मन अलि ढुक्क भयो ।

के मैले त्यो शब्द मन भित्रभित्रै गुन्जाएको मात्र थिएँ त ?

हो, यस्तै भएको हुनुपर्छ । मैले 'खोज' शब्दलाई तीव्र अनुभूतिका रूपमा अनुभव गरेको थिएँ । तर 'खोज', 'खोज' भनेर पक्कै पनि विद्यार्थीसामु उच्चारण गरेको थिइनँ ।

यत्तिकैमा विद्यार्थीहरूको खासखुस सुनेंः पागल, बौलाहा, सनकी । हो, कोही यस्तै साउती गर्दै थियो । कान थापेर सुनें, हो, फेरि कोही भन्दै थियो बौलाहा, सनकी । भित्रभित्रै पुनः डर उम्लन थाल्यो । हत्तपत्त चउर हुँदै प्रमुख विभागीयको अफिसतिर बढ्न खोजें ।

अगाडि त्यही अजङ्गको रूख थियो । सर्लक्क परेका पात र मोटा हाँगाहरू माथिमाथिसम्म फैलिएका थिए । चउरबीच झाँगिएर अग्लिएको त्यो अजङ्ग रूख विशालकाय भूतझैं थियो ।

घाममा टल्किएका पात र हाँगामाथि पुराना स्मृतिहरू सलबलाउन थाले । वेदिकालाई पनि त मैले पहिलोचोटि यसै चउरमा देखेको थिएँ नि ! उनी किताब र कलम च्यापेर युवतीहरूका समूहमा हिंडिरहेकी थिइन् । उनीहरू रूखका वारिपट्टि थिए । घाँस र पातमा शीतका थोपा थिए । उनी मुस्कुराएझैं लाग्यो । घाँसमा शीतका थोपा झन् टल्किए ।

म आफ्ना स्मृतिबाट एक्कासि ब्यूँझिएँ । चउरमा हरियो प्यान्ट र ज्याकेट लगाएका सुरक्षाकर्मीहरू ओइरिँदै थिए । केहीले बन्दुक बोकेका थिए । अरूका हातमा लौरा थिए । जनयुद्ध चर्किएदेखि विश्वविद्यालयमा सिपाहीहरू आउनु, बेलाबेला लौरा चल्नु, हावामा गोली पड्कनुजस्ता घटना सामान्य बन्दै गएका थिए ।

म अँध्यारो, साँघुरो कोरिडर हुँदै अफिसतिर बढें । कोरिडर विद्यार्थीले भरिएको थियो । पाँच-छ जना अफिसमै छिरेका रहेछन् । उनीहरू निकै उत्तेजित देखिन्थे । सबैभन्दा अगाडि थियो, त्यही अघि चउरमा कराइरहेको दुब्लो, अग्लो विद्यार्थी ।

"यस परीक्षाफलले मेरो जीवनलाई खाडलमा धकेलेको छ ।", ऊ अझै कराउँदै थियो, "म तीन दिनदेखि सुत्न सकेको छैन । हिजो रातभरि धरहराअगाडि टोलाएर बसिरहें । अस्ति दिनभरि चक्रपथवरिपरि घुमिरहें ।"

हावामा मुड्की उचाल्दै पुनः ठूलो स्वरमा फलाक्न थाल्यो ।

"विभागले कसै गरेर पनि कपी हेर्ने व्यवस्था मिलाइदिनुपर्‍यो । मैले थाहा पाउनुपर्‍यो, म किन फेल भएँ ?"

सेता लामा दाह्री-जुँगा पालेका पचपन्न वर्षजतिका विभागीय प्रमुख बृहस्पतिप्रकाश वर्मा, बी.पी. सर हेर्दै कुनै जोगीजस्तो देखिनुहुन्छ । उहाँ त्यस विद्यार्थीलाई सम्झाउन थाल्नुभयो ।

"तिमीले कस्तो कुरा नबुझेको !", बी.पी. सरले भन्नुभयो, "अन्तिम परीक्षाको कपी विभागले जाँच्दैन । परीक्षा नियन्त्रकको कार्यालयले जाँच्छ । अनि जाँचकीहरू नेपाली सांस्कृतिक अध्ययन विभागका मात्र हुँदैनन्, पद्मकन्या क्याम्पस, रत्नराज्य क्याम्पस र पाटन क्याम्पसलगायतका पनि हुन सक्तछन् । तिमी बरू रिटोटलिङका निम्ति आवेदन देऊ ।"

"रिटोटलिङ गरेर मात्र भएन, रिचेकिङको व्यवस्था हुनुपर्छ ।", अर्को असन्तुष्ट विद्यार्थी करायो, "मैले पहिले पनि दुईचोटि रिटोटलिङ गराइसकेको छु । खालि पैसामात्र खर्च भयो । मार्क भने जस्ताको तस्तै ।"

बी.पी. सर विभागीय प्रमुखको कुर्सीबाट उठ्नुभयो र त्यो दुब्लो, अग्लो विद्यार्थीलाई धोद्रो स्वरमा हप्काउन थाल्नुभयो ।

"विश्वविद्यालयका नियमअनुसार रिचेकिङ गर्ने व्यवस्था छैन । न त उत्तरपुस्तिकाहरू देखाउने चलनै छ । यस सम्बन्धमा म केही गर्न सक्तिनँ । तिमीलाई मन लाग्छ भने डिनसँग गएर कुरा गर । रेक्टर वा भाइसचान्सलरसँग कुरा गर । बेकारमा मेरो दिमाग नचाट । तिमी पागल भयौ भन्दैमा के यो संसारै पागल हुने ?"

मेरो मन भने एकतमासको भएर आयो । एउटा अदृश्य धागाले मलाई र त्यस विद्याथीसँग बाँधिरहेको थियो । हामी दुवै भाँसिँदै गएको सिमसारमा उभिएझैं थियौं । जति उम्किन खोज्यो उति नै भासिँदै गइरहेका । विद्यार्थीप्रति सहानुभूति पनि जाग्यो । मैले ऊतिर हेरें । सायद म पनि विद्यार्थी छँदा यस्तै देखिन्थें । ऊ पनि म जस्तै अग्लो र दुब्लो थियो । गोरो निधारमाथि उसका केश मेरो जस्तै गुजमुज्ज परेको थियो ।

अकस्मात् तीनचार जना सुरक्षाकर्मीहरू विभागीय प्रमुखको कोठामा पसेर त्यस विद्यार्थीलाई घिसार्न थाले । पसिनाले निथ्रुक्क उसको अनुहार रन्केको थियो । जति घिसारे पनि चिच्च्याइ नै रह्यो ।

"मलाई कसैको डर छैन किनभने मेरो कुनै भविष्य छैन ।", ऊ चिच्च्याइरह्यो, "अब म विरोधको झन्डा आफैँ फरफराउँछु । घण्टाघर र धरहराका टुप्पाबाट प्रतिकारको हुँकार गुन्जाउँछु । राजदरबारभित्र

छिरेर राजासमक्ष बिन्तीपत्र पेस गर्नेछु । परीक्षा बोर्डको लाइब्रेरी र अन्य पुस्तकालयहरूभित्र छिरी आफ्नो कपी आफैँ खोज्छु ।"

उसको ओठका दुवै कुनामा सेतो फीँज थियो । कठालो समातेका सुरक्षाकर्मीहरूको पर्वाह नगरी ऊ लगातार बरबराउँदै गयो ।

"साथी हो ! म पागल भइसकेको छु, पूर्ण पागल !"

दाहिने छेउको कुर्सीमो विम्ब बसेको थियो । "त्यस विद्यार्थीका नाम रङ्गनाथ पुडासैनी हो ।", उसले भन्यो, "कक्षामा त निकै घतलाग्दा प्रश्नहरू सोध्थ्यो । राम्रै विद्यार्थीजस्तो लाग्थ्यो । खोइ, कसरी फेल भएछ ?"

"यो विद्यार्थी पागल छजस्तो मलाई लाग्दैन ।", विम्बले सानो स्वरमा थप्यो, "कपी रिचेक गराउन बी.पी. सरलाई दबाब दिन पागल हुने स्वाङ गर्दै छ ।"

विम्ब ठूला आँखाले मलाई चस्मापछाडिबाट क्वारक्वारती हेरिरहेका थिए । सधैं कम बोल्ने ऊ आज पनि चाँडै चुप लाग्यो । कछुवाले कत्ले ढाडभित्र मुख लुकाएझैं आफैँलाई पुनः मौनताको कवचभित्र लुकायो । फर्केर अगाडितिर हेर्न थाल्यो । मैले पनि उसका आँखा पछ्याएँ । एकातिर निधार छोप्ने लामो कपाल भएको मेरो अर्को मित्र वरूण बसेको थियो, अर्कोतिर सबैले आदर गर्ने मेरा गुरू प्रोफेसर नारायणप्रसाद सर । प्रसाद सरका साना, तीखा आँखा मतिरै सोझिएका थिए ।

"तिम्रो अर्को क्लास कति बेला छ ?", उहाँले सोध्नुभयो ।

मैले भनें, "आधी घन्टापछि ।"

"कुन विषय पढाउँदै छौ ? त्यही मिथकहरूमा पुनर्जन्म भन्ने होइन ?"

"त्यो त सी सेक्सनमा हो ।", मैले जबाफ दिएँ, "यसपछिको क्लास डीमा छ । त्यसमा विश्वव्यापीकरणबारे पढाउँदै छु ।"

"तिमीसँग एउटा जरूरी छलफल गर्नु छ, बरू एकपल्ट मेरो अफिसमा आऊ ।"

"हुन्छ सर !"

प्रसाद सर कुर्सीबाट उठेर ढोकातिर लाग्नुभयो । म सरका पछि लाग्न लागेको के थिएँ, वरूणको स्वर सुनें र टाउको फर्काएँ ।

"तिमीले गत हप्ताको कोल्युमका लागि किन लेख नपठाएको ?", वरूणले कुर्सीमा बसीबसी सोध्यो, "न्यु कान्तिपुर पोस्टका सम्पादकसँग भेट भएको थियो । डेडलाइनमा लेख पठाएनौ भनेर निकै झोकिँदै थिए ।"

"कपी जाँच्ताजाँच्तै लेख्नै भ्याइएन ।", मैले भनें, "के गर्ने, एक बोरा कपी घरमै पठाइदिएपछि ?"

मैले दिक्क मानेर बी.पी. सरको टेबलतिर हेरें । उहाँलाई मेरो समस्याप्रति कुनै चासो थिएन । गाला छोप्ने सेतो दाह्रीमाथिका उहाँका आँखा अर्कै चिन्ताले ग्रस्त देखिन्थे । उहाँ झ्यालबाहिर चउरतिर एकटक हेरिरहनुभएको थियो । वरको फेदमा लौरा र बन्दुक बोकेका सुरक्षाकर्मीहरू धमाधम जम्मा हुँदै थिए ।

"म एकदुई दिनमा तिम्रो घरमा चिया खान आउँछु ।", वरूणले भन्यो, "छानामा चुरोट तान्दै हाम्रो कोल्युमका लागि नयाँ आइडियाहरू छलफल गरौंला ।"

म बी.पी. सरको अफिसबाट बाहिरिएर कोरिडरमा निस्किएँ । साँघुरो र अँध्यारो कोरिडर युवायुवतीले टम्म थियो । विद्यार्थीहरूको गुनगुन बारूलाको आवाजझैं परसम्म फैलिएको थियो । कोरिडरको अँध्यारामा आँखाहरू टल्किएका थिए, बिरालो वा चराहरूका झैं । क्वारक्वारती हेरिरहेका ती आँखाका बीचबीचबाट छिर्दै म कोरिडरको पल्लो कुनामा पुगें । त्यहाँ प्रसाद सरको अफिस थियो । बाहिर उभिएर ढोकामा दुईचोटि ट्वाक्-ट्वाक् हिर्काएँ ।

"खुल्लै छ, भित्र आऊ ।", प्रसाद सरको स्वर गुन्जियो । म भित्र पसें ।

अफिसका बीचमा काठको खैरो चिल्लो टेबल थियो । प्रसाद सर टेबलको उता उभिएर मलाई एकटक हेर्दै हुनुहुन्थ्यो । म टेबलमाथि आँखा गाडेर उभिएँ ।

"के हुँदै छ ?", प्रसाद सरले सोध्नुभयो । म ट्वाल्ल परेर सरलाई हेर्दै टेबलको यता उभिइरहें ।

साठी वर्षको हाराहारीमा पुग्नुभएको मेरा गुरूको अनुहार ज्ञानको उज्यालाले प्रज्वलित थियो । लाग्थ्यो, वहाँका दिव्यदृष्टिले मेरो वर्तमान

स्थितिलाई मात्र होइन, भूत र भविष्यका समस्त प्रकरणहरूलाई समेत हेरिरहेको छ । उहाँको अनुहार चिन्तित र मलिन थियो ।

"विभागीय बैठकहरूबाट भागेर तिमीले राम्रो गरिरहेका छैनौ ।", सरले मतिर हेर्दै गम्भीर स्वरमा भन्नुभयो, "तिमी कहिले वाग्मती र विष्णुमती खोलाका तीरमा भौंतारिइरहेका हुन्छौ त कहिले आर्यघाटमा चिताको धुवाँ नियालेर बसिरहेका हुन्छौ भन्ने हल्ला सबैतिर फैलिरहेछ । थेसिस कमिटीको मिटिङबाट भागेका तिमी दिनभरि पशुपतिको जङ्गलमा हराएका थियौ भन्ने खबर हिजोमात्र एउटा विद्यार्थीले मलाई सुनायो ।"

"होइन, के भन्दै हुनुहुन्छ प्रसाद सर ? म कहिले गएँ वाग्मती र विष्णुमतीतिर ? वा आर्यघाट ? वा पशुपतितिर ? गएको हप्ता म कि घरमै बसेर बोराका कपीहरू जाँच्तै थिएँ । कि त मोटरसाइकल चढेर विश्वविद्यालयतिर हानिँदै थिएँ । यस्तो धपेडीमा कहिले गएँ होला त आर्यघाट वा विष्णुमतीतिर !"

छेउमा खोला बगिरहेको, किनारको घाटमा सल्किएको चिता र पानीमा झर्दै गएको खरानीको स्मृति मनभित्र जाग्यो । हो, त्यो कुनै खोला थियो, कुनै घाट । तर त्यस घाट वा खोलातिर म कहिले, कति बेला पो घुम्न गएको हुँला त ?

निकै पहिले, सायद एकदुई महिनाअघि, विष्णुमती वा वाग्मतीतिरका कुनै घाटमा देखेको दृश्यजस्तो लाग्यो । तर फेरि होइन, त्यति पहिलेको कुरा होइन, केही दिनअघि मात्र देखेको थिएँ पानीमा खरानी झरेको, धुवाँको मुस्लो उठेको । प्रस्ट सम्झना भने आएन । यति मात्र सम्झिएँ, पानी, बालुवा, खरानी, रूख, पात तथा परपर देखिएका डाँडा र फाँटहरू । सबैतिर अदृश्य शक्तिहरू सलबलाइरहेझैं थियो । तिनै शक्तिहरू मेरो शरीरमा छिरेका हुन् कि जस्तो आभास पनि भएको थियो ।

"तिमी र वरूणले त बसेर पाठ्यपुस्तक पो लेख्नुपर्ने होइन र ?", प्रसाद सरले मतिर एकटक हेर्दै सोध्नुभयो, "खोइ, तिमीहरूले एकेडेमिक

काम गरेको ? झन् आजकल त तिमीहरू कोल्युमनिस्ट बनिटोपलेका छौ । समालोचना, सेमिनार गर्नुपर्नेमा सस्ता अखबारी लेख लेखेर बसेका छौ ।"

मनमा विद्रोह जाग्यो । किन बेकारमा मेरो खोइरो खन्न खोज्दै हुनुहुन्छ प्रसाद सर ?

"तर त्यो कोल्युम त हामीले राम्रै चलाइरहेका छौं नि सर !", मैले भनें, "धेरै पाठकका पत्र आएका छन् । सबैले राम्रो लेख्दै छौ, यस्तै लेखिरहनुपर्छ भनेका छन् ।" प्रसाद सरले मुख खुम्च्याउनुभयो ।

"मैले पनि न्यु कान्तिपुर पोस्टमा तिम्रो र वरूणको 'तथ्य तथा कल्पना' नामको कोल्युमअन्तर्गत छापिने केही लेख पढेको छु ।", सरले भन्नुभयो, "कहिले राम्रो लेख्छौ, कहिले ठीकठीकै । तर जति नै राम्रो लेखे पनि यी आठ सय-हजार शब्दका लेखमा लेख्न नै कति सक्छौ र ? तिमीहरूका अखबारी कोल्युम भनेका टुक्राटाक्री हुन्, कहिले यता ट्वाक्क, कहिले उता टुक्क । समय बित्तै गएपछि ती अखबारी ट्वाक्कटुक्कको महत्त्व नै के रहन्छ ?"

मनभित्रको विद्रोह झन् बढ्न थाल्यो । सर आफैँचाहिं केही नलेख्ने, सबैलाई यो लेख र त्यो पढ, यो कार्यपत्र तयार गर, त्यहाँ सेमिनारमा जाऊ मात्र भन्ने अनि हामीले अखबारमा लेख्यौं भनेर बित्थामै गाली गर्ने ।

"लेख्नु नै छ भने लामा ग्रन्थहरू लेख, समीक्षा लेख, उपन्यास लेख । सेमिनारहरू गराऊ । समालोचना र लेखहरू लेख ।"

मेरो अनुहारमा आँखा गाडेर प्रसाद सरले भन्दै जानुभयो, "कुनै दह्रो काम गरी त्यही काममा जीवनको केन्द्र खोज । अहिले त्यही केन्द्रको अभावमा तिमी यताउता बरालिइरहेका छौ । विभागलाई दिनुपर्ने समयलाई विष्णुमतीको बगर र पशुपतिको जङ्गलमा घुमेर उडाएका छौ । आज विद्यार्थीहरूले तिम्रा बारेमा कुरा गर्दै छन् । भोलि अरूले पनि गर्लान् । त्यसैले समय रहँदै सावधान भइहाल । यही मुख्य कुरा मैले तिमीलाई भन्नु थियो ।"

नारायणप्रसाद सरका कुरा सुनेर म छाँगाबाट खसेझैं भएँ । के भन्दै हुनुहुन्छ प्रसाद सर ? पढाउन छाडी म विष्णुमती र वाग्मतीको तीरमा घुम्न थालें रे ! विद्यार्थीहरूले मेरा बारे अनेकौं हल्ला फैलाइरहेछन् रे !

कमिलाहरूले भित्रभित्रै चिल्न थाले, तीखा सुइराहरूले अलिअलि घोचेझैं ।

प्रसाद सरले मलाई हेरेको हेऱ्यै गर्नुभयो । होचो कद र सामान्य काँटको शरीर भए तापनि उहाँको अनुहार सधैं अलौकिक कान्तिले नुहाएको हुन्छ । विभागका वरूण, विम्ब, भोगेन्द्र, किस्नु, रामकृष्ण र मजस्ता शिक्षकहरू त्यसै उहाँका प्रशंसक भएका होइनौं । त्यो अलौकिक कान्तिले हामी सबैलाई प्रभाव पारेको छ । उहाँका आँखामा विलक्षण ओज र एक किसिमको तीव्रता छ । तिनै आँखाहरू मेरो अनुहारमा टाँस्तै उहाँ क्वारक्वारती हेरिरहनुभएको थियो ।

"थाहा छ, आजकल विद्यार्थीहरूले तिम्रा बारेमा के भन्दै छन् ?", सरले गम्भीर स्वरमा सोध्नुभयो ।

"के भन्दै छन् सर तिनीहरूले ?", म आत्तिएँ, "मलाई त केही पनि थाहा छैन ।"

"विद्यार्थीहरू तिम्रो मगज ठेगानमा छैन भन्दै छन् ।", प्रसाद सरले ठाडै भन्नुभयो, "तिमी झन्झन् सन्किँदै गइरहेका छौ रे !"

त्यस वाहियात आक्षेपको म कडा स्वरमा विरोध गर्न चाहन्थें । यो सबै हल्ला हो, मानिसहरू मलाई त्यत्तिकै बदनाम गर्न तम्सेका छन् भनी कराईकराई सुनाउन चाहन्थें । तर एकटक हेरिरहेका गुरूका आँखाले मलाई थिचेको थिच्यै गरे । ती आँखा कुनै तीतो तर अकाट्य सत्यको उद्घोषण गरिरहेझैं थिए । भित्रभित्रै जतिसुकै रन्किए तापनि ओठमा प्रतिकारको शब्द आएन । बरू ट्वाल्ल परेर सरको अनुहारलाई नै हेरिबसें ।

"कुनै पनि पागललाई विभागमा पढाउन दिन मिल्दैन ।", मेरा गुरूले अर्को कटु सत्य अगाडि सार्नुभयो, "यसबारेमा विश्वविद्यालयको नियम प्रस्ट छ ।"

अँध्यारा बादलहरूले सबैतिरबाट छोप्न थाले । प्रसाद सरको गम्भीर स्वर बादलपारिबाट चट्याङझैं गर्जियो । गुरूको स्वर आकाशबाट गुन्जिएको कुनै डरलाग्दो भविष्यवाणीसरह थियो ।

"एक महिनापछि वार्षिक मूल्याङ्कनको मिटिङ छ ।", उहाँले भन्नुभयो, "मिटिङमा अप्ठ्यारा प्रश्नहरू सोधिन सक्छन् । के भन्न सकिन्छ, सायद तिम्रो जागिरै जान सक्छ । त्यसैले समय रहँदै आफूलाई सम्हालिहाल । सेमिनार गर्न, गराउन र शोधग्रन्थ लेख्नपट्टि लाग ।"

छटपटी झन्झन् बढ्न थाल्यो ।

"हुन्छ सर !" भनेर हतारिँदै म अफिसबाट निस्किएँ र कक्षातिर लागें ।

अगाडि त्यही पुरानो वरको रूख थियो । एकपल्ट पुनः पातमा स्मृतिहरू सलबलाउन थाले । यही घाँसे चउरमा उभिएर त मैले विद्यार्थी छँदा कुनै दिन यसै विभागमा शिक्षकका रूपमा फर्कने दृढअठोट गरेको थिएँ नि ! आफन्तहरूले मलाई त्यस बेला सम्झाएका पनि थिए ।

"के हुन्छ विश्वविद्यालयमा पढाएर ?", उनीहरू मेरो भविष्यबारे चिन्तित थिए, "एकदमै कम तलब, जाँच्नुपर्ने कपीका भारी, चक र धूलाले भरिएका पुराना कक्षाकोठा र कोरिडर । पढाउने काममा नपर, बरू ट्राभल र ट्रेकिङसम्बन्धी पारिवारिक व्यवसायमै लाग । आदर्शवादी हुनको सट्टा व्यावहारिक बन्ने प्रयास गर । आकाशतिर मात्र हेरेर हिंड्न खोज्यौ भने खाडलमा जाकिन सक्छौ ।', उनीहरूले स्पष्ट सल्लाह दिएका थिए ।

मैले उनीहरूको सल्लाह मानिनँ । त्यस बेला मेरो जीवनमा मात्र दुइटा लक्ष्य थिए । तिनमध्ये एउटा थियो राम्रो अङ्क ल्याएर पास हुनु र यसै विभागमा शिक्षकका रूपमा फर्की यिनै कक्षामा पढाउन थाल्नु ।

चउरमा परपर थुप्रै विद्याथी यताउता गरिरहेका थिए । प्यान्ट-सर्ट लगाएका युवकहरू । कुर्ता-सलवार, सारी-ब्लाउज र जिन्स लगाएका युवतीहरू । छरपस्ट फिँजिएका लालुपातेका झ्याङबीचबाट कक्षाकोठातिर जाने ढुङ्गे बाटो छ । त्यही बाटो कक्षातिर बढ्दाबढ्दै एकछिन रोकिएँ । फर्केर प्रसाद सरको अफिसतिर हेरें । झ्यालछेउ उभिएर सर अझै पनि मैतिर एकटक हेरिरहनुभएको थियो ।

मेरा दुवै मुठी जोडसँग बाँधिएका रहेछन् । हत्केला दुख्न थालेपछि पो थाहा पाएँ । औंलाहरूलाई पुनः फुक्का बनाएर हत्केलामा हेरें । दुवैमा फुटेका चकका टुक्रा थिए, पसिनाले भिजेका ।

मनमनै तर्क गरें, हो मैले केही घटना बिर्सेको हुन सक्छु । मनका चिन्ता र अस्थिरता बढेका हुन सक्छन् । तर त्यसो भन्दैमा म पागलै त भएको छैन नि !

हरेक दिन मोटरसाइकलमा सडकको धूलो-धुवाँ खपी विश्वविद्यालय धाइरहनुपर्छ । माइक नराखिएका कक्षाकोठामा कराईकराई एउटै लेक्चर दोहोराउँदै हिंड्नुपर्छ । बोराका बोरा कपी जाँच्नुपर्छ । अनि किन नबढोस् त चिन्ता र गोलमाल ? त्यसबाहेक देशैभरि यत्तिको गन्जागोल मच्चिएको छ । मेरो मात्रै स्थिति बिग्रिएको कहाँ हो र !

जे होस्, अब मैले आफूबारे चलेका हल्लाहरूको निराकरण गर्नुपर्छ । मनलाई सम्हाल्नुपर्छ, जागिर र प्रतिष्ठा जोगाउनुपर्छ ।

यतिका वर्ष पढाएपछि जागिर गयो, विभागबाट निकालिएँ भने आफन्तहरूले मेरा बारे के सोच्लान् ? "व्यापार-व्यवसायमा लाग्दिनँ, पढ्ने-पढाउने काम मात्र गर्छु भन्थ्यो, आदर्शवादी बन्न खोजेको बडो !', उनीहरूले पक्कै पनि मलाई खिज्याउनेछन्, खुच्चिङ भन्दै हाँस्नेछन् ।

होइन, जागिर त जसरी पनि जोगाउनुपर्छ ! एक महिनापछि विभागको वार्षिक मूल्याङ्कन मिटिङ छ । त्यसभन्दा पहिले नै मैले आफूलाई सम्हाल्नुपर्छ । पुनः एकपल्ट आफूलाई विभागको सक्षम र मिहिनेती शिक्षकका रूपमा स्थापित गर्नुपर्छ ।

दिलवरनाथ तथा राष्ट्रको फेरी

अर्को दिन बेलुकातिर वरूण न्यु कान्तिपुर पोस्टको 'तथ्य र कल्पना' कोल्युमबारे छलफल गर्न आइपुग्यो । हामी भऱ्याङ चढेर कौसीमा पुग्यौं ।

गत हप्ताको कोल्युमका निम्ति मैले लेख नपठाएकामा वरूण अहिलेसम्म दिक्क थियो । "किन नपठाएको लेख ? यसरी त भएन नि !", उसले भन्यो ।

"के गर्ने बोरा-आतङ्कले गर्दा समयमा पठाउन सकिरहेको छैन ।", मैले भनें ।

"अब जसो गरेर पनि यो हप्ताको डेडलाइनमा नयाँ लेख पठाऊ ।", वरूणले भन्यो, "सम्पादक साह्रै रिसाएका छन् । कोल्युम नै बन्द गरिदिऊँ कि पनि भन्दै थिए ।"

मलाई प्रायः नाम नचलेका साधारण व्यक्तिबारेमा लेख्न मन लाग्छ । तिनका व्यक्तिगत इतिहास र जीवन-अनुभवहरू खोतल्न मन लाग्छ । पुरानो बानेश्वर चोकमा घडीपसल चलाउने राजु र अर्जुन लामा, सबै रोग एकैसाथ निदान गर्न सक्ने औषधि 'हिमाली मलम' बनाउने राममान दाइ, शङ्खमूलमा बस्ने नेपाली जादुगर कमल, शनिश्चरे झापाका दाउरे नटवर थारू र हुलाकी काले (जितेन्द्र) ढकाल मेरा यस्तै केही जीवित र वास्तविक पात्र हुन् ।

"तिमीले भेट्नुपर्ने एक जना मानिस छन् ।", वरूणले भन्यो ।

आज उसले कानमा मुन्द्री लगाएको थियो । ऊ कहिलेकाहीं मात्र मुन्द्री लगाउँछ । किन भनेर सोध्दा मुसुक्क हाँस्छ । केही बोल्दैन । मुन्द्री लगाएको दिन ऊ अरू दिनभन्दा भिन्न देखिन्छ । त्यस दिन ऊ खोरमा थुनिएको जङ्गली बँदेलझैं अलि बढी छटपटे, केही चिन्तित र केही हतारमा देखिन्छ । साँझको किरण उसको सेतो मुन्द्रीमा टल्कियो । मैले आँखा अर्कैतिर घुमाएँ ।

"हरेक वर्ष सुनसरीबाट आएर टौदह गाउँमा फेरी लगाउने दिलवरनाथ योगी ।", उसले थप्यो, "उनले गाउँलेहरूलाई चिन्ता, रोग, पागलपन आदिबाट जोगाउँछन् भन्ने सुनेको छु । अचम्मका भविष्यवाणीहरू पनि गर्छन् रे ! असामान्य अनुभवहरू बोकेका सामान्य, साधारण व्यक्ति । तिमीले लेख्ने लेखका लागि अति उपयुक्त पात्र हुन सक्छन् यी दिलवरनाथ ।"

के भन्दै थियो मेरो मित्र ? फेरीवालका भविष्यवाणीहरू ? रोग, पागलपन आदिबाट जोगाउने जोगीका मन्त्रहरू ? कतै वरूण पनि प्रसाद सरझैं मेरो पागलपनबारे उठेका हल्लातिर सङ्केत त गर्दै थिएन ?

वरूण गएपछि मैले कौसीमा बसेर चुरोट सल्काए । पश्चिमको आकाशमा सुन्तला रङ छ्यालब्याल्ल थियो । उपत्यकालाई वरिपरिबाट घेर्ने पहाडतिर हेरें । काला पहाडहरू कुनै शक्तिशाली हात्तीका कुम र पिठ्यूँझैं देखिएका थिए । फेरि अकस्मात् विभागको मूल्याङ्कन मिटिङ र न्यु कान्तिपुर पोस्टमा पठाउनुपर्ने लेख साथसाथै सम्झें । डेडलाइनहरूले सबैतिरबाट घेर्दै आइरहेका थिए ।

चिन्तित र व्यग्र मनलाई कसरी शान्त पार्ने भनी मलाई एक जना ध्यानगुरूले केही सल्लाह दिएका थिए । बूढानीलकण्ठमा पाएका ती सल्लाह अहिले झलझली सम्झें ।

"चिन्ता, दुविधा बढेका बेला, मनलाई छटपटीले गाँजेको बेला टाउकादेखि पैतालासम्म सबै अङ्गलाई एकएक गरी अवलोकन गर्नुपर्छ, शरीरका सबै संवेदनालाई तटस्थ भावले मनन गर्नुपर्छ ।'

अरू के भनेका थिए ध्यानगुरूले बूढानीलकण्ठमा ?

"सूर्योदय र सूर्यास्तका मनोरम दृश्य हेरेर वा टाउकालाई चिसो पानीको धारमुनि राखेर पनि मनका चिन्ता, व्यग्रताहरूलाई केही कम गर्न सकिन्छ ।"

हो, म चिन्तित र अस्थिर पक्कै भएको छु । सोचें, मैले ध्यानगुरूको सल्लाह पहिल्याउँदै, शरीरका संवेदनाहरूलाई तटस्थ भावले मनन गर्दै, सूर्यास्तका सुन्तला-राता रङहरू आकाशमा हेर्दै, टाउकालाई बेलाबेला पानीमा चोबल्दै भए पनि मन र मगजलाई सङ्ग्लो राख्नुपर्छ । अस्थिरता र असन्तुलन घटाउनुपर्छ । डेडलाइनहरू पूरा गर्नुपर्छ ।

जबसम्म कक्षाकोठामा सामान्य ढङ्गले पढाइरहन्छु र अखबारका लागि नियमित रूपले लेखिरहन्छु, तबसम्म कसैले ममाथि कुनै आक्षेप लगाउन सक्ने छैन । त्यसैले कक्षाकोठाबाट यत्तिकै बाहिरिने, समयमा लेख नपठाउनेजस्ता कामबाट आफूलाई जोगाउनुपर्छ । डेडलाइनहरू पूरा गर्नुपर्छ ।

मैले त्यही रात टौदह गएर फेरीवाल जोगीलाई भेट्ने र उसका बारेमा लेख लेखी न्यु कान्तिपुर पोस्टमा पठाउने विचार गरें ।

टौदहमा बस्ने मित्र संसारलाई सम्झें । शुक्रबार भएकाले अर्को दिन कीर्तिपुरमा क्लास थिएन । त्यसैले संसारको घरमा रात बिताएर अर्को दिन ढिलै फर्के पनि मलाई खासै फरक नपर्ने थियो ।

नानूलाई लिएर वेदिका कथाका किताप लिन कुपण्डोलको ए-वन लाइब्रेरी गएकी थिइन् । घरमा उनकी सहायक मेनुमात्र थिइन् । रातको करिब आठ बजेको थियो । मैले दाँत माझ्ने ब्रस, एउटा नोटबुक, सानो टेपरिकर्डर र तौलिया ब्यागभित्र हालें । अखबारी लेखका निम्ति सामग्री जम्मा गर्दा म सानो नीलो नोटबुक र कालो पाइलट पेन प्रयोग गर्ने गर्छु । मैले त्यो पाइलट पेन सर्टको खल्तीमा सिउरें र नोटबुकका पन्ना पल्टाएँः भीमसेन थापा र धरहराको निर्माण । वीरशमशेर र घण्टाघर । १८९४ः भीमसेन थापाको पतन । बन्दीगृहमा उनको आत्महत्या । पहिलेको कुनै लेखका निम्ति मैले विश्वविद्यालयको लाइब्रेरीमा बनाएका नोटहरू ।

अर्को पाना पल्टाएँ, २०४६ः निरङ्कुश राजतन्त्रविरूद्ध जनताको जागरण । प्रजातन्त्रको स्थापना । २०५२ः विद्रोही आन्दोलनको प्रारम्भ । अर्को लेखका लागि कोरेका बुँदाहरू !

मैले नोटबुक प्यान्टको खल्तीभित्र हालें अनि भोलि एघारबार बजेतिर मात्रै आइपुग्छु भनेर वेदिकालाई भन्दिनू है भनी मेनुलाई अह्राएँ । त्यसपछि तुरून्तै मोटरसाइकल चढेर हाँडीगाउँबाट टौदहतिर हुइँकिएँ ।

अँध्यारो फिँजिँदै गएको भए तापनि बिजुलीको प्रकाश र विज्ञापनका अग्ला रातापहेंला विद्युतीय बोर्डहरूले गर्दा दरबारमार्ग झकिझकाउ देखिन्थ्यो । तेल, स्याम्पु, क्याल्कुलेटर, बियर, मोटरसाइकल आदि सबैको विज्ञापन चलिरहेकै

थियो । एउटा बौद्ध भिक्षु मोटरसाइकलमाथि ध्यानका मुद्रामा बसेको थियो । रातो फ्रक लगाएकी गोरी नवयौवना कपालमा तेल लगाउँदै थिइन् । मोटरसाइकल र तेलको विज्ञापनमुनि एउटा अर्को बोर्ड थियो ।

"मलेसिया, कतार र अस्ट्रेलिया जाऔँ ।", बोर्डको घोषणा थियो, "अमेरिका जाऔँ । यहाँ सुपथ मूल्यमा डिभी भिसा भर्न मदत गरिन्छ ।"

फलामका अग्ला गेटहरूका पछाडि नारायणहिटी राजदरबार मौन, निःशब्द थियो । नछटपटाई सुतेको विशाल अजिङ्गरझैं । अगाडि अग्लो घण्टाघर थियो । घडीका लामा, साना दुवै सुइरा एकअर्कामाथि खप्टिएर बारको अङ्कमा रोक्किएका थिए । मध्यरातको बार कि मध्याह्नको ? जे भए पनि घडी बन्द थियो, राजु र अर्जुन लामाको पसलमा बिग्रिएर थन्केका घडीहरूजस्तै । वीरशमशेरले निर्माण गराएको घण्टाघरका घडीलाई राम्रोसँग नियाल्दै म अगाडि बढिरहें । त्यसपछि आयो शहीद गेट अनि भीमसेन थापाद्वारा निर्मित धरहरा ।

मैले नोटबुकमा कोरिएका नाम र मिति सम्झिएँ ।

१८९४ सालसम्म मुख्तियार भई नेपालको शासन चलाएपछि जेलमा जाकिन पुगेका भीमसेन थापाले १८९६ सालमा जेलभित्रै आत्महत्या गरेका थिए ।

उनले किन आत्महत्या गरे ? मोटरसाइकलको एक्सिलेटर घुमाउँदै सोचें ।

कतिले भन्छन्, उनकी श्रीमतीलाई नाङ्गै पारेर शहरका सडक, गल्लीहरूमा घुमाउने योजना छ भन्ने झूटो खबर जेलमा सुनाइएपछि भीमसेनले आफ्नो घाँटी रेटेका थिए ।

कसैकसैले त यस्तो पनि भन्छन्, "जेलमा परेपछि कोहीसँग नबोल्ने र एक्लै बस्न मन पराउने भएका भीमसेनको मगज सन्किँदै गएको थियो । त्यही सुरमा उनले आत्महत्या गरेका थिए । उनकै मृत्युपछि त अर्धपागल युवराज सुरेन्द्रका सेवक रहेका जङ्गबहादुरले राणाशासनको जग हालेका थिए नि !" तिनै जङ्गबहादुरका भतिजा वीरशमशेरले निर्माण गराएको घण्टाघर आज बिग्रिएको र बन्द थियो ।

घण्टाघर र धरहरा छुटे, म अघि बढ्दै गएँ । त्यसपछि आयो त्रिपुरेश्वरको रङ्गशाला, विष्णुमतीको पुल र कालिमाटी । मेरो यात्रा बढ्दै गयो । द्वन्द्वको कारण सडकमा आवागमन धेरै कम थियो । अझ बल्खु काटेर चोभारतिर बढ्दा त सडक प्रायः खाली नै भइसकेको थियो । ठाउँठाउँमा सैनिकहरू बन्दुक लिई लाम लागेर यताउता हिंडिरहेका थिए । विद्रोहीहरू हतियार लिएर पहाडका फेदी तथा भक्तपुर र कीर्तिपुरका गौंडाहरूसम्म आइपुगेका छन् भन्ने हल्ला केही दिनदेखि चलिरहेको थियो । त्यसैले सायद सुरक्षा कडा पारिएको हुँदो हो ।

कालिमाटी, बल्खु हुँदै चोभारका डाँडोमा पुगेपछि मोटरसाइकल रोकी केहीबेर शहरतिर हेरी बसें । रातिको खरानी रङको आकाश पहेंलिँदै शहरतिर झरेको देखिन्थ्यो । पहेंला, राता प्रकाशपुञ्जहरू अँध्यारासँग टिलपिलाउँदै लड्दै थिए । मेरो ठीक अगाडि थियो चोभारको प्रख्यात खोच । सडकछेउको ढुङ्गा टिपी तल हुऱ्याएँ । ढुङ्गा तलतल झर्दै चट्टानमा ठोक्किएर फुट्यो । टुक्रिएर छरिँदै खोचमा हरायो ।

सायद मञ्जुश्रीको दिव्य खड्ग पनि कुनै बेला यसरी नै पहाडमा ठोक्किएको थियो होला । मैले उपत्यकाको पुरानो मिथक सम्झिएँ । त्यही दिव्य खड्गको प्रहारले काटिएर त पहाडहरूबीचको यो खोच बनेको थियो ! मञ्जुश्रीको खड्गले पहाड काटेर पानी निस्कने बाटो नबनाउन्जेल त उपत्यका माछा, कछुवा, सर्पलगायतका जलप्राणी रहेको ठूलो दहमात्रै थियो । चोभारको त्यही खोचबाट सबै पानी निस्केपछि मात्र उपत्यकामा गाउँबस्ती, शहर र राज्यहरू बसेका थिए ।

म पुनः टौदह जाने बाटो पछ्याउन लागें ।

बाङ्गोटिङ्गो परेर सुतेको लामो पातलो गँड्यौलाजस्तो त्यो सडक ससाना पहाडबीचबाट अग्लिँदै-होचिँदै दक्षिण-पश्चिमतिर बढ्दै गएको थियो । घुमाउरो बाटोमा सलल गुड्दै मोटरसाइकल टौदहको प्रख्यात पोखरीछेउ आइपुग्यो । यसै पोखरीछेउ उभिएका बेला एकचोटि मित्र संसारले सुनाएको कथा सम्झिएँ ।

मञ्जुश्रीले भनेका थिए, "एक दिन उपत्यका पुनः पहिलेको जस्तै दहमा परिवर्तन हुनेछ ।", संसारले भनेको थियो, "उपत्यकावासीहरू भ्यागुता, गँड्यौला, माछा, हाँस र कछुवालगायतमा परिवर्तन हुनेछन् । माछा, भ्यागुता आदि भने मानिस बन्न थाल्नेछन् ।"

म पोखरी नाघेर खहरे खोलातिर अघि बढें ।

फेरीवाल दिलवरनाथलाई मैले खोलाकै पुलमा भेटें । सडकको प्रकाशमा उनी लगभग पचपन्न वर्षजतिका देखिन्थे । उनले रातो फेटा बाँधेका थिए र रातै सूती कपडाले बेरेको फलामे त्रिशूल काँधमा भिरेका थिए । पुलमा उभिएर उनी काठमाडौंतिरबाट आउने मोटरसाइकलहरूलाई अँध्यारोमा नियाल्दै थिए । मैले उनकै अगाडि मोटरसाइकल रोकें ।

"हो, संसारजीले मलाई भनेका थे, क्वै अखबारी मान्छे मेरो अन्तर्वार्ता लिन आउँदै छ ।", उनले भने, "राति साढे नौदश बजेसम्म आइपुग्लान् भनेका थे, त्यसैले म यहीं पुलमै तपाईंलाई कुरेर बसेको । हिंड्नुस्, म फेरी लगाउँदै घरघर लाग्छु । तपाईं मलाई बीबीचमा प्रश्न गर्दै गर्नुस् । फेरीको मन्त्र पढिसकेपछि उनलाई लिएर मेरैमा आउनू, खाना सँगै खानुपर्छ भनेका छन् संसारले ।"

हामी खहरे खोलाको पश्चिमतिरका गह्रैगरा उँभो लाग्यौं । खरले छाएका घरका झ्यालमा बत्ती टिलपिलाइरहेका थिए । मैले दिलवरनाथलाई बत्तीका धमिलो प्रकाशमा नियालें । उनको अनुहार लाम्चो थियो र आँखा ठूलठूला । चुच्चो नाकछेउका ठूला गाडिएका आँखाहरू कुनै खोचमा भाँसिएर टिलपिल गरिरहेका बत्तीझैं देखिन्थे । गफ गर्दै गएपछि उनका बारेमा नयाँ कुराहरू थाहा हुँदै गए ।

फेरी लगाउँदै हिंडेका दिलवरनाथको अनुहार केही मलिन देखियो । सुनसरीबाट काठमाडौं आउँदा चेक पोस्टका सुरक्षाकर्मीले पाँचमुखे झोला खोसिदिए भन्ने उनको गुनासो रहेछ ।

"के गर्ने झोला खोस्दिएपछि !", उनले गरा उक्लँदै भने ।

"कुन झोला ?", मैले सोधें ।

"मन्त्र पढ्दा बोक्ने पाँचमुखे झोला नि !", उनले उक्लँदै भने, "सुनसरीबाट आउँदा लाहाननिर सुरक्षाकर्मीहरूले खोस्दिए ।"

"कसरी ? तपाईं बसमा हुनुहुन्थ्यो ?", मैले उनका पैतालाका छापहरूमा टेक्तै सोधें ।

"हो, म बस चढेर सुनसरीबाट काठमाडौं आउँदै थें" । यै टौदहमा फेरीको मन्त्र पढ्न । म हरेक वर्ष त्यसरी नै आउँछु ।"

"सुरक्षाकर्मीहरूले तपाईंको झोला किन खोसे त ?"

"त्यही त ।", उनी उक्लँदाउक्लँदै रोकिए, "लाहान चोक नाघेपछि एकाएक बस रोकियो । आठदश जना सिपाही भित्र पसेर सबैका झोला र सामान जाँच्न थाले । एउटाले आएर यो झोला दिनुपर्‍यो, शङ्कास्पद देखिन्छ भन्यो । मैले उनीहरूलाई कति भनें, हैन म त फेरी लगाउने योगी हुँ, इः हेर, जनैमा बाँध्ने मेरो नाद र मैले बजाउने कृष्णसारको सिङको बाजा । तर उनीहरूले मेरो कुरा रत्तीभर सुनेनन्, बरू पाँचमुखे झोलै खोस्दिए ।"

दिलवरनाथले झोक्किँदै भने, "त्यसमा फेरी लगाउँदा चाहिने नुन, बेसार, जडीबुटी राख्ने गर्थें । पाँचमुखे झोलाबिना कसरी राम्रोसँग फेरी लगाउन सक्छु ?"

एउटा घरमा फेरी फुकेपछि हामी पुनः गह्रैगरा उक्लियौं । अँध्यारा झ्याङका बीचबीचबाट ढुङ्गे बाटो हुँदै अर्को घरतिर बढ्न थाल्यौं । रूखका लामा काला छाया प्रेतझैं सलबलाइरहेका थिए । गराहरूबाट भिजेको माटाको बास्ना आइरहेको थियो ।

"हुन त क्यै केही नलागेपछि टौदहकै एउटा दर्जीले कामचलाउ झोलासम्म बनाइदियो । तर के गर्ने, चुहिने र काम नलाग्ने पर्‍यो ।", दिलवरनाथले झोला देखाउँदै मुख खुम्च्याए, "हेर्नुस् न, पाँचवटा मुखहरू कस्तो नमिलाईकन सिलाइदे'छ ! मन्त्र पढ्दा नुन र बेसार बेलाबेला खसिर'न्छ । यस्तो भएपछि मैले कसरी राम्रोसँग फेरी लाउने ? मलाई लाग्छ, यो वर्ष मैले घरका दिशा, सुरहरूलाई राम्रोसँग बाँध्न सकिर'को छैन । टौदहका घरलाई प्रेतात्मा, व्याधिबाट राम्ररी जोगाउन सकिर'को छैन ।"

दिलवरनाथ कृष्णसार हरिणको सिङबाट बनेको लामो बाजा फुक्तै थिए। फेरी मन्त्र पढ्दै घरहरूका चारै दिशालाई सुरक्षाकवचले बाँध्ने सुरसारमा लागेका थिए। सुर बिग्रिएका र दिशा नबाँधिएका खण्डमा भूत र ख्याकजस्ता प्रेतात्मा तथा रोगव्याधि घरका सीमाभित्र पस्छन् भन्ने पारम्परिक मान्यता छ। यसै मान्यतालाई पहिल्याउँदै दिलवरनाथ गोरखनाथ, काली र शिवका मन्त्र पढ्दै थिए। टौदहका गौंडागौंडा घुमी घरका सीमाहरूलाई सुरक्षित पार्दै थिए।

उनको अन्तर्वार्ता लिने क्रममा मैले नाथ सम्प्रदायका मुख्य गुरू गोरखनाथ रहेछन् भन्ने थाहा पाएँ। भनिन्छ, गोरखनाथकै आशीर्वादले अठारौं शताब्दीमा पृथ्वीनारायण शाह नेपालको एकीकरण गर्न सफल भएका थिए। त्यसैले त गोरखनाथको नाम अहिलेसम्म पनि नेपाली मुद्रामा अङ्कित छ। नाथ जोगीहरूलाई पृथ्वीनारायण शाहले गुप्तचरका रूपमा समेत प्रयोग गर्थे। हुन पनि फेरीवाल जोगीहरूको जस्तो गुप्तचरको भूमिका अरू कसले निर्वाह गर्न सक्थ्यो र! मध्यरात्रिमा फेरी लगाई घरघरको चियो गर्ने जोगीहरू बिहानै सीधा लिन पुनः तिनै घरमा टुप्लुक्क पुग्थे। त्यसैले को, कस्तो बदमास गाउँमा छ, कुन व्यक्ति गलत काममा लागेको छ भनेर निगरानी गर्न उनीहरूलाई पक्कै सजिलो हुँदो हो।

नेपाल र भारतको सीमा छेउमा रहेको सुनसरीको एउटा गाउँ दिलवरनाथको पैतृक थलो रहेछ।

"सप्तकोसीको छेउमै छ।", उनले भने, "के गर्ने, पन्ध्र वर्षअघि सप्तकोसीको डरलाग्दो बाढीले घर, बुढिया, दुई छोरा, कुखुरा, पाठालगायत मेरो सम्पूर्ण संसारै बगाएर सीमापारि लगिदियो। ममात्र यतापट्टि परें।"

"ए हो र!", मैले सोधें, "कसरी आयो त्यस्तो डरलाग्दो बाढी?"

"था' छैन।", उनले भने, "अचानक सप्तकोसी उन्मत्त देवीझैं गर्जिइन्। सप्तकोसीको त्यो डरलाग्दो रूप अझै पनि बेलाबेला सम्झन्छु। भाँचिएका झ्यालढोका, बडेबडे मुढा, हलुङ्गेका थाल-कचौरा, बिराला, कुकुर, गाई, भैंसी सबै कोसीमा डुब्दै, उत्रिँदै सीमापारि बग्दै गइर'का थे।"

फेरी सकिएपछि हामीले संसारको घरमा गएर राति अबेरसम्म गफ गऱ्यौं । गर्मीको मौसम भए पनि आँगनमा मेरा मित्रले जोगीका लागि भनेर पराल, काठ, सन्ठी जम्मा गरी मटीतेल छर्केर धुनी जगाइदिएका थिए । पर अँध्यारामा कीराहरू एकसुरले कराउँदै थिए । अग्ला रूखहरू अँध्यारो छायामा सुस्तरी सलबलाउँदै थिए । दिलवरनाथ र म धुनीछेउ मुढामा बसेर गफ गर्न थाल्यौं । राम्रोसँग फेरी लगाउन सकिएन कि भन्ने आशङ्काले पीडित उनको रिस अब नेपालका राजनीतिक नेताहरूतिर ढल्कन थाल्यो ।

मैले नीलो नोटबुकका सफा पानामा पाइलट पेनको कालो मसीले टिपें: सुर, सप्तकोसी, पाँचमुखे झोला, कृष्णसार, रातो फेटा, गोरखनाथ । यी नोटले मलाई पछि लेख लेख्न मदत गर्नेछन् । त्यही पन्नाको छेउमा कुनै बेला लेखिएका तिथिमितिले एक सेकेन्डका लागि मेरो ध्यान तानेः १५३८, १८२५, १९०३ । सायद कुनै बेला विश्वविद्यालयको पुस्तकालयमा इतिहासका पुस्तक पढ्दा कोरेका नोट होलान् ।

"अहँ चन्द, नेपाल, कोइराला र देउवालगायत कसैले पनि देशका सुर बाँध्न सकेनन् ।", दिलवरनाथले भने, "देशभरि प्रेतात्मा तथा अतृप्त इच्छाले सताइएका भूतहरू घुमिर'का छन् । देशका दिशाहरू गडबडा'का छन् । रोगव्याधिहरू सबैतिरबाट सर्दै आई देशका सीमाभित्र छिर्दै छन् ।"

के दिलवरनाथ पनि कुनै प्रकारको अराजकता वा भनौं कुनै किसिमको पागलपनकै बारेमा भन्न खोज्दै थिए ? नत्र किन उनी प्रेत, भूत, बिग्रिएका सुर, गडबडाएका दिशा र सीमाहरूको अतिक्रमणबारेमा बोल्दै थिए त ?

उनको रातो फेटा र काँधको रातै कपडा आगाको प्रकाशमा टल्किइरहेका थिए । गहिरा ठूला आँखा आगाको रातो उम्लँदो ज्वालालाई एकटक हेरिरहेका थिए । के सोच्नमा मग्न थिए दिलवरनाथ ? उनका ओठ मन्त्र पढेझैं अलिअलि हल्लिरहेका थिए । तर मुखबाट प्रस्ट आवाज आइरहेको थिएन ।

"हे गोरखनाथ, हे शिव !", मैले अकस्मात् उनलाई सानो स्वरमा बरबराइरहेको सुनें, "अग्ला टावरको पतन, एउटा मोबाइल, एउटा बोरा । एउटा रेस्टुराँ, एउटा मन्त्रालय । एउटा ऐना,. एउटा चुचुरो ।"

संसार आधा घन्टाअघि नै घरभित्र पसिसकेको थियो । गर्मीमा आगाछेउ बस्नुपर्दा मेरो शरीरभरि चिटचिट पसिना आइरहेको थियो । मैले आफ्नो मुढा नजिकै लगेर दिलवरनाथको अनुहार नियालें । तर उनी मसँग गफ गरिरहेका थिएनन् । उनलाई मेरो उपस्थितिको आभासै थिएन । उनका गहिरा आँखाले आगातिरै एकटक हेरिरहेका थिए ।

अनि पो मैले बुझें । दिलवरनाथ एक किसिमको समाधिजस्तो अनुभवमा डुबेका रहेछन् । उनको शरीर स्थिर थियो र आँखाहरू कुनै कहालीलाग्दो सत्यको ज्ञानले टिलपिल टल्किइरहेझैं । आगाको ज्वालालाई एकटक हेर्दै उनी अद्‌भुत, अस्पष्ट शब्दहरू उच्चारण गर्दै थिए ।

के उनका अस्पष्ट शब्द भविष्यवाणी त थिएनन् ? पागलपन, भविष्यवाणी... हो यस्तै केही त भनेको थियो नि वरूणले पनि !

दिलवरनाथ अस्पष्ट स्वरमा बरबराउँदै थिए, "राजदरबारभित्र हत्याकाण्ड, प्रख्यात टावरहरूको पतन । हरे शिव शिव ! ...रेस्टुराँ र मन्त्रालय । एउटा मोबाइल, एउटा बोरा ! हे गोरखनाथ, हे शिव ! अझै अरू घटनाहरू... एउटा ऐना, एउटा चुचुरो !"

दिलवरनाथ अझै बरबराइरहेका थिए । तर मैले उनका शब्दहरू बुझिरहेको थिइनँ । मेरो मगज रन्थनिएर तातिँदै आएको थियो । केही अस्पष्ट शब्द तथा आकारहरू म भित्रभित्रै छटपटाउन थाल्दै थिए ।

मोबाइल र बोरा !

ऐना र चुचुरो !

टावरहरूको उत्थान र पतन !

दरबारभित्र हत्याकाण्ड !

मन्त्रालय र रेस्टुराँ !

म कहाँ छु, के सोचिरहेछु ? एउटा कालो पिचपिचे गाँठो मगजभित्र बिस्तारैबिस्तारै ठूलो हुँदै गइरहेझैं लाग्यो । पुस्तक, ऐना, मोबाइल, बोरा, शिवलिङ्‌गजस्ता अचम्मका आकारहरू मभित्रभित्रै सलबलाउन थाले । कुनै भयावह त्रासदी झन्झन् नजिकै आउन थालेझैं लाग्यो ।

म एक्कासि होसमा आएँ । शरीर पसिनाले निथ्रुक्क छ । ओठहरू फेरीवाल जोगीका भविष्यवाणी बुदबुदाइरहेका छन् । ऐना, बोरा, टावर आदि शब्दहरू म आफैँ बरबराइरहेको छु निभ्दै गएको आगो र खरानीअघि बसेर ।

म उठें र हतपत घरभित्र पसें ।

ओछ्यानमा ढल्की सिरक ओढेर सुत्ने प्रयास गर्न थालें । केही समयपछि आँखा बन्द हुँदै गए तापनि रातैभरि डरलाग्दा सपनाहरूले सताइरहे । एकपल्ट आफैँलाई पानीको विशाल कुण्डमा डुब्दै गएको देखें । अनि फेरि पहाडजत्रो ऐनाअगाडि पछारिई भकभकाएर कराइरहेको । मैले देखेको सपनाभित्रको आकाश झन्झन् कालो हुँदै गयो । शहरलाई नै निल्लाजस्तो गरी तलतल झर्न थाल्यो ।

अँध्यारो आकाशको पर्दा पछाडिबाट कुनै चिरपरिचित स्वरले बोलायो, "खोइ सर, कहिले हुन्छ मेरो कपीको रिचेकिङ ?"

मैले चिनें । त्यो स्वर रङ्गनाथको थियो । त्यही फेल भएको विद्यार्थी जो नेपाली सांस्कृतिक विभागका प्रमुख बी.पी. सरको कोठाभित्र उसको कपी हेर्न पाऊँ भन्दै एकोहोरो कराइरहेको थियो ।

झर्दै आएको कालो आकाशलाई हातले बल्लतल्ल पन्छाई आँखा च्यातेर अँध्यारामा रङ्गनाथलाई खोज्न थाल्दा सपनाबाट झल्याँस्स ब्युँझिएँ । सुत्नुअघि दिलवरनाथले बरबराएका अस्पष्ट वाक्यहरूले मनमा अझैसम्म त्रास उत्पन्न गरिरहेका थिए । त्यसबाट उम्किन जति सकिन्छ चाँडो शहरतिर भागिहाल्न मन लाग्यो ।

बिहान भइसकेको रहेछ । दिलवरनाथ सीधा उठाउन हिंडिसकेका थिए । हातमुख पनि नधोई हतपत संसारसँग बिदा मागें । तुरन्त मोटरसाइकल स्टार्ट गरेर शहरतिर लागें । टौदहको पोखरी, चोभारको खोच, विश्वविद्यालयको गेट सबै छुट्दै गए । बल्खुनिर आइपुग्दा सुरक्षाकर्मीहरूले मलाई रोके । म विद्रोही हुँ कि देशका कानुन मान्ने नागरिक भन्ने खुट्ट्याउन मेरो झोला र मोटरसाइकलको डिक्की खोलेर हेर्न थाले । मैले छेउको किताबपसलमा झुन्डिएका दैनिक अखबारहरूत्तर्फ आँखा दौडाएँ । गएको चौबीस घन्टामा

देशभरि तीस जनाभन्दा बढी मारिएका रहेछन् । सुरक्षाकर्मीहरूले शहर तथा गाउँका सीमालाई सुरक्षित गर्न सकिरहेका थिएनन् । चिन्ता तथा रोगहरू घरघरका आँगन तथा मूल ढोकाभित्रबाहिर सलबलाइरहेका थिए । मोटरसाइकलमा बम लिएर हिंड्नेहरू चक्रपथजस्ता सीमा नाघ्दै शहरभित्र छिर्दै थिए । राजनीतिक नेताहरू राष्ट्रको लामो सिङेबाजा बजाउँदै सबैको प्रतिरक्षा गर्न सफल भइरहेका थिएनन् ।

यी सबैको कारण के थियो ?

के हाम्रा राजनीतिक र सामाजिक पद्धतिहरू पनि दिलवरनाथका बेसार र नुन चुहिने पाँचमुखे झोलाझैं चुत्था र निकम्मा बनेका छन् ? के त्यसैले राष्ट्रको फेरी राम्रोसँग लाग्न नसकेको हो ?

सुरक्षाकर्मीले म विद्रोही होइन रहेछु भन्ने निर्णय गरे । डिक्की पुनः बन्द भयो । एक्सिलेटरमाथि हत्केला घुमाएँ । बल्खुको पुल पछाडि छुट्यो ।

कालिमाटीबाट जोडसँग हुइँकिएर आएको कारबाट तर्कंदै, हात, खुट्टा दुवैले ब्रेक तानें, थिचें । मोटरसाइकलको गति कम भयो । म देशको भर्खरै दशपन्ध्र वर्षयताको इतिहासबारे सोच्न थालें । २०४६, २०५२ । नोटबुकमा लेखेका तिथिमिति सम्झिएँ ।

२०४६ सालमा बहुदलीय प्रजातन्त्रको प्राप्तिपछि जनप्रतिनिधिहरू शक्तिका दाउपेच खेल्न थालेको सम्झिएँ । एकातिर गरिबहरू झिंगटीका चुहिने छाप्राहरूभित्र आफ्ना दैनिक सङ्घर्ष बाँच्तै थिए । अर्कातिर जनताका नेताहरू काठमाडौंमा महँगा घडेरी किन्दै र महल ठड्याउँदै थिए । यसै असमानताले गर्दा २०५२ मा शुरू भएको विद्रोही आन्दोलन झन्झन् चर्किंदै थियो । जङ्गल तथा दुर्गम पहाडहरूबाट विद्रोहीले राज्यलाई चुनौती दिंदै थिए । शहर-बजारमा बम पड्किइरहेका थिए । देशैभरि मानिसहरू एकअर्कालाई शङ्काका दृष्टिले हेर्न थालेका थिए । आफ्ना छिमेकी र साथीभाइलाई पनि ती सरकारका सुराकी हुन् कि विद्रोहीहरूका भनेर शङ्का-उपशङ्का गर्न थाल्दै थिए ।

कालिमाटी, त्रिपुरेश्वर, धरहरा, घण्टाघर र दरबारमार्ग हुँदै मेरो यात्रा घरतिर बढ्दै गयो । घण्टाघरको घडीभित्र केही मानिसहरू टुक्रुक्क बसेको देखें । उनीहरू घन्टा र मिनटका सुइरा ओल्टाईपल्टाई गर्दै थिए । सायद घडीको मर्मत भइरहेको थियो ।

नारायणहिटी राजदरबार हिजो साँझझैं चुपचाप र शान्त थियो, अघाएर मस्त सुतेको कुनै विशालकाय जन्तुझैं । आज पनि दरबारमार्ग विज्ञापनका बोर्ड र रङ्गीन सन्देशहरूले झकिझकाउ थियो । मोटरसाइकलमा बसेर मुस्कुराइरहेको बौद्ध भिक्षु आज अलि उदास र चिन्तित देखियो । कपालमा तेल लगाइरहेकी नवयौवनाको फ्रक निकै चुस्त र छोटो थियो । मोटरसाइकल, तेल, भिक्षु, नवयौवना, बियर आदि पोतिएका विज्ञापन बोर्डको एउटा कुनामा त्यही चिरपरिचित शब्द देखें, 'खोज ।'

खोज, बुझ, पत्ता लगाऊ ।

उपत्यकाभित्रका शक्तिहरूको नापतौल

तीन दिन यत्तिकै बिते । चौथो बिहान विम्ब मेरो घरमा चिया पिउन आइपुग्यो । सधैं कम बोल्ने विम्ब त्यस दिन पनि खासै बोलेन । दुवै अध्ययनकोठामा पस्यौं । कुर्सीमा बसेपछि भने मेरो मित्रले आफू आउनुको कारण खुलायो ।

"न्यु कान्तिपुर पोस्टका सम्पादक तिमीले पठाएको लेखबाट त्यति खुशी छैनन् ।", उसले भन्यो । मैले सम्झिएँ, विभागमा पढाउनेबाहेक विम्ब, वरूण र मैले कोल्युम लेख्ने त्यही अखबारमा पार्टटाइम कपी एडिटरको काम पनि त गर्ने गर्छ ।

आफूले दुई दिनअघि इमेल गरको लेख पनि सम्झिएँ । दिलवरनाथसँगको भेटबारेको त्यही लेख । कस्तो सम्पादक रहेछ, लेखकको भावना र विचार नबुझ्ने !

"किन र ?", मैले अलि झर्को मान्दै सोधें, "त्यस्तो के खराबी छ र त्यस लेखमा ?"

"सम्पादक भन्दै थिए, तिम्रो लेख छन्द न बन्दको छ । धेरै अस्तव्यस्त विचार एकैसाथ यताउता कुदेका छन् तर ती सबलाई बाँध्ने कुनै सिङ्गो तर्क वा विचार छैन ।", विम्बले भन्यो, "अनि शब्दसङ्ख्या पनि आठ सयभन्दा निकै बढी छ रे ! कोल्युमका लेखहरू आठ सय शब्दभित्रै लेखिसक्नुपर्ने भन्ने निर्णय पहिल्यै भएको होइन र ?"

लेखकका विचारलाई मनन गर्नुका सट्टा कस्तो शब्द गनेर बसेको ! रिस र दिक्दारी बढ्न थाल्यो ।

"अरू के भने सम्पादकले ?"

"आजकल तिम्रा लेख गतिला हुँदैनन् रे ! बरू केही समयलाई तिम्रा लेख बन्दै गरिदिने कि पनि भन्दै थिए ।"

एकपल्ट पुनः मगज भित्रभित्रै माकुराहरू सलबलाउन थाले ।

"अनि तिमीले के भन्यौ त ?", मैले चिन्तित हुँदै सोधें, "आफ्ना मित्रको समर्थनमा केही बोलेनौ ?"

"भनें त मैले ।", विम्बले सेतो चस्मा पछाडिबाट एकटक हेर्दै भन्यो, "चिन्ता गर्नु पर्दैन, अर्को हप्ताका निम्ति उसले एउटा असाध्य रोचक र घतलाग्दो लेख लेख्नेछ भनिदिएँ ।"

"अब सुन एउटा योजना ।", उसले सुस्तरी थप्यो, "फ्रेन्ज राइनर नाम गरेका जर्मन टुरिस्ट बौद्धमा बसेका छन् । उनी उपत्यकाभरि छरिएका शक्तिप्रवाहलाई नाप्ने गर्छन् । शारीरिक रोग र मानसिक असन्तुलनले ग्रस्त व्यक्तिलाई उचित सल्लाह पनि दिन्छन् । बरू तिमीले चाँडै उनलाई भेटिहाल । मलाई लाग्छ, तिमीले उनका बारेमा उत्कृष्ट लेख लेख्न सक्छौ ।"

शक्तिहरूको प्रवाह नाप्ने व्यक्ति ? अनि मानसिक रोगीलाई सल्लाह दिने विशेषज्ञ पनि ? के विम्बले पनि प्रसाद सर र वरूणले जस्तै मेरा बारेमा फैलिएका उडन्ते हल्लाहरूतिर औंल्याउँदै थियो ? के प्रसाद सर, वरूण र विम्ब तीनै जना मिलेर मलाई म पागलै भएको छु भनी स्वीकार गराउन खोजिरहेका त छैनन् ?

यदि यस्तै हो भने उनीहरू पूर्णतया गलत साबित हुनेछन् । मैले "म पागल छु" भनेर किन स्वीकार गर्ने ? मेरा बारेमा चलेका हल्ला सत्य तथ्यमा आधारित छैनन् । ती मात्र कल्पना र भ्रमका उपज हुन् ।

मैले दिक्क मान्दै पुनः विम्बतिर हेरें । चियाको कप टेबलमा राखी ऊ कुर्सीबाट उठ्यो । "कसैलाई भेट्ने समय दिएको छु" भनी भटभटाउन थाल्यो । हामी अध्ययनकोठाबाट आँगनमा ओर्लियौं । छुट्टिने बेलामा ऊ केही बोलेन । कछुवा कत्ले ढाडभित्र लुकेझैं ऊ एकपल्ट पुनः मौनताको

पर्खालभित्र लुक्यो । ऊ मोटरसाइकल लिएर हुइँकियो । म गेट बन्द गरेर पुनः सोच्न थालें ।

होइन, अहिल्यै बौद्ध गएर राइनरलाई भेटिहालौं कि क्या हो ? आज के बार ? बुधबार ! कोल्युमका लागि अर्को लेख पठाउन अझै तीन दिन बाँकी छ । आजै अन्तर्वार्ता लिएँ भने लेख तयार गर्न पर्याप्त समय हुनेछ । आज विश्वविद्यालय पनि बन्दै छ । राजनीतिक दलहरूले बन्द आह्वान गरेका छन् । बरू राइनरलाई अहिल्यै भेटिहाल्नु उपयुक्त होला ।

म घरभित्र गएँ, लुगा फेरें र पुनः आँगनमा निस्कें । सुपारीको सानो रूख, रङ लगाउने ब्रस र गमलाहरूभन्दा पर ग्यारेज थियो । त्यसभित्र मेरो मोटरसाइकल थियो । मोटरसाइकल स्टार्ट गरेर म कालोपुलतिर हानिएँ ।

केही मानिसहरू रङ्गीन तुल र पोस्टर बोकी कालोपुलनिर धमाधम जम्मा हुँदै थिए । मैले राता, पहेंला ब्यानरमा लेखिएका शब्द पढ्न खोजें ।

"चामल र तेलको भाउ यत्तिकै बढाउन पाइँदैन ।" एउटा ब्यानरमा लेखिएको थियो । "भ्रष्ट मुनाफाखोरहरूको नाश होस् ।", अर्काको आग्रह देखियो ।

केही ब्यानर हृतिक रोशन र ऐश्वर्या रायका ठूलठूला अनुहारयुक्त विज्ञापन-बोर्डहरूमुन्तिर सलबलाइरहेका थिए । रोशन र राय तल हल्लिएका ब्यानर, पोस्टरलाई माथिबाट मुस्कुराउँदै मनन गर्दै झैं थिए ।

म कालोपुल नाघी पूर्वतिर बढ्दै गएँ । सिफल र चावहिल छुटे । चावहिल नाघेर पूर्वतिर बढेपछि बौद्ध स्तूपमा कोरिएका दैवी आँखाहरू नजिक, झन् नजिक आउँदै गए ।

मलाई विम्बले राइनरको ठेगाना दिएको थियो । उनी बौद्ध स्तूपनजिकको होटल द लिटिल बुद्धमा बसेका रहेछन् । होटलबाहिर दूबोको चउर थियो । आकाशसम्म अग्लिएको बौद्ध स्तूप चउरबाट प्रस्टै देखिन्थ्यो । स्तूपमा कोरिएका बुद्धका आँखाहरू मलाई केही बताउन खोजेझैं थिए ।

तिब्बती ड्र्यागनका तस्वीर कोरिएको होटलको ढोकाबाट भित्र पसें । अगाडि रिसेप्सन टेबल थियो । रिसेप्सनिस्टलाई आफू आउनुको कारण बताएँ । उनले पढ्दै गरेको आजको शान्तिपुरलाई टेबलमा राखेर फोन घुमाउन थालिन् । म पुनः ड्र्यागनहरूको बीचबाट निस्किएर हरियो दूबोको चउरमा पुगें । सेतो इनामेलले रङ्गिएको कुर्सीमा बसें । अगाडिको सेतै टेबलमा हात राखी एकचोटि फेरि तिब्बती ड्र्यागनहरूतिर फर्किएँ ।

ढोका खुल्यो । झोला बोकेका अग्ला गोरा मानिस देखिए । उनी सरासर मतिर आए र झोला र कागजहरूको थुप्रो टेबलमाथि राखे । टेबलपारिका कुर्सीमा बसी मतिर हात बढाए ।

"म फ्रेन्ज राइनर हुँ ।", उनले भने, "जर्मन टुरिस्ट तथा शक्तिका रेखाहरूको रिसर्चर ।"

मैले हात उनीतिर बढाएँ । उनले हात मिलाएर झोला खोले । विभिन्न आकारका फलाम, तामा आदिका ससाना छडीहरू एकएक गरी टेबलमा फिँजाउन थाले ।

अग्लो काँटका, लामो, सेतो कपाल र लामै दाह्री पालेका राइनर कुनै दार्शनिकझैं देखिन्थे । उनका आँखाहरू चिम्सा भए पनि तिनको तीक्ष्णता दिलवरनाथका ठूला, गहिरा आँखाको भन्दा कम थिएन । हातमा रहेको एक फिटजति लामो पित्तले छडीलाई एकटक हेर्दै राइनरले बताए, उनको व्यवसाय नै शक्तिका स्वरूपहरूको नापतौल, लेखाजोखा र विश्लेषण गर्नु हो ।

"शक्तिका समस्त रेखा तथा प्रवाहलाई यसैले जाँच्ने गर्छु ।", राइनरले त्यो छडी देखाउँदै भने, "सम्पूर्ण पृथ्वी चुम्बकीय शक्तिका रेखाहरूले कोरिएको छ । यसबाहेक सूर्य, चन्द्र, बृहस्पतिलगायत अन्य तारा, ग्रह र उपग्रहबाट पनि शक्तिप्रवाह भइरहन्छन् । भुइँमुनिको पानी र रातो लाभाका प्रवाहले समेत हाम्रो जीवनलाई प्रभाव पार्छन् ।"

मैले नीलो नोटबुक र कालो पाइलट पेन झिकें ।

राइनर भन्दै गए, "पशुपतिनाथ, बौद्ध, मातातीर्थ, स्वयम्भू र बूढानीलकण्ठजस्ता धार्मिक स्थलहरूमा आध्यात्मिक शक्तिको लगातार प्रवाह भइरहेको छ । काठमाडौं उपत्यकाका विभिन्न स्थलमा आध्यात्मिक शक्तिका रेखा यताउता गर्दै छन् । आध्यात्मिक शक्तिको यस्तो गहन प्रचुरता मैले युरोपका अति प्राचीन चर्चहरूमा मात्रै भेटेको छु ।"

"अरू केकस्ता शक्तिहरू चलायमान छन् उपत्यकाभित्र र बाहिर ?", मैले सोधें ।

"अन्य डरलाग्दा शक्तिहरू पनि सलबलाइरहेछन् ।", राइनरले जबाफ दिए, "यो उपत्यका ती शक्तिका कारणले गर्दा सङ्कटमा पर्दै गएको देखिन्छ । शक्तिका धेरै रेखाहरू जमिनमुनि उम्लिएको लाभाको प्रवाहमा मुछिएका छन् । कुनै भयावह भूकम्पको सम्भावना छ ।"

"केही महिनाअघि म पुस्तक प्रकाशन गर्ने सिलसिलामा न्युयोर्कमा थिएँ ।", उनले कागजको ठेलीतिर औंला तेर्साउँदै भने, "मेरो एजेन्टले भनेको थियो, अक्सफोर्ड पब्लिकेसन्सको न्युयोर्क ब्रान्चले प्रकाशन गर्ने रूचि देखाएको छ । आजकल शक्तिका केन्द्र तथा प्रवाहहरूको अध्ययन गर्ने आधुनिक विज्ञानमा निकै रूचि बढेको छ, यस विषयका प्रशस्त पाठकहरू हुन सक्छन् भन्थ्यो ।"

शक्ति अध्ययन गर्ने विज्ञान । अक्सफोर्ड पब्लिकेसन्स । पाइलट पेन नोटबुकको पन्नामाथि खुरूरू कुद्यो ।

"तपाईंको किताप कहिले प्रकाशन हुन्छ त ? अनि तपाईंले नेपाल आउने निर्णय कसरी गर्नुभयो ?"

"सोच्दै नसोचेको भयावह दुर्घटना भयो ।", राइनरले दुखी अनुहार लगाएर भने, "त्यहीताका न्युयोर्कको सबवेमा आतङ्ककारीहरूले बम विस्फोट गरे । म छेउमै थिएँ, भाग्यले बाँचें । मेरो आँखाअगाडि क्षतविक्षत लासहरू थिए । स्टिलका स्तम्भहरू ढलेका थिए । आगो सल्किइरहेको थियो । त्यसपछि न्युयोर्कमा एक दिन पनि बस्न मन लागेन । आफैँभित्र भूकम्प गएजस्तो लाग्यो । कुनै शान्तिपूर्ण ठाउँमा तुरून्तै गइहाल्न मन लाग्यो । पहिले पनि

धेरैचोटि नेपाल आएर यहाँका भाषासंस्कृति अध्ययन गरेको थिएँ । यो ठाउँ धेरै शान्तिपूर्ण लागेको थियो । त्यसैले इन्डियन एयरलाइन्सको फ्लाइट चढी दिल्ली हुँदै तुरुन्तै काठमाडौं आएँ ।"

"तर तपाईंको किताप नि ?"

"न्युयोर्कमा बस्ने मनै लागेन ।", राइनरले उत्तर दिए, "अराजक शक्तिहरू क्विन्सका गल्ली, ब्रुकलिन ब्रिज तथा म्यानहटनका गगनचुम्बी टावरवरिपरि सलबलाइरहेका थिए । मलाई ती शक्तिबाट पर भाग्नु थियो । एजेन्टलाई भनें, पहिले म नेपाल गएर थप अध्ययन गरी पाण्डुलिपिलाई अझै केही मिलाउँछु, त्यसपछि मात्र प्रकाशकलाई भेटौंला । त्यसको अर्को दिनै काठमाडौंतिर उडें ।"

न्युयोर्कमा बमविस्फोट । क्विन्स, ब्रुकलिन र म्यानहटन । नोटबुकको पन्नामा नयाँ शब्दहरू लेखिँदै आए ।

"को थिए ती आतङ्कवादीहरू ?", मैले सोधें, "पुलिसले कसैलाई समात्यो ?"

"मलाई त्यस घटना बारे कुरै गर्न मन छैन ।", राइनरको गोरो अनुहार अँध्यारो र मलिन थियो, "पीडादायक स्मृतिहरू अझैसम्म आलै छन् । बरू शक्ति नाप्ने आधुनिक विज्ञानकै बारेमा गफ गरौं न ।"

उनी केही चिन्तित देखिन्थे । उनको गोरो, चौडा निधारका रेखाहरू खुम्चिएका गहिरा डोबहरूझैं थिए । उनका चिम्सा आँखामा पनि आशङ्का र असमञ्जसता कोरिएको थियो । उनले स्वीकारे, शक्तिको नापतौल र लेखाजोखा गर्ने उनका प्रणाली उपत्यकाभित्र त्यति सफल हुन सकिरहेका थिएनन् ।

"म्युनिख, फ्र्यान्कफर्ट, बोन, बर्लिन र प्रागलगायत जर्मनी र अन्य युरोपेली शहरका बासिन्दा मेरो सुझाव पहिल्याएर जीवनमा ठूलठूला परिवर्तन ल्याउन सफल भएका छन् ।", राइनरले भन्दै गए, "घरको कुन भागमा कस्तो किसिमको शक्ति प्रवाहित भइरहेछ भनेर जाँची म मानिसहरूलाई खाने, बस्ने र सुत्ने ठाउँमा परिवर्तन गर्ने सल्लाह दिने गर्छु । मेरो सल्लाहबाट युरोपमा

धेरैलाई सोचेजस्तो फाइदा पनि भएको छ । अस्वस्थहरूले स्वास्थ्यलाभ गरेका छन् भने मानसिक तनावले ग्रस्त मानिसले शान्ति र आराम भेटेका छन् । तर काठमाडौं उपत्यकामा स्थिति एकदमै उल्टो हुन पुगेको छ ।", उनले बडो मलिन अनुहार लगाएर भने, "मेरो सल्लाहअनुसार खाने, सुत्ने ठाउँमा परिवर्तन ल्याएका मानिसले कम्प्लेन गर्दै छन् ।"

"स्थिति कसरी उल्टो भइरहेछ ?", नोटबुकमा कालो धर्सो कोर्दै मैले सोधें, "कसले गुनासो पोखिरहेछ ?"

"जोरपाटीको एउटा परिवारलाई सुत्ने कोठा भुइँतलाबाट दोस्रो तलामा सार्ने सल्लाह दिएको थिएँ ।", राइनरले एकफिटे छडी तेर्साउँदै भने, "मेरो यस उपकरणले देखाएको थियो, उनीहरूको दोस्रो तलानिर चन्द्रमाबाट आउने आध्यात्मिक शक्तिको प्रवाह हुने गर्छ । भुइँतलामा शयनकक्ष बनाइराख्नु त्यसै पनि उपयुक्त थिएन । घरको भुइँमुनि लाभाको ठूलो कुण्ड छ भनेर पनि उपकरणले प्रस्टै देखाएको थियो । यो सबै विचार गरेरै मैले उनीहरूलाई दोस्रो तलामा सर्ने एड्भाइस दिएको थिएँ ।"

"तर सोचेअनुसारको परिणाम आउन सकेन ।", उनले निधारका गहिरा डोबहरू खुम्च्याएर लामो सास छोड्दै थपे, "बरू झन् उल्टो पो हुन गयो ।"

"के भयो ?"

"एक हप्तापछि घरधनी आएर मसँग झगडा गर्न तम्सियो । उसकी स्वास्नीले लाभाको कुण्डमा डुबेको सपना देखेर सुत्न सकिन रे ! दोस्रो तल्लामा सरेपछि उसको पित्थ्यूँको रोग झन् चर्किंदै गयो रे ! व्यापार चौपट हुँदै गयो रे ! छिमेकी र आफन्तहरूसँग मनमुटाव भयो रे !"

"अनि ?" पाइलट पेन नोटबुकमा दौडिइ नै रह्यो ।

"मेरो सल्लाह मान्दै बैठक, सुत्ने कोठा आदिमा परिवर्तन गरेका अन्य मानिसले पनि यस्तै कम्प्लेन गरिरहेछन् । कसैको स्टकको भाउ घट्यो भने कसैको प्रेमसम्बन्ध टुट्यो रे ! कसैको यौनेच्छामा कमी आयो भने कसैको भऱ्याङबाट पछारिएर खुट्टै भाँचियो रे ! म आफैँ छक्क परेको छु, किन यस्तो

भइरहेछ ! युरोपमा सफल मेरा वैज्ञानिक प्रणालीहरू काठमाडौं उपत्यकाभित्र किन सफल हुन सकिरहेका छैनन् ?"

"मलाई लाग्छ यस उपत्यकामा बुझ्नै नसकिने शक्तिका स्रोत छन् ।", एकफुटे छडीले आफ्नै हत्केलामा बिस्तारै प्याट्टप्याट्ट हिर्काउँदै उनले भने, "अहिलेसम्म अध्ययन नगरिएका शक्तिका रेखाहरू उपत्यकाभरि छरिएका छन् । ती अस्पष्ट शक्तिहरू विद्युतीय, चुम्बकीय तथा ग्रह, उपग्रहका शक्तिहरूसँग मिसिइरहेछन् । यो उपत्यका बुझ्दै नबुझिने शक्तिका खेलहरूको भूलभुलैया बन्न पुगेको छ ।

"दरबारमार्ग, रत्नपार्क, बागबजार र सुनधारातिर घुम्दै जाँदा मैले चिसो डरलाग्दो शक्तिप्रवाह अनुभव गरें । न्युयोर्कका क्विन्स, ब्रुकलिन र म्यानहटनका व्यापारिक क्षेत्रझैं काठमाडौं उपत्यकाका राजनीतिक र आर्थिक केन्द्रनजिक पनि अराजक शक्तिहरू चलायमान छन् । तिनलाई मेरो यन्त्रले नाप्न सकेन ।"

मैले अकस्मात् दिलवरनाथका अस्पष्ट उच्चारण सम्झें । तुरुन्तै नयाँ आशङ्का उब्जियो । अहिलेसम्म नजन्मिएको कुनै अस्पष्ट, अँध्यारो भविष्य हावामा र जमिनमुनि सलबलाइरहेझैं थियो ।

के फेरी जोगी र जर्मन राइनर दुवै जना उस्ताउस्तै निर्णयमा त पुगिरहेका थिएनन् ? दुवैले अनियन्त्रित र अराजक शक्तिबारे बोलेका थिए । उनीहरू एउटै त्रासदीका रूपरेखालाई समात्न, बुझ्न खोज्दै त थिएनन् ? प्रस्टसँग देख्न र बुझ्न नसकिने त्यस त्रासदीका केन्द्रमा सायद कुनै रहस्य गाडिएको थियो । यस्तो रहस्य जसलाई राइनरको शक्ति नाप्ने यन्त्र र जोगीका फेरी मन्त्र दुवैले ठम्याउन सकिरहेका थिएनन् ।

खोलाछेउ उभिएर घाटमा सल्किएको आगो हेरेको सम्झिएँ । खरानी पानीमा झरेको र कालो मुस्लो हावामा उड्दै गएको पनि सम्झिएँ । त्यस बेला मैले पनि त पानी, धुवाँ, खरानी सबैतिर सलबलाइरहेका शक्तिहरूको आभास पाएको थिएँ नि ! शक्तिहरू मेरो शरीरभित्र छिर्दै गएजस्तो अनुभव पनि भएको थियो । के राइनर तिनै शक्तिबारे त भन्दै थिएनन् ?

"एकपल्ट फेरि भन्नुहोस् त ती डरलाग्दा शक्तिप्रवाहका केन्द्रहरूको नाम ।", मैले नोटबुकमा धमाधम लेख्दै पुनः प्रश्न गरें ।

"रत्नपार्क, सुनधारा, वसन्तपुर, दरबारमार्ग आदि ।", राइनरले प्रस्ट भने ।

हामी दुवै लनका सेता कुर्सीबाट उठ्यौं । मसँग हात मिलाएर राइनर पुनः तिब्बती ड्र्यागन कोरिएको होटलको ढोकाभित्र पसे । म भने होटलको चउरबाट निस्की मूल सडकछेउ पार्क गरिएको मोटरसाइकलतिर लागें ।

दुई सैनिक हतियार भिरेर गोकर्णतिर हिँडिरहेका थिए । एउटा बूढो मानिस प्रार्थनाका माला बेच्दै थियो । अरू पर्यटक छेउका पसलमा हाँसिरहेका भुँडे बुद्धका काष्ठ प्रतिमा किन्दै थिए । बुद्धको प्रतिमा र माला बेच्ने पसलहरूभन्दा पर अर्को पसल थियो । पसलका सटरहरू बन्द थिए र तिनमा कोरिएको थियो, खोज ! खोज ! खोज !

मोटरसाइकलको चाबी घुमाई, एक्सिलेटरमा हत्केला राखेर खुट्टाले किक हान्न थालें । एक किक, दुई किक । इन्जिन घ्वार्रघुर्र गर्न थाल्यो । म चावहिल हुँदै हाँडीगाउँतिर लागें ।

कालोपुलछेउ पुग्दा मोटरसाइकिलको डिक्कीभित्र केही उफ्रिँदै छजस्तो लाग्यो । खट्याकखुटुक, खट्याकखुटुक आवाज आइरहेको थियो । उः, फेरि पनि उफ्रियो डिक्कीभित्रभित्रै केही । पुलछेउ मोटरसाइकल रोकें । काँध, घाँटी घुमाउँदै सीटमा बसीबसी डिक्कीतिर हेरें । कभर खुलेको थियो र भित्रबाट फलामको पातलो रड मतिर चियाइरहेको थियो ।

"ओहो, कस्तो सुद्धी !", आफैँलाई झपारें । अब बेकारमा राइनरको शक्ति नाप्ने छडी फर्काउन फेरि बौद्ध फर्कनुपर्ने भयो । हातले तानेर हेरें ।

शक्तिका केन्द्रबारे बताउँदा राइनरले यस्तै कुनै छडी हातमा लिएका थिए । फेरि नियालें । मैले समातेको छडी राइनरको भन्दा झन्डै आधी सानो थियो । राइनरको उपकरण लगभग एक फुटको थियो । मेरो हत्केलाको छडी मात्र आधी । त्यसबाहेक उनको छडी पित्तलको थियो र मैले समातेको फलामको !

एकपल्ट पुनः होटलको चउरबाट देखिएका बौद्ध स्तूपका आँखा सम्झिएँ। "किन तिमी बेकारका चक्करमा फस्तै झन्झन् अराजक हुँदै छौ ?", दैविक आँखाले मलाई सोधिरहेझैं थिए।

मैले त्यस छडीलाई औंलाहरूले जोडसँग दबाएँ। अनि काँध र हत्केलामा बल दिएर धोबीखोलाको पानीमा जति सकिन्छ पर फ्याँकिदिएँ। त्यसपछि पुनः एकपल्ट घोरिएर खोलाको पानी हेरें।

कालोपुलको पूर्वपट्टि एउटा कच्ची सडक छ। दुर्गन्धित धोबीखोलाको छेउछेउ हुँदै दगुरेको त्यस सडकले कालोपुललाई रातोपुलसँग जोड्छ। केही वर्षअघिसम्म सिस्नो, उन्यू र तीतेपाती र बाँसका झ्याङहरूले बनाएको प्राकृतिक पर्दाका कारण सडकबाट धोबीखोलाको मैलो कालो पानी देख्नै गाह्रो हुन्थ्यो। अब ती झ्याङहरू काटिएर हराएका छन् र खोलाको मैलो पानी सडकबाटै प्रस्ट देखिन्छ।

पानीमा पौडिइरहेका लुगाका च्याथ्रा तथा मलमूत्रका दुर्गन्धले कुनै आततायी रहस्यतिर सङ्केत गरेझैं लाग्यो। यस्तो रहस्य जुन पहिले छोपिएर लुकेको थियो तर अहिले उदाङ्गिएर खुल्दै आएको छ।

चाबी घुमाएर किक हानें। घर नजिकै थियो, त्यतैपट्टि लागें।

ह्रतिक रोशन र ऐश्वर्या रायका हँसिला अनुहार, कोरियाली कार र जापानी क्यामेराका विज्ञापन, फुटेका इँटा र ढुङ्गा फ्याँकिएको सडक सबै छुट्तै गए। घर आइपुग्यो।

गेटबाट मोटरसाइकल छिराउन लाग्दा पर्खालमा कुनै चित्र वा नारा कोरिएजस्तो देखें। मोटरसाइकल घुमाएर त्यसकै अगाडि पुऱ्याई अडें। सिटमा बसीबसी घोरिएर हेरें।

कुनै मान्छेको अनुहार, ठूला गहिरा आँखा, चौडा निधार, लामो सेतो कपाल र दाह्री। कसले, कहिले कोऱ्यो होला, यो चित्र पर्खालमा ?

कुनै देखेचिनेको मानिसको अनुहारझैं लाग्यो। ती ठूला गहिरा आँखा ?

ती आँखा त दिलवरनाथका जस्तै थिए। हो, कुनै खोचमा टिलपिलाइरहेका ल्याम्पहरूजस्तै। तर बाँकी अनुहार भने उनको जस्तो पटक्कै थिएन। लामो सेतो कपाल र दाह्री। चौडा निधार। कसको अनुहार थियो त्यो ?

सेतो कपाल र दाह्री त ठ्याक्कै आजै भेटेका राइनरको जस्तो थियो। फराकिलो निधार पनि उनकै जस्तो देखिन्थ्यो। तर भ्यान्टाजस्तो ठूला बाङ्गोटिङ्गो नाक ?

न त्यो दिलवरनाथको जस्तो थियो, न राइनरकै जस्तो।

मैले औंलाले पर्खालको अनुहार छोएँ। अलिकति रङ खरानीझैं झऱ्यो। अनुहारमाथि औंला घुमाइरहें। रङ झर्दै गयो, भ्यान्टे नाक मेटिँदै गयो। अनि पो बल्ल बुझें। पर्खालमाथि कोरिएको आकृति कुनै मानिसको अनुहार नभएर मुकुन्डो रहेछ। ठूला आँखा, चौडा निधार, मोटो बाङ्गोटिङ्गो नाक भएको कुनै मकुन्डाको चित्र !

मेरा औंला पर्खालमाथि लगातार सलबलाइरहे। रङ झर्दै गयो, मुकुन्डो मेटिँदै गयो। अनि पो देखें: मकुन्डाको चित्रभित्र अर्कै अनुहार रहेछ। गुजुमुज्ज कपाल, साना आँखा, चिन्ताका रेखा कोरिएको निधार। मुकुन्डो मेटियो, अनुहार देखियो। भित्रभित्रै अत्यास बढ्न थाल्यो।

पुनः टाउकोभित्र ससाना सुइराहरू घोचिन थाले। हत्तपत्त मोटरसाइकल घुमाएर गेटतिर लगें। गेट खुल्लै थियो, भित्र पसें।

आँगनमा जताततै खाली गमला, रङका बट्टा र ब्रसहरू थिए। आँगन परको कुनामा सिस्नो र लालुपातेका झ्याङ थिए। यतापट्टि सुपारीको ससानो रूख।

वेदिका र मेनु खाली गमलाहरूमा रङ लाउँदै थिए।

रङ, ब्रस, वेदिका, मेनु, झ्याङ, रूख, सबैका बीचबाट मोटरसाइकल तर्काउँदै ग्यारेजभित्र पुगें। चाबी घुमाएर हातमा लिएँ। वेदिका, बट्टा र ब्रसहरूतिर बढ्न के खोज्दै थिएँ, दूध र स्याउ मिसिएको बास्ना नजिकै आयो। मेरा खुट्टावरिपरि हात बाँधेर तान्नै पो थाल्यो। नानू रहिछ।

"किन यति ढिलो फर्किएको ड्याडी ?" मेरी छोरी नानूले सोधी, "हिंड्नु जौं एटिकमा गइहालूँ । त्याँ मैले नयाँ कथा बनाको छु ।"

"भोलि गए हुँदैन ?", मैले सोधें, "आज निकै थाकेको छु, टाउको पनि दुखेजस्तो भइरहेछ ।"

"दिनभरि यसरी मोटरसाइकल लिएर कहिले घाट त कहिले गाउँ, जङ्गल, पहाडमा भौंतारिएर हिंडेपछि किन नदुखोस् त टाउको !

मैले झस्किएर रङ, ब्रस र गमलाहरूतिर हेरें । तर उनी मतिर फर्किनन् । गमलामाथि आँखा गाडेर ब्रस चलाइरहिन् ।

"नानू तिमीलाई खोजेको खोज्यै छ ।", वेदिकाले भनिन्, "अब अरू केही नगरे पनि उसकै कथा भए पनि सुनिदेऊ । बिहानभरि बुइँगलमा कथा बनाएर बसेकी छ ।"

लालुपातेको झ्याङछेउमा उभिएर मैले उनीतिर हेरें । उनको कालोकालो तर हिस्सी परेको हँसिलो अनुहार दुखित र मलिन थियो । दुई महिनाअघि मेडिकल चेकअप गराउँदा डाक्टरहरूले मलाई "तपाईंको फोक्सो कमजोर छ अबदेखि चुरोट नखानू, मोटरसाइकल लिएर धुलौटे सडकमा नकुद्नू" भनेका थिए । कुरो प्रस्ट थियो, म यसरी मोटरसाइकलमा चढी टाढाटाढा घुम्न हिंडेकामा उनी रिसाएकी थिइन् ।

पुराना स्मृतिले पुनः घेर्न थाले । त्यो दिन सम्झिएँ, जब मैले विद्यार्थी छँदा विभागको वरका रूखमुनि उनको हात समातेर भनेको थिएँ, "मेरो जीवनका दुइटा मात्र उद्देश्य छन्ः एउटा तिमीलाई पाउने, अर्को यसै विभागमा शिक्षक बनेर फर्कने । मलाई पढ्न-ढाउन मात्र मन छ, ट्राभल, ट्रेकिङ, व्यापार, व्यवसाय आदिका झन्झट-झमेलामा पर्न बिलकुलै मन छैन ।"

उनले त्यस बेला केही भनिनन् । केवल मुस्कुराउँदै मतिर हेरकी थिइन् ।

मेरा दुवै इच्छा चाँडै पूरा भए । अध्ययन सक्नेबित्तिकै प्रसाद सर, कवि सर, बी.पी. सर आदिको सल्लाह पछ्याउँदै मैले विभागमा पढाउन

थालें र त्यसको लगत्तै पछि उनीसँग विवाह पनि गरें । उनले परिवारको ट्राभलसम्बन्धी व्यापारमा सघाउ पुऱ्याउन थालिन् । नानू जन्मिएको केही वर्षपछि उनी झन्झन् अफिसमै व्यस्त हुँदै गइन् ।

त्यस दिन वरको रूखमुनि उनको अनुहार हँसिलो थियो । ओठ र आँखा मुस्कुराइरहेका थिए । आज तिनै ओठ र आँखा दुवै चुपचाप थिए । निधारका रेखाहरू तन्किएका थिए ।

"केही छैन, उनीसँग पछि कुरो मिलाउँला, अहिलेलाई नानूको कथा सुनिदिनु नै बेस ।" यस्तो सोचेर म छोरीको पछिपछि घरभित्र पसेर बुइँगलतिर उक्लिँदै गएँ । दुध र स्याउको बास्ना बुइँगलसम्म फैलिएको थियो । बुइँगलको भुइँमा छरिएको थियो, नानूको कथा ।

काठका पुतलीहरू । पहेंला, नीला, हरिया गुच्चा र कागजका सेता डुङ्गाहरू ।

"यो कठपुतली एउटा ब्याड कठपुतली हो ड्याडी । त्यो अर्को भने राम्रो गुड कठपुतली !"

नानूले भुइँमा बस्तै उसका ससाना औंला यताउता तेर्स्याई । म पनि ऊसँगसँगै थचक्क बसें ।

राता, नीला लुगा लगाएका कठपुतलीहरू मेरा निम्ति त उस्ताउस्तै थिए । दुइटै एउटैजस्ता देखिन्थे ।

"यो बदमास ब्याड कठपुतली त्यो गुड कठपुतलीका हीरा र उनको राजकुमार चोरेर यता आ' छ, हेर्नोस् ती हीराहरू !", नानूले भनी ।

उसका साना हत्केलामा पहेंला, नीला, हरिया, राता रङका पाँचछ गुच्चा थिए । नानूले उसको हत्केला मेरो हत्केलामाथि राखी । गुच्चाहरू मेरैमा आइपुगे ।

नानूले औंलाले दलिनको पल्लो कुनो देखाउँदै भनी, "उतापट्टि त्यो राम्रो पुतली छ । यता यो दुःख दिने ब्याड पुतली । बीचमा समुद्र छ । त्यही

समुद्रमा जहाज चढेर आउँछिन् ती गुड पुतली, उनको हराको हीरा र राजकुमार खोज्दै ।"

उसका साना-पातला औंलाले बुइँगलका मध्यतिर देखाइरहेका थिए । त्यहाँ थिए, कागजका सेता डुङ्गाहरू ।

मैले केहीबेर पालैपालो कठपुतली, गुच्चा, डुङ्गालाई हेरें । त्यसपछि निकै सोचे-गमेजस्तो गरी टाउको हल्लाउँदै भनें, "राम्रो कथा बनायौ छोरी । अब तिमी बरू झट्ट तल गएर मलाई एक कप चिया पठाउन भन है ! म अब एकछिन बुइँगलमै बस्न चाहन्छु ।"

"हुन्छ, हुन्छ !", नानू तुरुन्तै भऱ्याङतिर दौडिई । उसका आँखा चम्किरहेका थिए र अनुहार खुशीले उज्यालो थियो । "अनि म फर्केर आएपछि मलाई एउटा नयाँ कथा सुनाउनुपर्छ है त !"

नानू फटाफट ओर्लिई । मैले उभिएर वरिपरि हेरें । बुइँगलको झ्यालबाट आँगनको सिस्नो, लालुपातेको झ्याङ र सुपारीको रूख प्रस्ट देखिएका थिए । आज खोइ किन हो, नानूलाई कथा सुनाउन मन लागिरहेको थिएन । चिन्ता र छटपटीले मनलाई व्यग्र बनाएको थियो । म बुइँगलको झ्यालमा उभिएर रूख, गमला, ब्रस, झ्याङ, वेदिका, मेनु सबैलाई एकटक हेरिरहें ।

खोज

साथीसँगातीहरूले दुई-तीन हप्तादेखि भन्दै थिए, म जहिल्यै पनि आत्तिएको जस्तो देखिन्छु । यसैताका मेरा बारे उडेका हल्लाहरू पहिलोपल्ट अलिअलि गर्दै सबैतिर फैलन थाले । हल्लाको सुरूवात त्यही दिनदेखि भयो, जुन दिन म पढाउँदापढाउँदै टक्क उभिएर कसैलाई केही नभनी कक्षाबाट आत्तिँदै निस्किएँ । मनमा पहिले पनि बीचबीचमा यसरी नै आइरहने शब्द त्यस दिन पुनः फर्किएर आएको थियो । ओठहरू आफैँ खुम्चँदै भित्रैबाट गुन्जँदै आएको त्यही शब्द थियो... 'खोज ।'

मलाई लाग्यो यही शब्दले नै मलाई मेरा समस्याहरूको समाधाननिर पुऱ्याउनेछ, मेरो मनको अस्थिरता र गन्जागोललाई मेटाउनेछ । म तुरुन्त कक्षाबाट निस्की मोटरसाइकलतिर लागें ।

त्यसै बेला म कसैसँग केही नबोली कक्षाबाट निस्किएर मोटरसाइकल स्टार्ट गरी शहरतिर लागेकाले नै केही विद्यार्थीले "सर त यसरी केही नभनी अकस्मात् हिंड्नुभयो, सरको मगज वास्तवमै खुस्किन लागेको त होइन ?" भनेर भन्न थालेका हुन सक्छन् । सायद त्यसपछि नै मेरो पागलपनको हल्ला सबैतिर फैलँदै गएको हुन सक्छ । तर उनीहरूले जे भने पनि मलाई त्यति बेला यी सब खासखुस, हल्ला, कुरागराइको कुनै पर्वाह थिएन । अर्कै उद्देश्यले रन्किएर म शहरतिर लागेको थिएँ ।

खोज ! खोज ! त्यही शब्द मनमा बारम्बार उम्लिइरहेको थियो ।

खोज, पत्ता लगाऊ । के खोज्ने, के पत्ता लगाउने ?

मैले बल्ल सम्झिएँ, यस शब्दलाई मैले शहरका घर, पुल, पसल र टेम्पोहरूमा जहाँतही कोरिएको देखेको छु । कसले लेख्यो यतिविघ्न 'खोज ?'

काठमाडौं उपत्यकामा मात्र नभएर पोखरा, विराटनगर, नेपालगन्जजस्ता शहरमा पनि कतै घरका पर्खालमा त, कतै पसलका सटर र छानामा 'खोज' 'खोज' कोरिएको देखेको थिएँ । कुनैकुनै ठाउँ भने 'खोज' सँगै 'थाहा' वा 'बुझ' पनि देखेको सम्झिएँ । त्यस बेला मैले यी शब्दको अर्थ वा महत्त्वबारे खासै सोचेको थिइनँ । सोच्ने आवश्यकता पनि थिएन । दलका कार्यकता तथा विद्रोहीदेखि लिएर राजाका समर्थकसम्मले कैयौं नारा, सूक्ति र महावाणीहरू पुल, पर्खाल र भित्ताहरूमा जताततै कोरेका हुन्छन् । बर्खे झरीले तिनलाई निस्तेज पारेपछि पुनः नयाँ नारा शहर, बजार र गाउँहरूमा छरिन्छन् । नयाँ शब्दहरूले पुनः शान्ति, प्रजातन्त्र वा लोकतन्त्र उद्घोष गर्दछन् । त्यस्ता ठूलठूला शब्दको भिडमा 'खोज', 'थाहा' र 'बुझ'जस्ता अर्थ नखुलेका साधारण शब्दको विशेष महत्त्व नै के थियो र ?

तर अब बल्ल बुझें । 'खोज', 'थाहा' र 'बुझ' साधारण शब्द होइन रहेछन् । सायद तिनको गहिरो सम्बन्ध छ, राइनरको शक्तिप्रवाहसम्बन्धी व्याख्यासित, दिलवरनाथका अस्पष्ट उच्चारणसँग र मेरा समस्त चिन्ता, छटपटी र अस्थिरताहरूसँग ।

दृढ अठोट गरें- खोज्नैपर्छ मैले पनि यी शब्दहरूको रहस्य, थाहा पाउनैपर्छ मैले राइनर र दिलवरनाथले औंल्याउँदै गरेको अस्पष्ट सत्यलाई । मैले पनि खोज्नैपर्छ, बुझ्नैपर्छ, पत्ता लगाउने प्रयत्न गर्नुपर्छ ।

त्यही दिनदेखि विश्वविद्यालयमा जाने तथा अखबारमा लेख्ने कामलाई पूर्ण रूपमा बन्द गरेर मैले शहरको एउटा कुनादेखि अर्को कुनासम्म घुम्दै 'खोज', 'थाहा' र 'बुझ'का चिह्न पहिल्याउन थालें ।

तिनै शब्द सडकपेटी र विज्ञापनका अग्ला होर्डिङ बोर्डहरूमा देखिए । भगवतीबहालदेखि लिएर पुतलीसडकसम्म 'खोज', 'थाहा' र 'बुझ' भित्ता तथा सटरहरूमा कुँदिएका थिए । कालोपुल र रातोपुलदेखि महाराजगन्ज, गौशाला, क्षेत्रपाटी र असनसम्म तिनै शब्द जताततै थिए ।

तर तिनले सङ्केत गरेको अर्थतिर भने मैले एक पाइला पनि चाल्न सकिनँ । ती शब्द ढुङ्गा र काठमा कोरिएका काला निर्जीव अक्षरका रूपमा मात्र मसामु देखा परिरहे ।

वसन्तपुर दरबार स्क्वायरतिर घुम्दै जाँदा पनि मलाई त्यही शब्दले पछ्याइरह्यो ।

शिवपार्वती मन्दिरअगाडि उभिएको तिब्बती ड्र्यागनको मूर्तिको छातीमा कोरिएको थियो, 'खोज !' अर्को 'खोज' त्रैलोक्यमोहन मन्दिरको ढुङ्गे झ्यालमा थियो । कालो डरलाग्दो भैरव तथा हनुमानढोका दरबारलाई रक्षा गर्ने रातो हनुमानका निधारमा पनि त्यही शब्दकै सर्वव्याप्त उपस्थिति देखें । त्रैलोक्यमोहन मन्दिरका विष्णुका दशै अवतारमा पनि 'खोज' 'खोज' नै कोरिएको थियो ।

मैले घोरिएर हेरें । हो, बँदेल, वामन, माछा, कछुवा, नरसिंह आदि सबै ढुङ्गे अवतारमा 'खोज !' 'खोज'कै हस्ताक्षर झुन्डिएको थियो ।

मन्दिर, मूर्ति तथा अवतारहरूमा 'खोज'को आकार प्रस्टै देखे पनि शब्दको लुकेको अर्थ भने बुझ्न सकिनँ । म ऐतिहासिक र मिथकीय स्मृतिहरूको मध्यमा ट्वाल्ल परेर धेरैबेरसम्म हिँडिरहें ।

एक दिन पशुपतिको मन्दिरतिर घुम्दै जाँदा भने 'खोज'का अर्थबारे अलिकति भए पनि भन्को पाएँ कि जस्तो लाग्यो ।

त्यस दिन बिहानैदेखि रेडियोले समाचार फुक्तै थिए, "पश्चिम नेपालमा विद्रोही तथा सुरक्षाफौजबीच भएको ठूलो भिडन्तमा पचास जनाभन्दा बढी मानिस मरेका छन् । विद्रोहीहरूले ब्यारेकमा आक्रमण गरेर एक दर्जनभन्दा बढी सुरक्षाकर्मीलाई मारेको पुष्टि भएको छ । सैनिक प्रवक्ताका अनुसार सैनिक प्रत्याक्रमणमा तीसभन्दा बढी विद्रोहीको मृत्यु भएको छ । जङ्गलभित्रका गोरेटामा अझै पनि अनगन्ती लास फेला परिरहेका छन् ।"

गौरीशङ्कर दैनिक, राष्ट्रिय अखबारपत्र तथा शान्तिपुरलगायतका अन्य सबै दैनिकले विद्रोहीको बढ्दो चलखेलप्रति औंल्याएका थिए । अखबारका

ट बम विस्फोटका नयाँ शृङ्खला उपत्यकामा पुनः ोले टम्म भरिएका थिए ।

भेत्री पृष्ठ पल्टाएँ । गोरेटोछेउ ढलेका रक्ताम्मे । अर्को फोटो पनि थियो । हातका औंलाहरू ...एका मानिसको । त्यसकै तल हत्केलाको 'ब्लो अप' थियो । हत्केलो मात्र देखिएको थियो । तीनवटा औंला थिएनन् ।

अखबार र रेडियाका समाचारबाट आत्तिएको मेरो मनमस्तिष्कलाई निराशा र अन्योलले घेर्दै लग्यो । मेरो टाउकाको देब्रे भाग नरम र केही सुन्निएझैं थियो, सुन्निएको भागतलको नसा टन्किइरहेको थियो, शरीर पसिनाले भिजेको । मुटु पनि जोडले धड्किइरहेको थियो ।

दुखिरहेको टाउको र आत्तिएको मनलाई राहत दिन खोज्दै दिउँसो एकदुई बजेतिर बाथरूम पसें । धेरैबेर धारामुनि टाउको राखी आँखा चिम्म गरेर बसें । कानमा कताकता सरोद, बाँसुरी र हारमोनियमको मिश्रित धुनजस्तो सुनियो । आँखा बन्द गरेर सुनिरहें । कहिल्यै नसुनेको, अति मीठो धुन थियो त्यो । मनलाई निकै ढाडस दियो । बाथरूमबाट निस्कँदा टाउकाको दुखाइ अलि कम भइरहेको थियो ।

अत्यासलाग्दो गर्मीपछि शीतल मधुरो साँझ आयो । पसिना कम हुँदै गए पनि मुटुको कम्पन र टाउकाको पोलाइले भने दुःख दिन छाडेन । लम्बिँदै गरेका साँझका काला छाया मेरो मगजका तन्तुहरूमाथि सलबलाउन थाले । मैले भने टाउकोदेखि लिएर पैतालासम्म ध्यान केन्द्रित गर्दै तिनका संवेदना मनन गर्न खोजें ।

शरीरमा दुःख-कष्ट भएको बेला वा मनमा चिन्ता बढेका बेला शरीरका संवेदनामा मग्न हुनुपर्छ, ध्यानगुरूले प्रस्टै भनेका थिए । उनको सल्लाह पछ्याउँदै मैले श्वासप्रश्वास, हात, हत्केला, खुट्टा, पैताला, चिउँडो, कुर्कुच्चालगायतका अङ्गप्रत्यङ्गमा ध्यान एकोहोऱ्याएँ ।

हत्केला, काखी, पैतालाहरू अझै पसिनामा भिजेका थिए । मुटु अझै जोडले धड्किइ नै रहेको थियो ।

"घरभित्र बसेर भएन ।", सोचें, "अब पशुपतितिर घुम्न निस्कन्छु

पहिलेपहिले पनि तातिएको मगजलाई आराम दिन म कहिले साँझतिर हाँडीगाउँबाट हिंडेर पशुपतितिर घुम्न जाने गर्थें । आज पनि त्यहा गर्ने विचार गरी घरबाट निस्केर कालोपुलतिर झरें ।

कालोपुलका पूर्वपट्टि गत केही वर्षयता झिँगटीका छाप्रा बाक्लिँदै गएका छन् । ईँटा र काठका पनि केही घर छन् । तिनमा थुप्रै एककोठे व्यापार पनि चल्छन् । एउटा त्यस्तै कोठामा तराई र भारतबाट झिकाइएका रहु, कत्लेलगायतका माछाको बिक्री हुने गर्छ । त्यस पसलछेउको अर्को कोठाबाहिर एल्युमिनियमको बोर्ड ठडिएको थियो । बोर्डले गर्वसाथ घोषणा गर्दै थियो, यहाँ एस्.टी.डी. तथा एम्.एस्.एन्. च्याट छ । इन्टरनेट र इमेलको सुविधा पनि छ । घन्टाको बीस रूपियाँ मात्र ।

इन्टरनेट, इमेल, च्याट र एस्.टी.डी.को सूचना टाँगिएको त्यसै बोर्डमा 'खोज'को अक्षर पनि कोरिएको थियो । मैले त्यस शब्दलाई निकैबेर निःशब्द हेरें ।

पुलपूर्वतिर एउटा घरको जस्ताको छानामा पनि 'खोज' लेखिएको थियो ।

"के खोज्ने ? कसले र किन खोज्ने ?"

यतिका दिन अखबारका निम्ति लेखेपछि अन्तर्वार्ताका केही टेक्निक मैले पनि त सिकिसकेकै छु नि ! अब म आफैँ घुम्छु, अन्तर्वार्ताकार भएर कालोपुलभित्रबाहिर । यताउता खोज्नेछु म आफैँ, 'खोज'का उत्तरहरू ।

खल्तीबाट नीलो नोटबुक र पाइलट पेन झिकें । आउँदैजाँदै गरेका मानिसहरूलाई सोध्न थालें, "कसले, किन लेख्यो, यो शब्द जताततै ?"

पुरानो कमिज लगाएको अधबैंसे तरकारीपसले काउली, साग र मूलाका थुप्रामाझ बसेको थियो । मैले सोधेपछि उसले अलि दिक्क मानेजस्तो गरेर भन्यो, "मैले पसल थाप्नुअघिदेखि नै यो खोज भन्ने शब्द याँ कोरिया'थ्यो । के खोज्ने खै ? हरेक दिन बाँच्न र बालबच्चालाई पाल्नबाहेक खासै क्यै गर्न सक्या छैन । काँ सस्तो र ताजा तरकारी पाइन्छ भनेर खोजेर ल्याई बेच्नेबाहेक अरू क्यै खोज्ने, बुझ्ने काम गर्न गाह्रै देख्या छु ।"

आलु र गोलभेँडा किन्दै गरेका एक जना मोटा चस्माधारी बूढाले मतिर लगातार हेरिरहेका थिए ।

"सबैतिर 'खोज' लेख्ने चलनको सुरूवात हेटौँडातिर बस्ने एक जना शिक्षकले गरेको भन्ने सुनेको छु ।", उनले भने, "त्यति बेला पञ्चायतकालको राजनीति चल्थ्यो । दलहरू प्रतिबन्धित थिए र कार्यकर्ता निर्वासित । केही मानिसमात्रै शक्तिशाली र सम्पन्न हुँदै गइरहेका थिए । अरूहरू भने झन्झन् दुखी र गरिब । कसले हामीलाई शक्तिहीन र दुखी बनाइरहेछ भन्ने कुराको खोज गर्नुपर्छ भनेर नै ती शिक्षकले 'खोज' अभियान थालेका थिए भन्ने पनि सुनेको छु ।"

"अरू के सुन्नुभएको छ यस शब्दका बारेमा ?", मैले नोटबुकमा लेख्दै सोधेँ ।

उनको बूढो निधार असङ्ख्य रेखाहरूले कोरिएको थियो । निधारभरि गुजमुज्ज परेर फैलिएका ती रेखा हत्केलाका झैँ थिए । सायद कुनै ज्योतिषीले त्यो निधार हत्केलाझैँ पढेर उनको भूत र भविष्यका रहस्य बताउन सक्थ्यो ।

"हुन त यस विषयमा थुप्रै विवाद छन् ।", चस्मापछाडिबाट बूढाका ठूला आँखाले पुनः मतिर हेरे । "कसैले भन्छन्, सबैतिर खोज, खोज लेख्ने चलनको सुरूवात हेटौँडाका शिक्षकले नगरेर झापाका जनार्दन नामका पहलमानले गरेका हुन् । कसैले त कतिसम्म पनि भन्छन् भने केही शक्तिशाली व्यक्ति सबैतिर 'खोज' 'खोज' लेख्दै कुनै चामत्कारिक ऐना खोजिरहेछन् ।"

उनी भन्दै गए, "भनिन्छ, त्यस ऐनामा हेरेर भूत र भविष्यका सबै घटना सजिलैसँग बुझ्न सकिन्छ । त्यो ऐना खोजेर उनीहरू इतिहासलाई बङ्ग्याउन चाहन्छन् । भविष्यलाई नियन्त्रित गरेर रातारात करोडपति बन्न खोज्दै छन् ।"

पुलबाट निस्कन लाग्दा म ठेलमठेलमा परेँ ।

प्लास्टिकको छानाले ढाकेको पुलभित्रको साँघुरो बजारमा तरकारी किन्ने बेच्नेको घुइँचो थियो । होइन, कस्तो भिडभाड, ठेलमठेल आज यस पुलमा ?

कसैले मलाई ठेल्यो । सर्टभरि पानी पोखियो । बल्लतल्ल पुलबाहिर पुगें ।

खोइ, किन हो कुन्नि, ती तरकारी किन्ने बूढाका आँखाबाट भरसक परै भाग्न मन लाग्यो । चस्मापछाडिका ती ठूला गोलगोल आँखा जोडिएर निधारका मध्यमा एउटै आँखा बनेको जस्तो पनि लाग्यो । फेरि हेरें, होइन, आँखा त एउटा नभएर दुइटै थिए । तिनका दृष्टिबाट तर्कन खोजें ।

मैले दिलवरनाथको अस्पष्ट बरबराइ सम्झिएँ । कुनै फाटेको पुस्तक, कुनै फुटेको ऐना । के दिलवरनाथले बरबराएको ऐना त्यही जादुमय ऐना त थिएन, जसको देशभरि खोजी भइरहेको थियो ? कसले, कुन व्यक्ति, समूह वा गिरोहले गरिरहेको थियो त्यो खोजी ?

अरू के भनेका थिए, दिलवरनाथले टौदहमा ? म घोरिन थालें ।

मन्त्रालय र रेस्टुराँ । टावरहरूको उत्थान-पतन र कुनै हत्याकाण्ड !

हो, यस्तै केही त बरबराइरहेका थिए नि, उनी मध्यरातको आगासामु ! के अर्थ थियो, यी अचम्मलाग्दा उच्चारणहरूको ?

जति जोड लगाएर सोच्दा पनि कुनै निर्णयमा पुग्न सकिनँ । के सम्बन्ध होला त यी सबै टुक्राटाक्री वाक्यबीच ? म अलमल्लमा परि नै रहें ।

भो, रन्किएको मगज अझै तताउनुको सट्टा पशुपतिनाथकै दर्शन गर्न अघि बढ्नु बेस । पशुपतिनाथको अनुकम्पाले लङ्गडाहरू पहाड चढेका छन्, लाटा-बहिराहरू नामुद सङ्गीतकार बनेका छन् । अर्धविक्षिप्तहरू मन्त्री, अध्यक्ष, उपाध्यक्ष बनेका छन् । सायद उनकै कृपाले म पनि एक दिन आफ्ना सबै प्रश्नको उत्तर भेट्नेछु ।

म भगवान् शिवको घरतिर बढ्दै गएँ ।

सिफलको फराकिलो चउर आइपुग्यो । राता-नीला हाफ प्यान्ट लगाएका युवाहरू फुटबल खेल्दै थिए । गोलपोस्टको पछिल्ला भागमा प्लास्टिकका नेट थिए । चउरको एउटा कुनामा त्रिपालले छोपेका ट्रकहरू थिए । एउटा ट्रकको पछाडिपट्टि पुनः अर्को 'खोज' देखें । ट्रकनजिकै पुगेर त्यस शब्दमाथि घोरिएँ ।

शब्द पढ्दापढ्दै ट्रक र मबीच अग्लो आकृति आइपुग्यो । त्यस व्यक्तिको शरीरले ट्रकपछाडि लेखिएको 'खोज'लाई ढाक्यो । मेरो दृष्टि उसको छातीमा अवरूद्ध भयो ।

"के हो त्यस शब्दको अर्थ ?", मैले सोधें, "किन र कसले लेख्छ यस शब्दलाई शहर-बजारमा, टेम्पो र ट्रकहरूमा ?"

"मैले देशका सबैजसो शहरबजारमा यो शब्द जताततै देखेको छु । कतैकतै थाहा र बुझ पनि लेखेको देखें ।", ट्रकचालकले भन्यो, "मलाई लाग्छ, 'खोज'को सम्बन्ध राष्ट्रको आर्थिक व्यवस्थासँग छ । किन क्यै मानिसहरू कामै नगरे नि झन्झन् धनी हुँदै जान्छन् र किन क्यै दिनको अठार घन्टा मरेर काम गर्दा पनि गरिबै रन्छन् ? म किन बीस वर्ष सुतिनसुती हाड घोटेर ट्रक चलाउँदा नि गरिब छु ? यी प्रश्नको जबाफ मैले अहिलेसम्म भेट्या छैन ।"

कुरो अझै प्रस्ट भएन । 'खोज'को एउटा नभएर अनेकौं अर्थ भएजस्तो लाग्यो । नोटबुकमा अर्को शब्द लेखें ।

ट्रकचालकसँग बिदा लिएर म पशुपतिनाथको मन्दिरतिर अघि बढ्न खोजें ।

खुट्टा लडखडाए, ट्रकको बोनेटमा ढाड ठोकियो । होइन, ठोकिएको होइन, कतै अड्किएको जस्तो, कसैले जोडसँग ठेलेको जस्तो ।

सिफलको चउर पार गरिसकेपछि एकपल्ट फर्केर हेरें । दर्शकहरू थपडी बजाइरहेका थिए । नीलो हाफ प्यान्ट लगाएका खेलाडी हाँस्तैउफ्रँदै थिए । रातो लगाएकाहरू टाउको निहुराएर चउरबीच जम्मा हुँदै थिए । बल गोलपोस्टको नेटमा अड्किएको थियो ।

नेटका दुलैदुलाबाट मैले पुनः ट्रकतिर हेरें । ट्रकचालक अझैसम्म मतिरै हेर्दै थियो । होइन, उसले ठेलेरै त म झन्डै पछारिएको थिइनँ कतै, ट्रकको बोनेटमाथि ? मन कस्तोकस्तो भयो ।

नेटका दुलाबीचबाट ऊ अझै हेर्दै थियो । म तत्काल पूर्वतिर फर्कें ।

जयवागेश्वरीको मन्दिर र चक्रपथ नाघें । ओरालो झर्दै मन्दिरको मूल ढोका पुग्ने ढुङ्गे बाटो पछ्याएँ । ठाउँठाउँ सडकका ढुङ्गामा त्यही शब्द कुँदिएको थियो, 'खोज', 'खोज ।'

सुनको जलप चढाइएको नन्दी साँझ बत्तीका प्रकाशमा टलक्क चम्किएको थियो । ऊ आफ्नो इष्टदेवका मन्दिरतिर सधैंझैं एकटक हेरिरहेको थियो । केही खोजिरहेझैं ।

टिन...टिन...टिन...टिन... सबैतिर घण्टी बजिरहेका थिए र मानिसहरू 'हरे शिव, हरे महादेव' भन्दै मन्दिरवरिपरि घुम्दै थिए ।

पशुपतिनाथका मन्दिरको परिक्रमा गरेर म पूर्वतिरको ढुङ्गे भऱ्याङ हुँदै आर्यघाटतिर ओर्लिन थालें ।

वाग्मतीका छेउमा 'घाटको अस्पताल' छ र त्यसको सबैभन्दा तल्लो तलामा अन्तिम स्थितिमा पुगेका बिरामी बस्ने नम्बरयुक्त कोठाहरू छन् । कोठा, नम्बर एकछेउ चन्दनको टीका लगाएका एक जना मानिस देखें । उनी कोठाको ढोकामाथि लेखिएका 'खोज'हरू पढिरहेका थिए ।

"के खोजिरहनुभएको ?", मैले कुनै रिपोर्टरले झैं सोधें, "किन यसरी एकदमसँग घोरिएर हेरिरहनुभएको यस शब्दलाई ?"

"पचासी वर्षकी मेरी आमा कोठाभित्र लम्पसार पर्नुभा' छ ।", उनले ढोकामाथि लेखिएका अक्षर नियाल्दै उत्तर दिए, "डाक्टर र घाटे वैद्यले बाँच्ने कुनै उपाय छैन भन्या छन् । के यै हो त जीवनको अन्त्य ? के मेरो र मेरी आमाको अब कुनै पनि लोकमा भेट नहोला त ? कि जीवनभन्दा पर पनि त्यस्तो कुनै अस्तित्व छ, जहाँ मैले आफ्ना बुबाआमा तथा मित्रहरूलाई भेट्न सक्छु ? म त्यै प्रश्नको उत्तरको खोज्दै छु । जीवन र मृत्युको साँधमा केकस्ता रहस्य घटित हुन सक्छन् ? यस्तै प्रश्नहरूको उत्तर खोज्नमा लाग्या छु ।"

"खोजिरहू, खोजिरहू, था पाऊ, बुझ, हा...हा...हा... !", छेवैबाट आवाज आयो, "जति खोजे नि क्यै' भेटिँदैन ।"

दक्षिणतिर फनक्क फर्किएँ ।

पहेंला पिचिक्क गाला भएको, दुब्लो मानिस कलिमन्दिरअगाडि उभिएर दाँतरहित गिजा देखाई हाँस्तै थियो ।

भनिन्छ, कलिको मूर्ति एकएक इन्च गरेर हजारौं वर्ष लगाई जमिनबाट बिस्तारैबिस्तारै बाहिरिँदै छ । जुन दिन त्यो प्रतिमा पूरै बाहिर आउँछ, त्यही दिन स्वार्थ, क्रूरता र लोभले चुर्लुम्म डुबेको कलियुग चरम बिन्दुमा पुग्नेछ । त्यसपछि बल्ल शुरू हुनेछ सर्वविनाशको ताण्डव नृत्य ।

"हा...हा...हा... खोज, खोज, खोज्दै गर ।", त्यो मान्छे थोतो मुख देखाएर हाँस्तै गयो, "तिमेरूको खोजले तिमेरूलाई हजारौं हात र खुट्टा भा यै भयङ्कर, डरलाग्दो द्यौताको सँघारबाहेक अन्त कतै पुऱ्याउन सक्तैन ।"

"यो पेसेवर क्रियापुत्री हो ।", आमाको मृत्यु पर्खेर बसेका ती चन्दनटीकेले मलाई भने, "मरेपछि तेर दिनका काममा पैसा ले'र बस्दिने व्यावसायिक क्रियापुत्री । आज यो मातेजस्तो छ ।"

त्यस थोते क्रियापुत्रीले दौरासुरूवालमाथि तलसम्म झरेको खुकुलो ओभरकोट लगाएको थियो । घाँटीमा सेतो टाई बेरेको तथा टाउकामा न्युयोर्क याङ्किज लेखिएको खुइलिएको बेसबल क्याप लगाएको ऊ सपनाको संसारबाट आर्यघाटमा ओर्लिएको कुनै नमिल्दो नायकझैं देखिन्थ्यो ।

"ओभरकोट, टाई र क्याप कुनै शोकाकुल परिवारले तेरदिने कामपछि उपहार दिएको हुनुपर्छ ।", मैले सोचें ।

"खोज, खोज्दै रहू ।", ऊ खिसी गर्दै पुनः हाँस्यो । "मैले खोज्नुपर्ने आकाशपातालका सबै ठाउँ-कुठाउँ, कुनाकाप्चामा खोजिसक्या छु । सयौंचोटि कोरामा बस्ता मिस्रीकाँढा, नुन नभएको घिउभात र उसिनेको आलु खाँदाखाँदा बत्तीसै वर्षमा मेरा सबै दाँत झरिसके । कति खोज्ने ? क्रियामा बस्ताबस्तै सयौंचोटि गरूडपुराण सुनिसकें । आकाशपातालका आगाले भरभराइरा डरलाग्दा कुण्डमा डुबिसकें । अब था' पाउनुपर्ने, बुझ्नुपर्ने कुरै के छ र ? खोज, खोजिरहू ।"

ऊ हामीतर्फ हेर्दै पुनः हाँस्यो, "सबै खोजहरू अन्तमा यै कलिको डरलाग्दो मूर्तिमा आ'र टुङ्गिन्छन् ।"

अकस्मात् मेरो खुट्टा चिप्लियो । टाउको कलिमन्दिरको फलामे ढोकामा बजारियो । औंलाहरू फलाममाथि चल्न थाले । भित्र हेरें । अँध्यारो कुनामा आधी माटोमुनि, आधी माटोमाथि देखिएको कलिको मूर्ति । भित्र निकै अँध्यारो थियो र आकारहरू अस्पष्ट थिए ।

ओहो, यो फेरि के गर्न पुगेछु ?

'खोज', 'खोज' मेरा औंलाहरू अझै चलिरहेकै थिए, फलामे ढोकाको खस्रो सतहमाथि ।

एकपल्ट पुनः ढोकाबाट भित्र चियाएँ । कुनाको भुइँमा गाडिएको त्यो अस्पष्ट आकार । बाँकी सबै धमिला र बाङ्गाटिङ्गा अँध्यारा छायाहरू ।

फर्केर बाहिरतिर हेरें । छेउमा उभिएको क्रियापुत्रीले ममाथि एकटक लगाइरहेको थियो । चन्दनटीके पनि कलिनजिकै आएर मैलाई नियालिरहेका थिए । अझै परपर आँखा घुमाएँ ।

अघिसम्म आआफ्नै सुरमा घाटमा हिंडिरहेका वा ढुङ्गे भऱ्याङबाट उँधोउँभो गरिरहेकाहरू अब टक्क उभिएर मलाई घाट, भऱ्याङ, मन्दिर, नदी सबैतिरबाट क्वारक्वारती हेर्दै थिए ।

ती आँखाहरूबाट आफूलाई बचाउँदै आफ्नै हत्केलामा ध्यान केन्द्रित गरें । दुवै हत्केला नराम्रोसँग दुखिरहेका थिए । हेरें । मन्दिरको ढोकाका रडलाई औंलाबीच जोडसँग दबाएको रहेछु । फुत्त हात छाडें । ढोकामाथिको ढुङ्गे सतहमा आफूले अघि लेखेको 'खोज', 'खोज' पढ्न खोजें ।

तर कहाँ थियो त्यो शब्द ?

'खोज'को सट्टा अब अरू नै शब्दहरू मन्दिरका ढोका, छाना, भित्ता सबैतिर टल्किइरहेका थिए, चन्द्रमाको छाया वाग्मतीको पानीमा टल्किएझैं । केकस्ता थिए ती शब्दहरू ?

मोबाइल र बोरा !

फुटेको ऐना, हिउँको चुचुरो !

टावरहरूको उत्थान र पतन !

दरबारभित्र हत्याकाण्ड !

मन्त्रालय र रेस्टुराँ !

पहिले सुनेसोचेका शब्दझैं लाग्यो । अनि पो बुझें, दिलवरनाथले टौदहमा बरबराएका भविष्यवाणीहरू । तिनै भविष्यवाणीले कलिको मन्दिरको छाना, भित्ता, ढोकाहरूबाट मलाई चियाउँदै थिए ।

मलाई के हुन लागिरहेको छ ? अतालिएर सोचें । कस्ता अस्पष्ट र त्रासपूर्ण आकारहरू उब्जिरहेछन् म भित्रभित्रै ।

ऐना, गुच्चा, शिवलिङ्ग, आलु, प्याज, मोबाइल, टावर आदिका अस्पष्ट आकार मेरो मगजभित्र एकअर्कासँग मिसिन थाले । कुनै अज्ञात र कहालीलाग्दो भविष्य झन्झन् नजिक आउँदै गरेजस्तो लाग्यो । ढुङ्गाहरू यताउता तैरिरहेका पानीका लहरमा... टावर ढल्दै गएको... कुनै बोरा... नजिक आउँदै गएको... मानिसहरू कुनै अजङ्गको आकारमुनि किचिएका... !

म झन्झन् आत्तिँदै, झन्झन् निसासिँदै गएँ ।

खोइ, कता गए ती चन्दनटीके र त्यो मुत्थे क्रियापुत्री ?

दुवै कतै पनि छैनन् । मेरा आँखाको अगाडि त्यही कलिमूर्ति मात्र छ । भित्रबाट अत्यासलाग्दा स्वप्नदृश्य अझै उम्लिरहेकै छन् ।

आकाशसम्म अग्लिएको कुनै दैविक लिङ्ग... वरिपरि पानी नै पानी ।

टाउकाको देब्रे भाग पुनः जोडले दुख्न थाल्यो । "होइन, यस्तोलाई दुख्नु भनिँदैन ।", मनमनै विचार गरें, "यस्तोलाई पोल्नु भनिन्छ । मेरो मगज पोलिरहेको छ ।"

एउटा नयाँ विचार उम्लियो ।

घाट, पहाड, जङ्गलतिर घुम्न जाँदा मैले शक्तिहरू प्रत्यक्ष अनुभव गरेको थिएँ । पात, रूख, बालुवा, पानी सबैतिर सलबलाइरहेका ती अदृश्य शक्ति आफ्नै शरीर भित्रभित्रसम्म पस्तै गएजस्तो अनुभूति पनि भएको थियो । किन त्यस्तो अनुभव भएको थियो होला, मलाई त्यति बेला ?

के मलाई तिनै अदृश्य शक्तिले खोजका निम्ति प्रेरित गर्दै त छैनन् ?

राइनरलाई सम्झन पुगें । भनेकै त थिए नि उनले- शक्तिहरू हावा र जमिनमुनि सलबलाइरहका छन् । नाप्न, बुझ्न नसकिएका शक्तिहरू रत्नपार्क, सुनधारा, दरबारमार्ग र वसन्तपुरजस्ता ठाउँमा चलायमान छन् ।

के मलाई तिनै शक्तिहरूले छटपटी, भुलक्कडपन, चिन्ता, व्यग्रता आदिको समाधानतिर ठेलिरहेका त छैनन् ? मेरो अस्थिरताकै कुनै औषधि वा निदानतिर धकेलिरहेका त छैनन् ? के तिनकै अदृश्य असर खप्न नसकेरै मेरो छटपटी बढेको त होइन ?

नयाँ विश्वास पलाउन थाल्यो ।

हो, त्यस्तै भएको हुनुपर्छ । श्रीमती, आफन्त, गुरु, मित्रहरूले मेरो छटपटी, बिर्सने बानी आदिको वास्तविक कारणै नबुझी मलाई त्यसै बौलाहा सम्झिइरहेका छन् । सायद मलाई पागलखानातिर पठाउने योजनासमेत बनाइरहेका हुन् ।

तर हुन सक्छ, म पागलपनतिर नभएर चिन्ता, गडबड, छटपटी आदिको औषधितिर उन्मुख छु । सायद आफ्नो खोजका अन्तमा मैले त्यो समाधान भेट्नेछु, जसले मेरा चिन्ता, छटपटीहरूलाई हटाउनेछ । मलाई उन्मुक्त र स्थिर बनाउनेछ । त्यसैले अरूले जे भन्छन्, भन्दै जाऊन् । अहिलेको समय चिन्तित र दुखी हुने समय होइन । दृढ भएर आफ्नो खोजलाई पछ्याउने समय हो ।

उन्मुक्तिका प्रयास

रूपान्तरण

पशुपतिबाट फर्केपछि म सिकिस्त भएँ । पेट गड्याङगुडुङ गर्दै पहिले छेरपाटी लाग्यो । त्यसपछि कामज्वराले नराम्रोसँग थला पाऱ्यो । टाउकाको देव्रे भाग सधैं एकसुरमा हल्का पोलिरहन्थ्यो । कुन यथार्थ हो र कुन कल्पनाले जन्माएको दुःस्वप्न भन्ने कुरा छुट्ट्याउन मलाई झन्झन् गाह्रो हुन थाल्यो । मेरा सपनामा बोरा, मोबाइल, गुच्चा, आलु र प्याजका आकार मिसिएका अचम्मका आकारहरू बारम्बार अवतरित हुन थाले । कामज्वराले सताएर अर्धविक्षिप्त भएको म परिवारका सदस्यलाई त्रस्त पार्दै निरर्थक शब्दहरू बडबडाउन थालें । आत्तिएका उनीहरू पहिले एउटा मेडिकल डाक्टर र त्यसपछि गएर पागलहरूको डाक्टरलाई बोलाउन बाध्य भए ।

त्यो दिन अझै सम्झन्छु । मेरो कोठाबाहिर निक्कै आफन्त जम्मा भएका थिए । केही तल बगैंचामा पनि गुनगुन गर्दै थिए । कोही भऱ्याङ चढेको जस्तो आवाज आयो । ढोका खुल्यो । एउटा मसिनो जुँगा भएको मानिस भित्र छिऱ्यो । अरू एकदुई जना पनि उसलाई पछ्याउँदै कोठामा छिरे । त्यो मानिस कुर्सी तानेर म ढल्केको ओछ्यानछेउ बस्यो । खल्तीबाट नोटबुक झिकेर पल्टायो । कलम झिक्यो । पागलहरूको डाक्टर रहेछ ।

"तपाईं किन यसरी घाट, पाटी, मन्दिर सबैतिर भौंतारिंदै हिंड्नुहुन्छ ?", डाक्टरले सोध्यो ।

"मलाई शक्तिहरूले पछ्याइरहेका छन् ।", मैले इमानदारीपूर्वक भनें, "खोजका निम्ति लगातार घचेटिरहेका छन् ।"

डाक्टरले नोटबुकमा धर्सो कोऱ्यो । अनि आँखीभौं उचाल्दै मेरा आफन्तहरूतिर हेऱ्यो । उनीहरूले पनि आँखीभौं उचाले । सबै जना मतिर हेर्न थाले ।

"कस्तो खोज ?", डाक्टरले पुनः सोध्यो ।

"समग्र समाधानको खोज । चिन्ता, छटपटी, गडबडी सबैको निदानको खोज ।", डाक्टरले ओठ लेप्न्यायो । नोटबुकमा अर्को धर्सो कोऱ्यो ।

"कताकता खोज्नुभएको छ त अहिलेसम्म ?"

"मन्दिर, घाट, पहाड, जङ्गल सबैतिर ।", मैले भनें, "अब रत्नपार्क, सुनधारा, दरबारमार्ग, वसन्तपुर आदि ठाउँमा पनि खोज्नु छ ।"

डाक्टरले नोटबुक बन्द गऱ्यो । खाटको पुछारमा उभिएका आफन्तहरूतिर फर्किएर भन्यो, "अब खासै केही सोध्ने आवश्यकता छैन । सबै कुरा प्रस्ट बुझियो । यिनलाई तुरुन्तै उत्तरतिर लानुपर्छ । हिंड्नोस् बाहिर । म सबै कुरा भन्छु ।"

डाक्टर कुर्सीबाट उठेर निस्क्यो । आफन्तहरूले पनि उसैलाई पछ्याए । बगैंचामा अरू धेरै मित्रहरू जम्मा भइरहेका थिए । कोही आउँदै पनि थिए । निक्कैबेरसम्म गुनगुन चलिरह्यो ।

अर्को दिन मात्र थाहा पाएँ । वेदिका, आफन्त र मित्रलगायत सबैको साझा सहमति बनेको रहेछ, मेरो दिमाग खुस्किँदै गएको सत्यलाई नकार्न सकिँदैन । उपत्यकाको उत्तरी भागमा रहेको पागलखानामा मलाई पठाउनुपर्छ भन्नेमा सबैको मत मिल्यो । बौलाएको दिमागको उपचार गर्न मलाई चौबीसै घन्टा पागलका विशेषज्ञहरूको निगरानीमा राख्नु जरूरी थियो । सबै आफन्तले आफ्ना दुखी अनुहार हल्लाएर सही थपे । ज्वरो अलिकति घट्नेबित्तिकै मलाई पागलखाना पठाउने निधो भयो ।

प्रियजनले मलाई पागलखानामा पठाउने छलफल गरिरहेकै बेलामा मैले भने मनमनै घरबाटै भाग्ने निर्णय गरें । मलाई पक्का विश्वास थियो, डाक्टर, नर्स र बौलाहाका विशेषज्ञले मेरो रोग समाधान गर्न सक्ने छैनन् । मलाई थाहा थियो, म अझै पागलैचाहिं भइसकेको थिइनँ । अलिकति छटपटे, अलिकति अधीर, अलिकति भुलक्कड र अलिकति अस्थिर मात्र बन्न पुगेको थिएँ । त्यो अस्तव्यस्तता, अधीरता, चिन्ता र छटपट नै मेरो रोग थियो ।

यस्तो पनि बुझें, मलाई त्यस रोगबाट छुटकारा दिन सक्ने व्यक्ति अरू कोही नभएर म आफैं थिएँ । मेरा निम्ति पागलखानाका पर्खालभित्र कैद हुनुका सट्टा सडक, घाट र मन्दिरहरूमा स्वतन्त्र भई घुम्दै आफ्नो रोगको निदान

खोजिरहनु आवश्यक थियो । मैले बुझेको थिएँ, मेरो अवस्थाको वास्तविक निदान शहरका सडक र टोलजस्ता सार्वजनिक स्थानमा भेटिनेछन्, न कि कुनै कैदखानाजस्तो अस्पतालका प्राइभेट वार्डमा ।

यसबाहेक वेदिका र नानूका भविष्यबारेको चिन्ताले पनि मनलाई बिथोल्न थाल्यो । मैले बुझेको थिएँ, एकपल्ट पागलखाना पुऱ्याइए त्यसबाट बाहिरिने ढोकाहरू सधैंका निम्ति बन्द हुनेछन् । त्यसपछि म पूर्णरूपले पागलमा परिवर्तन हुनेछु । त्यही रूपमा मलाई त्यसपछि मानिसहरूले हेर्नेछन्, चिन्नेछन् । त्यसो भए मेरी श्रीमती र सानी छोरीको अवस्था के होला ?

देशको अवस्था झन्झन् खस्कँदै छ । हिंसा र अराजकता बढ्दै छ । भोलि मेरी छोरी पढ्ने स्कुलै बन्द हुन सक्छ । पर्यटनको व्यवसाय धराशयी हुँदो छ । मेरो परिवारको ट्राभलको व्यवसायै चौपट हुन सक्छ । त्यस्तो अवस्थामा म पनि पागलखानामा बन्द भएमा परिवारको स्थिति के होला ?

विभिन्न थरीका चिन्ता मडारिइरहे । हैन, उनीहरूका निम्ति मात्र भए पनि मैले आफूलाई बौलाहा हुनबाट रोक्नुपर्छ । पागलखानामा पुऱ्याउनुअघि नै घरबाट भागेर कतै लुकी आफ्नो अस्थिर मगजको उपचार आफैँ खोज्नुपर्छ ।

मुख्य कुरो थियो, आफ्नो खोजलाई पछ्याउनु । ओछ्यानमा पल्टेर आँखा बन्द गरी निदाएको बहाना गर्दै छेउमा उभिएका आफन्तहरूको गफ सुन्दै गएँ । जति सुनें, त्यति नै दह्रो विश्वास भित्रभित्रै पलाउँदै आयो ।

'होइन, अरू जे-जस्तो भए पनि म आफ्नो खोज जारी राख्नेछु । यतिका मानिसले सबैतिर खोजिरहेकै छन् । कसैले चामत्कारिक ऐना खोजिरहेछन्, कसैले जादुमय पुस्तक, कसैले मृत्युपछिको जीवनको सम्भावना त कसैले अर्थोकै केही । मैले भने आफ्नै गडबडाएको मनस्थिति र छटपटीको समाधान खोज्नु छ । मेरो खोजले नै मलाई अन्तिम समाधानसम्म पुऱ्याउनेछ ।'

झाडापखाला बन्द भएर कामज्वरो घट्तै गएपछि घरबाट भाग्ने योजनालाई मनभित्रभित्रै आकार दिन थालें । टाउकोदुखाइ पनि अब बेलाबेला मात्रै बल्झिने र अरू बेला साम्य रहने हुँदा मलाई योजनालाई मूर्तरूप दिन अलि सजिलो भएको थियो ।

"फिरन्ते जोगीको भेषमा घरबाट भाग्नेछु ।" सोचें, "जोगीको रूप लिएर शहरमा कतै लुकेका खण्डमा मलाई विश्वविद्यालय र मिडियाका कुनै पनि मित्रले चिन्न सक्नेछैनन् ।"

मलाई पक्का विश्वास थियो देवीदेवता तथा भिखारीहरूको यस शहरमा हात फैलाएरै भए पनि पेट पाल्न खासै गाह्रो हुनेछैन । गर्मीको मौसम भएकोले कुनै पाटीपौवा वा धर्मशालामा रात बिताउन पनि मलाई खासै अप्ठ्यारो हुनेछैन ।

यस्तो विचार गरें र तत्कालका लागि अलि सजिलो भएँ ।

एक रात सबै सुतिरहेको बेला पारेर एक जोर प्यान्ट-सर्ट, पातलो ज्याकेट र एक जोडी जुत्ता-मोजा जम्मा पारी पुरानो ब्यागमा लुकाएँ । दाह्री काट्ता चाहिने ऐना र आफ्नो बचत खाताको चेकबुक पनि ब्यागमै हालें ।

जोगीकै भेष लिएर हिंडे तापनि मलाई पैसाको आवश्यकता पर्ने नै छ । फेरि खोजका क्रममा मैले नजाने कहाँकहाँ पुग्नुपर्ने हो ? कुनै अर्कै रूप र भेष पो धारण गर्नुपर्ने हो कि ? आफ्नो खोजलाई कुनै निश्चयसम्म नपुऱ्याउन्जेल मलाई यी वस्तुको आवश्यकता थियो ।

त्यो ब्यागलाई मैले बुइँगलमा लुकाइदिएँ र आफ्नो योजनाको अर्को चरणबारे सोच्न थालें ।

चेकबुक साथै केही नगद पनि लिएर हिंड्न पाए हुन्थ्यो । एकपल्ट जोगीको भेष बनाएर हिंडिसकेपछि त म कुनै आफन्त वा मित्रकहाँ सापटी लिन जान सक्ने होइन क्यार ! घर छाडेर हिंड्नेबित्तिकै म बौलाएको हल्ला शहरभरि फैलिनेछ । कसैले मलाई एक कन्ची पनि दिने होइनन्, बरू भेट भएमा समातेर पुनः घर वा पागलखानै पुऱ्याएर छाडनेछन् ।

सायद वेदिकालाई मैले यस्तै केही गरिहालुँला भन्ने कुनै अस्पष्ट भान थियो कि ? घरका सबै गरगहना, रूपियाँ-पैसा मैले नदेख्ने गरी कतै लुकाइसकेकी रहिछिन् ।

एकछिन झनक्क रिस उठ्यो । त्यसपछि मनमनै मुस्कुराएँ । लुक्ता चाहिने सबै वस्तु मैले जम्मा गरिसकेकै छु । श्रीमती, आफन्त, साथीभाइ सबैले जति नै रोक्ने प्रयत्न गरे पनि म अब भागेरै छाड्नेछु ।

उनीप्रति माया पनि जागेर आयो । आखिर यो सबै उनले मेरै निम्ति गरिरहेकी थिइन् । मलाई संसारको क्रूर यथार्थ र आफैँभित्रका भ्रमपूर्ण कल्पनाबाट जोगाउनका निम्ति । मलाई थाहा थियो, मेरो स्थिति जतिसुकै खस्किँदै गए पनि उनले मेरो साथ अन्तसम्म छाड्ने छैनन् । सकेसम्म मलाई सधैं संसारका क्रूर आँखा र पूर्वाग्रहबाट बचाउने प्रयत्न गर्नेछिन् ।

आँखा रसाएर आए ।

एकछिन घोरिएपछि ममा भाग्ने प्रण झन् दह्रो भयो । मैले उनी र नानूकै निम्ति भए पनि घर छाड्नु जरूरी थियो । नत्र त म सधैंका निम्ति पागलखानाभित्र हुलिनेछु । सबैले मलाई बौलाहा भनेर चिन्नेछन् र उनलाई बौलाहाकी स्वास्नी भनेर खिसीटिउरी गर्नेछन् ।

दृढअठोट गरें, म अब दुईचार दिनभित्रै भाग्नेछु । आफ्नो अस्थिरता, भ्रम र छटपटीको समाधान गरेपछि मात्र घर फर्कनेछु र उनलाई फकाउनेछु, "मलाई माफ गरिदेऊ, यो सबै मैले तिम्रै निम्ति गरेको ।"

भाग्नुभन्दा केही दिनअघि वेदिकासँग झगडा पर्‍यो ।

कुरो सानो थियो । दिउँसो टाउको चड्किएका बेलामा म बाथटबभित्र निक्कैबेरसम्म डुबेको थिएँ । टबमा आँखा चिम्लेर बसेका बेलामा मैले कहिले सरोद त कहिले सितारको जस्तो अद्‌भुत धुन सुनें । आँखा चिम्म गरी पानीमा टाउको डुबाएर सुन्दै जाँदा त्यसले मनलाई निकै शान्ति र आराम पनि दियो । सायद त्यही धुनसँग लागेर मैले टबमै बसी केही गुनगुनाएँ पनि । कति समय गयो, कति पानी बग्यो, कति गीत-सङ्गीत गुन्जिए केही पत्तै भएन । बाथरूमबाट निस्कँदा वेदिकाले आँखा तरिरहेकी रहिछिन् । आज शनिबार परेकाले उनी घरै थिइन् । फेरि आज पूर्णिमा पनि भएकाले हरेक पूर्णिमाको साँझझैं किरातेश्वर मन्दिरमा हुने कन्सर्टमा सँगै जाने हाम्रो योजना पनि थियो ।

"कति बेर लगाएको बाथरूममा पानी खेर फ्याँक्तै त्यही पुराना गीत गाएर !", उनले सन्किँदै भनिन्, "मोबाइल भेट्यौ त ?"

"अहँ छैन तर घरमै कतै छ, भरेभोलिसम्म भेटिहालिन्छ ।"

उनी फनक्क फर्की भऱ्याङ उक्लँदै कौसीतिर लागिन् । म पढ्ने कोठामा गएँ । उपन्यास, कथा, नाटक, समालोचना, इतिहास आदिका कितापलाई दराजबाट निकालेर पुनः मिलाई तहमा सजाउन थालें । उनी भने कहिले टेलिभिजन हेर्दै त कहिले बगैंचाका गमलामा रङ लगाएको जस्तो गर्दै मलाई बेवास्ता गरेर बसिन् । दिनभर हामीबीच केही कुरा भएन ।

दिन यत्तिकै बित्यो । छायाहरू सडक-गल्लीतिर लम्किँदै जान थाले । किरातेश्वरको प्राङ्गणमा सङ्गीत सुन्न जाने बेला भयो ।

यसरी सँगै घुम्न जाँदा प्रायः उनैले कार चलाउँछिन् । शहरको भिडभाड र दौडादौडीबाट बच्तै जोडसँग कार चलाउनमा उनी दक्ष छिन् । यो उनको प्रिय काम पनि हो । मलाई भने टेम्पो, मानिस, ट्रक, धुवाँ, ट्याँट्याँ-टुँटुँको भिडमा कारलाई सबैतिरबाट बचाउँदै चलाउन साह्रै दिक्क लाग्छ । रातो बत्ती बलेको बेला पनि निक्कैबेरसम्म अरू कार र बसहरूको लाममा बस्नुपर्ने । छेउछेउबाट हर्न बजाउँदै निस्कन पनि नपाइने । त्यस्तो कारभन्दा त मेरो मोटरसाइकल धेरै सजिलो !

साइकल, मानिस, ट्रक, बसहरूको भिडलाई छिचोल्दै, रातो बत्तीअगाडि रोकिएका कारका कुनाकाप्चाबाट छिर्दै, हर्न बजाउँदै म लामको सबैभन्दा अगाडि पुग्न सक्छु । मोटरसाइकल लिएरै म कार नजाने कच्ची बाटा पहिल्याउँदै कहिले चाँगुनारायण-मन्दिरको डाँडोपरका गोरटा त कहिले दक्षिणको विशङ्खुनारायण मन्दिरलाई बोक्ने थुम्कामा पुग्न सक्छु । त्यहाँबाट परपरका पहेंला हरिया खेत हेरेर रम्न सक्छु । रूखका पात एकअर्कासँग ठोकिएको सुन्न सक्छु ।

"धूलैधूलो भएका सडकमा मोटरसाइकल लिएर यसरी भौंतारिएर नदगुर ।", उनले मलाई निकैचोटि सम्झाइसकेकी छिन्, "डाक्टरहरूले भनिसकेकै छन्, तिम्रो छाती कमजोर छ । बरू बी.पी. सरसँग कुरा मिलाई विभागबाट केही समय बिदा लिएर घरमै आराम गरे हुन्न ? बुबाआमाले पनि गाउँबाट केही महिना यतै आउने भन्नुभएको छ । छुट्टी लिई घरै बसेर प्रसाद सरले भनेअनुसार कुनै दिगो काम किन गर्दैनौ ? यसरी घाट, जङ्गल, पहाडका टुप्पा,

मन्दिर चहार्दै, जबरजस्ती मोटरसाइकल चलाएर धूलो र धुवाँ निल्दै, आफैँले आफैँलाई यसरी सताउँदै, झन्झन् अशान्त हुँदै जानुका सट्टा घरमै बसेर कुनै उपन्यास वा समालोचनाको पुस्तक भए पनि किन लेख्दैनौ तिमी ? तिमीलाई के थाहा, कति गाह्रो हुन्छ घरपरिवार र अफिस-व्यापारको सबै व्यवस्था मिलाएर चलाउन ? तिमीलाई त बस, मोटरसाइकल चढेर घुम्नु, बाथरूममा घन्टौं गीत गाउँदै नुहाउनु, घरभरि चक छर्दै बेकारका शब्द लेख्नुजस्ता काम गर्नमै आनन्द छ अनि कसरी बुझ्न सक्छौ हरेक दिनको चिन्ता, रूजु-बेरूजु, हिसापकिताप, चाँजोपाँचो सब मिलाउनुपर्दा हुने टेन्सन ?"

कार सिफलको उकालो हुइँकिँदै रिङरोडतिर लागिसकेको थियो । मैले दुखी मनले झ्यालबाहिर हेरें । साँझ छिप्पिँदै थियो । आत्मा र मनमस्तिष्क उदास थिए ।

वाग्मतीको पुल तरेर अलिक अगाडि बढेपछि कार रोकियो । हामी भऱ्याङ चढ्दै मन्दिरको बाहिरी ढुङ्गे प्राङ्गणमा पुग्यौं । भित्री प्राङ्गणबाट सितारको स्वर आइरहेको थियो । भित्रबाहिर दुवैतिर मानिसहरू प्रशस्त थिए । कोही भित्र मञ्चअगाडि कुर्सीमा बसी सितार र तबलाका धुन सुन्दै थिए । कोही बाहिरी प्राङ्गणमा यताउता गर्दै भित्रबाट आएका धुन सुन्दै, छेउमा बेचिँदै गरेको चिया सुर्क्याउँदै, पापड चपाउँदै, पूर्णिमाको जूनलाई नियालिरहेका थिए ।

भित्रबाहिरका प्राङ्गण छुट्ट्याउने ढोकामा पुगेपछि मेरो र वेदिकाको बाटो छुट्टियो । साँच्चै भन्नुपर्दा यही ढोकाले गर्दा पनि कहिलेकाहीं उनीर मबीच द्वन्द्व मच्चिएको छ ।

"आऊ न, सँगै भित्री प्राङ्गणमा बसेर सितार र सारङ्गी सुनौं । यसरी यताउता गरेर, कहिले ढोकामा उभिएर त कहिले बाहिर पापड चपाएर सङ्गीतको वास्तविक आनन्द कसरी लिन सकिन्छ ? आऊ बरू पर्खेरै भए पनि भित्रै कुनै सिट खोजी ध्यान लगाएर सङ्गीत सुनौं ।"

उनले धेरैचोटि मलाई यसरी सम्झाउन खोजेकी छन् । तर के गर्ने, म परें भित्रबाहिर गरिरहनुपर्ने मान्छे । भित्र छिरेर कसले तबला बजाइरहेछ

सितार र सरोदको डुएटलाई साथ दिँदै भनेर हेरिरहनु पनि पर्ने अनि बाहिर गएर चिया निल्दै, पापड चपाउँदै, मित्रहरूसँगै उभिएर चुरोट तान्दै, पूर्णिमाको जूनलाई पर्खनु पनि पर्ने ।

उनी थिइन्, स्थिर तथा मौन, सङ्गीतकी वास्तविक अनुरागिनी । म थिएँ, अस्थिर र चलायमान । पापड, गफगाफ, चन्द्रमा तथा सङ्गीतबीच यताउता गर्दै मगजको रन्किएको उन्माद र नसा-तन्तुहरूको पोलाइ कम गर्न खोजिरहेको व्यक्ति ।

यही कारणले नै कन्सर्ट सकेर घर पुग्नेबित्तिकै उनको र मेरो झगडा भयो ।

"केही राम्रो सङ्गीत सुन्न सक्यौ, त भित्रबाहिर गरी पापड चपाएर चिया घुट्क्याउँदै ?", उनले रिसाउँदै भनिन्, "भित्र म आँखा बन्द गरेर रागहरू सुनिरहें । तिमीलाई भने आनन्दसँग एक ठाउँ बसेर सङ्गीतको वास्तविक आनन्द लिनुको सट्टा यत्तिकै आत्तिंदै, छटपटाउँदै भित्रबाहिर गर्न मन लाग्छ । किन सम्हाल्दैनौ, छटपटिएको मनलाई ?"

मैले सुनिरहें । उनी बोल्दै गइन् ।

"आज पनि घन्टौं पानीमा डुबेर त्यही पुराना गीतहरू दोहोराईतेहोराई गायौ ।", उनले भनिन्, "चकले सबैतिर केके शब्द लेख्न थालेका छौ । अर्को कुरा सरसामान पनि तिमीले आजकल साह्है हराउन थालेका छौ । पहिले पनि कैयौंचोटि रूमाल, कलम, पेन्सिल, चेकबुक, परिचयपत्र, फोटो इत्यादि हराएकै थियौ । अब त घडी र मोबाइल पनि हराउन थाल्यौ । यस वर्षभित्रै तिमीले दुइटा मोबाइल हराइसक्यौ । अब अहिलेको नयाँ मोबाइल पनि नजाने कहाँ छोडेर आएका छौ ।"

"कहिलेकाहीं मनमा टेन्सन हुन्छ ।", मैले भनें, "धमिला कहालीलाग्दा दृश्यहरू आइरहन्छन् मनमा । केही बिर्सन्छु, केही तिमी बेलामै सम्झाइदिन्नौ । यस्तो अप्ठ्यारो अवस्थामा फोन, फोटो, बुक, पत्र, मोबाइलहरू हराएका हुन सक्छन् ।"

मेरो वास्तविक मानसिक स्थिति र त्यसको चिन्ताजनक अवस्थासँग अनभिज्ञ उनी हराएका चेकबुक, मोबाइल आदिकै प्रश्न तेर्स्याउँदै द्वन्द्वका निम्ति अझै अघि सरिन् ।

"हराएका हुन सक्छन् ?", उनी कराइन्, "त्यस्तो भए तिमीले नयाँ मोबाइल पनि हराइसकेका छौ त ? मलाई लागिरहेकै थियो, तिमीले "होइन यतै घरमै कतै छ, चाँडै पाइहाल्छु नि भनिरहेको भए पनि तेस्रो मोबाइल पनि हराइसकेका छौ । छटपटे स्वभावले गर्दा न तिमी सङ्गीतको राम्रो श्रोता हुन सकेका छौ, न प्रसाद सरको सल्लाह पछ्याउँदै कुनै दिगो काम नै गर्न सकेका छौ ।", उनले भनिन्, "आफैँले आफैँलाई छटपटीमा पार्दै चारैतिर दौडी घाटे वैद्य र काट्टे बाहुन, घडी बनाउने मानिस र मलम बनाउने वैद्यहरूलाई भेटी आफ्नै केन्द्रबाट आफैँ उछिट्टिएर घरबाट झन् टाढाटाढा भाग्दै, मबाट झन् परपर हुँदै, कुनै कालो खाडलजस्तो एक्लोपनभित्र डुब्दै जाँदै छौ ।"

छेउबाट चियाएर हेरें । उनका आँखाहरू रसाएका रहेछन् ।

होइन, आफ्नो अस्थिरता, छटपटाहट, चिन्ता र भटभटाइहरूको द्वन्द्व उनलाई किन भोगाऊँ म ? उनलाई त थाहा पनि छैन, यसरी हरेक दिन सँगै यही घरमा बस्ता, राति कोठाको यही पलङ्गमा सँगै सुत्ता, सधैं सामान्यजस्तो देखिँदै बाँच्दै जाँदा पनि मेरो मन मनमस्तिष्कभित्र कत्रो ठूलो आगो दन्किइसकेको छ, कस्ताकस्ता डरलाग्दा स्वप्नदृश्यहरू मेरो मनका ओडारमा भकभक उम्लिइसकेका छन् ।

यी सबै दृश्य र रन्काइ आफैँ नभोगीकन उनले कसरी मेरा धुकचुक, छटपटी, भित्रबाहिर गरिरहनुपर्ने बाध्यताहरूलाई बुझ्न सक्छिन् त ? अनि त्यसपछि मेरो मनको कुरा बुझिनन्, मगजभित्र फैलिएको सन्त्रासको मेसो पाउन सकिनन् भनेर उनीमाथि कसरी दोषारोपण गर्ने ? किन बेकारमा उनीसँग रिसाउने वा सन्किने ?

दुई दिनपछि अकस्मात् भाग्ने अवसर आयो ।

शनिबारको दिन थियो । उनी नानूलाई लिएर कथाका किताप लिने ए-वन लाइब्रेरी गएकी थिइन् । आफ्नी दिदीलाई भेट्न सुविधानगरतिर जाने पनि उनको योजना थियो । मैले घडी हेरें, बेलुकाको छ बजेको रहेछ ।

"यति बेला उनी भर्खरै लाइब्रेरीबाट बाहिर निस्किरहेकी होलिन् । दिदीकहाँ पुगेर फर्कंदा उनलाई कम्तीमा एक घन्टा अरू लाग्छ । सात बजेतिर घरबाट निस्के ठीक होला ।", मैले सोचें ।

घरमा मेनु मात्र थिइन् । उनलाई छक्क्याउन सजिलो थियो । नियमित रूपमा धूम्रपान नगरे तापनि मलाई कहिलेकाहीं तलतल लाग्छ । जाबो कहिलेकाहीं मात्र तान्ने चुरोटका निम्ति बेकारमा किन गृहकलह निम्त्याउने भन्ने सोची प्रायः म उनी नभएका बेला छतमा उक्लन्छु । यस्ता क्षणमा म मेनुलाई चुरोट लिन पठाउँछु र वेदिकालाई कुरा नलाउने सर्तमा दुईचार रूपियाँ पनि दिन्छु ।

आज पनि त्यस्तै गरें । खल्तीमा भएका पचासका दुइटामध्ये एउटा उनलाई दिंदै भनें, "चारटा चुरोट लिएर आऊ र बाँकी पैसा तिमी नै राख ।"

मेनुले मतिर पुलुक्क हेरिन् । मैले हतारहतार कुरो अघि बढाएँ, "तर आज म भर्खरै बजारमा आएको विशेष प्रकारको चुरोट तान्न चाहन्छु ।"

"के हो त्यस चुरोटको नाम ?", मेनुले सोधिन् ।

"स्वतन्त्रताको सेतो सिगरेट ।", मैले भनें, "घरछेउका पसलमा त त्यो आइसकेको छैन होला । तिमी भगवतीबहाल गएर त्यो चुरोट खोज । त्यहाँ नभएमा कमलपोखरी, ज्ञानेश्वर, डिल्लीबजार र मैतीदेवीसम्म जानू । भरसक स्वतन्त्रताको सेतो सिगरेट लिएरै मात्र फर्कनू ।"

मेनु गएपछि म फटाफट बुइँगलमा पुगें । मलाई थाहा थियो, वेदिका र मेनु दुवैलाई फर्कन कम्तीमा एक-डेढ घन्टा लाग्नेछ । यो समय मेरो योजनालाई अन्तिम रूप दिन पर्याप्त थियो ।

बुइँगलमा मैले चेकबुक, प्यान्ट, सर्ट, जुत्ता आदि भरेर लुकाएको ब्यागसँगै अर्को पोको पनि थियो । त्यसमा लँगौटी, गन्जी, त्रिशूल, रामनामी गम्छा र अलिकति खरानी बाँधको थिएँ । लँगौटी, गन्जी र रामनामी गम्छा

मेरा स्वर्गीय हजुरबुबाका थिए र त्यो फलामे त्रिशूल पनि उहाँलाई कुनै फिरन्ते जोगीले उपहारस्वरूप दिएको थियो । हजुरबुबाका यी अवशेषलाई मैले उहाँका स्मृतिका निम्ति जोगाएर राखेको थिएँ । आज यिनै अवशेषको प्रयोग मैले आफूलाई जोगीमा रूपान्तरण गर्नका लागि गरें ।

मैले सँगै लैजान सक्ने अरू के हुन सक्छ ?

उः, ती राता, नीला, हरिया कठपुतली । एकातिर थिए नानूका कथाका गुच्चा, अर्कातिर कागतका डुङ्गाहरू । बुइँगलमा कठपुतली, डुङ्गा, गुच्चा, झोला, त्रिशूल आदि यत्रतत्र छरिएका थिए ।

हातको पुरानो ब्यागलाई जोडसँग समाती वरिपरि आखाँ घुमाएँ । पर कुनामा मेरो मोबाइल फोनको सेट लडेको थियो । मोबाइल फोन ?

श्रीमती र मेनु आउनुअगावै हिंडिहाल्नुपर्छ भन्ने सोचले व्यग्र भइरहेको अवस्थामा पनि एकछिनका लागि मनमनै आफैँमाथि हाँसो उठ्यो ।

फिरन्ते जोगीका रूपमा मलाई मोबाइलको बिलकुलै आवश्यकता हुनेछैन । ठीकै पनि भयो, अब कम्तीमा बी.पी. सरले फोन गरीगरी "तिम्रो नाममा अर्को एक बोरा उत्तरपुस्तिकाको थुप्रो छ, तुरून्त लिन आऊ" भनेर हैरान त गर्न सक्नुहुन्न । लौ, म त हिंडे अब जोगी भएर । अब गर्दै गर्नुहोला बी.पी. सरले फोन । वरूण, विम्ब, गजब, भोगेन्द्र, किस्नु आदि छँदै छन्, जाँचून् उनीहरूले नै बोराका बोरा कपीहरू ।

अकस्मात्को आनन्दमिश्रित सन्काइमा मैले काँधमा बोकेको त्रिशूललाई एकछिनका निम्ति भुइँमा राखें र हातमा मोबाइल उठाएर सक्तो बल लगाई बुइँगलको झ्यालबाट सिस्नाको ठूलो झ्याङमा हुर्‍याइदिएँ ।

फटाफट लुगा फुकाली गन्जी र लँगौटी लगाएर रामनामी बेरें । कपाल र निधारमा खरानी घसें । काँधमा त्रिशूल बोकें अनि रेजर र ऐना, चेकबुक, सर्ट, प्यान्ट, जुत्ता आदि भएको कालो पुरानो फाटेको झोला टिपेर बाहिरिएँ । जतिसक्तो घरबाट जति टाढा पुग्न सकिन्छ, त्यही राम्रो ।

साँझ झमक्क भइसकेको थियो । पहेंलिएको धमिलो चन्द्रमा पूर्वको आकाशमा अग्लिँदै थियो । मैले एकपल्ट गेटबाहिरबाट घरलाई हेरें ।

त्यही रातो रङ पोतिएका गमलाहरू, सुपारीको रूख, परको सिस्नाको झ्याङ, लालुपातेका पातहरू, त्यहाँ मेरो पढ्ने कोठा र माथि देखिएको बुइँगल जसको भुइँमा नानूका कथाहरू छरिएका छन् ।

मनमा नमीठो तरङ्ग ह्वात्त बढ्यो । तुरुन्त पश्चिमतिर फर्किएँ । केही कुकुर मतिर फर्केर भुक्न थाले । फटाफट हिँडें । टङ्गाल नाघेर गैरीधारानिर पुगेपछि मात्र लामो सास फेरें । अब मलाई कसैले चिन्न सक्ने छैनन् ।

गैरीधाराको सरस्वतीको मन्दिरअगाडि केहीबेर घोरिएर उभिएँ । बौद्धमा भएको भेटमा राइनरले भनेका कुरा सम्झिएँ ।

"उपत्यकामा मेरो यन्त्रले नाप्न नसकेका केही अदृश्य शक्तिहरू चलायमान छन् ।", उनले प्रस्ट भनेका थिए, "ती बुझ्न नसकिने शक्तिका मुख्य केन्द्र हुन्, दरबारमार्ग, रत्नपार्क, सुनधारा, वसन्तपुर दरबार स्क्वायर र विष्णुमतीको तीर ।"

सायद मैले खोजेको अन्तिम समाधान, मेरो चिन्ता र छटपटीको औषधि पनि यिनैमध्ये कुनै ठाउँमा भेटिएला । सायद यिनै कुनै ठाउँमा दिलवरनाथले बरबराएका वाक्य तथा तिनले सङ्केत गरेका घटनाहरू सलबलाइरहेका होलान् ।

बल्ल कुरो प्रस्ट हुँदै आएको थियो ।

फेरीवाल जोगीले बोलेका अस्पष्ट वाक्य तथा राइनरले बताएका शक्तिकेन्द्रहरू मेरो खोजमा सघाउ पुऱ्याउन सक्ने ससाना कडी वा कुन्जी थिए । तिनै कुन्जीबारे थाहा पाएर र बुझेर नै मैले खोजलाई अगाडि बढाउनुपर्छ । आफ्नो बिर्सने बानी, अधिर मन, छटपटाहट, गन्जागोल आदि सबैको अन्तिम समाधानसम्म पुग्नुपर्छ ।

मैले दरबारमार्ग र वसन्तपुर दरबार स्क्वायर हुँदै विष्णुमतीतिर झर्ने विचार गरें । कालिमाटीदेखि अलि उत्तरतिर विष्णुमतीको तीरमा तीनतिर पर्खाल भएको पुरानो जर्जर पाटी देखेको थिएँ । आजको रात त्यहीं गएर बिताउने निर्णय गरें ।

टावर

म झोला र त्रिशूल लिई गैरीधारा, कमलपोखरी, पुतलीसडक, प्रदर्शनीमार्ग र पुरानो बसस्टप हुँदै दरबारमार्ग पुग्ने घुमाउरो बाटो पछ्याउँदै अघि बढ्दै गएँ ।

मलाई लाग्यो, केही मानिस मतिर अचम्म मानेर हेर्दै छन् । के उनीहरूले मलाई लँगौटी लगाई खरानी घसेर स्वाङ पार्न तम्सेको कुनै नक्कली जोगी सम्झेर एकहोरो हेरिरहेका त छैनन् ?

देब्रे हातमा त्रिशूल झन् कसें र भरसक ठूलो स्वरले अलख जगाएँ, "जय शिव, जय गोरखनाथ !"

यसरी नै त कराउँथे नि दिलवरनाथ जोगी पनि ! एकटक हेरिरहेका आँखाहरू फेरि यताउता फर्के, "जय शिव, जय गोरखनाथ ।"

बढ्दो अँध्यारोमा कार, बस, टेम्पो, मोटरसाइकलहरू उत्तर-दक्षिण गुड्दै थिए । पुतलीसडकका बत्तीहरू टिलपिल-टिलपिल बल्दै थिए । जीवन सधैंको जस्तो चलिरहकै थियो ।

प्रदर्शनीमार्ग हुँदै पुरानो बसस्टपतिर लुसुक्क छिरें ।

मलाई होहल्लामा पर्नु छैन । भिडको मध्यमा पनि लुकेर बस्नुपर्छ, स्थिर पीपलको पातझैं । शङ्कालु आँखाहरूबाट मैले आफ्नो परिचय जोगाउनुपर्छ । अनि फेरि चिनेका कसैले मलाई जोगी भेषमा देखेमा के सोच्लान् ? मेरो बारे वाहियात हल्लाहरू फैलिएकै छन् । पागलपनकै कारणले त्रिशूल च्यापेर लँगौटी लगाई जोगी भएर हिंडेको हो यो भन्ठान्ने त होइनन् ?

यसरी सोच्दै अघि बढ्दै जाँदा थाहै भएन, कतिखेर पुरानो बसस्टपदेखि पश्चिमका सडकमा उर्लिएको जनसमूहमा मिस्सिन पुगिसकेछु । त्यो

ठूलो भिड विरोधका झन्डा र ब्यानर लिएर नारायणहिटी राजदरबारतिर बढिरहेको थियो ।

अब मेरो वरिपरि मानिसैमानिस थिए । लालटेन, पेट्रोम्याक्स र मसाल बोकेर हिँडिरहेका मानिसहरू । तर अघि पुतलीसडकमा क्वारक्वार्ती हेर्नेहरूविपरीत जुलुसमा मिसिएर उत्तर बढिरहेका मानिसले मलाई नियालिरहेका थिएनन् । म हुनु-नहुनुको उनीहरूलाई कुनै मतलब थिएन । तिनका आँखामा अरू नै कुनै उद्देश्य झल्किएको थियो । जोस र उत्साहले भरिएका यी मानिस अरू नै कुनै विशाल लक्ष्य लिएर अगाडि बढ्दै थिए ।

"ओहो ! यो ठीक छ ।", मेरो मनले भन्यो, "यस भिडमा मेरो कुनै पृथक् अस्तित्व छैन । मानिसहरूको यो महासागरभित्र म न पागल हुँ, न सद्दे । न लेखक हुँ, न जोगी । न म शिक्षक हुँ, न समीक्षक, न विद्यार्थी । पानीको थोपाझैं म यो विद्रोहको महासागरमा विलीन भएको छु । अब कसैले मेरो परिचयलाई केरकार गर्न सक्ने छैनन् ।"

मैले झन्झन् उत्तेजित र भावुक हुँदै आफ्ना बन्द मुठीलाई विरोधका नारा सँगसँगै तलमाथि गर्दै सोचें, "हो, फेर्दै जाओस् मेरो परिचयले नयाँनयाँ काँचुलीहरू । बन्दै-मेटिँदै जाऊन्, मेरा नयाँ नाम, भेष र अवतारहरू !"

राजनीतिक दलका कार्यकर्ता र समर्थकहरूको त्यो विशाल जमात विरोधका स्वर घन्काउँदै दरबारमार्गको बाटो लगातार अगाडि बढिरहेको थियो । मानिसहरू मटीतेल, चामल र तेलको भाउ घट्नैपर्छ र आतङ्कबाट घरघरको सुरक्षा गरिनुपर्छ भनेर नारा लगाइरहेका थिए । कोही हातका झन्डा हल्लाइरहेका थिए । कोही भने हेलमेट पहिरिएका, बन्दुक र लट्ठी बोकेका सिपाहीहरूतिर ढुङ्गा हान्दै थिए ।

हातको फलामे त्रिशूल काँधमा राख्दै सोचें, "म पनि भिडमा सामेल भएर यसको गतिलाई पछ्याउनेछु । यत्रो विशाल जुलुसमा, त्यो पनि यो साँझको धमिलो प्रकाशमा, मेरो वास्तविक परिचयलाई कसैले ठम्याउन सक्नेछैन ।"

नारा लगाउँदै, मुठीहरू तलमाथि गर्दै अघि बढ्दै-बढ्दै हामी घण्टाघरछेउमा आइपुग्यौं ।

अनि त्यो के हो नि ? सडकबाट आकाशसम्म अग्लिएको त्यो अद्‌भुत टावर !

कस्तो अचम्म ! घण्टाघरकै छेउमा तर घण्टाघरभन्दा निकै अग्लो अद्‌भुत टावर दरबारमार्गबीच ठडिएको रहेछ ।

म तीनछक्क परें । कसले कहिले बनायो होला त्यो टावर ? यस्तो टावर त मैले अहिलेसम्म कहिल्यै देखेको थिइनँ ।

मेरो मगजका तन्तुहरू फेरि उम्लिन थाले । दिमाग फुट्लाजस्तो भएर पुनः भकभक हुन थाल्यो ।

आपत्‌मा परेको बेला वा मनमा चिन्ता-भ्रम उब्जिएका बेला अरू कुरा छाडी शरीरका अङ्गहरूमा सलबलाइरहेका संवेदनालाई एकएक गरी मनन गर्नुपर्छ, ध्यानगुरूले प्रस्टै भनेका थिए ।

मैले तुरुन्तै निधार, घाँटी, कुम, कुहुना, हत्केला, पैतालालगायतमा पालैपालो मन केन्द्रित गर्न थालें । पैतालाहरू झमझम गरिरहेका थिए । होइन, दुखेको होइन । एक किसिमको चिलाएजस्तो, फेरि कता अलि हलुका पोलेको जस्तो पनि । खोइ, कस्तोकस्तो !

तर जे-जस्तो भए पनि पैताला र टाउकोमा चलिरहेको संवेदना एकै प्रकारको थियो । टाउकाको देब्रे भाग पनि अलिअलि चिलाइरहेको थियो अनि हलुका पोलिरहेको जस्तो पनि । नाकको दाहिने प्वालछेउछाउको छाला चिलाइरहेको थियो र सास त्यही प्वालबाट छिटोछिटो भित्रबाहिर गर्दै थियो ।

"होइन, म पागल भएको छैन ।", आफैँलाई भनें, "शक्तिहरूको प्रभावले अलिअलि गडबडिएको मात्र छु । खोजको अन्तमा गडबडीको निदान भेटेपछि सबै ठीक हुँदै जानेछ ।"

अनि ममात्रै गडबडिएको पनि त होइन नि ! अरू पनि त मजस्तै झैझगडा, गोलमाल, नारा, जुलुस आदिमा जेलिएका छन् नि ! सायद राइनरले बताएका अदृश्य शक्तिहरू एकपल्ट पुनः दरबारमार्ग, सुनधारा, रत्नपार्क, वसन्तपुर आदि ठाउँहरूमा जम्मा हुन थाल्दै छन् । सायद तिनैले

सबैलाई घर र डेरा छाडेर मसाल बोकी सडकमा उत्रिन प्रेरित गर्दै छन् । अविश्वसनीय घटनाहरू घटाइरहेका छन् । सायद यो अविश्वसनीय टावर त्यसकै प्रतिफल हो ।

मैले फेरि त्यो अद्‌भुत टावरतिर हेरें । हरिया कम्ब्याट ड्रेस लगाएका सेनाका दुई टुकडी टावरपछाडि युद्धको मोर्चा बनाएर बसेका रहेछन् । राजदरबारका अगाडि उभिएको त्यस टावरका भित्ताहरू भने प्रकाश रित्तिँदै गएको आकाशमुनि पहेंलो, नीलो रङमा जगमगाइरहेका थिए ।

भिडमा अरू कोको थिए ?

विभिन्न दलहरू मिलेर बनेको संयुक्त प्रजातान्त्रिक मोर्चाका अग्ला तर अत्यन्तै दुब्ला नेतो मधुरो स्वरमा फुसफुस बोल्दै अनुयायीहरूको नेतृत्व गरिरहेका थिए । संयुक्त वाममोर्चाका बलिया तर पुड्का नेता पनि ठूलठूलो स्वरमा समर्थकहरूको मनोबल बढाइरहेका थिए । पहिले खुल्ला मञ्चमा र टेलिभिजनमा देखेका अरू पनि थुप्रै नेतालाई मैले त्यही भिडमा देखें । अनि राजनीतिक चेतनाबाट सदैव जागरूक भएर अघि बढिरहने, एकअर्काको मनोबल बढाउन बारम्बार भेटघाट गरिरहने आफ्ना केही मित्रहरूलाई पनि देखें, भाग्य, प्रणिता, इन्द्र, अजीव, सुधा र छहरा ।

अरू कोको थिए, त्यस उर्लंदो जनसमूहमा ?

मेरा वरिपरि भने फाटेका लुगा लगाएका जोगी र भिखारीजस्ता देखिने गरिबहरूको समूह थियो । तिनीहरूमध्ये एउटाको अनुहार मैले कालोपुलमा तरकारी किन्ने बूढाको जस्तो देखें । अर्काको मुहार सिफल चउरमा भेटेको ट्रकड्राइभरको जस्तो थियो भने तेस्राको आर्यघाटमा कलिमूर्तिअघि मातेर बरबराइरहेको क्रियापुत्रीजस्तो ।

तर यो पनि हुन सक्छ, तिनीहरू सायद अरू नै कोही हुन् । साँझका छायामा नाम र परिचयहरू धमिला र अस्पष्ट बनेका थिए ।

टावरको माथिल्लो भाग आकाशको पृष्ठभूमिमा हल्का नीलो देखिएको थियो भने तल्लो भाग ल्याम्पपोस्टबाट उठेको प्रकाशमा नुहाएर पहेंलो देखिएको थियो । चारपाटे कोठाहरू एकअर्कामाथि खप्ट्याएर राखेजस्तो

त्यो टावर तलैतला थपिएर अग्लिँदै, चुलिँदै आकाशसम्म पुगेको थियो । सबै कोठाहरू काठका बरन्डाले घेरिएका थिए । बरन्डामा उभिएका मानिसहरूबीच चलिरहेको खिचातानी र तँछाडमछाड सडकबाटै देखिइरहेको थियो । उनीहरू एकअर्कालाई सडकमा हुत्याउने प्रयत्न गरिरहेका थिए ।

गोली र टियर ग्यासको प्रहारले भिडलाई एक्कासि छिन्नभिन्न गर्‍यो ।

उत्तरको दिशाबाट बतास चल्न थाल्यो । टावरपछिल्तिर लुकेका हरियो लुगा लगाएका सुरक्षाकर्मीहरू टियर ग्यासका सेल फ्याँक्तै थिए । केही मानिस सडकछेउका बन्द भएका पसल र सटरहरूका अघिपछि लुक्न थाले । टावरको फेदमा भने छुट्टै सङ्घर्ष चलिरहेको थियो । म भने टिलपिल गरिरहेको ठूलो विज्ञापन बोर्डका मुन्तिर गएर लुकें ।

बोर्डमा लेखिएको थियो- रिमझिम डान्स रेस्टुराँ, दरबारमार्ग ।

जुलुसको कारणले आज रेस्टुराँ बन्द थियो तर खोइ किन हो कुन्नि, एकपल्ट पुनः फर्किएर बोर्डमा हेर्न मन लाग्यो । मैले एकछिनका लागि पुनः घोरिएर हेरें, रिमझिम डान्स रेस्टुराँ, दरबारमार्ग ।

के भनेका थिए दिलवरनाथले ? हो, एउटा रेस्टुराँ, एउटा मन्त्रालय । तर अहिले यो सब सोच्नलाई समय थिएन । एकपल्ट पुनः रेस्टुराँको बोर्डतिर हेरें ।

विज्ञापनका बोर्डमाथि राता-पहेंला अक्षर थिए, हिरो होन्डा, मायालु साबुन, शिखर चुरोट तथा टुबोर्ग बियर । बियरको बोतल समातेको युवकले बलिया पाखुरा देखाउँदै थियो । सेता, सुडौल पिंडौला भएकी युवती अनुहारमा क्रिम घसिरहेकी थिई । छेवैमा एउटा अर्को बोर्ड पनि थियो ।

"भिसा रिजेक्ट भयो ? केही समस्या छैन ?' बोर्डमा प्रस्ट कोरिएको थियो, "डी.भी. भिसाको लागि आवेदन भरौं । अमेरिका जाऔँ, अस्ट्रेलिया जाऔँ, मलेसिया र कुबेत जाऔँ ।'

मैले विज्ञापनका सन्देशबाट आफूलाई पन्छाएर पुनः टावरतिर हेरें ।

मानिसहरू टावरभित्र छिर्ने प्रयत्न गरिरहेका थिए । उक्लिइसकेका कतिपय भने बरन्डाबाट सडक तथा फुटपाथमा पछारिंदै थिए ।

"यो टावर दमन र धोखाधडीको टावर हो ।", अग्ला, दुब्ला, संयुक्त प्रजातान्त्रिक मोर्चाका नेता सानो फुसफुसे स्वरमा बोल्दै थिए, "यो टावर नढलेसम्म प्रजातन्त्र मौलाउन सक्तैन । त्यसैले सबैभन्दा पहिले यही टावरलाई ढाल्नुपर्छ ।"

संयुक्त वाममोर्चाका पुड्के बलिया नेता अब भिडअगाडि आएर सशक्त आवाजमा कुर्लन थाले ।

"केही मानिस टावरको फेदमा टुक्रुक्क बस्न बाध्य भएका छन् ।", उनले भने, "अरूहरू भने टुप्पामा पुगी सिसाको पारदर्शी छानाबाट आकाशका तारा नियाल्दै छन् । कोही गतिमान लिफ्टबाट सोझै माथिल्ला तलातिर हान्निरहेछन् । अरूहरूलाई भने एकचोटिमा एक खुड्किलो उक्लिनुबाहेक कुनै उपाय छैन । अन्याय र असमानताको यस टावरलाई हामी सबै मिलेर ढालौं । त्यसपछि मात्र राजदरबारभित्र पुग्ने मार्ग खुल्नेछ ।"

टावरका टुप्पोमा बस्ने शक्तिशाली व्यक्तिहरूले टुप्पैबाट घन्किएको लाउडस्पिकरबाट ठूलो स्वरमा बोल्न थाले । दलका नेताहरूलाई वार्तामा निम्त्याउन थाले । जनतालाई इतिहासबाट शिक्षा लिँदै पुराना गल्ती नदोहोऱ्याउन आग्रह गर्न थाले ।

"सभ्यताका अग्ला टावरहरू कसरी आतङ्कको प्रहारले ढल्दै आएका छन् भनेर सोच्नुपर्ने बेला आएको छ ।", टुप्पोबाट लाउडस्पिकरको आवाज घन्कियो, "हामी तिनै गल्ती पुनः नदोहोऱ्याऔं । यो टावर मानवको सिर्जनात्मक शक्तिको प्रतीक हो । हामी सबै एकजुट भएर यसलाई अझै अग्ल्याउँदै लैजाऔं । यसलाई ध्वस्त गर्ने दुःस्वप्न देख्न छोडी बरू झन्झन् आकाशतिर उचाल्दै जाऔं ।"

संयुक्त प्रजातन्त्र र वाममोर्चाका नेताहरू भने भन्दै गए, "होइन, यो टावर नै सामाजिक अन्यायको जरो हो ।'

"जब धेरै मानिसले बुझ्छन् कि उनीहरू आफ्ना टावरहरू आफैँ निर्माण गर्न सक्तैनन्, तब नै वैमनस्य र रिसइबीको वातावरण फैलन्छ ।", नेताहरूले भने, "अनि झोक्किएका सुरमा मानिसहरू अर्काले बनाएका टावरलाई ढाल्ने

सपना देख्न थाल्छन् । शहरबजारमा बम पड्काउन थाल्छन् । त्यसैले अब हामी सबै मिली ससाना घर तथा कुटियाहरूको नयाँ संस्कृति विकास गरौं । एउटा यस्तो नयाँ परिपाटी जसले अग्ला महँगा टावरहरूको जर्जर संस्कृतिलाई विस्थापित गर्नेछ ।"

अकस्मात् एउटा नयाँ हल्लाखल्ला मच्चियो ।

मैले पुनः घोरिएर हेरें । केही मानिस टावरको टुप्पोबाट सडकका पेटीमा बजारिँदै थिए । टुप्पामा चलिरहेको सङ्घर्षबाट पराजित उनीहरूमध्ये कतिपय रक्ताम्मे भई ढले । अरू भने बिस्तारै उठेर कुम छाम्दै, गोडा-कुहुना सुमसुम्याउँदै टुप्पामा रहेको शक्तिशाली गिरोहको आलोचना गर्न लागिपरे ।

"हामीलाई टावरको शिखरबाट फ्याँक्ने सम्मानित भनाउँदाहरू राष्ट्रघात गर्न लागिपरेका छन् ।", भर्खरै ढलेका मन्त्री, प्रशासक, व्यापारी तथा अन्य गण्यमान्यहरू भन्दै थिए ।

"अबदेखि हामी यो अग्लो टावरलाई बचाउने होइन, भत्काउने र ढाल्ने काममा लागिपर्छौं ।", रिसले मुरमुरिएका उनीहरू कराइरहे, "टावर ढाल्न पहाड, जङ्गल, काँठमा लुकेका विद्रोहीहरूसँगै सम्झौता गर्नुपरे पनि हामी पछि हट्‌तैनौं ।"

भिडमा यताउता गरिरहेकाहरूको गफगाफ सुन्दै मैले घटनाको मर्म बुझ्ने कोसिस गरें ।

केही मानिस टुप्पाबाट भर्खरै फ्याँकिएका छन् भन्ने खबर फिँजिनेबित्तिकै टावरका फेदमा चलिरहने अविरल सङ्घर्ष केही पलका निम्ति रोकिएको रहेछ । सबैलाई थाहा थियो, फ्याँकिएका व्यक्तिहरूको स्थान ओगट्न नयाँ दावेदारहरूलाई टुप्पोबाट छिट्टै निम्तो आउनेछ । चाँडै उनीहरूलाई लिफ्टबाट टावरको अकासिँदो टुप्पोतिर उचालिनेछ । फेदमा सङ्घर्षरत व्यक्तिहरू शक्ति-सामञ्जस्यका नयाँ समीकरण नबुझुन्जेलसम्म रोकिन चाहन्थे । त्यसैले फेदमा अस्थायी युद्धविराम भएको रहेछ ।

म वरिपरिका गुनगुन सुन्दै, कुरो बुझ्दै गएँ । दलका नेताहरूले पनि केही समयसम्म आन्दोलन रोक्ने निर्णय गरेका रहेछन् ।

"हामी केहीबेर पर्खौं र मनन गरौं । हेरौं टावरका रिक्त स्थान ओगट्न कसकसलाई निम्ता आइपुग्छ ।", नेताहरूको आपसी छलफलको खबर भिडमा यताउता फैलिरहेको थियो, "टुप्पाको शक्ति-सन्तुलनमा भएको परिवर्तनबमोजिम हामीले पनि आफ्नो राजनीतिमा केही परिवर्तन गर्नुपर्ने हुन सक्छ ।"

नेताहरूले सल्लाह गरिरहेका थिए, "सर्वसाधारणलाई टावरको वरिपरि झिँगटी र काठका घर बनाउने अनुमति दिइएमा सायद कुनै वार्तालापको वातावरण बन्न सक्छ । टावरका द्वारहरू सबै धर्म, जात, वर्गका मानिसलाई समान रूपले खुला गर्ने नियम, उपनियम, विधानहरू पास भएको खण्डमा सायद यसलाई ढाल्नुको औचित्य पनि समाप्त हुन सक्छ ।"

अकस्मात् टावरवरिपरि पटाकाहरू पड्काएजस्तो ढमढम आवाज आउन थाल्यो । पैतालामुनिको भुइँ हल्लिन थाल्यो । टावरका भित्ता र छानाहरू जोडजोडसँग हल्लिएर झर्न थाले ।

अकस्मात् मैले बुझें, ओहो, यो त भुइँचालो पो रहेछ ! लौ, लड्नै पो लाग्यो त यो ! किचेर मार्ने भयो, भागिहाल्नुपर्छ तुरुन्तै !

टावर ढल्न लागिरहेको थियो ।

रिमझिम डान्स रेस्टुरौँअगाडिको विज्ञापन बोर्डमुन्तिरबाट उम्किएर रानीपोखरीतिर भाग्न खोजें । तर टावर निकै अग्लो थियो र मैले भाग्नुपर्ने दूरी निकै लामो । जे हुनु थियो त्यही भयो ।

टावर टुक्रिएर ढल्दा उछिट्टिएको कुनै वस्तु र रानीपोखरीतिर भाग्दै गरेको मेरो शरीरबीच जम्काभेट भयो ।

"लौ मरें अब !" भन्दै टाउको समातें ।

तर मेरो टाउको त जस्ताको तस्तै रहेछ । हातखुट्टा पनि उस्तै, कुमकम्मर पनि पहिलेकै जस्तो । म अरू मानिसहरूझैं सडकमा पछारिएको मात्र रहेछु । खोइ कसरी बाँचें आज !

लामो सास फेरें ।

सडकमाथि ढलेको मेरो शरीरलाई कागतैकागतले ढाकेको थियो । आफूलाई सबैतिर छामेर हेरें । सबैतिर कागतैकागत रहेछ । होइन, के आएको थियो कुन्नि मतिर ढुनमुनिँदै ढल्दै गएको टावरबाट !

अचम्म मान्दै पुनः वरिपरि हेरें । परपरसम्म कागतैकागत थियो । केही सफा सेता पन्नाहरू । केही काला अक्षर कोरिएका कागतहरू ।

फेरि हेरें, दरबार मार्गभरि कागतैकागत । खोइ, यो सब कसरी भयो ? जे होस्, म बाँचें । पुनः लामो सास तानें ।

पुनः नयाँ हल्लाखल्ला मच्चिन थाल्यो ।

टावर ढलेपछि भागेर असन, कमलादी र रत्नपार्कतिर छरिएका व्यक्तिहरू पुनः झन्डा र पम्प्लेट बोकेर दरबारमार्गमा जम्मा हुँदै थिए । मानिसहरू रत्नपार्क, बागबजार, सुनधारा र नयाँसडकतिरबाट धमाधम राजदरबारतिर ओइरिरहेका थिए ।

राजदरबार हत्याकाण्ड

असङ्ख्य मानिसहरूको भिड झन्डा, रङ्गीन अग्ला तूल, प्ले-कार्ड र पम्प्लेट बोकेर राजदरबारको मुख्य ढोकातिर बढ्दै थियो । किसिमकिसिमका हल्ला फैलिएका थिए । केही व्यक्तिहरू चिच्च्याइरहेका थिए ।

"उः, राजदरबारको मुख्य ढोका त्यैं छ, दरबार मार्गको टुप्पोमा !", एउटी महिला अकस्मात् कराई । सम्पूर्ण भिड टक्क उभिई नारायणहिटीको भव्य भवनलाई स्तब्ध भएर हेर्न थाल्यो । मैले पनि मुख्य ढोकाका फलामे छडहरूका बीचबाट चियाएँ ।

अँध्यारा छायाहरू रूख र बगैंचा हुँदै महलका भित्तासम्म फैलिएका थिए । भित्ताका केही भाग भने चन्द्रमाको दुधिलो प्रकाशमा टल्किइरहेका थिए ।

म आफूलाई बडो बहादुर अनुभव गरिरहेको थिएँ । मनलाई गाँजिरहने छटपटी पनि केही छिनलाई पर सरेको थियो । टाउको फिटिक्कै दुखिरहेको थिएन । म जोसले भरिएको थिएँ । लाग्यो, म इतिहासका सडकहरूमा हिंड्ने जुलुसको क्रियाशील कर्ता हुँ ।

मैले लगौंटीलाई राम्रोसँग कसें र त्रिशूललाई जोडसँग मुठीमा दाबें ।

सायद जमिनमुनिमाथि सबैतिर दौडिरहेका दृश्य-अदृश्य शक्तिहरूले कुनै विशेष कारणनिम्ति मेरो चयन गरेका छन् । सायद तिनै शक्तिले मलाई जनताको नेता बनाउन खोज्दै छन् । इतिहासको नायक बनाउन खोज्दै छन् ।

मैले पुनः वरिपरि हेरें ।

मेरा वरिपरि च्यातिएका पुराना लुगा लगाएका मानिस जम्मा भएका थिए । मज्जाले नियालें, उः, त्यो ठुटो जस्तो बूढो चाउरिएको मानिस । मलाई हेरिरहेका उसका जीवन्त आँखाहरू ।

के ती हिमाली मलम बनाउने राममान दाइ त थिएनन् ? तिनै राममान दाइ, जसका बारे मैले कुनै बेला न्यु कान्तिपुर पोस्टमा लेखेको थिएँ । हेर्दा त त्यस्तै देखिन्थे ।

अनि राममान दाइपछिल्तिर उभिएको तालुखुइले नि ? उनको सफाचट गोलो टाउको घोप्टो परेको हलुङ्गेको कचौराझैं देखियो ।

के तिनी अर्जुन लामा त थिएनन् ? बिग्रेको घडी बनाउने बानेश्वरचोकका अर्जुन, जसका बारे पनि मैले लेखेको थिएँ ।

उनकै छेउ कलिमन्दिरअगाडि मैले भेटेको क्रियापुत्री उभिएको थियो । आज पनि उसले घाँटीमा टाई बेरेको थियो । खुइलिएको बेसबल क्याप लगाएको थियो ।

राममान दाइ, अर्जुन लामा र क्रियापुत्री एकटक मैतिर हेर्दै थिए । तीनै जना एकै स्वरमा कराउँदै पनि थिए, "निरङ्कुशतन्त्र मुर्दावाद, लोकतन्त्र जिन्दावाद ! तानाशाही चल्दैन, जनता मिच्न पाइँदैन ।"

राजदरबारको गेट खुल्यो । सैनिकहरूको टुकडी हातहतियारले सजिएर बाहिर निस्कियो । गेट पुनः बन्द भयो ।

मैले सडकबाट एउटा ढुङ्गा टिपेर सैनिकहरूतिर हुर्‍याएँ र बेस्सरी चिच्च्याएँ, "निरङ्कुशतन्त्र मुर्दावाद !"

राममान दाइ, अर्जुन लामा र क्रियापुत्रीले पनि ढुङ्गा टिप्तै दरबारका गेटतिर हाने । अनि मेरा स्वरमा स्वर थप्तै कराए, "लोकतन्त्र जिन्दावाद !"

मैले अर्को ढुङ्गा टिपें । पुनः दरबारतिर हिर्काएँ । पुनः चिच्च्याएँ, "तानाशाही चल्दैन !"

राममान दाइ, अर्जुन लामा र क्रियापुत्रीले पनि सैनिकहरूतिर ढुङ्गा फ्याँके । अनि फेरि कराए, "जनता मिच्न पाइँदैन !"

त्यसपछि त दरबारतिर ढुङ्गाको भेलै चल्यो ।

सबै जनाले गेटतिर ढुङ्गा फ्याँक्न थाले । ढ्याङ्गढुङ्ग, ठ्याक्कठुक्क । ढुङ्गाहरू गेट र सैनिकहरूका ढालहरूमा बज्रिए । सैनिकहरू जनताको आक्रोश खप्न नसकी तितरबितर भए । कोही पूर्वपट्टि 'जय नेपाल चित्रघर'तिर

भाग्दै गए । कोही पश्चिमपट्टि ठमेलतिर दौडँदै गए । राजदरबारको गेट एकपल्ट पुनः अगाडि प्रस्ट देखियो ।

फर्केर पुनः राममान दाइ, अर्जुन लामा र क्रियापुत्रीतिर हेरें ।

एक जनाको चाउरिएको अनुहार, सुकेको शरीर, अर्काको सफाचट तालु, तेस्राको घाँटीमा टाई र टाउकोमा खुइलिएको बेसबल क्याप । तर यसपल्ट ती मानिस मैले पहिले भेटेका, चिनेका र लेख लेखेका राममान दाइ, अर्जुन लामा र क्रियापुत्रीभन्दा निकै फरक देखिए ।

को थिए दरबारतिर ढुङ्गा हान्दै गरेका ती व्यक्तिहरू ? तीनै जना पुनः भिडमा हराए । मैले फेरि दरबारको गेटतिर हेरें ।

मलाई लाग्यो, राजदरबारभित्र पक्कै केही अदृश्य शक्तिहरू चलायमान छन्... कुनै व्यक्ति, कुनै अद्भुत जीवन वा कुनै बुझ्नै नसकिने भयावह विचार ? सायद तिनै अदृश्य शक्तिहरूले मलाई दरबारभित्र धकेलिरहेका छन्... यस्तो दृश्यतिर, जुन एकैसाथ भव्य र त्रासपूर्ण दुवै छ ।

सायद दरबारका भित्री कक्षहरूमै मेरो खोजले गन्तव्य पाउनेछ । यस्तो अन्त, जसले मभित्रको छटपटी समाधान गर्नेछ । मलाई पुनः शान्त र सहज बनाउनेछ ।

जनताका नेताहरूले पछाडिबाट कराईकराई हाम्रो उत्साहवर्धन गरिरहेका थिए । नेताहरूको भाषणले तातेका केही मानिस दरबारको फलामे गेट नाघेर भित्रको प्राङ्गणमा छिर्न थाले । सबै जना "हत्याकाण्डको रहस्यको पर्दाफास हुनुपछ र वास्तविक दोषीलाई जनसमक्ष ल्याउनुपर्छ" भनी नारा लगाउँदै थिए । कोही अग्ला झन्डा त कोही हातमा मसाल घुमाउँदै थिए ।

आ, अब जे पर्ला, यो भिडसँगै अगाडि लाग्छु म पनि, मनलाई पुनः दह्रो बनाएर अठोट गरें, बौलाहा भएर पागलखानामा जीवन व्यतीत गर्नुभन्दा त बन्दुकको निसाना बनेर राजदरबारकै अघि ढल्नु बेस । कमसेकम मरेमा शहीद त कहलिनेछु । लासलाई कसैले पागल भनेर नामकरण गर्ने होइन क्यारे ! कुनै सद्दे नै शहीद बनेछ भन्ने अडकल काट्नेछन् ।

हो, मैले पनि जनताको अधिकार रक्षाको निम्ति लड्नुपर्छ । आखिर मरेर लानु नै के छ ? बाँचें भने जनताको नायक, मरें भने शहीद, लौ अब जे पर्ला ।

हातमा रहेको त्रिशूललाई उठाउँदै "जय शिव जय गोरखनाथ !" को गर्जन गर्दै म पनि फलामे गेट नाघेर दरबारको प्राङ्गणभित्र छिरी झन् भित्रभित्र पस्न थालें ।

गेटको भित्रपट्टि अँध्यारा बगैंचा, हरियो दूबोका चौडा लेन तथा देवीदेवताका भव्य मूर्ति थिए । म दगुरिरहें सालिक, बगैंचा र लेनहरूका बीचबीचबाट । अरू मानिस पनि मसँगसँगै दगुर्दै थिए । तर एकछिन पछि दगुरिरहेका खुट्टाहरूको आवाज कम हुँदै गयो । ठ्याकठुक्क ठामठुम जुत्ताचप्पलका आवाज घट्तै गए । बिस्तारै अनुभव गरें, म मात्रै पो एक्लै दगुरिरहेको रहेछु, अँध्यारा छायाका बीचबीचबाट !

दरबार छिरेकामध्ये कोही कता पुगेछन्, कोही कता । ठूला अग्ला जगमगाउँदा प्रासाद, बुट्टा कोरिएका गजधम्मे गेट, बगैंचा, फोहरा र हरिया छायादार रूख सबै जोडिएर बनेको त्यस दरबारका असङ्ख्य ढोका थिए, अनगिन्ती कोरिडर र स्क्वायर थिए । दरबार छिरेकामध्ये केही सायद पहेंलो प्रकाशमा जगमगाउँदा ढोकाअगाडि उभिएका थिए । केही सायद दरबारका गर्भमा रहेका अन्तहीन कोरिडरमा हराएका थिए । अरू कति सायद बगैंचाका छायादार रूखमुनि बसेर तिनकै रमाइलो हरियो संसारभित्र आफूलाई बिर्सने उपक्रम गरिरहेका थिए । सायद सबै आआफ्नै नियतिका डोब पछ्याइरहेका थिए ।

अनि म नि ?

अघि भर्खरसम्म म त्यो विद्रोही बेनामे भिडको भाग थिएँ । अब फेरि अकस्मात् उछिट्टिएको छु । उः, मानिसहरू कतै परपर अझै कराइरहेका छन् । म एकछिन अघि मात्र त्यस भिडमा थिएँ र अहिले यहाँ रूखैरूखले घेरिएको सजिसजाउ बङ्गलाअगाडि छु । सँगै दगुरिरहेका मानिसहरू कता पुगे कता, मचाहिं नाइट ल्याम्पहरूको दुधिलो प्रकाशमा सलबलाइरहेका अँध्यारा छाया,

बगैंचा, फोहरा र सालिकहरूबीचबाट कुद्दै-दगुर्दै यहीं आइपुगें । रूखैरूखले घेरिएको राजदरबारभित्रको बङ्गलाको गेटमा ।

के यो पनि कुनै नियतिद्वारा प्रायोजित थियो ? दिलवरनाथको भविष्यवाणीकै शृङ्खलाको कुनै अर्को कडी ?

मैले बङ्गलाको गेट अगाडि बसेर सोच्तै गएँ । मनमा झन् डरलाग्दो शङ्काले कहाली लगाउन थाल्यो, म थाहै नपाईकन कुनै डरलाग्दो षड्यन्त्रको पात्र भइरहेको त छैन ? कसैले मलाई पागल बनाउने षड्यन्त्र गरिरहेको पनि त हुन सक्छ !

तर यत्रो टावर बनाउनु, भत्काउनु, यतिका मानिसलाई जम्मा पार्नु, पुलिसले गोली चलाउनु यतिका सब घटनाको संयोजन कसैले फगत मलाई पागल बनाउन गर्न खोजेको होला त ? त्यस्तो शक्तिशाली समूह र व्यक्ति को हुन सक्छ ? अनि त्यस्तो कोही भए पनि उसलाई मजस्तो साधारण व्यक्तिबारे त्यत्रो अभिरूचि वा सरोकारै के हुन सक्छ ?

होइन, सायद यो समयै पागल छ । जे भइरहेछ, त्यस घटनाक्रमको मुख्य पात्र म होइन । यो अविरल कथानकका केन्द्रमा अरू नै छन् । सायद इतिहासका घटनाक्रमहरू आफैँ अनियन्त्रित हुँदै गइरहेछन् । सायद केन्द्रहरू आफैँ मक्किइरहेछन् र संरचनाहरू भाँच्चिएर सारा समाजै स्वतः पागलपनतिर उन्मुख भइरहेछ ।

अकस्मात् मलाई कसैले गेटभित्रका अग्ला पीपल तथा आँपका रूखपछाडिबाट बोलायो ।

"बाबाजी यता आऊ !"

पातहरू एकअर्कासँग ठोकिए, छायाहरूमा मधुरो प्रकाश सलबलाइरह्यो । गेट खुल्लै थियो, म त्रिशूल च्यापेर सीधै अघि बढें ।

खैरा प्यान्ट-सर्ट लगाएका र हेर्दै पहलमानजस्ता देखिने गार्डहरू चौतारामा बसेका थिए । उनीहरू चुरोटमा गाँजा भरेर तान्दै रहेछन् । सबैभन्दा अग्लो गार्डका हातमा भने कालो सुलुत्त परेको काठे चिलिम थियो ।

"बाबाजी ! आऊ, लगाऊ एक सर्को मेरो यस बहुमूल्य चिलिमबाट ।", त्यस भीमकाय गार्डले मलाई भन्यो, "आज हामी सबैको छुट्टीको दिन । अरू दिन यहाँ देखा परेको भए तिम्लाई सोझै जमिनमा पछारेर खुकुरी देखाउने थें । तिम्रो रामधुलाइ पनि हुन सक्थ्यो । तर आज हाम्रो आराम र तिम्रो भाग्यको दिन । आऊ, तिमी पनि शिवबुटीको आनन्द लिई आराम गर ।"

के गरौं ? मनमा छटपटी भयो ।

रूखहरूभित्र लुकेको त्यो सजिसजाउ बङ्‌गलाभित्रबाट कुनै अदृश्य शक्तिले मलाई तानिरहेकै थियो । जेसुकै गरेर पनि मैले त्यहाँ पस्नु थियो । तर यी भुसतिघ्रे पहलमानहरूले हेर्दाहेर्दै म बङ्‌गलातिर कसरी बढूँ ? एउटाले पछारेर चुट्ने धम्की दिइ नै सक्यो । बरू एकछिन यिनैसँग बसेर एकदुई सर्को लगाइदिनै बेस । आखिर यसै भड्खालामा परियो, उसै परियो । मरिलानु नै के छ र !

उनीहरूसँगै चौतारामा बसेर गाँजा र सुर्ती भरिएको चिलिम तान्न थालें ।

ओहो, विद्यार्थीले यति बेला मलाई यसरी पीपलको चौतारामा गाँजा तानिरहेको देखेमा के सोच्लान् ? "विद्यार्थीहरूलाई सही बाटो देखाउनुपर्ने हाम्रा सर नै शिवबुटी तानेर रूखमुनि लम्पसार हुनुहुन्थ्यो" भनेर तिनीहरूले पक्कै पनि सर्वत्र हल्ला पिट्नेछन् ।

तर यस्ता बकम्फुसे कुरा सोचेर किन मन बिथोल्नु ! फेरि आफैँलाई सम्झाएँ ।

रात्रिको यस प्रहरमा, जोगीको भेषमा, त्यो पनि दरबारका प्राङ्‌गणभित्र रूखहरूबीच लुकेको बङ्‌गलाभित्र मलाई कुनै विद्यार्थीले देख्नेचिन्ने सम्भावना नगण्य छ । बरू यी भुसतिघ्रेहरूलाई छक्क्याएर कसरी बङ्‌गलाभित्र पस्ने, यसबारे नै मैले सोच्नुपर्छ ।

पहलमानहरू सुर्तीमा गाँजा मिसाइरहेका थिए । कोही सिगरेटबाट सुर्ती निकाल्दै थिए भने कोही सुर्ती र गाँजा मिसाएर पुनः सिगरेटहरूमा भर्दै । एउटा भाका पारेर कुनै दोहोरी गाइरहेको थियो । उनीहरू सबै निस्फिक्री आनन्दमा लिप्त देखिन्थे ।

के हुँदै छ ?

अहिले भर्खरै शहरमा यत्रा ठूलठूला घटना भएका छन् । घण्टाघरअगाडि आकाश छुने टावर बनेर पनि भत्किइसकेको छ । यतिका मानिस दरबारभित्र छिरी प्राङ्गण तथा बगैंचाहरूमा सलबलाइरहका छन् । यी भुसतिघ्रे गार्डहरू भने दरबारका सुरक्षामा लाग्नुसट्टा शिवबुटी तान्न र दोहोरी गीत गाउनमै रमेका छन् ! यस्तो अव्यवस्था र हेलचेक्र्याइँको कारण के ?

कुखुराले ओथारो बसेझैं बिजुलीको पहेंलो प्रकाशमा रहस्यहरू गुटमुट्याएर बसेको त्यस बङ्गलातिर हेर्दाहेर्दै मनमा अर्को विचार आयो, "सायद यही घरभित्र छ, यस समयको पागलपनको व्याख्या ।"

विचार निकै काव्यात्मक थियो । दोहोऱ्याएर छेउका रूख, झ्याङहरूलाई सुनाइदिएँ । हो, सायद यहीं कतै लुकेको छ, समयको पागलपनको व्याख्या !

पहलमानहरू ठूलो स्वरमा गीत गाउन थाले । एउटा त परपरका रूखसम्म गएर नाच्दै उफ्रिन पनि थाल्यो । उनीहरू आफैँमा मस्त थिए, "मेरो उपस्थितिप्रति पूर्णरूपले अचेत । "यही सही मौका हो ।", मैले सोचें र लुसुक्क छेवैको अग्लो अँध्यारो झ्याङतिर लस्किएँ ।

झ्याङभित्र लुकी पातहरू बिस्तारै पल्टाएर फेरि ती गार्डहरूतिर हेरें ।

उनीहरू कुनै ठूलो ऐनाबारे गुनगुन गर्दै थिए । फेरि कान थापेर सुनें । फेरि अट्टहास । फेरि "जय शिव"सहित करतल ध्वनि ! अँ, फेरि कुनै बडेमानको ऐनाबारे खुसखुस । अनि फेरि कुनै युवराजका लागि झिकाइएका गाँजाका झोलाहरू र कुनै पागलपनबारेको कथा । यी अस्पष्ट वार्तालापको के अर्थ थियो ?

कुनै अर्को जरा कतै भाँचिंदै थियो । मेरो मगजभित्र कुनै नयाँ कहालीलाग्दो रहस्य रसाइरहेको थियो ।

म झ्याङ छाडेर परपरसम्म फैलिएका काला छायाहरूमा लुक्तै बङ्गलातिर अघि बढ्दै गएँ । गार्डहरूको गुनगुन परपर मधुरो भएर हरायो । रूख, बिरूवा, झारपात र दूबोको सट्टा अब म चारपाटे ढुङ्गे आँगनमा आइपुगें ।

मलाई अकस्मात् बोध भयो, झाडीमा लुक्तै बङ्गलातिर भाग्दा मैले त्यस भीमकाय गार्डले दिएको चिलिम पनि आफैँसँग लिएर हिंडेको रहेछु ।

हत्तेरी, कस्तो सुद्धी नभएको ! आफैँलाई हकारें । अब त्यो मृत्युदूतजस्तो अजङ्गको गार्डले खोज्दै आएर "लौ, यो जोगी मेरो चिलिम चोरेर भागेको रैछ" भनेर खुकुरी देखाउन थालेमा के गर्ने ? बरू फ्याँकिदिइहाल्छु यो चिलिम कतै कुनै झाडीतिर । मेरो शरीरमा नभेटेको खण्डमा कम्तीमा चोरीको अभियोग त लगाउन सक्तैन ।

बेस्सरी हुत्याइदिएँ कालो चिलिम, आँगन परको अँध्यारो झाडीमा ।

आँगनको दाहिनेपट्टि भर्खरै पालिस लगाइएका अग्राखका झ्यालढोकाहरू थिए । लक्ष्मी र गणेशका आकार कुँदिएको झ्यालले मेरो मन तान्यो । म सतर्क भएर वरिपरि हेर्दै त्यही झ्यालमुनि पुगें र बिस्तारै खापामा उक्लिएँ ।

वरिपरि हेरें, कतै कोही देखिएन । झ्यालको पारदर्शी सिसाबाट चियाएँ ।

भित्री कक्षमा हल्का पहेंलो प्रकाश फैलिएको थियो । सानाठूला बन्दुक कोठाभरि छरिएका थिए । भित्ताहरूमा रगतका छाप थिए ।

होइन, कस्तो अत्यासलाग्दो दृश्य हेर्न आइपुगेछु ? मलाई अकस्मात् सास फेर्न गाह्रो लागेजस्तो, पैताला, हत्केला, टाउको भतभत पोलेजस्तो, वाकवाक लागेजस्तो भएर आयो । कहाँ के हेरिरहेछु म ?

ए हो त ! अकस्मात् बोध भयो, मैले त कुनै भयावह दुर्घटना भएको राजदरबारको भित्री कक्षलाई पो नियाल्दै रहेछु । के भर्खरै कुनै हत्याकाण्ड भएको थियो यस कक्षमा ? बन्दुक र रगतका छापहरूले त त्यही बताइरहेका थिए ।

यस्तो पनि लाग्यो, यस कक्षले भर्खरको मात्र नभएर अरू धेरै त्रासपूर्ण ऐतिहासिक स्मृतिहरूलाई समेत समेटेको छ । डर र त्रासका अन्य पुराना चीत्कार गुन्जिइरहेछन् सायद यसै कक्षमा । अनि सायद यतैकतै सलबलाइरहेछन्, राष्ट्रका अन्य प्रेतात्माहरू !

अनि त्यो के हो ? कक्षबीच ठडिएको त्यो विशाल ऐना !

अब म स्तब्ध भई राजबङ्गलाको भुइँतलाको हलमा ठडिएको त्यो बडेमानको ऐनालाई एकटक हेर्दै छु । अजङ्गको ऐनाको सतह पहेंलो प्रकाशमा चित्रपटझैं टल्किइरहेको छ ।

हातले ठेलें । झ्याल ह्वाङ्ग खुल्यो । अनि अब झ्यालबाट बिस्तारै मुन्टो छिराएर त्यस ऐनामा म आफ्नै अनुहारको प्रतिविम्ब नियाल्दै छु ।

तर आश्चर्य ! ऐनाभित्रबाट मलाई फर्केर हेर्ने प्रतिविम्बले भने मेसिनगन र स्वचालित बन्दुक बाकेको छ । कस्तो आश्चर्य ! कस्तो अविश्वसनीय दृश्य ! पुनः ऐनामा घोरिएर हेर्छु । त्यस ऐनाभित्रको मानिस वा प्रतिविम्बले एम्.पी.-५.९ मिलिमिटर मेसिनगन बोकेको छ ।

मैले हात खुट्टाहरू यताउता चलाउँदा मेसिनगन बोकेको प्रतिविम्बले पनि मेरै अनुकरण गरेर उसका हातखुट्टा चलाउन थाल्दै छ । म डरले काम्दै छु । झन्झन् वाकवाक लागिरहेछ । हत्केला र पैताला, निधार सबै पसिनापसिना भएका छन् ।

म अकस्मात् झ्यालबाट खसेर चारपाटे ढुङ्गे आँगनमा पछारिएँ । "सर्वान्त भनेको यस्तै रहेछ ।", ढलेरै सोचें, "मेरो खोजको अन्त पनि यसरी नै अकस्मात् आइपुगेको रहेछ ।"

म चिसो ढुङ्गे भुइँमा एकछिन नहल्लीकनै तेर्सिइरहें ।

तर मेरो आशङ्काविपरीत मलाई पक्रिन, ढाल्न, पिट्न वा हप्काउन कोही आएन । भवनभित्रबाट पनि कोही मलाई समात्न आएन । न त चिलिम खोज्दै हिंडेको पहलमान गार्डहरूको नाइके नै मलाई पक्रिन आयो ।

आत्तिएको म थरथर काम्दै उठें र हत्तपत्त बाहिरतिर भाग्न थालें ।

"भाग्, भाग्, भागिहाल् बाहिरतिर ।", डरले गाँजेको मेरो मन चिच्च्याइरहेको थियो, "त्यो बडेमानको ऐनाको सतहमुनि कुनै भयानक त्रासदी लुकेको छ । भागिहाल् यो त्रासदी पर दरबारबाहिरको उन्मुक्त सडकमा ।"

म आफैंलाई हौस्याँउदै बीचबीचमा "जय गोरखनाथ ! जय शिव !" कराउँदै बाहिरतिर दौडिएँ ।

अघिका पहलमान गार्डहरू अब त्यस चौतारोमा थिएनन् । पीपलको रूखअगाडिपछाडि मैले कसैलाई पनि देखिनँ । म त्रिशूल र झोला सम्हाल्दै दरबारका तलाउ, बगैंचा, सालिक र रूखहरू हुँदै कुदैकुदै राजदरबारको मुख्य गेटमा आइपुगें ।

अर्को आश्चर्य, अघि चढेर नाघेको राजदरबारको मुख्य फलामे गेट अहिले पूरै खुला थियो । म बीचबाटै हुइँकिएँ ।

गेटको पारिपट्टि मसाल र ब्यानर बोकेका मानिसको ठूलो भिड थियो । म त्यस भिडमा अड्किएँ । हात, पाखुरा र अनुहारहरू जताततै थिए । आँखाहरू मसालको प्रकाशमा टल्किइरहेका थिए । मेरा वरिपरि ठेलमठेल गरी उभिएका मानिस दरबारतिर हेर्दै नारा लगाइरहेका थिए ।

कोही जोडले कराउँदै थियो, "नारायणहिटी राजदरबार हत्याकाण्डका वास्तविक दोषीहरूलाई तुरुन्त जनसमक्ष ल्याइनुपर्छ !"

कोही फुसफुस गर्दै थियो, "हत्याकाण्डको रहस्य नसुल्झिएसम्म प्रजातन्त्र सधैं सङ्कटमै परिरहनेछ ।"

तूल, पोस्टर र झन्डा हल्लाउँदै मानिसहरू हत्याकाण्डबार चर्चा गर्दै थिए । तथ्य र कल्पना मिसिइरहेका थिए । नयाँ हल्लाहरू फैलँदै थिए ।

"मन पराएको केटीलाई बिहा गर्न नपाएपछि युवराजले पागल भएर सबैलाई एकैचोटि यामानको बन्दुकका गोलीले भुटेका हुन् ।", एउटा स्वर गुन्जियो ।

"युवराजकी ती प्रेमिका त एउटा विशाल षड्यन्त्रको सानो भागमात्र थिइन् ।", अरू भन्दै थिए, "लुकेर बम पड्काउने विद्रोही, सेनाका प्रमुखहरू, नयाँ राजा र संसारका धनी राष्ट्रहरू मिलेर एउटा बृहत् षड्यन्त्रको थालनी गरेका छन् । त्यसैको सानो भाग मात्र हो यो नारायणहिटी राजदरबार हत्याकाण्ड ।"

राजदरबारनिर सलबलाइरहेको त्यस भिडमा सामेल हरेकका आआफ्नै तर्क थिए । केहीले हत्याकाण्डको दोष जङ्गलहरूमा लुकेका विद्रोहीहरूलाई दिइरहेका थिए । केहीले भने दाजुको हत्यापछि सिंहासनमा बसेका नयाँ राजा नै षड्यन्त्रका मुख्य सूत्रधार हुन् भनेर ठोकुवा गर्दै थिए ।

फेरि दिलवरनाथका अस्पष्ट बरबराइ सम्झिएँ... अग्ला टावरहरूको पतन... दरबारभित्रको हत्याकाण्ड ।

कुन हत्याकाण्ड ? के त्यही हत्याकाण्ड जसका छाप मैले कक्षका भित्तामा देखेको थिएँ ? भुइँमा छरिएका बन्दुकमा देखेको थिएँ ?

सायद मैले भोगेसुनेका अविश्वसनीय घटनाहरूको अस्पष्ट भविष्यवाणी दिलवरनाथले टौदहमा नै गरिसकेका रहेछन् । झसङ्ग भएर पुनः सोचें, "सायद उनले टौदहमा बोलेका वाक्यहरू एकएक गरी घटित हुँदै जानेछन् ।" त्यसो भए उनले भटभटाएका अस्पष्ट लवजहरू वास्तवमै भविष्यवाणी रहेछन् ।

कसैले मेरो हात समात्यो । अर्कोले मेरो झोला तान्यो ।

"यो जोगी भर्खरै दरबारबाट निस्केको छ ।", कोही बोल्यो, "यसलाई थाहा हुनुपर्छ दरबारभित्रको रहस्य ।"

मैले सक्तो बल लगाएर तिनलाई धकेलें । झोला, त्रिशूल आदिलाई हिंस्रक हातहरूबाट छुटाएर उम्किन खोजें ।

यत्तिकैमा दरबारको मुख्य ढोकाबाहिर उभिएका मानिसहरूको एउटा समूह मलाई पछ्याउँदै आयो ।

"तैंले के देखिस् ? के सुनिस् ?", उनीहरूले ठूलो स्वरमा सोधिरहेका थिए, "राजदरबार हत्याकाण्डको वास्तविक दोषी को हो ?"

उनीहरू बारम्बार चिच्च्याएर एउटै प्रश्न दोहोऱ्याइरहेका थिए । तर मैले भने अतालिएर "जय शिव जय गोरखनाथ" भकभकाउनबाहेक अरू केही गर्न सकिनँ ।

त्यसपछि उनीहरूले मतिर औंलो ठड्याउँदै भने, "यो भकभके जोगीले वास्तविक सत्य जनसमक्ष ल्याउन दिइरहेको छैन ।" अरूहरू भने मेरो भकभकाइलाई आआफ्नै किसिमले विश्लेषण गर्न थाले ।

केही भनिरहेका थिए, मेरा शब्दले विद्रोहीहरूतिर औंल्याउँदै छन् । कतिले त्यसको प्रतिवाद गर्दै थिए, "होइन, यस जोगीको भकभकले नयाँ राजालाई पो दोषी साबित गर्दै छ ।" कसैले भने, "यसले मृत युवराजलाई मुख्य हत्यारा बताइरहेको छ ।" अरूले भने, "यसले विदेशी शक्तिहरूको चलखेलप्रति औंला ठड्याउँदै छ ।"

त्रिशूल, झोला, काँध, खुट्टा आदि समात्न अघि बढेका हातहरूबाट जसोतसो उम्किएर म दरबारमार्ग हुँदै दक्षिण दिशातर्फ भागें ।

केही मानिस अझै झन्डा, लठ्ठी र ढुङ्गा लिएर खेद्दै आइरहेकै थिए । म रानीपोखरीनिरको ठूलो सालिकका छायाभित्र लुकें । मुटु जोडसँग धड्किरहेको थियो र शरीर पसिनामा निथ्रुक्क ।

त्यसै बेला कोही बोलेको सुनें । "यसलाई तुरुन्त दण्डित गरिनुपर्छ ।", एउटा भन्दै थियो, "यसैले राजदरबार हत्याकाण्डको रहस्यलाई जनसमक्ष ल्याउन नखोजेको त होइन ?"

"सत्यतथ्यको खोजलाई यस व्यक्तिको भ्रमात्मक भकभकाइले निकै अस्पष्ट पारेको छ ।", अर्को आवाज गुन्जियो, "दरबारबाट निस्केर यस्तो बकम्फुसे कुरा गर्नेलाई दण्ड नदिएर यत्तिकै छाडन कसरी मिल्छ ?"

"यसलाई दण्ड दिनैपर्छ ।", मानिसहरू उत्तेजित स्वरमा कराइरहेका थिए, "यसलाई दण्डित गर्नैपर्छ ।"

डरले आँखा बन्द गर्दा मैले मनभित्र कुनै दहजस्तो देखें । पानीका छालहरू एकअर्कासँग ठूलो स्वरले ठोक्किँदै गएजस्तो ध्वनि-तरङ्ग कानमा पऱ्यो । उः, फेरि पनि ठूलो आवाज गर्दै छालहरू एकअर्कासँग ठोक्किए अनि फेरि अनि फेरि... !

राजदरबारबाट पाटीसम्मको यात्रा

म आँखा बन्द गरेर नजिक आइरहेको मृत्युको प्रतीक्षा गरिरहें तर मलाई लखेट्नेहरूका स्वर मधुरा हुँदै गए । पदचापको तीव्रता पनि कम हुँदै गयो । आँखा खोलें । ओठहरू कामिरहेकै थिए र मुटु पनि जोड जोडले हल्लिइरहेको थियो ।

तर अचम्म !

लठ्ठी र झन्डा लिएर दौडिरहेका मानिसहरू रानीपोखरीनजिकको ठूलो सालिकलाई पार गरी अझै अगाडि गए । तिनीहरूले मलाई देख्न सकेनन् । सायद उनीहरू कुनै महत्त्वपूर्ण व्यक्तिलाई लखेट्ने, पक्रिने र सजाय दिने काममा लागिपरेका थिए । सायद म उनीहरूका निम्ति एउटा महत्त्वहीन, अतिसामान्य व्यक्ति वा पात्र मात्र थिएँ । मलाई नलखेटेर उनीहरू सायद इतिहासका अरू नै कुनै महत्त्वपूर्ण नायकनायिकाको पछि दगुरेका थिए । जे-जस्तो कारण भए पनि मैले शान्तिको लामो सास फेरें ।

तीन-चार जना मानिस सडकपेटीमा गुनगुन गर्दै हिंडिरहेका थिए । मैले सालिकपछाडि लुकेरै सुनिरहें । हो, उनीहरू कुनै मन्त्रालयबारे गफिँदै थिए ।

"देशको प्रतिरक्षा, शिक्षा, रोजगारी, पर्यटन, उद्योग, व्यापारलगायत सबै क्षेत्रका समस्याहरूलाई एकअर्कासँग जोडेर सिङ्गो निदान खोज्ने उद्देश्यले यो नयाँ मन्त्रालय खोलिएको हो, यस्तो धेरैले भनिरा'छन् ।", एउटा भन्दै थियो, "के सुनधाराको नयाँ मन्त्रालयले देशका सबै टुक्रे समस्यालाई एकै ठाउँ ल्याई सिङ्गो समाधान खोज्न सक्ला त ?"

"के था, सक्छ कि सत्तैन ?", अर्कोले भन्यो, "कल्ले के भन्न सक्छ र ! देशको स्थितिपरिस्थितिका बारेमा टेलिभिजनमा देखिने, अखबारमा छापिने

ठूला नेताहरूले नै निर्णय गर्छन् । तिम्लेहाम्ले बुझे पनि के, नबुझे पनि के ? म त आजकल यस्ता कुराबारेमा उति सोचविचार पनि गर्दिनँ ।"

पदचापहरू मधुरो हुँदै भोटाहिटीतिर बिलाए । एकछिन छायामै लुकेर भर्खरै सुनेको वार्तालाप सम्झिएँ ।

नयाँ मन्त्रालय ? सबै समस्याहरूको समाधान ? के भनिरहेका थिए ती मानिसहरू ? अनि दिलवरनाथ पनि त कुनै मन्त्रालयबारे बरबराएका थिए नि ! हो, एउटा रेस्टुराँ, एउटा मन्त्रालय ! "के सम्बन्ध थियो यी टुक्रे भविष्यवाणीहरू बीच ?", आफैँसँग प्रश्न गरेँ ।

मनभित्रबाट प्रस्ट उत्तर आएन । रहस्यका कडीहरू एकपछि अर्को आफैँ उजागर हुँदै जानेछन् भनी आफैँलाई सम्झाएँ । त्यसपछि विष्णुमतीतिर लाग्ने विचार गर्न थालेँ ।

जोगी भेषमा घरबाट निस्कँदा आजको रात विष्णुमतीकिनारको पाटीमै बिताउने निर्णय गरेको थिएँ । तर त्यसपछिका अविश्वसनीय घटनाहरूका कारण मेरो योजनाको दिशा बाङ्गिएर यताउता सरेको थियो । तर आत्तिएको मनलाई रानीपोखरीछेउ सालिकमुनि सम्झाई-बुझाई अलि सन्तुलित बनाएपछि मैले पहिलेकै योजना पछ्याउने निधो गरेँ ।

अब बल्ल म झाडीहरूले झ्याम्म छोपेको सालिकपछाडिबाट लुसुक्क निस्कें र बिस्तारैबिस्तारै विष्णुमतीतिर बढ्न थालें । रानीपोखरीबाट असन हुँदै वसन्तपुर दरबार स्क्वायरतिर बढ्ने साँघुरा नल्लीमा टायर बलिरहेका थिए । इँटाढुङ्गाका टुक्रा जताततै थिए । अघिको ठूलो भिड तितरबितर भइसकेको थियो । हातमा राइफल र सङ्गीन लिएका सैनिकहरू बटुवालाई हकार्दै थिए ।

"कहाँ जानुपर्ने हो फटाफट जा !", तीमध्ये एकले मलाई डरलाग्दो स्वरमा हकार्‍यो, "रातको बेलामा सडकहरू तैंजस्ता फिरन्तका निम्ति पनि सुरक्षित छैनन् ।"

"भगवान् शिवको जय होस् ! गुरू गोरखनाथको जय होस् !", म कराएँ । अनि त्रिशूल र झोलासँगै वसन्तपुरतिर अघि बढिरहें ।

वसन्तपुर दरबार स्क्वायरछेउ पुग्दा मलाई भोक लागेजस्तो भयो ।

त्रैलोक्यमोहन मन्दिरसामु ढुङ्गे पेटीमा एउटा ठेलावाल बारा र आलुको तरकारी बेच्दै थियो । ऊ निक्कै होचो थियो । ठेलायता उसको टाउको र घाँटीमात्र देखियो । दुई-तीन जना ठेलाअगाडि उभिएर कागजको प्लेटमा बारा र तरकारी खाँदै थिए ।

"छोयला, कचिला सबै सप्पै सकियो ।", ठेलावाल भन्दै थियो, "भोका'का आन्दोलनकारीहरू यै बाटो विष्णुमतीतिर भाग्या थे । त्यो परको साँघुरो गल्लीमा लुकेर उनेरलाई बेच्ताबेच्दै सबै खानेकुरा सकियो । अब यै बारा र तरकारी छ । खाने भए यै खाइहाल्नुस्, प्लेटको पन्ध्र ।"

मैले पचासको नोट उसका हातमा राखेर भनें, "एक प्लेट तरकारी र दुइटा बारा !"

"जय शिव शम्भो ! जय गोरखनाथ !"

कछाड र गन्जी लगाएको अग्लो र सशक्त पाखुरा भएको कालो मान्छेले मलाई नजिकबाट हेर्दै भन्यो, "बाबाजी, तपाईंको पैसा मै तिर्दिन्छु ।", ऊ ठेलावालतिर फर्कियो, "बाबाजीलाई एक प्लेट तरकारी लौ चाँडो गर, ह्वाँको पैसा पनि फिर्ता गर्देऊ ।"

पचासको नोट पुनः रामनामीका फेरमा बाँधेपछि बारा र तरकारी खाँदै म त्यो कालो अग्लो मानिससँग गफ गर्न थालें । स्वास्नी, छोराछोरी र बूढा बाबुआमालगायत सम्पूर्ण परिवार विद्रोही तथा सेनाको भिडन्तमा परेर मारिएपछि ऊ तीनचार वर्षअघि तराईबाट काठमाडौं आएको रहेछ ।

"त्यै बेलादेखि नै कैले कुल्ली काम गरेर त कहिले रिक्सा चलाएर पेट पालिरा'छु ।", उसले भन्यो, "जाबो यौटा ज्यान पाल्नु न हो । जे गरे नि भो । कैले एउटा पाटीमा त कैले अर्कोमा रात बिताउँछु । सके त म पनि तपाईंको जस्तै त्रिशूल बोकेर जोगी हुन्थें । तर पेट र शरीरको भोकलाई मजाले सन्तुष्टि दे'र आनन्द लिने इच्छा रहेकै हुँदा जोगी नै भइहाल्नचैं सकिनँ ।"

"तपाईंको नामचैं के हो बाबाजी ?", उसले अकस्मात् सोध्यो ।

खोइ, अब के जबाफ दिऊँ यसलाई ? उकुसमुकुस र छटपटी जाग्यो । जस्तै भए पनि जबाफ त दिनु नै पर्ने थियो, एउटा नाम त भन्नु नै पर्ने थियो । यस्तो नाम, जुन मेरो जोगी भेषसँग मिल्दो होस् ।

"मेरो नाम दिलवरनाथ योगी हो ।", मैले उसलाई भनें, "म फेरीको मन्त्र फुक्ने जोगी हुँ ।"

उसले मलाई हात जोडेर नमस्कार गऱ्यो ।

"तपाईंलाई भेटेर खुशी लाग्यो दिलवरनाथ बाबाजी !", उसले भन्यो, "सायद विष्णुमती वा वाग्मतीको कुनै पाटीमा हाम्रो फेरि भेट हुन्छ । म सबै पाटीहरू चहारिरन्छु । मलाई ठूलो कालो रिक्सावाल भनेर बोलाउनुहोला ।"

उसले आफ्ना कुम हल्लाएर अट्टहास गऱ्यो ।

"म यी पुलिससिपाहीहरूका अत्याचारबाट आजित भइसकें ।", भन्यो, "चाह्या बेला वडा प्रहरीको रिक्सा नतानिदिए हनुमानढोकाको छिँडीमा लगेर जाक्ने धम्कीसम्म दिन्छन् ।" उनेरू मलाई भन्छन्, "कैले यौटा पाटीमा, कैले अर्कोमा सुत्तै बेकारमा आफ्नो दुर्भाग्य आफैं निम्त्याउन खोज्दै हिंड्ने काले, न तँसँग नागरिकताको प्रमाणपत्र छ, न कुनै पासपोर्ट वा परिचयपत्र नै, बरू खुरूक्क आएर हाम्रो रिक्सा तान् ।"

"हो, यसरी नै धम्क्याउँछन् तिनेरू मलाई ।", उसले थप्यो ।

"बीचबीचमा छिँडीमा लगेर जाक्न सकिने कुरा पनि निकालिरन्छन् ।", ऊ ठूलै स्वरमा बोल्दै गयो, "तर मलाई यो सबको पर्वाह छैन । उनेरूका अत्याचारबाट उम्केर कुनै दिन म कालिमाटी तरकारी बजारमा जानेछु । उनेरूको सभ्यताको पाखण्ड हेर्दै, छेउको चियापसलमा बसेर अर्कालाई दबाउन खोज्ने संसारका सबै मान्छेहरूमाथि कुनै दरिलो व्यङ्ग्य कस्नेछु ।"

पुनः खुशी भई कुम हल्लाएर हाँस्तै उसले भन्यो, "आजकल धेरै कुल्ली र बटुवाले पनि मतिर देखाउँदै भन्न थालेका छन्, 'उः, त्यो ठूलो कालो रिक्सावाल ।' मलाई यै नाम मन पर्छ, त्यसैले तपाईं पनि मलाई यै नामले बोलाउनुस् ।"

मैले ऊतिर हेरें, सशक्त पाखुरा र कुम, निधार छोप्ने कालो कपाल, गह्रौं आवाज । त्यो कालो रिक्सावाल मान्छेको रूप ओढ्न विवश गराइएको अजङ्गको बाघजस्तो देखिन्थ्यो ।

मैले ल्याम्पपोस्टको मधुरो प्रकाशमा त्रैलोक्यमोहन मन्दिरको विष्णुका दश अवतार जनाउने ढुङ्गाका मूर्तिहरूतिर आँखा दौडाएँ । उः, त्यहाँ छ माछा, उता कछुवा, वामन, बँदेल, नृसिंह, परशुराम र राम !

पहिले घुम्न आउँदा मैले ती सबै मूर्तिमा 'खोज', 'थाहा' र 'बुझ' कोरिएको देखेको थिएँ । तर अचम्म ! अहिले ती सबै मूर्ति पहेंलो उज्यालोमा सफा टल्किइरहेका थिए । कहाँ गए 'खोज', 'थाहा' र 'बुझ'का सन्देशहरू ?

एकपल्ट पूरै दरबार स्क्वायर घुमी सबैतिर जाँच्न मन लाग्यो ।

मैले पुरानो दरबारको अघिको रातो हनुमान र पेटीनजिकैको कालो भैरवका निधारमा पनि 'खोज' र 'थाहा'का अक्षरहरू देखेको थिएँ । अष्टयोगिनी मन्दिरको खुड्किला र शिवपार्वती मन्दिरको रक्षा गर्ने तिब्बती ड्र्यागनको छातीमा पनि तिनै अक्षर देखेको सम्झिएँ । के ती सबै अक्षर अझै त्यहीं होलान् त ?

"लौ त बाबाजी, म असनतिर लागें !", त्यो ठूलो कालो रिक्सावालले भन्यो, "तपाईं पनि याँ धेरै नभुल्नुहोस् । राति अबेर भएपछि हनुमानढोकाका पुलिसले दुःख दिन थाल्छन् । जय शिव ! जय गोरखनाथ !"

"जय शिव ! जय गोरखनाथ !" भन्दै हात उठाएर मैले उसलाई बिदा दिएँ । बारा र तरकारी खाएर ठेलामाथि प्लेट राखेपछि साह्रै थाकेको रहेछु भन्ने अकस्मात् बोध भयो । कामज्वरो र झाडापखालाले लखतरान पारेर घरमा बस्ताबस्तै मेरो शरीर साह्रै कमजोर भइसकेको थियो । पछि गएर ज्वरो र पेटका समस्याहरूबाट मुक्त भए पनि बेलाबेला टाउकाको देब्रे भाग दुख्ने तथा हत्केला, गोडा र पैताला ताती शरीर लल्याकलुलुक भएर आउने व्यथाले मलाई अझैसम्म पिरोल्न छाडेको थिएन । घर छाडेपछि दरबारमार्ग र राजदरबारभित्र भएका अविश्वसनीय घटनाहरूले गर्दा मैले कमजोरीबारे सोच्ने मौकै पाएको थिइनँ । अहिले भोको पेटमा चारो हालेपछि पो कति गलेको रहेछु भन्ने थाहा भयो ।

होस् 'खोज', 'थाहा' र 'बुझ' शब्द मूर्ति र अवतारहरूमा अझै कोरिएकै छन् कि मेटिइसके भन्ने तथ्यको खोजी पुनः पछि अरू कुनै दिन गरौंला । अहिलेलाई भने पाटीतिर लम्किनै बेस ।

वसन्तपुरबाट विष्णुमतीतिर झर्ने अँध्यारो साँघुरो गल्ली छ । म त्यही बाटो बिस्तारै पश्चिमतिर लागें ।

मनमा अनेकौं चिन्ता आइरहे । यति बेलासम्म वेदिकालगायत अरू धेरै जना साथीसँगातीहरूले पनि म भागेको चाल पाइसके होलान् । बिचरी उनी पो कति चिन्तित भइहोलिन् ! सायद म फर्केर आइहाल्छु कि भनी राति यति बेलासम्म पनि नसुती पर्खिरहेकी होलिन् कि ? वरूण, विम्ब, प्रसाद सर, कवि सरहरूलाई फोन गरिन् कि ? आजै त पक्कै गाउँतिर फोन गरेर म हराएको खबर बुबाआमालाई सुनाइनन् होला । नानूलाई पनि पक्कै केही भनेकी छैनन् । भन्ने कुरा पनि त भएन नि ! अब एकदुई हप्ताभित्रै आफ्नो रोगको मूल कारण पत्ता लगाई त्यसको उपचार आफैँ गरेपछि म घर फर्कि नै हाल्नेछु । त्यसपछि त सबै थोक ठीक भइहाल्नेछ नि !

अब फर्केर आइहाल्यो भने जति चुरोट ताने पनि, जति पानी बरबाद गरे पनि, जति बेसुर गीत गाए पनि कहिल्यै झगडा गर्दिनँ, माया मात्र गरेर राख्छु भन्ने सोचिन् कि उनले ? जति कलम, घडी र मोबाइल हराए पनि, जतिसुकै ढोकाभित्रबाहिर गरी पापड चपाए पनि बरू सब सहन्छु तर फर्केर घरै आऊ, बिचरा कहाँ सडक, बजार, घाट, पाटीमा हन्डर खाइरहेको होला, बरू चाँडै फर्केर मसँगै बस्न घरै आऊ भनेर सोचिरहेकी होलिन् उनले ।

त्यो तरङ्गी विचारले आत्तिएको मनलाई निकै ढाडस दियो ।

विष्णुमतीको पुलछेउ उभिएर त्यो विचार मनमनै दोहोऱ्याएँ । पुलको छेउमा ठूलो सेतो ढुङ्गा थियो । खुट्टाले ठेलें । छत्ल्याङ्ग । ढुङ्गा पानीमा खस्यो । म पुलपारि पुगें ।

पाटीमा पुग्दा मध्यरात नाघिसकेको थियो । पाटीका तीनतिर पर्खाल थियो र माथि पुरानो जस्ताको छाना । अगाडिपट्टि खुल्ला भएको त्यस पाटीबाट विष्णुमती-तीरछेउको फोहोरको अग्लो थुप्रो सजिलै देख्न सकिन्थ्यो ।

आकाशमा चन्द्रमा र साना तारा टिलपिलाइरहेका थिए । चन्द्रमाको दुधिलो प्रकाश मैलो थुप्रोमा फ्याँकिएका बट्टामाथि टल्किरहेको थियो ।

पाटीको सिमेन्टी भुइँमा बीस-एक्काईस वर्षको जस्तो मात्र देखिने जोगी पद्मासनमा बसेको थियो । उसको गाला सफाचट थियो, कपाल लामो । बडो आनन्दमा देखिन्थ्यो ।

"आउनुस् बाबाजी, आउनुस् !", उसले भन्यो, "तपाईंलाई स्वागत छ यस पाटीमा । यति अबेर आउनुभो, क्यै खानप्युन पनि पाउनुभा'को छ कि भोकभोकै हुनुहुन्छ ? मसँग अलिकति भात, तरकारी र आलु छ ।"

बासी बारा र तरकारी खाएकाले होला, ढ्याउढ्याउ आइरहेको थियो । पेट गड्याङ्गगुड्ुङ्ग गर्दै फेरि बिग्रेलाजस्तो भएको थियो ।

"भोक छैन ।", मैले भनें अनि त्रिशूल र कालो झोला बिसाएर पाटीको चिसो सिमेन्टमा लम्पसार परें । त्यो जवान जोगी निकै राम्रो मुडमा देखिन्थ्यो ।

"लिनुहोस्, मसँग यो जजमानहरूले देको तन्ना र राडीको अतिरिक्त जोडी छ ।", उसले भन्यो, "तर सिरानीचैं छैन ।"

"हुन्छ धन्यवाद !"

मैले राडी-तन्ना ओछ्याएर आफ्नो शयनको प्रबन्ध गरें र भनें, "भाइ, म अहिले साह्रै थाकेको छु, भोलि कुरा गरौंला ।"

यति भनेर पाटीको धमिलो फुस्रो छानातिर लगातार एकोहोरो हेर्दै बिस्तारैबिस्तारै निदाउँदै गएँ । शरीरभरि ससाना सुइराले घोचेजस्तो अनुभव भइरहेको थियो । निद्राले छोप्तै लगेपछि भने दुखाइ कम हुँदै गयो ।

निदाउनुअघि मैले त्यस जोगीले कृष्ण र राधाको प्रेमबारे सुरिलो स्वरमा गाइरहेको सुनें-

"कृष्णकी प्रिय गोपिनी राधा !
कृष्णबिना राधाको संसार आधा !"

पाटीको बास

मोहनदास र महाराज

अर्को दिन म ब्युँझँदा घाम निकै माथिसम्म आइसकेको थियो । रातिको तन्नेरी जोगी त्यहाँ थिएन । मेरो शरीर भने टनटन दुख्दै थियो । जीवनमा पहिलोचोटि म सिमेन्टको भुइँमा राडीमात्रै ओछ्याएर सुतेको थिएँ । पहिलेदेखि नै बिरामी भएर कमजोर भएको शरीर झन् बढी दुख्नु त स्वाभाविकै थियो । आङ तान्दै अब के गरूँ भनेर सोचिरहका बेलामा एउटा रिक्सा नजिक आइरहेको देखें ।

छोटो कपाल भएका, सादा पोसाकका प्रहरीजस्ता देखिने दुई जना लाउडस्पिकर र माइक्रोफोनसहित रिक्सामा बसेका थिए । पाइडल मारिरहेको थियो, राति मैले वसन्तपुरमा भेटेको त्यही ठूलो कालो रिक्सावाल । उसले मलाई चिन्यो र रिक्सा चलाउँदाचलाउँदै एउटा हात उठाएर सलाम गऱ्यो ।

"इतिहासको अँध्यारो रात बितेपछि आशाको नयाँ सूर्य उदाएको छ ।", रिक्सामा पछाडि बसेका मध्ये एउटा ठूलो स्वरमा बोल्दै थियो, "नयाँ नरेशले सबै राजनीतिक दल तथा नागरिक समाजका व्यक्तिहरूलाई प्रधानमन्त्रीको रिक्त स्थानका निम्ति आआफ्ना उमेदवारको नाम पठाउने आग्रह गरिबक्सेको छ । नयाँ नरेशको एकमात्र आग्रह छ, त्यस उमेदवारको छवि सुन्दर र सफा हुनुपर्छ । सुन्दर र सफा छवि भएको व्यक्तिमात्र राष्ट्रको नयाँ प्रधानमन्त्री बन्न पाउनेछ ।"

म साह्रै थाकेको थिएँ । राडीमै पल्टिएर आराम गर्ने निधो गरें ।

च्यातिएको पेटीकोट र ब्लाउज लगाएकी तीस वर्षजतिकी लठेब्री आइमाई पाटीअगाडि यताउता गरिरहेकी थिई । लाउडस्पिकर, सिपाही र रिक्सा कालिमाटीतिर बढेपछि ऊ विष्णुमती-तीरको त्यही फोहोरको थुप्रोमा गई अनि

प्लास्टिकका बट्टा र बियरका सिसीहरू ओल्टाईपल्टाई हेर्न थाली । लठेब्रो लवजमा उसले गाएको पहाडी झ्याउरे पाटीसम्म सुनिइरहेको थियो ।

म दिनभरि सुतिरहें ।

झमक्क साँझ परेपछि तन्नेरी जोगी हातमा पोको लिएर आइपुग्यो । उसले मतिर हेरेर मुस्कुराउँदै त्यो पोको भुइँमा राख्यो । अनि खोलेर आफूले ल्याएका वस्तुहरू एकएक गरी देखाउन थाल्यो- चामल, आलु, साग, मैनबत्ती, सलाई, नुन र बेसार । ऊ हिजो रातिझैं प्रसन्न र आनन्दित देखिन्थ्यो । कुनै सम्राट् आफ्ना हीराजवाहरात प्रदर्शन गरेर रमाएझैं उसले जम्मा गरेका चामल, आलु, मैनबत्ती आदिको भण्डार मलाई देखाएर खुशी भइरहेको थियो ।

"बाँचौं र सबैलाई बाँच्न दिऊँ ।", उसले आफ्ना राम्रा सेता दाँत देखाएर भन्यो, "राधा र कृष्णका भजन गाऔं र मस्त भै बाँचौं ।"

ऊ मलाई पाटीमा भेटेर औधी खुशी देखिन्थ्यो र हिमालयमा गएर हिउँले ढाकिएका गुफाहरूमा बस्ने योगीहरूलाई भेट्ने उसको इच्छाबारे सबै बताउन थाल्यो ।

"कल्लाई के मतलब, को नयाँ राजा हुन्छ र को नयाँ प्रधानमन्त्री !", उसले भन्यो, "दाइ, हिंड्नुस् तपाईं र म सँगसँगै जौं उत्तरतिर । तपाईं र म मिलेर ईश्वरको साम्राज्यै जित्ने प्रयास गरौं । मुक्तिको बाटो खोज्दै जौं हामी दुवै हिमालयतिर ।"

हिमालयतिर जाने मेरो कुनै उद्देश्य नभए पनि मैले केही भनिनँ । जे भए तापनि उसले मलाई सुत्ने राडी र तन्ना दिएको थियो । मेरा निम्ति खानेकुराको पोको पनि लिएर आएको थियो । मैले अहिलेलाई केही भनिहाल्नु उचित ठानिनँ ।

ऊ पाटीको एउटा कुनामा बसेर राधा र कृष्णका भजन गाउँदै खाना पकाउने सुरसारमा लाग्यो । पहिले उसले इँटाको चुलामा चोइटा र छेस्काछिस्की जम्मा गरेर झ्वास्स सलाई कोरी आगो बाल्यो । त्यसपछि उसले आफू सुत्ने राडीछेउको बाटाबाट ठूलो कालो कसौंडी, दुइटा थाल

र एउटा चक्कु झिक्यो । आलु र साग काटी एकैसाथ कसौंडीमा हाल्यो । पानी, नुन र बेसार थपी त्यसलाई चुलामा बसायो ।

"चिन्ता लिनुपर्ने कारणै छैन ।", ऊ मतिर हेरेर पुनः मुस्कुरायो, "अब एकैछिनमा तयार हुन्छ हाम्रो राजकीय भोज ।"

मैले झोला खोलें ।

खुम्चेका सर्ट-प्यान्ट, जुत्ता-मोजा सबै जस्ताको तस्तै थिए । जोगीले नदेख्ने गरी छामें । लाल दन्तमञ्जनको प्याकेट र दाह्री काट्ने सरजाम सबै जस्ताको तस्तै रहेछन् । तर जतिसुकै औंला घुमाउँदा पनि परिचयपत्र, चेकबुक र फोटो भएको त्यो सानो पर्स भने भेट्न सकिनँ । जोगीतिर पिठ्यूँ फर्काएर पुनः झोला खोलेर भित्रसम्म हेरें ।

अहँ, पर्स कतै देखिएन ।

"सायद दरबार मार्ग वा राजदरबारको प्राङ्गणमा झरेको हुनुपर्छ ।", अत्यास मान्दै सोचें, "लौ, अब बित्यास पऱ्यो । चेक र परिचयपत्र नभएको मलाई बैङ्कले पैसा दिन मान्ला ? म बौलाएको हल्ला नेपाली सांस्कृतिक अध्ययन विभाग, केन्द्रीय अङ्ग्रेजी र नेपाली विभागहरू र त्यसपछि सारा विश्वविद्यालय हुँदै बैङ्कसम्म पनि पुगिसकेको छ कि ? खल्तीमा भने पचासको नोटबाहेक एक कौडी छैन । लौ, अब मैले के गर्ने ?"

गुनगुन गर्दै कसौडीको पानी उम्लियो । "दाइ, केको चिन्ता लिनुभएको ?", जोगीले भन्यो, "आउनुस्, हाम्रो राजभोज तयार हुनै लाग्यो । दुवैका लागि प्रशस्त छ ।"

अब मैले कोसँग सापटी मागूँ ?

वरूण, गजब, भोगेन्द्र, किस्नु, रामकृष्ण, कवी सर र प्रसाद सरलगायत विश्वविद्यालयमा पढाउने कुनै साथी वा वरिष्ठ प्रोफेसरहरूसँग माग्ने कुरै भएन । उनीहरू त उधारो दिनुसट्टा तुरुन्तै एम्बुलेन्स लिएर पाटीमै आइपुग्नेछन् । मलाई पागलखाना लैजान ।

पत्रकारितामा लागेका आफ्ना मित्रहरूलाई सम्झें- विदेश, तोरण, विष्णु, विम्ब, धुनराज, तिलभूषण, महेश र तरेल । अहँ, पत्रकारहरूको भर हुँदैन ।

केही गरी एम्बुलेन्समात्रै होइन, फोटोग्राफर तथा क्यामेरासमेत अगाडि सार्दै पाटीसम्म आइपुगे भने ?

म जोगी भएर पाटीमा बसेको कुरा भोलि नै अखबार र टेलिभिजनको समाचार बन्नेछ । अहँ, मैले अखबार वा विश्वविद्यालयसँग सम्बन्धित आफ्ना कुनै पनि मित्रसँग गुहार माग्नु ठीक छैन । त्यसो भए यस्तो विपत्तिमा कोसँग सहयोग माग्ने त ?

"किन चिन्ता गर्नुहुन्छ, मोहनदास छँदै छ नि !", जोगीले भन्यो, "आउनुस्, खाँदै-पिउँदै राधाकृष्णको भजन गाऔं ।"

मैले सोचें, "हो त, ठीकै त भन्दै छ मोहनदास । मरिलानु पनि केही छैन र भोलिका लागि चिन्तित भएर बस्नुमा पनि कुनै अर्थ छैन । अब आजका लागि त एकैसाथ उम्लिएर तयार भइसकेकै छ यो राजभोग । रामनामीको फेरमा पचासको नोट पनि छँदै छ ।"

मन एकाएक दह्रो भएर आयो ।

मोहनदास जस्ता जोगी र त्यो ठूलो कालो रिक्सावालले पनि जीवन बिताएकै छन । अरू त अरू, फोहोरको थुप्रावरिपरि जीवनका आधार खोज्ने त्यो लठेब्री पनि बाँचेकै छ । मिल्काइएका बियर र कोकाकोलाका बोतलहरूको पहाडमाथि बसेर पनि प्रेमका झ्याउरे गाएर रमाएकै छ । मलाई मात्र केको बाबूसाहेब हुनुपर्‍यो ! आखिर केही दिनको कुरा त हो । परे कुल्ली काम गरेर भए पनि केही दिनको गर्जो टारौंला । जे पर्ला अब !

हामीले खाँदाखाँदै ठूलो कालो रिक्सावाल आइपुग्यो ।

"जय शिव, जय गोरखनाथ !", उसले मलाई सलाम गर्‍यो र मोहनदासतिर फर्क्यो, "के छ बाबाजी ? तपाईंको हिमालयतिर लाग्ने योजना के भयो ?"

त्यसपछि उत्तरको प्रतीक्षै नगरी सिमेन्टीको भुइँमा बसेर हामीतिर हेर्दै फलाक्न थाल्यो, "दिनभरि रिक्सा तान्दातान्दा जीवै दुख्यो । काम पर्‍या बेला हनुमानढोकाका पुलिसहरूले मलाई मात्र सम्झन्छन् । लाउडस्पिकर लें'र मच्चिरका पुलिसहरूलाई दिनभरि बोकेर हिंडेको पचहत्तर रूपियाँ मात्रै ! यस्तो भएपछि यस देशमा आन्दोलन किन नमच्योस् ! यिनेरूका

निम्ति रिक्सा तान्नुभन्दा त बरू कालिमाटीको तरकारी बजारमा कुल्ली काम गर्नु बेस । दिनको एक सय पच्चीस, कहिलेकाहीं त तीन सय रूपियाँसम्म जम्मा हुन्छ । तर खोइ कसरी हो, जुनसुकै पाटीमा लुकेर सुते पनि यिनेरू हरेक दिन बिहानै पत्ता लगा'र खोज्दै आइपुग्छन् । तैं मोटो बलियो छस्, दिनभरि रिक्सा ताने पनि थाक्तैनस् भन्छन् । खोइ, के गरूँ यी सिपाहीहरूको कुरा नमानी पनि धर छैन । हनुमानढोकामै जाकिदिए भने के गर्ने ?"

"अँ झ्याउरे गीत गाउने त्यो लठेब्रीचैं कता गै नि ?", उसले अकस्मात् विषय बदल्यो, "बिहान म रिक्सा तान्दै जाँदा त यतै अघिपछि गर्दै थिई ।"

ऊ धेरैबेर बसेन । "लौ, जोगी महाराजहरू, तपाईंहरू अब आराम गर्नुस् ।", उसले भन्यो, "आज मलाई टेकुको पचली भैरव मन्दिरनिर एक जनालाई भेट्न जानु छ । राति वाग्मतीछेउकै कुनै पाटीमा बस्छु । तपाईंहरूसँग भेट हुँदै गर्छ ।"

ऊ गएपछि मोहनदासले मुख बङ्ग्याउँदै भन्यो, "यो मान्छे मलाई त्यति मन पर्दैन । त्यस लठेब्रीप्रति यसको कुदृष्टि छ । कुनै दिन तेल्लाई बिताउन पाए हुन्थ्यो भन्ने यसको विचार मैले राम्रोसँग बुझेको छु ।"

मैले केही भनिनँ । म आफ्नै समस्या र चिन्ताहरूले घेरिएको थिएँ । अरू नै विचारले मनलाई विचलित बनाइरहेका थिए ।

दिनभरि सुतेरै बिताएको भए पनि खाना खाएपछि मलाई पुनः निद्राले च्याप्यो । सायद मेरो कमजोर शरीरले अझै केही आराम खोजिरहेको थियो । "आ होस् सुत्छु ।", मैले सोचें, "मरिलानु के छ र ? भोलि अलि सन्चो भएको खण्डमा राम्रोसँग सोचेर कुनै नयाँ योजना बनाउँला ।"

म मोहनदासको भजन सुन्दासुन्दै निदाएँ । आज उसले कृष्ण र मीराको भजन गाइरहेको थियो ।

"मीराका केवल एक प्रेमी छन्, गोविन्दगोपाल कृष्ण ।", उसको सुरिलो स्वर परपरसम्म फैलिरहेको थियो, "उनले देख्छिन् सारा जगत्मा केवल कृष्ण कृष्ण कृष्ण !"

अर्को दिन म उठ्ता मोहनदास झोला बोकेर गइसकेको थियो । छोटो कपाल भएका तिनै दुई प्रहरी पाटीअघिल्तिरबाट नयाँ राजाको सन्देश फुक्तै गइरहेका थिए । त्यही काले रिक्सा तानिरहेको थियो । आज उसले मलाई दुवै हात उठाएर नमस्कार गऱ्यो । हिजोकी लठेब्री आइमाई आज पनि फोहोरको थुप्रो ओल्टाईपल्टाई झ्याउरे गाइरहेकी थिई । लाउडस्पिकरको आवाज परपरसम्म गुन्जिइरहेको थियो ।

"नयाँ राजाले सबै राजनीतिक दल, कार्यकर्ता र नागरिक समाजका अगुवाहरूलाई प्रधानमन्त्री पदका निम्ति आआफ्ना उमेदवारको नाम दिन आह्वान गरिबक्सेको छ ।", लाउडस्पिकर घन्किइरहेको थियो, "प्रधानमन्त्रीको पदका निम्ति आवेदन दिने व्यक्तिको छवि सुन्दर तथा सफा हुनुपर्नेछ । स्वच्छ र सफा छवि भएको व्यक्तिले मात्र प्रधानमन्त्रीको कुर्सीमा बस्न पाउनेछ ।"

म पाटीभित्र लुकेरै बसें । राजदरबारको ऐनामा देखेको त्यो प्रतिविम्बको स्मृतिले अझैसम्म भित्रभित्रै थर्काइरहेको थियो । सुरक्षाकर्मीले दरबारभित्र राति छिर्नेहरूमध्ये म पनि एउटा हुँ भनी चिनेर पक्रिने प्रयत्न गर्ने त होइनन् ?

होइन, केही दिन अझै पाटीमा लुकेर आत्तिएको मन र कमजोर शरीरलाई अलि सामान्य अवस्थामा फर्काउनुपर्छ । त्यसपछि मात्र मैले आफ्नो खोज अगाडि बढाउनुपर्छ ।

मलाई थाहा थियो, आफ्नो खोजको अर्को कडी मैले या त सुनधारानिर पाउनेछु या फेरि दरबारमार्ग, वसन्तपुर वा रत्नपार्कनिर । यी ठाउँहरू अदृश्य शक्तिका प्रवाहले घनीभूत छन् भनेर राइनरले प्रस्टै भनेका थिए ।

"केही दिनको प्रतीक्षापछि म पुनः यी ठाउँमा गएर आफ्नो अस्थिरता र गडबडीको औषधि खोज्नेछु ।", मनमनै निधो गरें ।

"जय शिव ! जय गोरखनाथ !", पलेंटी कसी देब्रे हातमा त्रिशूल समातेर एकपल्ट जोडसँग अलख जगाएँ । अनि त्रिशूल छेउमा राखेर राडीमा ढल्किएँ । त्यसको आधी घन्टाजतिपछि दुखी अनुहार भएको पुड्को मान्छे पाटीमा आयो । उसले मलाई नमस्कार गरी हत्केला अगाडि सार्दै भन्यो, "महाराज मेरो हातका रेखा पढेर भविष्यका बारेमा क्यै बताइदिनुहुन्छ कि ?"

मैले ऊतिर हेरें । चिन्ताका गहिरा किरिङमिरिङ रेखाले छोपेको उसको अनुहार मुकुन्डोजस्तो देखिन्थ्यो ।

केही वर्षअघि मैले भारतका सुप्रसिद्ध हस्तरेखा-विशेषज्ञ नारायणदत्त श्रीमालीको पुस्तक पढेको थिएँ । हातका मुख्यमुख्य रेखाबारे मलाई सामान्य ज्ञान थियो । म उसको हात हेरेर भन्न थालें, "तिम्रो जीवनरेखा लामो र सफा छ । लामो जीवन बाँच्छौ । साठी वर्ष लागेपछि तिमीलाई रोगले सताउनेछ । तिमीलाई केटाकेटी छँदा पनि केही दुष्कर रोगहरू लागेका थिए तर भगवान्को कृपाले तिमी बाँच्यौ । श्रीमतीसँग तिम्रो कहिलेकाहीं झगडा हुन्छ । तिम्रो मन अत्यन्त सोझो र असल छ । तर साथीभाइले तिम्रो मनोभावना बुझ्ने प्रयास गर्दैनन् । राहु र केतुले उत्पन्न गरेको असन्तुलनले तिमीलाई आर्थिक समस्या परि नै रहन्छ । तर जे-जस्तो भए पनि तिम्रो अन्तरमा शक्तिको असाधारण स्रोत छ । त्यही स्रोतलाई साक्षी राखेर आफ्ना प्रयत्नमा जुटिरह्यौ भने तिम्रो आर्थिक स्थिति पनि सुध्रिँदै जानेछ र मनको सन्ताप पनि घट्नेछ । अब जाऊ र आफ्नो दैनिक काममा दत्तचित्त भएर लाग ।"

"हुन्छ महाराज !" भनेर ऊ उठ्यो र मेरो हातमा दश रूपियाँ भेटी चढाएर गयो ।

ऊ बाहिरिंदा निकै खुशी र उत्साहित देखिन्थ्यो । मैले त्यस दश रूपियाँलाई रामनामीको पचासको नोटसँग मिसाइदिएँ । अब मसँग साठी रूपियाँ भयो ।

त्यस भक्तले कालिमाटी जाने सडकको छेउका अखबारपसलमा गई मेरा बारे केही कुरा गऱ्यो कि ! बेलुकासम्म मलाई हात देखाउन भनेर अरू पाँच जना मानिसहरू आए । ती सबैका हत्केलाका मुख्यमुख्य रेखा र पर्वतहरूको मनन गरेपछि मैले हरेकलाई एउटै कुरा भनिदिएँ ।

उनीहरू सबैले बाल्यकालमा कष्टप्रद रोगसँग जुध्नुपरेको थियो र बूढो भएपछि पनि नयाँनयाँ रोगले उनीहरूलाई सताउनेछन् । सबैको मन असल र निष्कपट छ तर छिमेकी, आफन्त, साथीसँगाती, कार्यालयका प्रमुखहरू, साहू-व्यापारी, प्रशासक तथा नेताहरू उनीहरूको मनोभाव बुझ्न

खोज्दैनन् । कसैले भने त्यसै खोइरो खन्न खोज्छन् । उनीहरू सबैको आफ्नी श्रीमतीबाहेक अरू पनि कुनै न कुनै स्त्रीसँग सम्बन्ध भइसकेको छ । भएको छैन भने पनि अरू कुनै स्त्रीले कतै कुनै बेला उनीहरूको मन तानेका छन् । तानिएको छैन भने पनि तानिनेछ । राहु र केतुको खेलले उनीहरू सबैलाई पिरोलेको छ । तर दुःखकष्टका जेजस्ता पहाड झेल्नुपरे पनि सबैको मनमा शक्तिको अद्भुत, अटल तथा असाधारण स्रोत छ । त्यही शक्तिको आराधना गर्दै, त्यसकै शरणमा पर्दै आफ्ना दैनिक योजना, काम, व्यापार आदिमा लागिरहे सफलता अवश्यै मिल्नेछ । यसमा शङ्कै छैन ।

हात हेर्दाहेर्दै बेलुकासम्म मसँग पचहत्तर रूपियाँ जम्मा भयो । कसैले पाँचदशका नोट दिएका थिए भने कसैले एकदुई रूपियाँका चिल्ला ढ्याक । अब मसँग जम्मा गरेर एक सय पैंतीस रूपियाँ थियो ।

"चेकबुक हराउँदैमा डराइहाल्नुपर्ने केही छैन ।", मैले मनमनै सोचें, "आफ्नो उद्देश्य पूरा नहुन्जेल हात हेरेर पनि गुजारा चलाउन सक्छु । हस्तरेखाको विशेषज्ञ हुन त्यति गाह्रो छैनजस्तो छ । मानिसहरूलाई आशा र विश्वासका कथा दियो र उनीहरूले दिएका नोट र ढ्याकहरू पाकेटमा राख्यो । त्यति नै त हो ।"

राति साढे आठ बजेतिर मोहनदास चामल, तरकारी, नुन, बेसार र स्याउ भएको पोको लिएर आइपुग्यो । यसपल्ट उसले पुरानो सिरानी र बास्ना आउने तेलले भरिएको बोतल पनि ल्याएको रहेछ । उसले सिरानी मलाई दियो र सुगन्धित तेल आफ्नो लामा कपालमा दल्यो । त्यसपछि ऊ कृष्ण-भजन गाउँदै खाना पकाउन थाल्यो ।

अब मैले चाल पाएँ, उसको खाना पकाउने तरिका एउटै किसिमको रहेछ । चामल, नुन, बेसार, तरकारी जेजे छ, सबै एउटै भाँडामा हालेर आगामा राखिदिने र राजभोज उम्लिएर तयार नहुन्जेल राधा, कृष्ण, मीरा र गोपिनीहरूको भजन गाएर बस्ने । हामी दुवैले पाकेको सम्मिश्रणलाई हलुङ्गेका थालमा हाली खायौं र भाँडाकुँडा पखाल्न विष्णुमतीतिर सँगसँगै झऱ्यौं ।

राति दश साढे दश बजेतिर रूद्राक्षको माला लगाएको, कालो लामो दाह्री पालेको, ठूलठूला आँखा भएको, हेर्दै अघोरी पो हो कि जस्तो देखिने अग्लो जोगी पाटीअगाडि देखा पऱ्यो । हामीले सम्मान देखाउँदै उसलाई स्वागत गऱ्यौं र बाँकी रहेका केरा, स्याउ आदि काटेर हत्तपत्त सामुन्ने राखिदियौं । उसले मोहनदासँग त राम्रै कुरा गऱ्यो तर मलाई भने बडो सन्देहका दृष्टिले हेरिरह्यो । खासै बोलेन पनि ।

"आजकल धेरै नक्कली जोगीहरू शहरभरि घुमिरहेछन् ।", उसले भन्यो, "कसैले काम गर्नुको अल्छीले घरबाट भागेर जोगी भेष पहिरिएका छन् । सरकार र विद्रोहीका कतिपय गुप्तचर पनि जोगी बनी मानिसको चियोचर्चा गरिरहेछन् । यिनीहरूसँग सावधान रहन जरूरी छ ।"

त्यसपछि उसले मोहनदासलाई श्वासप्रश्वासका अभ्यास सिकाउन थाल्यो ।

"जोगीले सधैं आफ्नो श्वासप्रश्वासलाई राम्रोसँग बुझ्ने अभ्यास गरिरहनुपर्छ ।", उसले मोहनदासलाई भन्यो, "सास नाकको दाहिने प्वाल वा सूर्य नाडीबाट चलिरहेछ कि देब्रे प्वाल वा चन्द्र नाडीबाट, त्यो सधैं मनन गर्नुपर्छ ।"

मैले खप्न नसकेर सोधें, "नाकका दाहिने र देब्रे प्वालका सट्टा शरीरका संवेदनाहरूको मनन गरे हुँदैन महाराज ?"

महाराजले मेरो प्रश्नको उत्तर दिएनन् । मेरो कुरै नसुनेझैं गरी मोहनदासतिरै फर्केर बसे ।

"कहिले सास दाहिने नाडीबाट चल्छ त कहिले देब्रेबाट ।", महाराजले भने, "सास दाहिने नाडीबाट चलेको बेला पुरूषोचित कामहरू गर्नुपर्छ । जस्तो कि वीरता र शक्तिका काम, धर्मयुद्ध र सङ्घर्षका काम । त्यस्तै देब्रे वा चन्द्र नाडीबाट सास चलेको खण्डमा स्त्रीत्वको मात्रा अधिक हुने काम गर्नु उपयुक्त हुन्छ । जस्तो कि शान्ति र मित्रताका काम, धर्मकर्म र उपासनाका काम । श्वासप्रश्वासको प्रकृतिबारेको यही विज्ञानलाई सिकेर नै ध्यानी जोगीहरू हिमालयका गुफामा पनि केही नखाई, नपिई कैयौं दिनसम्म भित्री ऊर्जालाई जगाएर आरामसँग बाँच्न सक्छन् ।"

मोहनदास बडो तन्मयतापूर्वक सुनिरहेको थियो । उसले सोध्यो, "अनि कहिलेकाहीं दाहिने र देब्रे दुवै प्वालबाट एकैसाथ सास चलेको बेलामा के गर्ने नि महाराज ?"

"हो, ठीक प्रश्न गर्‍यौ ।", महाराजले मोहनदासको काँधमा धाप मारे "तिमी साधनाको बाटोमा धेरै परसम्म जानेछौ । अब उत्तर सुन, "दुईवटै नाडीबाट एकैचोटि सास चलेको खण्डमा केवल आँखा चिम्म गरी पद्मासनमा बस्नुपर्छ । बोल्नु पनि हुँदैन र भजन पनि गाउनु हुँदैन । केवल भगवान् शिवको अलौकिक रूप स्मरण गर्नुपर्छ । उनको तेस्रो आँखाको ज्योतिलाई आफ्ना दुई आँखीभौंको केन्द्रमा अनुभव गर्नुपर्छ । आँखीभौं बीचको त्यही केन्द्रबाट मुक्तिका बाटाहरू खुल्नेछन् ।"

मोहनदासले अप्ठ्यारो मान्दै सोध्यो, "शिवको सट्टा कृष्णको ध्यान गरे हुँदैन महाराज ?"

"हुँदैन ।", महाराजले कठोर स्वरमा जबाफ दिए, "तिमी अहिले हिमालयको प्रदेशमा छौ । कृष्णको आराधना गर्ने भए त वृन्दावन अथवा मथुरातिर गए भइहाल्थ्यो नि ! किन यत्रो दुःख खपेर आएको यो हिमाली प्रदेशमा ? अब राम्रोसँग सुन । म तिमीलाई शिवपुराणको एउटा कथा सुनाउँछु ।"

"कस्तो कथा महाराज ?", मोहनदासले सोध्यो ।

"एकपल्ट ब्रह्मा र विष्णुबीच विवाद भयो, दुवैमध्ये को ठूलो, कसको शक्ति बढी, कसका अनुयायीहरू धेरै भनेर ।", महाराज भन्दै गए, "केही गरे पनि कुरो नमिलेपछि उनीहरू उत्तरमा रहेको कैलाश पर्वतको चुचुरोमा पुगे । त्यहाँ भगवान् शिव ध्यानमा लीन हुनुहुन्थ्यो । देवताहरूले शिवलाई झगडाको छिनोफानो लाइदिन अनुरोध गरे । ब्रह्मा र विष्णुका कुरा सुनेपछि कैलाशपति भगवान् शिवले उहाँको दिव्य, सर्वत्र व्याप्त लिङ्ग उनीहरूसमक्ष तेर्स्याउनुभयो । त्यसपछि निकै गमेर भन्नुभयो, "हे देवता हो ! जाओ, यस लिङ्गको आदि र अन्त कहाँ हुन्छ, पत्ता लगाएर आओ ! जो सबैभन्दा पहिले यसको आदि-अन्त पत्ता लगाएर कैलाशमा फर्कन सक्छ, त्यही इष्टदेवता नै सबैभन्दा ठूलो र शक्तिशाली मानिनेछ ।"

मोहनदास बडो ध्यान लगाएर सुनिरहेको थियो । महाराजले शिवपुराणको कथालाई अगाडि बढाउँदै लगे ।

"शिवको अद्‌भुत लिङ्गको आदि पत्ता लगाउन ब्रह्मा आकाशतिर लागे । त्यसकै अन्त खोज्न विष्णु तल पातालतिर झरे । लिङ्गको आकार पछ्याउँदै दुवै देवता कैयौं जुनीसम्म आकाश-पाताल भौंतारिरहे । तर त्यो लिङ्ग दैविक थियो, सर्वत्र व्याप्त थियो । न त्यसको आदि थियो, न अन्त । कैयौं जुनीको खोजपछि पनि लिङ्गको आरम्भ र अन्तको मेसो पाउन नसकेका दुवै देवता हायलकायल भई कैलाशै फर्के । त्यस बेलासम्म तिनको अहम् र तुच्छताको आभास भइसकेको थियो । शिवसामु हात जोड्दै बिन्ती गरे, "भगवान्, हामी केही होइनौं । जे हुनुहुन्छ, तपाईं नै हुनुहुन्छ । सर्वशक्तिशाली तथा सर्वव्यापी ।"

महाराज भक्तिमा चुर्लुम्म डुबेर बोल्दै थिए, "पुराणको यस कथाले शिवजीको महत्ता र सर्वव्यापी शक्तिलाई प्रस्ट प्रमाणित गर्छ । यदि तिमी यस हिमाली प्रदेशमा दैविक शक्तिको स्रोत खोज्न चाहन्छौ भने कृष्ण र विष्णुलाई छोडी शिवको आराधना गर । उनकै कृपाले तिमी आफ्नो गन्तव्यसम्म पुग्नेछौ ।"

के भनिरहेको थियो त्यो गेरूवा लुगा लगाएको, ठूलठूला आँखा भएको, हेर्दै तर्साउने खालको जोगी ?

मैले अकस्मात् संसारले टौदहको पोखरीछेउ सुनाएको मञ्जुश्रीको भविष्यवाणी सम्झिएँ, "एक दिन यो उपत्यका पुनः अति विशाल दह बन्नेछ अनि यसमा बसोबास गर्ने सबै मानिस भ्यागुता, सर्प, माछा आदिमा रूपान्तरित हुनेछन् ।"

अनि दिलवरनाथले नि ?

"कुनै बोरा, कुनै हिमचुचुरो ।", दिलवरनाथले बरबराएका शब्दहरू सम्झिएँ, "कुनै मोबाइल, कुनै ऐना !"

सायद मञ्जुश्री, महाराज र दिलवरनाथका कथाहरू एकअर्कासँग जोडिएका थिए । मलाई लाग्यो, सायद यी सबै कथाबीच कुनै गहिरो सम्बन्ध छ । मेरो मगज फेरि रन्किएर दुख्न थाल्यो ।

मोहनदास भने नमीठो मुख बनाएर हात जोडी महाराजका कुरा सुनिरह्यो । मलाई थाहा थियो, कृष्णलाई छाडी शिवको आराधना गर भनेर महाराजले दिएको सल्लाह उसलाई रत्तीभर मन परेको थिएन । तर उनको सम्मानका लागि केही नबोली बसिरह्यो । बरू आफ्नो राडी र तन्ना पनि महाराजतिर सारेर भुइँमै पल्ट्यो । मैले पनि सिरानी महाराजतिर सारिदिएँ ।

मतिर हेर्दै नहेरी उनले सिरानी समाते र तन्नामाथि राखी टाउको अड्याएर आरामसँग सुते । उनी बडो शान्त भएर चलमल नगरी पल्टेका थिए । मैले सोचें, "सायद शवासनको अभ्यास गरिरहेका होलान् अथवा नाकका दुई प्वालबाट आउने-जाने सासको गतिलाई मनन गर्दै होलान् ।"

तर केही समयपछि महाराज घुरेको आवाज आउन थाल्यो । घुर्रघुर्र ठूलो आवाज आइरहेको थियो । पाटीका पर्खालहरूमा ठोकिएर त्यो घुर्रघुर्र परपर सडकसम्म फैलन थाल्यो । म पनि बिस्तारैबिस्तारै निदाउँदै गएँ । त्यो रात मोहनदासले एउटा पनि भजन गाएन । बिहान म उठ्ता महाराज र मोहनदास दुवै थिएनन् ।

नयाँ प्रधानमन्त्री र जादुमय ऐना

अरू दुई-तीन दिन यतिकै बिते ।

दिनभरि मसँग अरू केही काम हुँदैनथ्यो र बढीजसो समय पाटीमा बसेरै बिताउँथें । छेउछाउका मानिसलाई म मुक्तिप्राप्त सिद्ध महापुरूष पो हुँ कि भन्ने भ्रम परेको थियो । कोही पाटीमा आएर मसँग जीवन, मृत्यु र मृत्युपछिको जीवनका सम्भावनाहरूबारे गफ गरेर बस्थे । कोही मेरा निम्ति खानेकुरा ल्याउँथे । कोही भने एक-दुई रूपियाँका टल्किने ढ्याक पाटीको भुइँमा राखी नमस्कार गरेर फर्कन्थे ।

मोहनदास राति अबेर दाल, चामललगायतको पोको लिएर आउँथ्यो र उमाल्दै, पकाउँदै कहिले कृष्णको भजन गाउँथ्यो (महाराजको भाषणबाट धेरै प्रभावित भए पनि उसले राधाकृष्णका भजन गाउन छाडिहालेको थिएन), त कहिले हिमालयतर्फ लाग्ने योजना बनाउँदै मलाई पनि सँगसँगै उत्तरतिर लाग्नुपर्छ भनेर फकाउन खोज्थ्यो । खानेकुरा खाएपछि म विष्णुमतीतिर झरी भाँडाकुँडा धोई फर्कन्थें र चाँडै सुत्थें । मोहनदास भने भजन गाइरहेकै हुन्थ्यो । म बिहान अबेर उठ्ता ऊ राम र कृष्णका मन्दिरमा भजन गाउन हिंडिसकेको हुन्थ्यो । कहिलेकाहीं त्यो लठेब्री आइमाई फोहोरका थुप्रोमा बसेर प्लास्टिकका बट्टा र सिसीहरू पल्टाउँदै गीत गाइरहेकी हुन्थी । दिउँसो भोक लागे म कसौंडीमा बाँकी रहेको खानेकुरा तताएर खान्थें । प्रायःजसो भने म टन्न पानी पिएर केही स्याउ र केराहरू मात्र खाने गर्थें ।

मेरो स्वास्थ्य पनि अलिक सुध्रिँदै आएको थियो । पेटको गडबडी कम भएको थियो र हिंड्दाखेरि खुट्टामा पहिलेको जस्तो कमजोरी पनि अनुभूत हुँदैनथ्यो । टाउकाको देब्रे भाग अझै बेलाबेला दुख्ने भए पनि पहिलेको जस्तो भतभती रन्किँदैनथ्यो ।

साँझ परेपछि कहिलेकाहीं त्यो ठूलो कालो रिक्सावाल आउँथ्यो र त्यो लठेब्री आज देखा परी-परिन सोध्थ्यो । एक दिन मलाई मनको कुरा खुलेर बतायो ।

"मलाई त्यो उत्तेजक स्तन भ'की लठेब्री आइमाईसँग सुत्न मन लागेको छ । एक दिन म त्यसलाई बिता'रै छोडछु ।"

त्यसपछि उसले झटपट कुरा परिवर्तन गऱ्यो। एकछिन प्रहरी र सैनिकहरूको निरङ्कुश अत्याचारविरूद्ध रन्कियो । अनि कुनै अनुकूल परिस्थिति मिल्न पुगे पुनः घरजम गरी बस्ने उसको इच्छाबारे भन्न थाल्यो ।

"मोहनदास बाबाजी नै जाऊन्, हिमालयका गुफातिर ।", उसले भन्यो, "मलाई त आफ्नो पेट र शरीर दुवैको भोक प्यारो छ । सके त म फेरि बिहा गरी, धेरै बच्चाबच्ची जन्माई, तिनलाई हुर्काईबढाई यैं विष्णुमतीको तीरनिरै कतै घरजम गरेर बस्ने थें । तर घरजग्गा, नगद, नागरिकता नम्बर, प्रमाणपत्र नभ'को मजस्तो कालो रिक्सावालले बिहा गर्ने, घरजम गर्ने, सन्तानवंश फैलाउने सपना कसरी देख्न सक्छ ?"

त्यसपछि ऊ जुरूक्क उठेर एक शब्द पनि नबोली कालिमाटीतिर लाग्यो। फोहोरको थुप्रोनिर पुगेपछि भने केही सम्झेको हो कि जस्तो गरेर एक पलका निम्ति पाटीतिर फर्कियो र एउटा हात उठाएर मलाई सलाम गर्दै भन्यो ।

"म भोलिपर्सितिर फेरि आउनेछु दिलवरनाथ बाबाजी ! तपाईंसँग मैले व्यक्तिगत सल्लाह गर्नु छ ।"

अर्को दिन बिहान उठ्ता कालिमाटी जाने सडकछेउको अखबारपसलमा काम गर्ने सानो केटा मलाई बोलाउन आएको थियो ।

"तपाईंलाई हाम्रो साहूले बोलाउनुभा'छ, जाऊँ भन्या ।", उसले भन्यो ।

"तिमी जाऊ, म आउँछु ।", भनेर केटालाई पठाएपछि मैले उठेर लँगौटी कसें । राति फुकालेको गन्जी पुनः पहिरिएर रामनामी ओढें । मैले लगाएको लुगा फोहोर र खुम्चिएको देखियो ।

होइन, एकजोर गन्जी र लगौटी किनेर ल्याऊँ कि ? हात हेर्दाहेर्दा अहिलेसम्म केही रूपियाँ जम्मा भइसकेकै छ। सायद यतिले पुगि नै हाल्छ !

"तर मैले पाटीमा जोगी भेष लिएर लुक्नुपर्ने कति दिन पो बाँकी छ र !", फेरि विचार गरें, "आ... बढीमा दुई-तीन दिनभित्र त दाह्री काटेर लगौटी र रामनामी फ्याँकी सर्ट-प्यान्ट लगाएर हिँडिहाल्छु नि ! त्यति छोटो समयको लागि किन नयाँ लुगा किन्नुपर्‍यो र !"

म पाटीबाट निस्किई अखबारपसलतिर लागें ।

पसलमा उपत्यकामा चलेका प्रायः सबै खबर पत्रिका थिए- शान्तिपुर, गौरीशङ्कर टाइम्स, टाइम एन्ड स्पेस, न्यु कान्तिपुर पोस्ट, हिमशिखर टाइम्स आदिआदि । अरू पत्रिका पनि थिए- कामना, नारी, गरिमा र साथैमा थिए अन्य किताप र पाठ्यपुस्तकहरू ।

मझौलो कदको मोटो पसलेले उठेर मलाई स्वागत गर्‍यो, "आउनुस् बाबाजी, तपाईंका बारेमा मैले धेरै सुन्या छु । धेरै मान्छे हस्तरेखाको विश्लेषण गर्न सक्ने तपाईंको अद्‌भुत क्षमताबारे कुरा गरिरा'छन् । तपाईं जस्तो सिद्धपुरूष यैं नजिकैका पाटीमा बस्न आएपछि हामीले पनि क्यै फाइदा त उठाउनैपर्‍यो । आज मेरो पनि हात हेरिदिनुपर्‍यो ।"

उसले पसिनाले भिजेका मोटा हत्केला मतिर तेर्स्यायो ।

जीवन, मस्तिष्क र हृदयरेखा तथा तलमाथिका चन्द्र, सूर्य, बुध, बृहस्पति र राहु, केतुका पर्वतहरूको सामान्य अध्ययन गरेपछि मैले उसलाई त्यही बताएँ, जुन हात देखाउन आउने सबैलाई भन्ने गरेको थिएँ । भविष्यवाणीको अन्त मैले यसरी गरें, "तिमी आफ्नै खुट्टामा उभिएर जीवनमा केही गरौं भन्ने खालका व्यक्ति रहेछौ । अरू स्त्रीहरूतिर तिम्रो मन बारम्बार तानिने भएकाले श्रीमतीसँग बेलाबेला खटपट भए तापनि समग्रमा भने तिम्रो वैवाहिक जीवन आनन्दमय नै छ । भविष्यमा तिम्रो व्यापार झन् फैलिएर जानेछ । आउने तीन वा पाँच वर्षभित्रै तिमीले यही विष्णुमतीको तीरनिर घर वा घडेरी किन्ने सम्भावना छ ।"

पसले अत्यन्त खुशी भयो र पचासको नोट मेरो हातमा राखेर भन्यो, "तपाईंका बारेमा मैले जस्तो सुन्या थें, त्यस्तै पाएँ । तपाईं सिद्धपुरूष र हस्तरेखाको उत्तम विशेषज्ञ हुनुहुँदो रै'छ । यो पसल तपाईंका निम्ति जैल्यै

खुला छ । जैले मन लाग्छ, तपाईं याँ आउनुस्, पत्रपत्रिका किन्न आउनेका हात हेर्नोस् र नयाँ-पुराना अखबार र पत्रिका सित्तैमा पढ्नुस् ।"

मैले आजको न्यु कान्तिपुर पोस्ट तानेर भित्री पृष्ठ खोलें ।

मेरा मित्र वरूणको फोटोसहितको लेख छापिएको रहेछ । कालो कपालले टाउको टम्म छोपिएको ऊ फोटोमा निकै ध्यानमग्न र ह्यान्डसम देखिएको थियो । ओहो ! मेरो पनि कुनै बेला यस्तै गरेर फोटोसहितको लेख अखबारमा छापिने गर्थ्यो । अलिकति ईर्ष्या जागृत भयो । त्यसपछि नयाँ चिन्ता पनि उब्जियो । कतै पसलमा पत्रिका किन्न आउनेले मलाई चिन्ने त होइनन् ?

पसलभित्र टाँगिएको ऐनामा आफ्नो अनुहार नियालें । निधारमा खरानी, जीउमा रामनामी र गन्जी, कम्मरमा लँगौटी बाँधिएको म पहिलेभन्दा निकै फरक देखिएको रहेछु ।

"अहँ, यस्तो दयनीय अवस्थामा मलाई कसैले चिन्न सक्नेछैन । त्यसमाथि पनि काठमाडौंमा अङ्ग्रेजी अखबार पढ्नेहरूको सङ्ख्या कमै छ । यस अवस्थामा विष्णुमती-तीरमा रहेको यस पसलमा आउने ग्राहकहरूमा मेरा पुराना लेखहरूको पाठक को भेटिन्छ होला र ?", सोचें र ढुक्क भएँ ।

एकपल्ट पुनः आफूलाई पसलको ऐनामा हेरें ।

अनुहारमा झुस्स परेको, कतैकतै सेतो देखिएको दाह्री पलाएको रहेछ । मुख दुब्लाएर खिस्रिक्क परेको थियो । आफ्नो दयनीय दशा देखेर आफैँलाई माया लाग्यो ।

मलाई यस अवस्थामा देखे बिचरी वेदिका र नानू कति दुखी हुँदा हुन् ! अनि मेरा वृद्ध बुबाआमाले मलाई यस्तो फुस्रे माग्ने जोगी भएर हिंडेको देखे नि ? सायद उहाँहरूलाई ठूलो मानसिक आघातै पर्नेछ ।

अब धेरै दिनको कुरो छैन, फेरि आफ्नो मनलाई सम्हालें, केही दिनमै पूर्ण रूपले सामान्य भएर घर फर्कनेछु । दाह्रीजुँगा खौरेर सफा लुगा लगाई पुनः विश्वविद्यालयतिर पढाउन फर्कनेछु । पुनः अखबारमा मेरो लेख छापिनेछ । पुनः आर्ट ग्यालरीहरूमा गएर नेपालका प्रसिद्ध कलाकारका चित्र

र मूर्ति हेर्नेछु । पुनः हरेक पूर्णिमामा किरातेश्वरमा शास्त्रीय सङ्गीत सुन्न जानेछु । अनि त्यहाँ सधैं आइरहने मित्रहरूसँग चिया पिउँदै, पापड चपाउँदै सरोद र सितारमा राग जयजयवन्ती, यमन र मारूविहाग सुन्दै, पूर्णिमाको गोलो चन्द्रमा हेर्नेछु ।

अखबारपसलका टेबलमा राखिएको फोनको सेट देखें ।

वेदिकालाई एक कल गरिहालूँ कि ? बिचरी साह्रै आत्तिइन् कि ? गाउँमा बुबाआमा पनि साह्रै दुखी हुनुहुन्छ होला । नानूलाई अझै केही भनेकी छैनन् होला । तर पनि बिचरीले कथा सुनाउन त मलाई खोजि नै होली ।

फेरि मनलाई सम्झाएँ ।

मेरा केही आफन्त फोन कताबाट आयो भनेर नम्बर पहिल्याउँदै, प्रहरी तथा पागलखानाका अधिकृतलाई सूचित गर्दै, दरबारमार्ग, रानीपोखरी, असन, इन्द्रचोक, वसन्तपुर हुँदै, विष्णुमतीतिर ओरालो लाग्ने पश्चिमको गल्लीमा छिर्दै यस पाटीसम्म पनि त आइपुग्न सक्छन् नि !

होइन, कम्तीमा दुई-चार दिन अझै पर्खूँ, त्यसपछि मात्र फोन गरौंला । त्यतिन्जेलसम्म सायद सबै ठीक भइहाल्छ ।

अखबारपसलेले मलाई श्रद्धाका आँखाले हेरिरहेको थियो । फिरन्ते जोगीले अङ्ग्रेजी अखबार पनि पढेको देखेर ऊ झन् प्रभावित भएको जस्तो मलाई लाग्यो ।

पसलमा नयाँ-पुराना अखबार र पत्रपत्रिका पढ्दै मैले दरबार हत्याकाण्डपछि देशभरि भइरहेका राजनीतिक घटनाहरूको शृङ्खलालाई पहिल्याउन खोजें ।

देवीप्रसाद आचार्य तथा दुर्गाप्रसाद सापकोटा नाम गरेका ब्राह्मणहरूलाई हत्याकाण्डमा मारिएका राजपरिवारका सदस्यहरूको मृत शरीरको अपवित्र काट्टो खुवाएर हात्तीमा चढाई उपत्यकाबाट निष्कासित गरिसकिएको थियो । नयाँ राजाले राजनीतिक दलहरूलाई प्रधानमन्त्री पदका निम्ति स्वच्छ छवि भएको व्यक्तिको नाम पठाउन आग्रह गरिरहेकै थिए । राजाको घोषणापछि दलहरूबीच विवाद बढ्दै गएको थियो । नेताहरू एकअर्काको धमिलो छविलाई औंल्याउँदै तँछाडमछाडमा लागिपरेका थिए । कतिले भने अखबार

तथा टेलिभिजनमा अन्तर्वार्ता दिएर तिनको धमिलिएको छविलाई पुनः स्वच्छ र सफा बनाउने प्रयत्न गर्दै थिए ।

केही राजनीतिक दलका कार्यकताले भने राजाको शाही आग्रहलाई बहिष्कार गर्दै स्वच्छता र सफाइको होडबाजीमा नपर्ने घोषणा गरेका रहेछन् । मैले नेपाली र अङ्ग्रेजी दैनिकहरू पढ्दै घटनाहरूलाई पछ्याउँदै गएँ ।

"दरबार हत्याकाण्डपछि देशको वातावरण धमिलो भएको छ ।", कार्यकर्ताहरूको भनाइ थियो, "नयाँ राजाको आग्रह आफैँमा पनि षड्यन्त्रको धमिलो दलदलबाट मुक्त छैन । राजाको आफ्नै छवि पनि धमिलिएको छ, ध्वाँसो पोतिएको छ । यस्तो अवस्थामा पूर्ण रूपले स्वच्छ छवि भएको मानिसको खोजी गर्नु आफैँमा एउटा मृगतृष्णा हो ।"

"शाही घोषणामाथि अमल गर्दै बडेमानको ऐना राजदरबारको गेटबाहिर ठड्याइएको छ ।" मैले न्यु कान्तिपुर पोस्टको लेख पढ्न थालें, "धोखाधडीको विशाल ऐनाको नामले जानिने त्यो ऐनाका जादुमय विशेषताहरू छन् भन्ने हल्ला शहरभरि फैलिएको छ । त्यस ऐनाले मानिसको बाहिरी स्वरूप मात्र नदेखाएर उसको भित्री मनका इच्छा-आकाङ्क्षाहरूलाई पनि प्रतिविम्बित गर्दछ भन्ने हल्ला आजकल शहरभरि व्याप्त छ ।"

म झसङ्ग भएँ ।

त्यो कुन ऐना थियो ? के त्यस राजदरबारभित्रको बङ्गलामा राखिएको त्यही बडेमानको ऐना त थिएन, जसमा टावर ढलेको रात मैले आफैँलाई मेसिनगन बोकेर उभिएको देखेको थिएँ ? त्यही ऐना, जसमा विगत र भविष्यको आकारलाई पढ्न सकिन्थ्यो र जसको खोजी केही शक्तिशाली मानिस र समूहहरूले सबैतिर गरिरहेका थिए ?

हो, दरबारको गेटबाहिर ठड्याइएको बडेमानको ऐना त्यही हुनुपर्छ, जसलाई मैले त्यो राजकीय बङ्गलाको भुइँतले हल माझमा ठडिएको देखेको थिएँ । पुनः पढ्न थालें ।

"प्रधानमन्त्री बन्न पाऊँ भनेर आवेदन भर्ने प्रत्येक उम्मेदवारले एकएक गरी त्यो ऐनाअगाडि उभिनुपर्नेछ ।", नयाँ राजाको घोषणालाई अखबार र

पत्रपत्रिकाहरूले यसरी लेखेका थिए, "राजदरबारको ढोका अगाडि ठडाइएको ऐनाले सबैका दमित इच्छा-आकाङ्क्षालाई उदाङ्गो पारिदिनेछ । के ती उमेदवारहरू वास्तवमै दाबी गरेझैं स्वच्छ र सफा छन् त ? वा उनीहरूको स्वच्छताको बाहिरी छवि केवल एउटा ढोङ वा नाटक हो ? यो ऐनाले सम्पूर्ण स्वाङ तथा धोखाधडीहरूको पर्दाफास गर्नेछ ।"

प्रधानमन्त्री पदका दाबेदारहरूमध्ये को पहिले गएर धोखाधडीको ठूलो ऐनाअगाडि उभिने भन्ने प्रश्न लिएर राजनीतिक दलहरूबीच विवाद चलिरहेको थियो । इमानदारी तथा स्वच्छताको परीक्षा पहिले कसले दिने भन्ने विषयलाई लिएर विभिन्न किसिमका तर्कवितर्कहरू चल्दै थिए । मैले हिमशिखर टाइम्स, टाइम एन्ड स्पेस र शान्तिपुरका खबर पढ्दै यी सबै तर्क विवादहरू थाहा पाउँदै, बुझ्दै गएँ ।

यता राजनीतिक बहस र तर्कवितर्क चल्दै थियो, उता मानिसहरूको ठूलो समूह राजदरबारअगाडि जम्मा हुँदै थियो । वकिलहरूदेखि ज्यामी तथा सामाजिक कार्यकर्तादेखि लिएर जुत्ता पालिस गर्नेसम्मका सबै नागरिकहरू धोकाधडीको ऐनासमक्ष धमाधम जम्मा भइरहेका थिए । सबैलाई त्यो ऐनाअघि उभिएर आफ्नो भाग्य-परीक्षण गर्ने रहर थियो । सबैमा विश्वास थियो, उनीहरू मात्र स्वच्छ र सफा छविका धनी छन् । उनीहरू मात्र ऐना-परीक्षामा उत्तीर्ण भएर प्रधानमन्त्रीको कुर्सीमा बस्न योग्य छन् ।

"तर जब प्रधानमन्त्री पदका दाबेदारहरू एकएक गरेर धोखाधडीको ऐनाअघि उभिए, तिनीहरूमध्ये कतिपय डरले कराउन थाले । कतिपय त बेहोससम्म भए ।", न्यु कान्तिपुर पोस्टका रिपोर्टरले लेखेका थिए, "त्यो बडेमानको ऐनामा प्रतिविम्बित भएका कसैका अनुहार सुन्निएर घिनलाग्दा हरिया भ्यागुताझैं देखिएका थिए । कसैका चाउरिएका मुहारले बूढा र कमजोर बाँदरको आभास दिँदै थिए । कसैले ऐनामा आफ्ना अनुहार रगत चुसेर फुकेका जुकाजस्ता देखे भने कसैले आफ्ना ओठ बिखालु सर्पका फणाजस्ता । बाहिर देखिएका स्वच्छ, सफा छविले भित्रका डरलाग्दा स्वरूपहरूलाई लुकाइमात्र राखेका रहेछन् । तर त्यो विशाल ऐनाले भने

उनीहरूलाई लुक्न लुकाउन पटक्कै दिएन । स्वच्छता र सभ्यताको पर्दाफास गरेर वास्तविक सत्यतथ्य जनतासामु उजागर गऱ्यो ।"

कस्तो कथाजस्तो लाग्ने लेख ? कतै यो लेख पनि उडन्ते हल्लाहरूकै भाग त होइन ? भनिएकै त छ नि, हल्लैहल्ला को देश ! कसले फिजाउँदै छ यस्ता हल्ला ?

पानीमा भिजेकाले होला अखबारको मिति मेटिएको थियो । कति पुरानो लेख होला यो ? एकछिन घोरिएपछि कुनै निर्णयमा पुग्न नसकी म पुनः पढ्न थालें ।

त्यसपछि भएका घटनालाई रिपोर्टरले यसरी व्याख्या गरेका रहेछन्-

"प्रधानमन्त्री पदका सबै दाबेदारहरू त्यो ऐना-परीक्षामा एकएक गरी फेल भएपछि नयाँ राजा आफैँले चुनेका उमेदवारको नाम घोषणा गरे । देशभरि फैलिएको हिंसाबाट मुक्ति पाउन मानिसहरू आशाका कुनै पनि लक्षणलाई अँगाल्न तत्पर थिए । उनीहरूले खुशी हुँदै ती चुनिएका उम्मेदवारको अनुहारलाई पानीमा चोबलेर पटकपटक धोए । उनको शरीरलाई सुगन्धित साबुनले घसीघसी नुहाइदिए । उपत्यकाका नामुद हजामहरू उनको जरखरिएको कपाल काट्न र चुस्स परेको चिउँडोलाई ताछेर चिल्लो बनाउन खटिए । नुहाईधुवाई सडकमा निक्लेका ती उमेदवार अत्यन्त ह्यान्डसम र चिल्ला देखिन्थे । इमानदारी र स्वच्छताको ओजले तिनको शरीरलाई झपक्क छोपेको आभास हुन्थ्यो ।"

कस्ता अविश्वसनीय घटनाहरू! यस्ता घटनाहरू वास्तवमै घटे होलान् त ?

दुई-चारचोटि मुन्टो यताउता घुमाई पर विष्णुमतीतिर हेरेपछि म पुनः न्यु कान्तिपुर पोस्टको लेख पढ्दै गएँ ।

"सबैले अधीर भएर प्रतीक्षा गरेको परीक्षणको अतिविशिष्ट दिन बल्लतल्ल आइपुग्यो । ब्यानर र पोस्टरहरू लिएर पछ्याइरहेका समर्थकहरूको अगाडिअगाडि हिंड्दै, आत्मविश्वासले भरिएका आफ्ना खुट्टा नयाँसडक, रत्नपार्क र दरबारमार्गमा ठमठम बजार्दै ती उमेदवार अन्ततोगत्वा राजदरबारको गेटअगाडि आइपुगे ।"

"दरबारको मुख्य द्वारअगाडि धोखाधडीको विशाल ऐना थियो । उनी त्यो ऐनाअगाडि पुगेर उभिए । तर महाआश्चर्य, ऐनाले पहिलेको जस्तो बीभत्स प्रतिविम्ब देखाएन । ऐनाभित्र देखिएको छवि पनि त्यति नै सुन्दर र स्वच्छ थियो, जति सुगन्धित साबुनले नुहाइएका उनी आफैँ थिए । खुशीले गद्गद भएका मानिस जोसमा तात्तिएर कराउन थाले, अब बल्ल प्रधानमन्त्रीको रिक्त कुर्सी स्वच्छ छवि भएका व्यक्तिले भरिनेछ । देशको राजनीतिक गतिरोध तोडिएको छ । अब बल्ल चक्काजाम र हिंसा आतङ्कको समाप्ति हुनेछ ।"

"तर जनताको त्यो आशाका क्षणिक साबित भयो । चरक्क चर्किएजस्तो आवाज गर्दै बडेमानको ऐना एकाएक गर्ल्याम्म ढल्यो । सिसाका ससाना टुक्रा सबैतिर छरिए ।", मैले पढ्दै गएँ, "हावामा कालो मुस्लो फैलिइरहेको थियो । सिसाका टुक्रा दरबारमार्गमा परपरसम्म छरिएका थिए । नयाँ कोलाहल मच्चिन थाल्यो । मानिसहरू भन्न थाले, यी सबै घटना कुनै ग्र्यान्ड डिजाइनका भाग हुन् । एउटा यस्तो डिजाइन, जुन दरबारभित्रबाहिर दुवैबाट सञ्चालित छ ।"

"राजाका समर्थकहरूले कुनै नयाँ षड्यन्त्र थालनी गरेका छन् ।", मानिसहरू फुसफुसाउँदै थिए, "यो ऐनालाई फुटाल्ने चाल चलेर राजावादीहरू जनतालाई झन् दिग्भ्रमित पार्न खोज्दै छन् ।"

"तर अरूले भने तर्क गर्न छाडेनन् । होइन, यो ऐना फुट्नु त स्वाभाविकै थियो । भ्रष्टाचारका कीरा, कसिङ्गरहरू सबैतिर भित्रभित्रैसम्म छिरेका छन् । यस्तो फोहरमैलाको वातावरणमा छवि धमिलिएका भ्रष्टहरूमात्र फस्टाउन सक्छन् । स्वच्छताको छविलाई स्वीकार गर्न नसकेरै आज यो विशाल ऐना टुक्रिएको हो ।"

अखबारका काला अक्षरहरूले कुनै निकै पुरानो कथा सुनाइरहेका छन् जस्तै लाग्यो । म अगाडि पढ्दै गएँ ।

"ऐना फुट्नासाथ राजदरबारको मुख्य गेटअगाडि पछारिएका ती उमेदवार कोट र कमिज टकटक्याउँदै ढुनमुनाउँदै उठे । तिनको अनुहारमा पहिलेको जस्तो स्वच्छताको कान्तिमय आभा थिएन । ऐनाका तीखा टुक्राले अनुहार

ठाउँठाउँमा काटिएको थियो । तिनको अनुहार धमिलो र मलिन थियो । मानिसहरू थपडी बजाउँदै कराउन थाले । राष्ट्रले बल्ल नयाँ प्रधानमन्त्री भेटेको थियो ।"

फेरि मिति मेटिएको रहेछ ।

कसले कहिले छपायो होला, यो लेख न्यु कान्तिपुर पोस्टमा ? अनि न्यु कान्तिपुर पोस्टजस्तो सधैं सत्यतथ्यकै मात्र वकालत गर्ने दैनिकले काल्पनिक जस्तो लाग्ने यस्तो लेख किन छाप्यो होला त ?

भन्न सकिँदैन, देशमा काल्पनिक कथाहरूजस्ता लाग्ने घटना बारम्बार भइरहेका छन् । त्यत्रो जनसङ्घर्षपछि आएको प्रजातन्त्रका युगमा "जनताको लागि लड्नेछौं, जनताकै लागि सधैं काम गर्नेछौं" भन्दै उच्च पदमा पुगेका नेताहरू भ्रष्टाचार र नातावादका जालामा जेलिंदै जान्छन् भनेर कसले सोचेको थियो ? अनि एक समय चियाको गिलासभित्र चलेको विद्रोह भनेर गिज्याइएका विद्रोहीहरूले कुनै दिन उपत्यकाकालाई जित्ने सपनासम्म देख्न थाल्नेछन् भनेर कसले विचार गरेको थियो ? कसको गमेको थियो राजदरबारको बलियो सुरक्षित पर्खालभित्र कसैले सोच्दै नसोचेको बर्बर हत्याकाण्ड हुन्छ ? देशको वास्तविक इतिहासमा भएका यी सबै घटना कुनै सपनामा देखेका अचम्मलाग्दा घटनाहरूभन्दा कम अविश्वसनीय थिएनन्... ।

होइन, देशको इतिहासमा यस्तो भूकम्प गएका बेला, अग्ला टावरहरू यसरी बन्दै-ढल्दै गएका बेला, यतिका अनियन्त्रित शक्तिहरू भित्रबाहिर चलायमान भएको बेला, यत्रो मारामारी चलेको बेलामा, अराजकता बढेको बेला जस्तोसुकै काल्पनिकजस्ता लाग्ने घटना पनि यथार्थको धरातलमा अवतरित हुन सक्छन् । मिति नखुलेको न्यु कान्तिपुर पोस्टको यस लेखले पनि त्यस्तै काल्पनिकजस्तो लाग्ने वास्तविक घटनाको विवरण गरेको हुनुपर्छ ।

लेखका शब्द र वाक्यहरू कताकता पहिले सुनेपढेजस्ता लागे । तर प्रस्ट सम्झना आएन ।

कति चाँचाँडो सोच्दै नसोचेका घटनाहरू भइरहेका छन् ? केही महिनाअघिसम्म पनि त म विश्वविद्यालयको शिक्षकका रूपमा प्रतिष्ठितै

थिएँ नि ! त्यस बेलासम्म न मेरो दिलवरनाथसँग भेट भएको थियो, न राइनरसँग । त्यस बेला मलाई के थाहा, कुनै रात यसरी जोगी भेषमा पाटीमा सुतेर बिताउनुपर्नेछ ? के थाहा, कुनै दिन यसरी सबैसँग डराउँदै लुकेर हिंड्नुपर्नेछ ?

तर मेरो जीवनमा मात्र कहाँ हो र, देशकै इतिहासमा पनि त उथलपुथल मच्चिइरहेछ । पहिले त्यो अद्भुत टावरको पतन, त्यसपछि राजदरबारको हत्याकाण्ड अनि अहिले आएर नयाँ प्रधानमन्त्री-चयनको प्रक्रिया । कति चाँचाँडो घटनाहरू परिवर्तित भइरहेछन् ? के एकदुई दिनभित्रै यी सबै घटना भएका होलान् त ?

मेरो मगज रन्थनियो ।

मैले त केही दिनअघि मात्र घर छाडेको हुँ । त्यसपहिले त बिमारीले थला परेर एक महिनाजति घरै बसेको थिएँ । अनि त्यसभन्दा पहिले ?

नेपाली सांस्कृतिक अध्ययन विभागमा त्यो असन्तुष्ट विद्यार्थी रङ्गनाथ बरबराउँदै गरेको सम्झें । रङ्गनाथको बहुलट्ठी प्रकरणपछि मात्रै त मेरो दिलवरनाथ र राइनरसँग भेट भएको थियो नि !

घटनाहरूलाई एकअर्कासँग शृङ्खलाबद्ध रूपमा बाँधेर म रहस्यको खोजी गर्न थालें ।

शृङ्खलामा ठूलठूला प्वाल थिए, जतिसुकै प्रयास गरे पनि मैले तिनलाई भर्न सकिनँ ।

ओहो, छटपटी गोलमालले गाँजेर मेरो स्मरणशक्ति कमजोर हुँदै गएछ कि क्या हो ? नयाँ आशङ्का उब्जियो ।

आफ्नो मगज जाँच्न मैले भाग्दादेखिका सबै घटना एकएक गरी सम्झने प्रयास गरें ।

लँगौटी लगाएर त्रिशूल र झोला बोकी म घरबाट निस्कँदा साँझ पर्न लागिसकेको थियो । कुकुरहरूले भुक्तै पछ्याउँदै म गैरीधाराको सरस्वतीथानतिर लागेको थिएँ । त्यहाँबाट पुतलीसडक र प्रदर्शनीमार्ग हुँदै दरबारमार्ग पुग्दा झन्डा बोकी नारा लगाउँदै अघि बढेको जनसमूहसँग भेट

भएको थियो । त्यही भिडमा मिसिएपछि त मैले घण्टाघरछेउ अक्कासिएको त्यो अद्‌भुत टावर देखेको थिएँ !

त्यसपछि के भएको थियो ?

टावर ढल्नेबित्तिकै ठूलो हल्लाखल्ला मच्चिएको थियो । त्यही हल्ला पछ्याउँदै म पनि दरबारको गेटतिर दगुरेको थिएँ । अग्लो फलामे गेट नाघी दरबार भित्रको सजिसजाउ सुन्दर बङ्‌गलासम्म पुगेको थिएँ ।

अनि त्यस बङ्‌गलाभित्र मैले कति समय बिताएँ होला ?

त्यस रात त मलाई एकछिन जस्तो मात्र लागेको थियो तर अहिले विचार गर्दा के लाग्यो भने मैले निकै बेर, सायद चारपाँच घन्टाभन्दा पनि बढी, त्यस बङ्‌गलाभित्र बिताएको हुन सक्छ । मन झन्‌झन् भ्रमित हुँदै जान थाल्यो ।

राजकीय बङ्‌गलामा पस्नुअघि केही समय मैले दरबारका बगैंचा, पेटी र तलाउहरू घुमेर बिताएको त थिइनँ ? हो कि, होइन कि जस्तो ! अरू कसलाई भेटेको थिएँ मैले त्यति बेला यताउता भट्किंदा ?

जति ध्यान केन्द्रित गरेर सोच्ता पनि कुनै स्पष्ट सम्झना आएन । बरू मन झन्‌झन् भ्रमहरूको जालोमा बेरिँदै जान लाग्यो ।

होइन, के मैले केही घन्टा मात्र नभएर केही दिन वा हप्तै दरबारको प्राङ्‌गणभित्र अलमलिएर बिताएको त थिइनँ ? अनि आफैँले मेसिनगन बोकेको त्यो डरलाग्दो प्रतिविम्बलाई बङ्‌गलाभित्र ठडाइएको ऐनामा नभएर दरबारको भोजनकक्षको कुनै ऐनामा देखेको त थिइनँ ? कतै मैले दुई-चार महिनै त बिताएको थिइनँ, दरबारभित्रका अँध्यारा कुनाकाप्चा र गल्छेडाभित्र लुकेर ?

अर्को प्रश्नले बिथोल्न थाल्यो ।

राजदरबार हत्याकाण्ड कहिले भएको थियो ? म त्रिशूल बोकी नारायणहिटी पसेको रात ? कि त्यसभन्दा धेरै पहिले, सायद मैले विश्वविद्यालयमा पढाउँदाखेरिकै कुनै समय ?

राजदरबारको त्यस बङ्‌गलामा रगतका छाप देख्ता त हत्याकाण्ड भर्खरै, सायद त्यही रात भएको जस्तो लागेको थियो । तर के ती छाप निकै पुराना त थिएनन् ?

अनि दरबारबाहिर जम्मा भएको त्यो भिड नि ? ती मानिसहरू 'रहस्यको पर्दाफास हुनुपर्छ, दोषीलाई सजाय दिइनुपर्छ' भनेर नारा लगाइरहेका थिए । ती नाराहरू कहिले लागेका थिए ? दरबार-हत्याकाण्डको लगत्तै पछि ? वा निकैपछि ? सायद केही हप्ता, महिना वा वर्षौंपछि ?

मन झन्‌झन् अन्योलमा पर्न थाल्यो । चिन्ता र छटपटी बढ्न थाल्यो ।

होइन, होइन यस्ता विचारले त मलाई अहिल्यै पूर्ण पराजयको भड्खालोमा थचारिदिनेछन् । जस्तै भए पनि म त्यतिको भ्रमितचाहिँ भइहालेको छैन । हो, मैले केही घटना, स्मृतिहरू बिर्सिएको हुन सक्छु । हो, मेरो मगजको अस्थिरता बढेको हुन सक्छ । के मजस्तै अरूले पनि थुप्रै घटनाहरू बिर्सेका छैनन् त ? के अरू धेरै पनि मजस्तै केही गडबडिएका छैनन् र ?

होइन, मैले आफूलाई सम्हाल्नुपर्छ । बरू अन्योलको यस समयमा ध्यानगुरूको वचन सम्झँदै शरीरका संवेदनाहरूको मनन गर्नुपर्छ ।

म त्यही गर्न थालें ।

पैतालाहरू हिजो रातिजस्तो चिलाएका र रन्किएका थिएनन् । हत्केला, निधार र घाँटी पसिनाले भिजेका पनि थिएनन् । नाकको देब्रे प्वाल चिलाइरहेको थियो । त्यही प्वालबाट सास भित्रबाहिर गरिरहेको थियो ।

आफ्नै विचारमा डुबेर हिंडेको म कति बेला अखबारपसलबाट पाटीमा आइपुगें, थाहै पाइनँ ।

पाटीअगाडिका सडकमा थुप्रै मानिस अगाडिपछाडि गरिरहेका थिए । कोही कालिमाटीतिर जाँदै थिए, कोही स्वयम्भूतिर । केही मानिस विष्णुमतीको तीरैतीर नारा लगाउँदै उत्तरतिर कुदेको आवाज आयो । दुई-तीनचोटि बन्दुक पड्केको आवाज पनि सुनें । पाटीअगाडिको सडकबाट उत्तर-दक्षिण हिंडेका मानिस खासखुस गर्दै थिए । प्रजातन्त्र... निरङ्‌कुश... विद्रोही... यस्तै केही भन्दै थिएजस्तो लाग्यो ।

साँझ हुन्जेल पनि नारा, हल्ला, बेलाबेला पर कतै गोली चलेजस्तो आवाज आइरह्यो । साढे आठ बजेतिर कालिमाटीको दिशामा बम पड्केको जस्तो ठूलो स्वर सुनें । त्यसपछि केही समयसम्म कुनै आवाज आएन ।

त्यस रातभर मानिसहरू यताउता हिंडिरहने, कोही कोही पाटीमा आएर "को हौ तिमेरू ?" भन्दै कड्केर सोध्ने क्रम चलिरह्यो ।

"दिलवरनाथ मेरो नाम हो, फेरीमन्त्र फुक्ने जोगी हुँ ।", मैले हरेकचोटि पाटीमा ओछ्याएको राडीमा ढल्किएरै उनीहरूको प्रत्युत्तर दिएँ, "जय शिव ! जय गोरखनाथ !"

मोहनदास पनि ऊ सुतेको कुनाबाट पटक्कै उठेन । उनीहरूले जतिसुकै केर्दा पनि सुतेरै राधाकृष्णका भजनहरू ठूलठूलो स्वरमा गाइरह्यो ।

रात बाक्लिँदै गएपछि ती मानिस पन्छिँदै गए । सडकमा आवागमन कम हुँदै गयो । दिलवरनाथले टौदहमा बरबराएका भविष्यवाणीको स्मरण गर्दै त्यही रात मैले आफ्नो खोजलाई अर्को चरणतिर बढाउने निधो गरें । के भनेका थिए दिलवरनाथले टौदहमा ?

एउटा फुटेको ऐना... दरबारभित्र हत्याकाण्ड... रेस्टुराँ... मन्त्रालय... ।

फेरी-जोगीले सङ्केत गरेको हत्याकाण्डका छापहरू राजकीय बङ्गलामा मैले आफ्नै आँखाले हेरिसकेको थिएँ । उनले बताएको टावरको पतनलाई पनि दरबारमार्गमा भोगिसकेको थिएँ । तर फेरीवालले बरबराएका रेस्टुराँ र मन्त्रालय ?

यी पछिल्ला भविष्यवाणीको रहस्य खोज्न त्यति गाह्रो थिएन । पक्कै पनि उनले बताएको रेस्टुराँ टावर ढल्नुअघि मैले दरबारमार्गमा देखेको रिमझिम डान्स रेस्टुराँ नै हुनुपर्छ । त्यसै गरेर उनले भनेको मन्त्रालय पनि सुनधाराका साँघुरा गल्लीका पश्चिमतिर भर्खरै खोलिएको त्यही नयाँ मन्त्रालय हुनुपर्छ । त्यही मन्त्रालय, जसका बारेमा मैले रानीपोखरीनजिक सालिकपछाडि लुकको बेला गुनगुन सुनेको थिएँ ।

राइनरले भनेकै त थिए, बुझ्न नसकिने, यन्त्रले नाप्न नसक्ने शक्तिहरू सुनधारा, दरबारमार्ग तथा वसन्तपुर दरबार स्क्वायरजस्ता ठाउँमा केन्द्रित छन् । कुरो प्रस्ट थियो, दरबारमार्गको रिमझिम डान्स रेस्टुराँ र सुनधारामा खोलिएको नयाँ मन्त्रालयतिरै मैले पाइला चाल्नुपर्छ । ती ठाउँतिरै मैले आफ्नो खोजलाई अघि बढाउनुपर्छ ।

विष्णुमतीको दिशाबाट कीरा-फट्याङ्ग्राको आवाज आइरहेको थियो । पानीको हलुका कुलकुल पनि थियो । कसिङ्गरको थुप्रोपछाडि भ्यागुताहरू टरटराउँदै थिए । कालिमाटीतिर लाग्ने सडकनिर कुकुरहरू भुक्तै थिए ।

एकपल्ट फेरि लाग्यो, कीरा र भ्यागुताका स्वर, कुकुरहरूको भुकभुक, पानीको आवाज, पाटीको छानो, कसिङ्गरको थुप्रो सबैमा अदृश्य शक्तिहरू सलबलाइरहेका छन् । तिनै अदृश्य शक्ति जसका बारे राइनरले भनेका थिए, जसलाई मैले पहिले पनि अनुभव गरेको थिएँ ।

हो, तिनै शक्तिहरूले मलाई एकपल्ट पुनः धकेल्न थाल्दै छन् । पुनः मलाई खोजका निम्ति प्रेरित गर्दै छन् ।

सबैभन्दा पहिले मैले रिमझिम डान्स रेस्टुराँमा जाने निधो गरें ।

अब बल्ल मैले घर छोडेर हिंड्नुअघि कपडाको झोलामा राखेका सरसामान काममा आउने भए । जोगी भेषमा त कसैले मलाई डान्स रेस्टुराँभित्र छिर्न दिने होइन । झोला खोलेर हेरें । गुजमुजिएका सर्ट र प्यान्ट त्यति सफा र सुकिला त थिएनन् तर रातिको प्रकाशमा केही फरक नपर्ने देखें । विचार गरें, भोलि बेलुकै दाह्री खौरी सर्ट-प्यान्ट लगाएर रिमझिमतिर हिंड्नेछु ।

रामनामीको फेरमा बाँधेको रूपियाँ-पैसा एकएक गरी गनें । केही एक-दुईका ढ्याक र पाँच-दशका नोट, दुइटा पचासका नोट, एउटा हरियो गैंडा । हात हेर्दाहेर्दै झन्डै एक हजार रूपियाँजति जम्मा भइसकेको रहेछ ।

पुनः मेरो मगज घुम्यो ।

होइन, मैले त हात हेर्न थालेको दुई-तीन दिनमात्रै भएको छ, कसरी यति चाँडै हजार रूपियाँ जम्मा भयो ?

आफू सुत्ने कुनावरिपरि हेरें । पानीका बोतल, एक जोर नयाँ चप्पल र गम्छा । एउटा नयाँ राडी । कसले, कहिले दियो नयाँ चप्पल, गम्छा र राडी ?

कतै मैले नै कालिमाटीछेउको कुनै पसलमा किनको त थिइनँ ? कि हात देखाउन आउनेमध्ये कसैले ल्याइदिएका थिए ? अनि पानीका बोतल ? कहिलेदेखि ल्याउन थाले श्रद्धालुहरूले मेरा निम्ति पिउने पानी ?

हात देखाउन आउने एक जनालाई "यो छेउको इनारको पानी पिउँदापिउँदै पेट झन् बिसन्चो हुन लाग्यो" भनेको सम्झना भयो । त्यसपछि तिनैले एक बोतल पानी ल्याएका थिए । पछि सायद अरूहरूले पनि एक-दुई बोतल ल्याए । तर पाटीको कुनामा त बोतलहरूको डुङ्गुरै थियो । कसरी भयो यो सब ?

मनमा एकपल्ट पुनः आशङ्का र डर उम्लिन थाले । होइन, कति दिनदेखि बसिरहेको छु म यस पाटीमा मानिसका हत्केलाहरू छाम्दै, रेखा र पर्वतहरू पढ्दै ?

घोरिएर पाटी वरिपरि हेरें । उः, त्यो हो मोहनदासको सुत्ने कुनो र यो मेरो । मेरो कुनामा पानीका बोतल, नयाँ-पुराना गम्छा र कम्बल थिए । जजमानहरूले चढाएका फूल र दाल-चामलका प्याकेटहरूको रास लागेको थियो । यस कुनामा त एउटा संसारै जमिसकेको जस्तो थियो ।

उकुसमुकुस र छटपटीले झन्झन् गाँज्न थाल्यो । मगजभित्र माकुराहरू सलबलाउन थाले । भित्रभित्रै पींधै नदेखिने गहिरा खाडल पर्न थालेजस्तो अनुभव भयो । अकस्मात् पेट मडारिन थाल्यो, वाकवाक पनि लाग्न थाल्यो ।

"केही नसोच, चुप लागेर बस ।", आफैँलाई हकारें, त्यो त पूर्ण पराजय र पागलपनको बाटो हो, बरू सोच, अरू नै कुरा सोच । वर्तमानका बारेमा सोच । रेस्टुराँ र मन्त्रालयतिर जाने तेरो अहिलेको योजनाबारे सोच !

"वर्तमानको स्थिति त्यति नराम्रो छैन ।", भित्रैबाट आवाज आयो, "जे-जस्तो भए पनि स्थिति पहिलेको भन्दा सुध्रेको छ । टाउकाको पोलाइ हराएको छ, पेटको गडबडी घटेको छ । अनि हजार रूपियाँ पनि त जम्मा भइसकेकै छ । मलाई आफ्नो खोज अगाडि बढाउन यो रूपियाँले ठूलो मदत गर्नेछ । रेस्टुराँमा एउटा बियर र फ्रेन्च फ्राईमात्र खाएँ भने तीन सयजतिमा पुगिहाल्छ । त्यसपछि राति रत्नपार्कछेउ पुरानो बसपार्कको सस्तो तीन-चार सयजतिको होटेलमा सुत्छु र बिहान उठ्नेबित्तिकै सुनधाराको मन्त्रालयतिर लाग्छु ।"

मैले भोलि बेलुकै पाटी छाडेर रिमझिमतिर लाग्ने अन्तिम निर्णय लिएँ ।

पाटीको भुइँमा ढल्कीढल्की राधा र कृष्णको भजन गाइरहेको मोहनदाससँग मैले राति निकै अबेर बिदा मागें । मोहनदास अर्को हप्तातिर हिमालय यात्रा शुरू गर्नेवाला थियो र मलाई थाहा थियो, त्यसभन्दा धेरै अघि नै म पाटी छोडेर हिंडिसकेको हुनेछु ।

"यस्तो नगर दाइ !", गह भरेर मोहनदासले मलाई निकै बेर सम्झाउन खोज्यो, "यस शहरमा मायाका धेरै पासा छन् । मुक्तिको साम्राज्य तिम्रो यति नजिक हुँदाहुँदै किन तिमी आफूलाई कर्मको जालभित्र फसाउन चाहन्छौ ? बरू मेरो बाटो पछ्याउँदै हिमालयतिर हिंड । हामी दुवै मुक्ति पाइसकेका जोगीहरूसँग लामो गफगाफ गर्नेछौं र हिउँका चिसा गुफाभित्र शरीरलाई न्यानो र सुरक्षित राख्ने साधनाहरू सिक्नेछौं । भ्रमका जालामा जेलिएको यस शहरबाट उम्किई शुद्ध हिमाली हावा सेवन गर्दै बाँच्नेछौं । हिंड, दाइ हिंड ।", उसले मलाई अझै सम्झाउन खोज्यो, "हिंड, म सँगसँगै हिमालयतिर । त्यैं गएर हामीले मुक्ति र स्वतन्त्रता भेटनेछौं ।"

पाटीमा सँगसँगै बसकाले होला, मलाई मोहनदासको निकै माया लाग्न थालिसकेको थियो । कति शुद्ध र निष्कपट थियो, त्यो कलिलो जोगी ! म उसको हृदयलाई ठेस पुऱ्याउन चाहँदिनथें । तर अर्को उपाय पनि थिएन । त्यसैले आफूलाई कठोर बनाउँदै भनें, "ए मेरा भाइ ! यस शहरभित्रको मेरो यात्रा अहिलेसम्म सकिएको छैन । कर्मका बन्धनहरूले मलाई अझैसम्म जकडिराखेका छन् । म तिमीजस्तो शुद्ध र स्वतन्त्र छैन । म तिम्रो सफलताको कामना गर्छु र यही जीवनमा तिमीले मुक्ति प्राप्त गरौला भन्ने दरिलो आशा लिन्छु । जहाँसम्म मेरो प्रश्न छ, म स्वतन्त्रताबाट अझै धेरै टाढा छु । मैले अहिले पनि धेरै जन्म, अवतारहरू लिनु छ । मुसा, बिरालो, उपियाँ, फट्याङ्ग्रा, माछा, कागजस्ता अरू धेरै जुनीहरू बाँचेर मरेपछि मात्र मेरो अनुहारमा तिमीजस्ता सच्चा जोगीको मुहारमा देखिने कान्ति उब्जिनेछ । म त केवल सन्यासी बन्ने प्रयत्न गरिरहेको छु । तिमीचाहिं वास्तवमै सच्चा सन्यासी हौ । तर चिन्ता नगर, जतिसुकै जुनी लगाएर भए पनि आफ्ना कर्मका समस्त बन्धनलाई एकएक गरी काटेपछि, आफ्ना

सबै समस्या सुल्झाएपछि, म तिमीलाई भेट्न हिमालय अवश्यै आउनेछु । कुनै अर्को जीवनमा तिम्रो र मेरो अवश्यै पुनर्भेट हुनेछ । यो कुरा निश्चित नै छ । त्यसै बेला हामी दुई भाइ मिली आफ्नो खोजलाई फेरि सँगसँगै अगाडि बढाऔँला ।"

पूर्ण रूपले विश्वस्त हुन नसके पनि मोहनदास मेरो जबाफले केही हदसम्म सन्तुष्ट भयो र खुशी पनि । म निदाउन थालेपछि पनि उसले धेरै अबेरसम्म कृष्ण, राधा र मीराका भजनहरू गाइरह्यो । ऊ सुरिलो स्वरमा गाइरहेकै थियो, "लीला, लीला केवल कृष्णको लीला । एउटै सत्य कृष्णको अविनाशी लीला । बाँकी सबै कथा कल्पना, फगत मायाका जाला । लीला, लीला केवल कृष्णको लीला ।"

मेरा आँखा बन्द हुन थाले तथा निद्रा र सपनाको संसार नजिक आउँदै गयो । मैले सुतीसुती दाहिने हत्केलो आँखाअगाडि तानेर हेर्न खोजें । कुनै पहाडजस्तो ठूलो हत्केलो घर, पाटी, संसद्, दरबार सबै छोप्तै नजिकै आयो । हत्केलाका रेखाहरू कुनै ससाना पहाडका शृङ्खलाबीचबीचबाट दगुर्दै गएका अँध्यारा खोचजस्ता थिए । म ती खोचमा भाँसिंदै गएँ ।

रेस्टुराँदेखि मन्त्रालयसम्म

इन्द्रचोकमा रङ्गनाथसँग भेट

बिहान उठ्ता मोहनदास सधैंको झैं झोला भिरी रामकृष्णका मन्दिर घुम्न हिंडिसकेको थियो । मलाई थाहा थियो, अब ऊसँग भेट हुनेछैन । पाटीमा उसले मेरा निम्ति छाडेका फलफूल र उमालेका तरकारीले पेटपूजा गरेपछि म आफूलाई राति रिमझिम डान्स रेस्टुराँमा जानका निम्ति तयार गर्नमा जुटें ।

सबैभन्दा पहिले झोलाबाट दाह्री काट्ने सरसमान झिकें । पातलो लक्स साबुन, रेजर र सानो ऐना ।

ओहो, ऐना त झ्याम्म फुटेको रहेछ ! घरबाट भाग्ने क्रममा झोलाभित्र राखी दलिनमा लुकाउँदा त दुरूस्तै थियो... खोइ कहिले फुटेछ कुन्नि ? सायद म दरबार, टावर आदि वरिपरि भौंतारिंदा ! जे भए पनि अब त्यो ऐना काम लाग्ने थिएन । केही छैन, विष्णुमतीबाटै ऐनाको काम चलाउँला ।

ऐना झोलाभित्रै हालें ।

मेरा औंला फेरि झोलाभित्रभित्र सलबलाए । सासाना चिसा, खस्रा वस्तुहरू हत्केलाभित्र कैद भए । हात तानी मुठी फुकाएर सबैलाई एकएक गरी नियालें, काठका ससाना पुतली र राता, नीला सिसाका गुच्चाहरू ।

ओहो ! मैले जोगी भेषमा घर छाड्नुअघि बुइँगलमा लडेका नानूका गुच्चा र कठपुतलीलाई पनि थाहै नपाईकन चेकबुक, ऐना इत्यादि राखेको झोलामा हालेको रहेछु । होइन कस्तो सुद्धी ! आफैँलाई मनमनै झपार्दै पुतली र गुच्चालाई एकएक गरी पुनः झोलाभित्र हालें ।

अरू के थियो झोलाभित्र ?

फेरि औंला तानेर हेरें, मेरो नीलो नोटबुक र कालो पाइलट पेन !

"यो सब छाडेर सबैभन्दा पहिले दाह्री नै खौरनु बेस !", यस्तो सोचें अनि रेजर र सानो लक्स साबुन बोकेर विष्णुमतीतिर झरें ।

किनारमा खाल्डो थियो । त्यसै खाल्डाको पानीमा नियाल्दै निकै बेर लगाएर बल्लतल्ल दाह्री फालें । दुई-तीन ठाउँ गालामा काटियो र अलिअलि रगत पनि आयो । फेरि मुख धोएँ र नदीमो अनुहार हेरें । दुब्लाएर चुसुक्क परेको रहेछ ।

"जे छ, यस्तै छ !", सोचें र सरसामान बटुली पाटीतिर उक्लिएँ । दिउँसो धेरै बेर सुतिरहें । रातिको अभियानका लागि जति सकिन्छ, शक्ति सञ्चय गर्नु मेरा निम्ति आवश्यक थियो ।

साँझ परेपछि उठें । झोलाबाट सर्ट-प्यान्ट, जुत्ता-मोजा सबै झिकें । हतारहतार लँगौटी र गन्जी फुकालेर नयाँ लुगा लगाएँ । नोटबुक र पाइलट पेन सर्टको खल्तीमा हालें । पुराना मैला लुगा र चप्पल भने त्यही झोलामा हालेर पाटीको कुनामा फ्याँकिदिएँ । अब यो झोला पनि बोकीबोकी हिंड्नु परेन । त्यही कुनामा फ्याँकिदिएँ । त्रिशूल पनि त्यहीं छोडिदिएँ ।

हजुरबुबाका अवशेषहरू यसरी मिल्काउन उचित होला त ?

अपराधबोध मनमा टुसुक्क पलायो । तर कहाँ बोक्तै हिंड्ने यो रामनामी गम्छा र त्रिशूल ! लैजाओस् अर्को कुनै जोगीले । मेरो पाटीबास सकियो । मलाई आजदेखि यी वस्तुको आवश्यकता छैन । हरेक कुराको आआफ्नै प्रयोजन हुन्छ । सायद मेरा हजुरबुबालाई फिरन्ते जोगीले दिएका यी वस्तुको प्रयोजन पनि यतिकै लागि मात्र थियो । उहाँको माला लगाएको फोटोअगाडि बसेर म एक दिन माफी माग्नेछु । मलाई असाध्य माया गर्ने हजुरबुबाको आत्माले पक्कै पनि मेरो समस्या बुझ्नेछ । मलाई माफ गरिदिनेछ ।

यतिका दिन पाटीमा लुकेर शक्ति सञ्चय गरी, शरीरलाई विश्राम दिई, मनलाई सम्हाली, म आफ्नो खोजलाई पुनः अगाडि बढाउन तत्पर थिएँ । यस्तो खोज, जसले मलाई मगजमा सलबलाइरहेका कीराहरूको प्रकोपबाट सधैंका निम्ति मुक्त गर्नेछ, जसले मेरो जीवनमा पुनः खुशी र आनन्द

फर्काउनेछ । मलाई मेरी श्रीमतीको न्यानो अँगालो र नानूका कथाहरूको चिरबिरे संसारमा पुनः पुऱ्याउनेछ । मलाई मेरो केन्द्रमा फर्काउनेछ ।

म विष्णुमतीको पुल तरेर वसन्तपुर दरबार स्क्वायरनिर पुग्दा अँध्यारो निकै छिप्पिइसकेको थियो । ल्याम्पपोस्टहरू पहेंलो टल्किइरहेका थिए । सायद विद्रोहीहरू बम र गोला बारूद लिएर उपत्यकाभित्र छिर्दै छन् भन्ने हल्लाले डराएर होला, धेरै कम मानिसहरू मात्र सडकमा देखिन्थे ।

दरबार स्क्वायरको त्रैलोक्यमोहनको मन्दिरले पुनः मलाई तान्यो । म पहिले पनि धेरैचोटि यस मन्दिरका विष्णुका दश अवतार देखाउने प्रतिमाहरूमाझ गहिरो सोचमा डुबिबसेको छु । ती दिनहरूझैं आज एकचोटि फेरि मलाई लाग्यो, सायद वामन, कछुवा, वराह, बँदेल आदि ढुङ्गाका अवतारले एकअर्कासँग जोडिंदै कुनै सिङ्गो कथा उत्पत्ति गर्दै छन् ।

यसपल्ट मलाई नयाँ आत्मानुभूति पनि भयो । अकस्मात् लाग्यो, हो, सायद मेरो अहिलको विकट अवस्थाको सम्बन्ध त्रैलोक्यमोहन मन्दिर र यसका अवतारसँग मात्र नभएर यो सम्पूर्ण वसन्तपुर दरबार स्क्वायर, यहाँका मन्दिर, तिनमा रहेका काठ र ढुङ्गाका प्रतिमा तथा यहाँ आउनेजाने हरेक व्यक्तिसँग पनि छ । सायद रातो हनुमान र कालो भैरवका मूर्तिदेखि कुमारी घरसम्म कुँदिएका सबै देवीदेवतासँग मेरो व्यक्तिगत खोजको कुनै आन्तरिक सम्बन्ध छ ।

के पहिले वसन्तपुर घुम्न आउँदा, त्रैलोक्यमोहन मन्दिरका यिनै प्रतिमाबीच घोरिएर बस्ता मैले नोटबुकमा केही कोरेको थिएँ ? सायद कुनै शब्द, वाक्य वा विचार ?

कालो मसीले लेखेका मिति तथा नामहरूको सम्झना भयो । सर्टको खल्तीबाट नीलो नोटबुक तानेर पन्ना पल्टाउन थालें ।

चुम्बकीय र विद्युतीय शक्तिहरू । शक्ति नाप्ने पित्तलको उपकरण । म्युनिख, बर्लिन र प्राग । नाप्न नसकिएका शक्तिप्रवाहहरू । राइनरको अन्तर्वार्ता लिन गएको दिनको रेकर्ड रहेछ ।

अर्को पन्ना पल्टाएँ, कृष्णसारको सिङ । गोरखनाथ र पृथ्वीनारायण शाह । पाँचमुखे झोला... । दिलवरनाथको अन्तर्वार्ताको दिन ।

फेरि पन्ना पल्टाएँ ।

मल्ल राजवंश : १५३८ देखि १८२५ सम्म । पृथ्वीनारायणको काठमाडौं-विजय : १८२५ । लक्ष्मीनरसिंह मल्ल र भीम मल्ल । रणबहादुर, राजेन्द्रविक्रम र सुरेन्द्रविक्रम शाह । १९०३ : कोतको हत्याकाण्ड र जङ्गबहादुरको अभ्युदय ।

बल्ल सम्झिएँ, विश्वविद्यालयको पुस्तकालयमा इतिहासका पुस्तक पढ्दै गर्दा कोरेका नाम र तिथिमिति । ती नाम र मितिले यसै वसन्तपुर दरबार स्क्वायरवरिपरि भएका घटनातिर सङ्केत गरिरहेका थिए । पहिले पढेर बिर्सेका इतिहासहरू चहकिलो र सङ्लो बन्दै आउन थाले । पुराना स्मृतिहरू मन्दिर, मूर्ति, दरबार, कुमारीघर सबैतिर सलबलाउन थाले ।

इतिहासका कति महत्त्वपूर्ण घटना घटित भएका थिए, यही वसन्तपुर दरबारवरिपरि ! यही दरबार त वि.सं. १५३८ देखि १८२५ सम्म मल्ल राजवंशको केन्द्र थियो नि !

भनिन्छ, भीम मल्ल नाम गरेका काजी राजा लक्ष्मीनरसिंहका प्रियपात्र थिए । तर भीम मल्लको बढ्दो प्रतापले चिढिएका केही भारदरले लक्ष्मीनरसिंहलाई उनीविरूद्ध राजद्रोहको झूटो पोल लगाए । रिसको झोकमा लक्ष्मीनरसिंहले भीमलाई प्राणदण्ड पनि दिए । सत्यतथ्य बुझेपछि हतारको निर्णयबाट विचलित भएका राजा पश्चात्तापले पागल भएको कथा विश्वविद्यालयको पुस्तकालयमा पढेको सम्झिएँ । सोह्र वर्षसम्म पागल भई अति दुःखकष्ट सहेपछि लक्ष्मीनरसिंहको मृत्यु भएको पनि सम्झिएँ । उनैका छोरा प्रताप मल्लले पछि गएर हनुमानढोका तथा त्यसबाहिरका हनुमान र कालो भैरवका मूर्ति प्रतिष्ठापन गराएका थिए ।

पुनः वामन, बँदेल, कछुवा, नरसिंह आदि मूर्तितिर एकटक हेर्दै मैले इतिहासका घटनाक्रमलाई जोड्ने प्रयास गरें ।

चारैतिरबाट घेरेर आक्रमण गरी अन्तिम
पृथ्वीनारायण शाहले वसन्तपुर दरबारमै
हेरें । १८२५ : पृथ्वीनारायणको काठमाडौं
१८६३ : रणबहादुर शाहको हत्या ।

नारायणका नाति रणबहादुरका तीन
त्रिपुरासुन्दरीबीचको आपसी षड्यन्त्रको
। षड्यन्त्रको त्यही भुमरीमा परेर मूलकाजी कीर्तिमान बस्नेत मारिए, काजी दामोदर पाण्डेको हत्या भयो तथा राजा रणबहादुर आफैँ पनि मारिए ।

एकपल्ट पुनः नोटबुकका पाना पल्टाएँ- १८५६ : कान्तावतीको मृत्यु । भीमसेन थापाको बन्दीगृहमा आत्महत्या । १९०३ : कोत हत्याकाण्ड ।

म पुनः वसन्तपुर दरबार स्क्वायरवरिपरि भएका ऐतिहासिक घटनाबारे सोच्न थालें । घटनाहरू एकपछि अर्को गरी मनको चित्रपटमाथि फनफनी नाचे ।

वि.सं. १९०३ मा कोतको हत्याकाण्ड यही दरबारभित्र भयो र जङ्गबहादुर राणाले एक सय चार वर्ष लामो राणाशासनको जग हाले । यी तिनै जङ्गबहादुर राणा हुन्, जसलाई सुरेन्द्रविक्रम शाहले युवराज छँदा जोखिमपूर्ण काम गर्न लगाएर मनोरञ्जन लिन्थे । तिनै युवराजको मन जित्न महत्त्वाकाङ्क्षी जङ्गबहादुरले घोडासहित त्रिशूलीमा हामफालेको र एकपल्ट धरहराको टुप्पोबाट हामफाल्नसमेत तयार भएको इतिहास पनि सम्झें ।

किन अराउँथे सुरेन्द्रविक्रम जङ्गबहादुरलाई यस्ता काम ? कसैले भन्छन्, युवराज समलिङ्गी, यौनदुराचारी थिए अनि अरूलाई दुःख दिएर आनन्द लिने उनको परपीडक स्वभाव थियो । यो पनि भनाइ छ, जङ्गबहादुरप्रति उनको व्यक्तिगत रिसइबी थियो । कसैकसैले त यस्तोसम्म भनेका छन्, युवराज अर्धपागल थिए !

युवराज सुरेन्द्र वास्तवमै पागल थिए भने यो पनि सम्भव छ कि उनले आफ्नो मानसिक असन्तुलन वंशानुगत रोगका रूपमा प्राप्त गरेका हुन् ।

भनिन्छ, सुरेन्द्रका कुप्राबा रणबहादुर शाह पनि थिए । अब मैले सम्झिएँ, राजराजेश्वरी, सुवर्णप्रभा तथा त्रि तीनवटी पटरानीबाहेक रणबहादुरले कान्तावती नाम गरेकी मै ब्राह्मणीलाई पनि त अपनाएका थिए । भविष्यका राजा गीर्वाणयुद्धवि जन्माएपछि थला परेकी कान्तावतीको दुर्भाग्यवश १८५६ सालमा मृत्यु भ कान्तावतीलाई गुमाएपछि पीडाले रन्थनिएका रणबहादुरले ब्राह्मणहरूको अङ्गभङ्ग गर्नेजस्ता बहुलठ्ठी आदेश मात्र नदिएर मन्दिरभित्र पिसापसमेत फेर्न थाले । सायद यस्तै अ-राजकीय कार्यले गर्दा रणबहादुरलाई इतिहासकार हरूले पागल ठहर गरेको हुनुपर्छ ।

माछा, कछुवा, वामन आदि विष्णुका दशै अवतार एकटक मतिर हेर्दै कुनै प्रश्न सोधिरहेझैं थिए । म हत्तपत्त फर्किएर पुरानो दरबार र छेउको कुमारीघरलाई नियाल्न थालें ।

यस्तो पनि भनिन्छ, गीर्वाणयुद्धविक्रमका छोरा राजेन्द्रविक्रमको मगजमा पनि पागलपनका कीरा सलबलाउने गर्थे । उनी अरूलाई दुःख दिएर आनन्द लिने बहुलट्ठी छोरा युवराज सुरेन्दलाई प्रोत्साहित मात्र नगरेर आफैं पनि फितला निर्णय गर्ने अर्धपागल राजा थिए भन्ने कुरो विश्वविद्यालयको पुस्तकालयमा पढेको पुनः सम्झिएँ ।

म झसङ्ग भएँ । किन पागलपनका कथाले मलाई वरिपरिबाट घेर्दै आइरहेका छन् ?

म सायद कुनै भूलभुलैयाको केन्द्रमा रहेको त्रासदीलाई जिउने प्रयास गरिरहेको छु । नत्र किन जता बढे पनि पागलपनका कथा-उपकथाले किन पछ्याइरहका छन् त ?

नोटबुक हत्तपत्त सर्टको खल्तीमा हालें ।

निकै अबेर भइसक्यो । रिमझिम डान्स रेस्टुराँमा पनि अहिलेसम्म भिडभाड भइसकेको होला । मानिसहरू फ्रेन्च फ्राई, चिकन कटलेट र आलुका चाना चपाउँदै नर्तकीहरूमाथि आँखा गाडेर बसेका होलान् । बियर

र ह्विस्कीका ग्लास पनि बज्दै होलान् । होइन, अब यहाँ धेरै अबेर गर्नु ठीक छैन । असन र भोटाहिटी हुँदै दरबारमार्गतिर लागि हाल्नुपर्छ ।

टावर ढलेको रात जोगी भेषमा विष्णुमतीतिर लाग्दा यी सडकमा टायर बलिरहेको, ढुङ्गा-इँटाका टुक्राटाक्री छरपस्ट देखेको सम्झिएँ । त्यसविपरीत आजको रात सडक सफा थियो, शान्त चुपचाप सुतिरहेको, बटुवालाई पर्खेजस्तो गरेर । वरिपरिका घरहरू पनि शान्त थिए, ल्याम्पपोस्टको प्रकाशमा स्थिर र निःशब्द ।

आफैँलाई सोधेँ, कति खुला र चौडा देखिन्छ यो सडक, पहेँलो प्रकाश र काला छायाहरूको सङ्गममा ! तर किन यति कम मानिस देखिन्छन् ? किन सबै आआफ्नै घरमा खुम्चिएका छन्, त्रैलोक्यमोहन मन्दिरका वामन, कछुवा आदिका प्रतिमाहरूझैं स्थिर र अचलायमान भएर ?

मैले अकस्मात् भावुक हुँदै सोचें, "शहरमा यति शान्ति बढेका बेला किन मानिसहरू रङ्गीचङ्गी लुगा लगाएर सडकसडक घुमिरहेका छैनन् ? किन उत्सवका पाल टाँगिएका छैनन् ?"

अकस्मात् पछाडिबाट कसैले बोलायो, "सर ! सर ! पर्खनुहोस्, म पनि तपाईंको पछिपछि आउँदै छु ।"

अरे, यो त त्यही विद्यार्थी रङ्गनाथ हो, जसलाई मैले बी.पी. सरको अफिसमा आफू किन फेल भएँ भनेर कराउँदै गरेको देखेको थिएँ ! अब कहाँबाट आइरहेछ यो रङ्गनाथ यति बेला र किन यसरी मेरो पछि लागिरहेछ ?

इन्द्रचोकको मुख्य चोकअगाडि ठिङ्गउभिएको उसले मतिर एकटक लाउँदै भन्यो, "सरले त्यो दिन सम्झिनुभएको छ, जब म बी.पी. सरको अफिसमा उभिएर आफ्नो दुःख पोखिरहेको थिएँ ? त्यसै बेला मैले अकस्मात् तपाईंतिर हेर्न पुगेछु । तपाईंका आँखा पनि मैलाई हेर्दै थिए । तिनमा मैले एक किसिमको सहानुभूति देखें, एक किसिमको संवेदना । अनि मलाई लाग्यो, सायद सरले नै मेरा निम्ति केही गर्न सक्नुहुन्छ ।

बी.पी. सरको अफिसबाट पुलिसले मलाई तान्दै निकालिदिएपछि म धेरै दिन बौलाहाझैं रिङरोड घुमें । धरहरा र घण्टाघरअगाडि घन्टौं टोलाइबसें । यसरी भौंतारिंदा, टोलाउँदा बारम्बार मेरो मनमा एउटै प्रश्न उठ्तथ्यो, जाँचकीहरूको हेलचेक्राइँले यसरी पछारिएको म जस्तो विद्यार्थीलाई कसले सहयोग गर्न खोज्ला ? बारम्बार सरकै अनुहारमात्र आँखाअगाडि आयो । त्यसैले तपाईंलाई पछ्याउन थालेको । तपाईंको पछि लागेको धेरै दिन भइसक्यो, सर !"

होइन, के भन्दै छ रङ्गनाथे ! उसलाई म जोगी भएर पाटीमा लुकेको कुरा थाहा छ ? अझै गहिरो अर्को शङ्का उब्जियो, उसलाई मैले पाटीमा बिताएको भर्खरको इतिहास थाहा छ भने सायद मेरो मूल गाँठी समस्याको पनि त भेउ हुन सक्छ । के उसलाई थाहा होला त म आफ्नै अँध्यारो अराजक प्रतिरूपसँग लड्दै, शहरभरि डराउँदै, लुक्तै हिंड्दै छु ?

उसको अर्को वाक्यले भने मेरो चिन्ता निकै कम गरिदियो, "सरलाई पछ्याउनै गाह्रो । पहिले तपाईं पशुपतिको जङ्गल वा मनहरा र हनुमन्ते खोलाको तीरतिर भौंतारिंदासम्म त पिछा गर्दै नै थिएँ । तर यत्तिकैमा तपाईं हराउनुभयो । कसैले जोगी भएर हिमालयतिर हिंड्नुभयो भने । कसैले मगज खुस्किएर कालिमाटीतिरको चौतारोमा टोलाएर बसेका छन् पनि भने । तर आज मलाई खुशी लागेको छ, सर !"

उसले हात फैलाउँदै भन्यो, "मैले तपाईंलाई त्रैलोक्यमोहन मन्दिरका खुड्किलामा उभिएको देख्नेबित्तिकै तुरुन्त बुझिहालें, तपाईंका बारेमा उडेका यी सबै हल्ला निराधार रहेछन् । सर्ट-प्यान्ट लगाएर सर त सधैंको जस्तो सामान्य र साधारण नै देखिनुहुन्छ । न सरको जोगीको जस्तो रूप छ न बौलाहाको जस्तो व्यवहार । मैले सोचें, सरलाई आफ्नो दुःख र व्यथा पोख्न यही उत्तम समय हो । तर अब मैले सरलाई केही सुनाउनै पर्दैन । बी.पी. सरको अफिसमा भएको सारा कुरा सरले सुनिसक्नुभएकै छ । म फेल भएको दुर्भाग्यपूर्ण प्रकरणको समस्त ज्ञान सरलाई पहिलेदेखि नै छ ।

अब सरले नै मलाई यस दलदलबाट बाहिर तानिदिनुपऱ्यो । मेरो कपी पत्ता लगाएर रिचेकिङ गर्ने व्यवस्था मिलाइदिनुपऱ्यो । तपाईं घरबाट हराउनुअघि पनि दुई-तीनचोटि तपाईंलाई नै पछ्याउँदै वसन्तपुर दरबार स्क्वायरसम्म पुगेको थिएँ ।", विद्यार्थीले भन्दै गयो, "आज पनि कताबाट संयोगले मलाई त्यतैतिर जान अह्राएछ । सायद तपाईं र मेरो सम्बन्ध पनि त्यही नियतिले कोरेको छ, जसले हामी सबैलाई कठपुतलीझैं नचाइरहेको छ ।"

होइन, के भनिरहेछ रङ्गनाथ ? मन झसङ्ग भयो ।

"के गरौं सर ?", रङ्गनाथले भन्यो, "दुई-दुईचोटि रिटोटलिङका निम्ति पनि आवेदन दिएँ । तर मार्क भने जस्ताको तस्तै । रि-टोटलिङ गरेर पुगेन, अब राम्रोसँग रिचेकिङ भए मात्र म पास हुन सक्छु । जे भए पनि सर, अब तपाईंले मेरो साथ छोडिदिनुभएन । मलाई अन्तसम्म डोऱ्याउनुपऱ्यो । मेरो कपीको रिचेकिङ गराइदिनुपऱ्यो ।"

रङ्गनाथको कुरा सुनेर एकातिर झोक उठ्यो भने अर्कोतिर उसप्रति माया पनि जाग्यो ।

संसारले मलाई बौलाहा सम्झे पनि उसले सद्दे र सामान्य मानिरहेको छ । कति विश्वास लिएर मलाई यताउता पछ्याइरहेको छ ! आखिर विचराको के गल्ती छ र ! कपी सावधानीपूर्वक नजाँचिएको पनि त हुन सक्छ ! आजकल विश्वविद्यालयमा विद्यार्थीको सङ्ख्या अति बढेकाले बोराका बोरा कपी जाँच्नुपर्छ । समयको चाप र कपीको त्यत्रो मारामारले असावधानी भएका हुन सक्छन् ।

होइन, कपी रिचेक गर्ने व्यवस्था त विश्वविद्यालयले गर्नैपर्ने हो । तर आफैँ यस्तो भड्खालामा परेर भेष बदलीबदली हिंडिरहेका बेला मैले यस विद्यार्थीको निम्ति गर्नै पो के सक्छु र ? उसले भनि नै हाल्यो नि, मेरो मगज खुस्किएको हल्ला सबैतिर फिँजिइसकेको छ । अब कसले पत्याउला मेरो कुरा ?

मन खिन्न बनाएर एकटक रङ्गनाथतिर हेरें ।

एकपल्ट कक्षामा दिएको लेक्चर सम्झें । दुई सय विद्यार्थीले मलाई र पछाडिको ब्ल्याकबोर्डलाई हेरिरहेका थिए । हातमा चकका टुक्रा च्यापी बोर्डअगाडि उभिएर के भन्दै थिएँ म ?

सायद अवतार र पुनर्जन्मबारे वा विश्वव्यापी प्रवाह र सञ्चार नेटवर्कहरूबारे । हो, यस्तै कुनै विषयमा बोलिरहेको जस्तो लाग्यो । मैले राम्ररी बुझाउन नसकेकैले ऊ फेल भएको त होइन ?

"होइन, यस्ता निरर्थक विचारले आफूलाई कमजोर बनाउनु हुँदैन । आज रातिको अभियानै बढी महत्त्वपूर्ण छ ।", आफैँलाई सचेत गराएँ । राति रेस्टुराँ र भोलि मन्त्रालय गएर सबैतिर खोजेपछि अहिलेसम्म मैले देखेभोगेका सबै दृश्य, घटना र अनुभवलाई एकै ठाउँ ल्याई एउटा समग्र मानचित्र तयार गर्नेछु । त्यसैका माध्यमले राइनरका शक्तिकेन्द्रसम्बन्धी व्याख्या र दिलवरनाथका अस्पष्ट वचनहरूको अन्तर्सम्बन्ध खोतलखातल पार्दै मेरो खोजको अन्त्यसम्म पुग्नेछु । पूर्ण स्वतन्त्र र सद्दे बन्नेछु । त्यसपछि म पनि छँदै छु र रङ्गनाथ पनि छँदै छ । सायद विश्वविद्यालयका नियमावलीमा कुनै नियम, उपनियम, उपाय वा कानुन छ, जसले रङ्गनाथका कपीहरूको रिचेकिङ सम्भव गराओस् ।"

"अहिले म अत्यन्त व्यक्तिगत तर जोखिमपूर्ण कामको चपेटोमा परेको छु ।", मैले रङ्गनाथको काँध थपथपाउँदै सम्झाएँ, "तर सबै काम सकेर बढीमा दुई-तीन दिनभित्रै म घर फर्किइसक्छु । तिमी अर्को हप्ता आजकै दिन पारेर बिहान आठ बजे मेरो घर आइपुग्नू । सँगै बी.पी. सरलाई भेट्न जाऔँला । भरसक कवि सर र प्रसाद सरलाई पनि खबर गरौँला ।"

केही आश्वस्त जस्तो देखिए पनि उसले बडो चनाखो भएर मलाई हेरिरह्यो । मैले उसको मनोभाव बुझेर झट्टै भनिदिएँ, "सहयोग गर्ने बाचा गरिसकेको छु । एक हप्तापछि मसँग सम्पर्क गर्नू । तर यो रात मलाई पछ्याएर हिंड्नुको औचित्य छैन । भनिसकेँ, अति कठिन व्यक्तिगत काम लिएर हिंडिरहेको छु । यस बेला तिमी पछि लागे मेरो लक्ष्य झन् दुष्कर

बन्न सक्छ । त्यसैले तिमी अब कीर्तिपुरतिर फर्क र मलाई एक्लै दरबार मार्गतिर बढ्न देऊ ।"

रङ्गनाथ केही बोलेन । म असनतिर बढ्दै गएँ ।

रानीपोखरी पुग्दासम्म पनि मैले उसको मायालाग्दो अनुहार सम्झिइरहें र एकपल्ट पुनः दह्रो अठोट गरें, "पूर्णरूपले सामान्य हुनेबित्तिकै सबैभन्दा पहिले यसै विद्यार्थीका निम्ति केही गर्ने प्रयास गर्नेछु ।"

अगाडि राता, नीला, हरिया बल्बहरू बल्दै-निभ्दै थिए । रिमझिम डान्स रेस्टुराँ खुलै रहेछ । सडक छेउ छ-सात मोटरसाइकल र दुइटा कार पार्क गरिएका थिए । ढोकामा हरियो क्याप लगाएको अधबैंसे गार्ड थियो । उसको सलाम फर्काएर ढोका छिचोली काठको भऱ्याङ चढ्दै रेस्टुराँमा उक्लिएँ । डान्स फ्लोरको देब्रेपट्टि सानो टेबल रोजेर बसें । लामो कालो स्कर्ट र सेतो ब्लाउज लगाएकी बाईस-पच्चीसकी वेट्रेस आइपुगी । खानेकुरा र बियर अर्डर गरें ।

रेस्टुराँमा गफगाफ

म मधुरो प्रकाशले नुहाएको अग्लो स्टेजमा नर्तकीहरूको आगमनको प्रतीक्षा गरि बसिरहें । हरेक तीनचार नृत्यपछि प्रकाश पुनः मधुरो हुन्थ्यो र मधुरो सङ्गीत रेस्टुराँभरि छरिन्थ्यो । केही समयको ब्रेकपछि हिट नेपाली तथा हिन्दी गीतहरूको धुनमा कम्मर मर्काउँदै पुनः नयाँ नर्तकीहरू स्टेजमा आइपुग्थे ।

स्कर्ट र सर्ट लगाएका बेलाबेला वेट्रेसहरू मेरो टेबुलनिर आई "तपाईंलाई अरू केही चाहियो कि?" भनेर सोधिरहेका थिए ।

बियर ? चिकन फ्राई ? मोमो ? मटन साँधेको ?

तर मैले आफूलाई संयमित बनाएर "होइन अहिले ठीकै छ, अहिलेलाई केही चाहिन्न, बरू पछिपछि" भनिरहें ।

म धेरै रक्सी पिउन चाहँदिनथें । एक त मलाई आफ्नो बजेटका बारेमा पनि सोच्नु थियो । खल्तीमा एक हजारजति मात्रै थियो । यतिले रेस्टुराँको बिलमात्र होइन, राति होटलको पैसा पनि तिर्नुपर्ने । पाटी त छाडिसकेकै थिएँ ।

मैले बियरको सानो चुस्की तानें । अनि माटाका खैरा-चिल्ला प्लेट र कचौरामा राखेका मासुका टुक्रा तथा भुटेका बदाम बिस्तारैबिस्तारै खान थालें ।

कचौरा र प्लेटमा विभिन्न आकृति कुँदिएका थिए । कुनैमा बौद्ध मण्डला त कुनैमा भगवान् शिवको नटराज अवतार । शिवको नटराज नृत्यले ब्रह्माण्डको सृष्टिको घोषणा गरिरहेको थियो । यस्तो नृत्य जसको अद्भुत प्रवाहबाट पहिले सूर्य, चन्द्र र ग्रह-उपग्रह उत्पन्न भएका थिए तथा पछि जङ्गल, जनावर, समुद र हिउँले ढाकेका पर्वत शृङ्खलाहरू ।

छेवैको टेबुलमा केही अधबैंसे सरकारले भर्खरै खोलेको नयाँ मन्त्रालयबारे कुरा गर्दै थिए । कान टाठा भए र हत्तपत्त उनीहरूतिर हेरें ।

"सबै ज्ञानविज्ञानलाई केन्द्रित गर्ने ठाउँ हो त्यो मन्त्रालयको पुस्तकालय ।", एउटा भन्दै थियो, "सायद त्यसै पुस्तकालयभित्र सबै समस्याहरूको सिङ्गो निदान खोज्ने प्रयास भइरा'छ ।"

के कुरा गर्दै थिए उनीहरू ?

मैले झट्ट बुझें, उनीहरूले गफ गरेको मन्त्रालय सुनधारामा खोलिएको त्यही नयाँ मन्त्रालय हुनुपर्छ, जुन मेरो खोजको अर्को कडी थियो । रानीपोखरीनजिक सालिकपछाडि लुकेर सुनेको गफगाफ अब मैले सम्झिएँ । हो, उनीहरूले पनि त यस्तै केही भन्दै थिए ।

"ओहो, त्यसो भए तिमी यहाँ लुकेर बसेका छौ !", अकस्मात् चिरपरिचित स्वर सुनियो, "घरबाट भागेको हाम्रो हिरो त नाच पो हेरेर बसेको रहेछ । पागल भएर सडकसडक भौंतारिइरहेको छ भनेर शहरभरि हल्ला भइसक्यो । यता ऊ भने बियरको चुस्की लगाउँदै नाचको आनन्द लिएर बसेको रहेछ ।"

मैले आत्तिंदै हेरें । वरूण र विम्ब ! विश्वविद्यालयमा पढाउने मेरा सबैभन्दा घनिष्ठ मित्रहरू ।

मेरो डर अलि कम भयो । अरूले जे-जस्तो सोचे पनि मेरा यी मित्रहरूले त मलाई पक्कै पनि पागल सम्झने छैनन् । त्यस्तै सोचिहाले पनि मलाई पक्रेर पागलखाना पुऱ्याइहाल्ने उपक्रम उनीहरूले पक्कै नगर्लान् ! मैले घर छोडेर भाग्नुका कारण अवश्यै बुझ्ने प्रयास गर्लान् !

"म अति गुप्त अभियानमा छु ।", मैले भनें, "यसका बारेमा यति बेला कसैलाई केही भन्न सक्तिनँ । तिमीहरूलाई समेत । तर चिन्ता नगर, अभियानको सफलतापछि म पुनः पढाउने काममा लाग्नेछु । अखबारमा लेख्न थाल्नेछु । त्यसै बेला म कस्तो समस्यामा जाकिएको थिएँ, केकस्तो अभियानमा लागेको थिएँ भनेर तिमीहरू दुवैलाई बेलीविस्तार लगाउँला ।"

मलाई अचम्म मानेर हेर्दै वरूण र विम्बले आँखा साटासाट गरे ।

"हामीले आज यत्तिकै नाच हेर्दै मोजमस्ती गर्ने विचार गऱ्यौं ।", वरूणले अलि अप्ठ्यारो मान्दै भन्यो, मानौं मैले उसलाई कुनै प्रतिबन्धित काम गर्दागर्दै समातेको हुँ ।

"विम्ब र म दुवै जनाले दुई-दुई बोरा कपी जाँच्यौं । थाकेर लखतरान परियो । यत्रो दुःख गरेपछि केही आनन्द पनि त लिनुपऱ्यो भनेर एकछिन यो रिमझिममा छिरेको ।", वरूणले स्पष्टीकरण दियो ।

निधारसम्म झर्ने उसको कालो बाक्लो कपाल र कानको मुन्द्रा रेस्टुराँको प्रकाशमा टल्किइरहेका थिए । चिन्डे हुँदै गएको विम्ब भने चिन्तारहित र मस्त देखिन्थ्यो ।

"सबैले भन्छन् तिमी बौलाएर भागेका हौ ।", उसले मेरो पिठ्यूँमा धाप मारेर हाँस्तै भन्यो, "तर मलाई थाहा थियो, पागलपनको स्वाँङ रची कपीका बोराबाट भागेर शहरका आनन्दहरू भोग गर्न खोजेका हौला ।"

विम्ब प्रायः कमै बोल्छ । ऊ मौनताको आवरण कछुवाको कत्ले ढाडझैं ओढेर बस्छ । भित्रभित्रै गुटुमुटिएर । कहिलेकाहीं मात्र ऊ त्यो कत्ले कवचबाट निस्कन्छ । त्यति बेला ऊ खूब बोल्छ । बोलेको बोल्यै गर्छ । आज ऊ कवचबाहिर थियो ।

"वास्तविक कुरा तिमीहरूले सोचेको भन्दा धेरै फरक छ ।", मैले विरोध जनाएँ, "फेरीवालले गरेका भविष्यवाणी पछ्याउँदै म अहिले यस रेस्टुराँमा आएको छु । त्यही रहस्य पछ्याउँदै मैले संसद् र मन्त्रालयहरूतिर पनि जानुछ ।"

विम्ब र वरूणले आँखीभौं उचाल्दै एकअर्कातिर हेरे । तर केही बोलेनन् ।

"हामी पनि तिमीसँग यही टेबुलमा बस्छौं ।", वरूणले भन्यो ।

वेट्रेसहरू देवीदेवताका आकारहरू कुँदिएका खैरा प्लेट र कचौरामा खानेकुरा लिएर आइपुगे । विम्बचाहिं "एकैछिन है, म पिसाप फेरेर आउँछु" भन्दै ट्वाइलेटतिर लम्क्यो ।

मैले फेरि बियरको चुस्की लिएँ । कहिले पनि रक्सी नखाने वरूणले भने हट लेमन अर्डर गऱ्यो । एकैछिनमा विम्ब फर्कियो र कचौरामा कुँदिएको

नटराजको छातीबाट भुटेको बदामको गेडो उठाएर मुखमा हाल्दै भन्यो, "अब केही छिन गफ गर्दै नाचकै आनन्द लिऊँ ।"

उनीहरूले पुनः आँखीभौं उचाल्दै दृष्टि साटासाट गरे ।

के उनीहरू मनमनै कुनै योजना बनाइरहेका थिए ?

झ्वास्स नयाँ डर मनभित्र सल्कियो । के ट्वाइलेटको बहाना गरी विम्ब मेरो घरमा फोन त गर्न गएको थिएन ? के आफ्ना दिदीबहिनीलाई लिएर वेदिका मलाई समात्न रिमझिममै आउने तरखरमा त छैनन् ?

लौ, म यहाँबाट अब विम्ब र वरूणलाई छक्क्याएर कसरी भागूँ ?

तर नृत्य हेर्दै नहेरी कसरी भाग्ने ? सायद मेरो खोजको अर्को ढोका यसै रेस्टुराँको नाचभित्रबाटै कतै खुल्नेछ ।

अहँ, नाचै नहेरी त निस्कनु हुँदैन ।

होइन, विम्बले मेरो घरमा फोनै त पक्कै पनि गरिहालेन होला । ट्वाइलेटतिर गएको ऊ एकैछिनमै टेबुलमा आएको थियो । दुईचार मिनटभित्र फोनै गर्न त भ्याएन होला ।

जे पर्ला अब, नाच त हेर्नैपर्छ ।

डान्स रेस्टुराँ खचाखच थियो । कुनै पनि टेबुल-कुर्सी खाली थिएनन् । पुलिस अफिसर र व्यापारीहरूदेखि लिएर कर्मचारी र इन्जिनियरहरूसम्म नयाँ नाच हेर्न अधीर थिए । डान्स फ्लोरका राता, नीला र हरिया बत्ती झल्याकझुलुक्क फेरि बल्न-निभ्न थाले । बाजा फेरि बज्न थाले । ब्रेकपछि नृत्यको नयाँ शृङ्खला शुरू हुन लागेको थियो ।

रातो, नीलो र हरियो प्रकाशपुञ्ज डान्स फ्लोरबाट फैलिंदै कचौरा र प्लेटहरू भित्रभित्रसम्म छिरिरहेको थियो । आलु र ससले छोपिएका कचौराभित्र नटराज-रूपका शिव र बाँसुरी बोकेका कृष्ण नाचिरहेका थिए । नाच्दै गरेका शिवको शरीर रेस्टुराँको नीलो र गुलाफी प्रकाशमा नुहाएको थियो । हरियो, नीलो प्रकाशमा डुबेका श्रीकृष्ण फ्रेन्च फ्राईले छोपिएका गोपिनीहरूलाई बाँसुरी सुनाइरहेका थिए ।

तर खोइ त नर्तकीहरू देखिएका स्टेजमा ?

झल्याकझुलुक्क निभ्न-बल्न थालेका रङ्गीन बत्ती फेरि निभे । मानिसहरूको गुनगुन बढ्यो । हलको प्रकाश अलि तीखो भयो । वेट्रेसहरू मेनु लिएर नजिक आउन थाले ।

वरूणले न्यू कान्तिपुर पोस्टमा भर्खरै पढेको लेखबारे गफ गर्न थाल्यो ।

उसका आँखा चिन्तित देखिए । मलाई थाहा थियो, ऊ मसँग अरू नै कुरा गर्न चाहन्थ्यो । सोध्न चाहन्थ्यो, म यति दिन कहाँ हराएको थिएँ ? कहाँ बसेको थिएँ ? के गरिरहेको थिएँ ? तर मनका ती सबै प्रश्न दबाएर नजाने किन ऊ अर्कै गफ गर्न थाल्यो ।

"न्यु कान्तिपुर पोस्टको लेखले मञ्जुश्रीको कथाको पुनर्व्याख्या गरेको छ ।", वरूणले भन्यो, "तिनै महान् बोधिसत्त्वको कथा जसले चोभारको डाँडालाई खड्गले काटेका थिए ।"

"त्यो कथा त अब निकै पुरानो भइसक्यो नि, होइन र ?", विम्बले ह्विस्की-सोडाको चुस्की लिंदै थप्यो, "मञ्जुश्रीले चोभारको डाँडो काट्नुअघि काठमाडौं उपत्यका विशाल दह थियो । मञ्जुश्रीले डाँडो काटेपछि नै दहको पानी बिस्तारै बगेर गयो । यो सबै कथा सबैलाई थाहा छ । यस प्राचीन मिथकमा अब के नयाँ बाँकी रह्यो र ?"

"रोचक कुरा के छ भने यस लेखले केही स्थानीय किंवदन्तीबारे चर्चा गरेको छ ।", वरूणले हट लेमनको चुस्की लिंदै भन्यो, "लेखमा बताइएअनुसार त्यो विशाल दह चोभारको खोच हुँदै उपत्यकाबाट बाहिरिएपछि धेरै जलचर कालो गजगज हिलोमा सास फेर्न नसकी छटपटाइरहेका थिए । तिनको दयनीय अवस्था देखेपछि मञ्जुश्रीमा अत्यन्त करूणाको उब्जियो । उनले दैविक शक्ति प्रयोग गरेर तड्पिरहेका माछा, भ्यागुता आदिलाई मानव स्वरूपमा परिवर्तन गरिदिए । हेर्दाहेर्दै हिलोमा छटपटाइरहेका भ्यागुता, सर्प, माछाहरू हात, खुट्टा, नाक, पिंडौला भएका मानवजीवनमा रूपान्तरण भए ।"

"मानव बनेका ती जलचर नै उपत्यकाका सबैभन्दा प्राचीन र प्रथम निवासी थिए ।", वरूणले भन्यो, "तिनैका सन्ततिले पछि गएर नयाँ सभ्यताको प्रारम्भ गरे । घर, गाउँ तथा शहर विकास गरे । उपत्यकाभित्र मौलाएको त्यो सभ्यताको चर्चा सबैतिर फैलियो । राजा, महाराजा, कलाकार तथा किसानका वंशले एकअर्कालाई पछ्याउँदै, दोहोऱ्याउँदै उपत्यकामा बसोबास फैलाउँदै लगे ।"

"तर मञ्जुश्रीले हिमालयतिर फर्कनुअघि एउटा भविष्यवाणी पनि गरेका थिए रे !" वरूणले न्यु कान्तिपुर पोस्टमा पढेको कथा सुनाउँदै गयो, "स्वार्थ, षड्यन्त्र र लोभले भित्रभित्रसम्म गाँजेको भविष्य एक दिन यसै पहाडको घेराभित्र अवतरित हुनेछ । दाजुभाइ एकअर्कालाई मार्न थाल्नेछन् । मित्रहरू एकअर्काका पिठ्यूँमा छुरा घोप्न थाल्नेछन् । चरम नैतिक पतनको त्यो युगको आगमनसँगै उपत्यका पुनः विशाल दहमा परिणत हुनेछ । घर, झुपडी, महल, शहर, सभ्यता सबै पानीको साम्राज्यभित्र डुब्नेछन् । राजा, व्यापारी, भिखारी तथा पुजारीहरू पुनः भ्यागुता, माछा, सर्प र कछुवामा रूपान्तरण हुनेछन् । एकपल्ट पुनः ठूला माछाले साना माछा र सानाले अझै साना माछालाई निल्न थाल्नेछन् ।"

हो, यही कथा त संसारले मलाई टौदहको पोखरीको डिलमा उभिंदा सुनाएको थियो नि ! मैले सम्झें, टौदह, चोभार र नजिकका गाउँहरूमा प्रचलित स्थानीय मिथक । पुनः जलमग्न भएको उपत्यकाबारेको त्यो अद्भुत कथा !

तर किन वरूणले त्यही कथा सुनाउँदै छ यति बेला ? त्यो पनि यति लम्बेतान पाराले मानौं ऊ लेखै पढ्दै छ ।

विम्बले चस्मा फुकाल्यो । ह्विस्कीले लट्ठ उसका ठूला आँखा मतिर चियाइरहेका थिए ।

"तिमीले सुनाएको कथा रोचक छ ।", उसले वरूणतिर फर्किएर भन्यो, "तर मैले हिजो मात्र शान्तिपुरमा पढेको कथाजतिको चाहिं होइन । लेखकको नामै उल्लेख नभएको त्यस कथाको अङ्ग्रेजी संस्करण न्यु कान्तिपुर पोस्टमा पनि छापिएको थियो ।"

अकस्मात् उसका आँखामा देखा परेको चमकले बताइरहेको थियो, उसले अब त्यो कथा सुनाएरै छाड्छ । यो ऊ कत्ले ढाडबाट बाहिरिएको घडी थियो । एकपल्ट शुरू भइसकेको उसको कथा अन्तसम्म सुनिरहनुबाहेक उपायै थिएन ।

मैले अर्को बोतल मगाएँ । घनिष्ठ साथीहरू अकस्मात् भेटिएकाले अब मलाई रेस्टुराँको बिल बढे पनि चिन्ता थिएन ।

मैले विचार गरें, "उनीहरूलाई नै बिल तिर्न लगाउँछु र हजार रूपियाँ पाकेटमै सुरक्षित राखेर रेस्टुराँ बन्द हुनुअगाडि नै छक्क्याएर भाग्नेछु । अब छक्क्याउनै परेपछि पैसा पनि उनीहरूलाई नै तिर्न लाउनु बेस । आफ्नो खोजलाई दुई-तीन दिन अरू चलाउनुपर्ने भएकाले भएको पैसा पछि चाहिन सक्छ ।"

"शान्तिपुरको लेखले पुरानो मिथकलाई राजनीतिसँग जोडेर हेरेको छ ।", विम्बले धोद्रो स्वरमा भन्दै गयो, "यसमा लेखिएको छ कसरी सबैतिर फैलिएको बारूदको मुस्लोले नागरिकहरूलाई तर्साइरहेको थियो । आतङ्क र भयको राज्य सबैतिर फैलिएको थियो । यो परिस्थितिसँग जुझ्न तथ्यका देवतालाई नबोलाई हुँदैन भनेर नागरिकहरूले निर्णय गरे ।"

"होइन, तिमीले त पूरै कथा वाचन गर्न थाल्यौ ।", वरूणले हट लेमनको चुस्की लिंदै विम्बतिर हेरेर हाँस्तै भन्यो, "अलि छोट्ट्याएर भने हुँदैन ?"

"हुँदैन !", विम्बले ठूला आँखा पर्लक्क पल्टाएर कठोर स्वरमा जबाफ दियो, "म कुनै खास प्रयोजनका निम्ति शान्तिपुरको यस कथालाई यस्तरी विस्तारमा भन्दै छु । पछि तिमीले आफैँ बुझ्नेछौ ।", उसले मतिर हेर्दै सोध्यो, "अँ त म कहाँ थिएँ ?"

"तिमी तथ्यका देवताको आगमनबारे केही भन्दै थियौ ।", मैले बियरको ग्लासबाट मुन्टो उठाएर भनें ।

"हो, बाँकी कथा यस प्रकार छ, राम्ररी सुन !", कुशल अभिनेताले रङ्गमञ्चमा गहकिलो संवाद बोलेझैं विम्बले मोटो स्वरमा थप्यो, "नागरिकहरूको

अनुरोध स्विकार्दै तथ्यका देवता राजधानी पुगे । व्यापारी, पत्रकार तथा प्रशासकहरूलाई आफ्नो महलमा बोलाएर घोषणा गरे- जाओ, देशभरि एउटै सन्देश पुऱ्याओ । सबैतिर एउटै मात्र सत्य छ, एउटै मात्र तथ्य छ । त्यो ध्रुवसत्यकी मुख्य विरोधी हुन्, कल्पनाकी ती देवी । जोकोहीले पनि ती तिनलाई देखे समात्ने प्रयास गर्नू । नसके सुरक्षाकर्मीहरूलाई खबर गर्नू ।"

किन यिनीहरूले एकपछि अर्को गर्दै अखबारका लेखहरू सुनाइरहका छन् ? त्यो पनि यति विस्तारमा मानौं अखबारै पढिरहेका जस्ता ।

म पुनः झसङ्ग भएँ । खोइ, कता कुनै कुरा नमिलेजस्तो, कतै केही बिर्सेको जस्तो, मैले केही नबुझेको जस्तो, नयाँ सङ्कट नजिक आउन थालेको जस्तो लाग्यो ।

"तथ्यको साम्राज्य देशभरि फैलँदै गए पनि अशान्तिको वातावरण भने जस्ताको तस्तै रह्यो ।", विम्बले भन्दै गयो, "बमहरू पड्कि नै रहे, कालो मोसो लगाउने र जबरजस्ती चन्दा असुल गर्ने क्रियाकलापहरूमा कमी आउन सकेन । गरिबहरूले धनीलाई रगत लुटाहाहरूका रूपमा नै हेरिरहे । धनीले भने गरिबलाई फटाहाकै रूपमा औंल्याउँदै गए । चाँडै प्रस्ट भयो, तथ्य वा सत्य एक नभएर अनेकौं थिए । ती विभिन्न सत्यबीच सङ्घर्ष चलिरहेको थियो । गरिब तथा धनी, महलमा बसेका र झुप्रामा बाँचेका, पढेका र नपढेका व्यक्तिले एक नभएर भिन्नभिन्न सत्यलाई मानिरहेका थिए ।"

"बिस्तारै नयाँ हल्ला फिँजियो ।", उसले भन्यो, "सत्यतथ्यका देवता एक नभएर अनेकौं अस्तित्वमा विभाजित थिए । एकबाट टुक्रिएर अनेकौं बनेका थिए । उनी अनेकौं भाषाहरू बोल्दथे र भक्तहरूका मन्दिरमा भिन्नभिन्न रूपमा अवतरित हुन्थे ।"

ह्विस्की-सोडाको चुस्की लिंदै विम्ब लगातार बोलिरहेको थियो । हट लेमन र बियर पिउँदै गरेका वरूण र म भने कहिले डान्स फ्लोरतिर त कहिले विम्बतिर हेर्दै चुपचाप थियौं ।

छेउका टेबलमा बसेका मानिसहरू "खोइ, यस रेस्टुराँमा त नाचै शुरू हुँदैन, बलेका बत्ती पनि निभ्छन्, न डान्सरहरू देख्न पाइन्छ, न बाजागाजा घन्किन्छन्, यस्तै हो भने त अरू पनि छन् है रेस्टुराँ" भन्न थालेका थिए। वेट्रेसहरू भने ग्राहकहरूलाई सिगरेट दिँदै, रक्सी खत्याउँदै, सम्झाउँदै र फुलाउँदै थिए।

"लाइटको प्रब्लम थियो अब चाँडै शुरू हुन्छ।", उनीहरू भन्दै थिए, "बाजा नर्तकी सब तयार छन्, अब चाँडै हुन्छ।"

"अनि एक दिन राजधानीका बासिन्दाहरूलाई एउटा विलक्षण दृश्यले अचम्भित तुल्यायो।", विम्ब किन चुप लाग्थ्यो, "निधारमा चम्किलो रातो टीका लगाएकी नौदश वर्षकी बालिका शहरका फराकिला सडकमा नाच्दै हिँडिरहेकी थिइन्। हजारौं मानिस पेटीमा जम्मा भएर तिनको नृत्य मन्त्रमुग्ध भई हेर्न थाले। विभिन्न जाति-धर्मका व्यक्तिहरू मतभेद र झैझगडा बिर्सेर उनको कान्तिमय नृत्यको आनन्दमा डुबे।

एक्कासि कोही कतैबाट चिच्यायो, "ए! ती बालिका त कल्पनाकी देवी पो हुन्।" तिनै देवी, जसलाई तथ्यका देवताले दण्डित गर्ने वाचा गरेका थिए।

उल्लासको लहर सबैतिर फैलियो। मानिसहरू सत्यतथ्यका देवताको निरङ्कुश शासनबाट आजित भइसकेका थिए। कल्पना गर्न बिर्सिसकेका थिए। ती देवीको नृत्यले मानिसलाई पुनः प्रेम गर्न सिकायो। सुरिला गीत गाउन र कथा लेख्न प्रोत्साहित गऱ्यो। तर एक्कासि अर्को भयमिश्रित कोलाहल मच्चियो। विम्ब भन्दै गयो, "कल्पनाकी देवीको बदलिंदै गएको स्वरूप देखेर मानिस डराएर चिच्याउन थाले। उनको अनुहार र शरीर रूपान्तरण भइरहेको थियो। उनका ससाना खुट्टा लामालामा रौं भएका बलिया तिघ्रामा फेरिंदै थिए। उनको छाती चौडा र गर्धन मोटो हुँदै गइरहेको थियो। सबैलाई अकस्मात् बोध भयो, कल्पनाकी देवी त सत्यतथ्यको देवतामा पो रूपान्तरण भइरहेकी रहेछिन्। अनि मात्र सबैले बुझे, तथ्यका देवता र कल्पनाकी देवी एउटै यथार्थका दुई रूपहरू रहेछन्।"

"होइन, तिमीले त पुराणै पो सुनायौ ।", वरूण पुनः हाँस्तै बोल्यो, "कतै शान्तिपुरको यो लेख तिमी आफैँले लेखेका त होइनौ ?"

"अहँ !", विम्बले उत्तर दियो, "मेरो नेपाली लेखाइ त्यति राम्रो छैन, तिमीहरूलाई थाहा भएकै कुरो हो । त्यसै पनि यो लेख पहिले न्यु कान्तिपुर पोस्टमा छापिएको थियो । लेखकको नामचाहिँ मैले बिर्सें ।"

उसले मतिर घोरिँदै भन्यो, "पछि कसैले नेपालीमा अनुवाद गरेर शान्तिपुरमा दिएको रहेछ ।"

विम्ब बल्ल चुप लाग्यो । उसका आँखा भविष्यतिर सङ्केत गर्ने अस्पष्ट आभासले चम्किरहेका थिए । उता मेरो टाउकाको देब्रे पाटो निकै दिनपछि अकस्मात् रन्किएर दुख्न थाल्यो ।

मैले आफ्ना हत्केला मुठी बाँधेर छामिहेरें । पसिनाले भिजेका रहेछन् ।

वरूण र विम्बले सुनाएका दुइटा कथा कताकता एकअर्कासँग गाँसिएझैं लाग्यो । तिनले अहिले भइरहेका र पछि हुने घटनाका मार्गचित्र प्रस्तुत गरिरहेझैं थिए ।

यस्तो मानचित्र जसले मलाई दिलवरनाथका भविष्यवाणी र राइनरका कथनको अन्तर्सम्बन्ध बुझ्न मदत गर्नेछ । जसले मलाई आफ्नै अस्थिरताको जरोलाई बुझ्न सहयोग पुऱ्याउनेछ । एउटा यस्तो मानचित्र जुन अहिलेसम्म अस्पष्ट छ, अपूर्ण छ । त्यसमा अझै पनि धेरै रिक्त स्थान र अँध्यारा प्वालहरू छन् । ती रिक्ततालाई खोज्न, बुझ्न र थाहा पाउन जरूरी छ ।

विम्बले गह्रौं स्वरमा बोलेका वाक्यहरू मेरो अवचेतन भित्रभित्रै गुन्जिरहेझैं लाग्यो । मानौं, मेरो अवचेतनको अँध्यारो ओडारमा ती वाक्य परपरसम्म गुन्जिरहेका छन् । निक्कै चिरपरिचितझैं लागे ती शब्दहरू, वाक्यहरू... साँच्चै भन्नुपर्दा, यति चिरपरिचित मानौं उसले सुनाएको लेख मैले नै लेखेको हुँ ।

कसले लेखेको थियो, विम्बले सुनाएको त्यो लेख ? कसले प्रयोग गरेको थियो, पहिले पनि सुनिसकेजस्ता लाग्ने ती शब्द र वाक्यहरू ?

होइन, कतै त्यो लेख आफैँले त लेखेको थिइनँ कुनै बेला अखबारका निम्ति ? भित्रभित्रै चिसो पलाउन थाल्यो ।

अनि वरूणले सुनाएको मञ्जुश्रीको कथा ? के त्यो कथा पनि मेरै दिमागको उपज त थिएन ? के ती दुइटै लेख मैले पहिले अङ्ग्रेजीमा न्यु कान्तिपुर पोस्टका लागि लेखी पछि आफैँ अनुवाद गरेर शान्तिपुरमा दिएको त थिइनँ... ?

हो कि, होइन कि, हो कि, होइन कि जस्तो लाग्यो । किन ती वाक्य र शब्दहरू आफैँले लेखेझैं यति चिरपरिचित लागिरहेका छन् ?

अझै नयाँ विचारले भ्रमित पार्न थाल्यो ।

पाटीमा बस्ता मैले छेउको अखबारपसलमा मिति मेटिएको लेख पढेको थिएँ, 'नयाँ प्रधानमन्त्रीको आगमन तथा धोखाघडीको ऐना'... त्यो लेख र त्यसका वाक्यहरू पनि त मलाई त्यति बेला यस्तै चिरपरिचित लागेका थिए नि ! पहिले आफैँले लेखेको, भोगेको, अनुभव गरेको झैं ?

त्यसो भए के न्यु कान्तिपुर पोस्टको त्यो पुरानो लेख पनि मैले नै लेखेको थिएँ त ?

धेरै बल लगाएर सोच्दा पनि यसै हो भनेर ठम्याउन सकिनँ ।

मैले पढेसुनेका कथानकहरू अत्यन्त चिरपरिचितझैं लागेका भए पनि तिनलाई कुनै बेला आफैँले लेखेको जस्तो प्रस्ट सम्झना भने आएन । होइन, मैले ती लेख पक्कै लेखेको थिइनँ !

त्यसो भए किन ती वाक्यले मगजको अँध्यारो ओडारबाट उठी कुनै दमित भूताहा स्मृतिझैं मलाई पछ्याइरहेका छन् त ?

झन्झन् रनभुल्लमा पर्न थालें ।

तर वास्तवमै मैले ती लेख लेखेकै भए ? फेरि चिसो पलाउन थाल्यो । अनि फेरि शुरू भयो, शङ्का र डर ।

यसै भएको हो भने त यो पनि सम्भव छ कि मेरो छट्पटी, अधीरता, गडबडी आदिको समस्याले झन् जटिल र भयङ्कर रूप धारण गरिसकेको छ ।

"सायद म आफैँले अखबारमा लेखेका लेखहरूको संसारभित्र फसेर झन्झन् बौलाउँदै गइरहेछु ।", आत्तिँदै सोचें, "मैले कल्पना गरेर लेखेका लेखले सायद आफ्नै किसिमको यथार्थ सिर्जना गर्दै लगेका छन् । कल्पना र यथार्थ मिसिएको त्यो भूलभुलैयामा परी म वास्तवमै पागल बन्दै गइरहेको छु ।"

"सायद तथ्य र कथानक स्तम्भ न्यु कान्तिपुर पोस्टमा लेख्न शुरू गर्नु नै मेरो महाभूल थियो । सायद त्यही भूलले म यति बेला जीवनको यो भयङ्कर मोडमा आइपुगेको छु । त्रिशङ्कुझैं न यताको न उताको । यस्तो मोड जहाँ म न आफूलाई सामान्य व्यक्तिका रूपमा समाजसमक्ष उभ्याउन सक्छु, न पागलका रूपमा । त्यसो भए अर्धपागल हुँला, म अर्धपागल । सायद शब्दकोशहरूमा म जस्तालाई परिभाषित गर्न त्यही शब्द लेखिएको होला, अर्धपागल !"

आफ्नो दयनीय अवस्थाबारे सोच्तासोच्तै रून मन लाग्यो । हत्तपत्त मनलाई सम्हालें । होइन, यसरी डान्स रेस्टुराँमा नर्तकीहरूको कम्मरमर्काइ हेर्दाहेर्दै रून थाले छेउछाउकाले मेरा बारे के सोच्लान् ? अरू त अरू, सामुन्ने ह्विस्की र हट लेमनको चुस्की लिइरहेका मित्रद्वयले समेत के सोच्लान् ?

दुवैका अनुहार नियालें । विम्ब आफ्नै विचारहरूमा घोत्लिएको थियो । वरूण अलि चिन्तित भाव लिएर मैतिर हेरिरहेको थियो ।

वरूण पनि त 'तथ्य र कल्पना'को सहस्तम्भकार हो नि ! के त्यो स्तम्भ दुवैले योजना बनाएर सँगै लेख्न थालेका होइनौं र ?

तथ्य र कल्पना मिसाएर लेख्न थालेकै कारण म बहुलाएको हुँ भने म सँगसँगै वरूण पनि किन खुस्केन त ?

हेर, ऊ हट लेमन पिएर कति आनन्दसँग बसिरहेछ ! मैले मात्रै किन भोग्नुपर्ने यो दिनदिनको त्रासदी ? यो डर, यो भागीभागी लुकेर, भेष परिवर्तन गरी सडकसडक हिंड्नुपर्ने बाध्यता ?

पारखीहरू थपडी बजाएर कराउन थालकाले म विचारहरूको उथलपुथलबाट बाहिरिएँ ।

राता, पहेंला, नीला प्रकाशपुञ्जले नुहाएको डान्स फ्लोरमा रिमझिमका नर्तकीहरू अवतरण हुन लागेका थिए । चारैतिर फिँजिएका प्रकाशका रङ्गीन पारदर्शक स्तम्भहरूले छुट्टै नाच प्रदर्शन गरिरहेका थिए । बाजाहरूको चर्कंदो स्वर रेस्टुराँभरि फैलिरहेको थियो । मलाई लाग्यो, रेस्टुराँभित्रको हावा गह्रौं र बाफिलो बनेको छ, मानौं त्यसमा अहिलेसम्म उच्चारण नभएका जादुमय मन्त्र तथा शक्तिका गुप्त सूत्रहरू सलबलाइरहका छन् ।

छोटो टिमिक्क स्कर्ट र खुल्ला घाँटी भएको ब्लाउज लगाएकी सुन्दरी अग्लो डान्स फ्लोरमा आइपुगेकी छिन् । उनको छोटो ब्लाउज हजारौं कृत्रिम चाँदीका ताराहरूले झिलमिलाइरहेको छ । सबै दर्शक उनको मनमोहक सौन्दर्यलाई आँखा नझिम्क्याई हेरिरहेछन् । उनका कञ्चन वक्षस्थल र उत्तेजक नितम्ब कुनै आधुनिक नेपाली गीतको तालमा झुम्दै छन् ।

गोरो अनुहार । फैलिएको वक्षस्थल र कस्सिएका तिघ्रा । पृथ्वीको उर्वर भूमिबाट सीधै डान्स फ्लोरमा झुल्केकी कुनै अद्भुत देवीझैं ।

उनको उत्तेजक नृत्यले सबमा हलचल पैदा गर्दै छ । सबैलाई अधीर र व्यग्र तुल्याएको छ । उनको नृत्यले सबैलाई कुनै चुम्बकले झैं तानिरहेछ ।

नृत्य हेर्दै म पनि घटघटी बियर पिइरहेछु । एउटा ग्लास रित्तियो अनि अर्को । फेरि एउटा नयाँ बोतल मगाएँ । विम्ब र म ह्विस्की र बियर पिउँदै मात्तिंदै गएका छौं । हट लेमनवाला वरूण भने हामीतिर अलि चिन्तित भएर हेर्दै छ ।

म झन् पिउँदै जान्छु र झन्झन् मात्तिंदै जान्छु... । अनि अब नर्तकीको शरीर झन्झन् विशालकाय भएर रेस्टुराँभरि फैलिरहको छ । भुटन चपाइरहेका हामी भने खुम्चिएर काठका खेलौनाझैं पुड्का हुँदै गएका छौं ।

ओहो... कस्तो घुमेको यो टाउको... !

अनि अब जति मात्तियो, त्यति नै सानो र होचो हुँदै गइरहेछु । जति उनी सबैतिर फैलिंदै गइरहेछिन्, त्यसरी नै म खुम्चिँदै जाँदै छु । अझ झन्झन् सानो हुँदै गएर अब प्लेट र कचौराभित्र डुब्दै गइरहेछु... ।

होइन यति धेरै बियर खानु नपर्ने ! साह्रै पो घुमायो त मलाई... !

उता नाच भने झन्झन् तीव्र हुँदै गइरहेछ । उनको लामो कालो केश छ्यालब्याल भएको छ । डान्स फ्लोरका राता, पहेंला, नीला प्रकाश-तरङ्गहरूसँग मिसिइरहेछ । सानो हुँदै गएर कचौरामा डुबेको मचाहिं बाँसुरी बजाइरहेका कृष्ण र नाच्तै गरेका शिवमाझ पछारिएको छु । नृत्य, नर्तकी र दर्शकहरू एकअर्कासँग जोडिन पुगेका छन् तथा रिमझिम रेस्टुराँ आफैँमा ठूलो रङ्गमञ्च बनेको छ । यस्तो रङ्गमञ्च, जहाँ लुकेदबेका ऐतिहासिक कथानक र मिथक लगातार सलबलाइरहेका छन्, नयाँनयाँ अवतार लिंदै छन् ।

कठपुतलीको मन

उनी नाच सकेर पछाडिको कोठामा हराइन् । वेट्रेससँग मागेका कागतीका टुक्रा निचोरेर एक ग्लास तातो पानी पिएपछि बियरको मात अलि कम भयो । म प्लेटको पिंधमा डुब्न छोडी कुर्सीमा स्थिर भएर बस्न समर्थ भएँ । टाउकाको फनफन पनि अलि मत्थर हुँदै गयो ।

सायद यही ठीक समय हो, वरूण र विम्बलाई छक्क्याएर भाग्ने !

रेस्टुराँ बन्द हुनुअगाडि कुलेलम ठोकिनँ भने सायद मित्रहरूले मलाई पक्रिने जुक्ति गर्न थाल्नेछन् । उनीहरूको मैत्रीपूर्ण व्यवहारप्रति अब मलाई शङ्का उठ्न थालेको थियो ।

अघि विम्बले ट्वाइलेटको बहानाले बाहिर गई मेरो घरमा वास्तवमै फोन त गरिदिएन ? के आफन्तहरू रिमझिमतिरै आउँदै होलान् त मलाई पक्रन ?

पुनः छटपटी र चिन्ता बढ्यो ।

होइन, मैले आफूलाई पक्राउ र पागलखानातिरको यात्राबाट त बचाउनैपर्छ । मेरो खोज निकै अगाडि बढिसकेको छ । अब मार्गचित्रका केही अँध्यारा खाडल भर्न मात्रै बाँकी छ । त्यसपछि त म पूर्णरूपले स्वतन्त्र हुनेछु ।

मन लागे मोहनदासझैं हिमालय गएर साधनाको बाटो पहिल्याउन मुक्त । त्यस्तो मन नलागे सामान्य व्यक्तिको जीवनयापन गर्न स्वतन्त्र । सामान्य पिता र पतिका रूपमा बाँच्न स्वतन्त्र । पढाउन र लेख्न स्वतन्त्र । मलाई आफ्नो खोज पूरा गर्न केही अतिरिक्त समय मात्र चाहिएको छ ।

"अब बढीमा एकदुई दिन मात्र ।", मैले आफैँसँग बाचा गरें, "त्यसपछि म पूर्णरूपले सद्दे भएर घर फर्कनेछु ।"

नृत्यमञ्चको प्रकाश फेरि चकिलो भएर आयो । तर कस्तो आश्चर्य !

मञ्चमा अब नयाँ नर्तकीहरूको सट्टा काठका ससाना कठपुतली छन् । राता, पहेंला, नीला लुगा लगाएका काठका ससाना पुतली !

नृत्यमञ्च एकपल्ट पुनः रङ्गीन प्रकाशमा नुहाएको छ । आँखा मिचेर हेरें, होइन, यसमा कुनै शङ्का छैन । नृत्यमञ्चमा वास्तवमै कठपुतलीहरू सलबलाइरहका छन्- राता, पहेंला, नीला आदि ! कठपुतलीको नाटक चलिरहेको जस्तो छ । कठपुतलीहरू नाटकका पात्र बनेर अभिनय गर्दै छन् ।

उः, त्यो रातो राजकीय पोसाक लगाएको अग्लो कठपुतली सायद कुनै सम्राट् हो । अनि हरियो लुगा लगाएको त्यो पुड्को पुतली उसको विश्वासिलो सेनापति । राता टोपी पहिरेका कठपुतली विद्रोही हुन् र खैरा नीला फाटेका लुगा लगाएका पुतली देशका सामान्य नागरिक ।

नृत्यमञ्चको पर्दापछाडि चलमलाएका अदृश्य हातहरूबाट निर्देशित भई कठपुतलीको राजा मञ्चवरिपरि घुमी पुरस्कार र सजायहरूको घोषणा गर्दै छ । नागरिकहरू थपडी बजाइरहेका छन् तथा सेनापति गम्भीर मुद्रामा मौन छन् ।

तर अब फेरि के हुन आँट्यो ?

पर्दापछाडिका निर्देशकले अब छुट्टै डोरीहरू तान्न थालेजस्तो छ । नाटकमा नयाँ मोड आएको छ । विद्रोही समूह मञ्चअगाडि देखा परेको छ । नाटकभित्र काल्पनिक गोलीहरू चल्दै छन् र काल्पनीय जीवनहरूको अन्त्य हुँदै छ । हिंसा, आनन्द र मृत्युका दृश्य देखाउँदै नाटक अघि बढ्दै छ ।

के हुँदै छ, नाटकको संसारभित्र ?

पुराना खैरा लुगा लगाएका पुतलीहरूले नाटकको दिशा-निर्देशन गर्न सकिरहेका थिएनन् । सम्राट्, विद्रोही र सेनापतिकै हातमा सम्पूर्ण शक्ति केन्द्रित थियो । उनीहरूले नै जीवन र मृत्युका तथा दण्ड र मुक्तिका निर्णयहरू गरिरहेका थिए ।

पुनः नयाँ प्रश्न उब्जियो ।

के कठपुतलीको नाटकका सम्राट् तथा सेनापति आफ्नो भाग्यदिशा आफैँ निर्देशित गर्ने स्वतन्त्र थिए ? कि उनीहरूभन्दा पनि ठूलो कुनै शक्तिले पर्दापछाडि बसेर डोरीहरू तान्दै थियो ?

सायद त्यो नाटकका नायक-उपनायकहरू पनि सानातिना पात्रसरह नै कमजोर र अशक्त थिए । अरू नै शक्तिबाट सञ्चालित थिए । सायद कुनै अदृश्य शक्तिले तिनका जीवनलाई निर्देशनका डोरीले घुमाइरहेको थियो । सायद अरू नै शक्ति पर्दा पछाडि सक्रिय थिए, नाटकभित्रको शक्ति सन्तुलनलाई बनाउँदै, बिगार्दै र पुनः बनाउँदै ।

अकस्मात् रेस्टुराँका बत्तीहरू झ्याप्प निभे ।

ठूलो वस्तु ढलेको जस्तो ढ्याम्म आवाज आयो । मानिसहरू "लौ, अब के हुन लाग्यो" भन्दै अतालिन थाले । कसैले कतै ती अघिकी सुन्दर नर्तकी पो ढलिन् कि भनेर चिन्ता व्यक्त गरे । अरूहरू भने आफ्ना व्यक्तिगत सुरक्षाप्रति बढी चिन्तित सुनिन्थे ।

"सायद पुलिसले छापा मार्न लाग्यो ।", कोही अँध्यारामा भन्दै थियो, "सरकारले डान्स र क्याबिन रेस्टुराँमा छापा मारी शान्तिसँग मनोरञ्जन गरिरहेकाहरूलाई दुःख दिन खोज्दै छ ।"

"होइन, तिमी कहाँ छौ ।", वरूणले मेरो हात च्याप्प समात्यो ।

"अँठ्याएरै राख है जोडले, भाग्न नदेऊ ।", विम्ब करायो, "मैले फोन गरिसकेको छु । प्रसाद सर, कवि सर र बी.पी. सर कुनै पनि बेला आइपुग्न सक्नुहुन्छ । त्यसैले त मैले यसलाई अलमलाउन शान्तिपुरको लेख लम्बेतान पारेर सुनाएको । तिमीले कुरो बुझेनौ ?"

मेरो देब्रे हात र कुम जोडसँग अँठ्याउँदै वरूणले जबाफ दियो, "किन बुझ्दिनथें ? शुरूमै बुझिसकेको थिएँ । त्यसैले त मैले पनि मञ्जुश्रीको कथालाई त्यति अबेर गरेर सुनाएको ।"

ओहो, कस्तो धोका !

बाहिरबाहिर मुस्कान र मित्रताको ढोंग ! भित्रभित्र मलाई पक्रिने योजनाको जालो । 'मुखमा रामराम, बगलीमा छुरा !' घनिष्ठहरूको उद्देश्य बल्ल प्रस्ट भयो ।

वरूण र विम्बका हातहरूलाई पन्छ्याउदै ढोकातिर लम्कें । टेबुलहरू ढ्याङ्गढुङ्ग ठोक्किए । केही प्लेट कचौरा झन्याम्मझुरूम भए । केही कुर्सी यताउता उल्टिए ।

"यो उत्पात मच्चाउने को हो ?", रेस्टुराँ-मालिकको मोटो स्वर गुन्जियो, "समात्, त्यस फटाहालाई !"

तर अँध्यारामा मलाई समात्न गाह्रै थियो ।

अघि कुर्सीमा बसेर नाच हेर्दै मैले बाहिरिने ढोकातिरको बाटो कुनकुन टेबलबीचबाट जान्छ भनेर राम्ररी ख्याल गरेको थिएँ । अँध्यारै भए पनि अनुमानका भरमा ती टेबलबीच हुँदै निस्केर भऱ्याङ ओर्लिएँ र दरबारमार्गमा झरें ।

बाहिरको ढोकामा कोही रहेनछ । सायद मुख्य ढोकाको चौकीदार ढ्याङ्गढुङ्ग आवाज आउनासाथ रेस्टुराँतिरै उक्लिसकेको थियो ।

बाहिर शीतल रात थियो । आकाशमा तारा चम्किइरहेका थिए । बियरको नशाले अझै मात्तिएको म ढुलमुलढुलमुल गर्दै दक्षिणतिर भागें । रत्नपार्कछेउ पुरानो बसपार्कतिर ।

पूर्वतिर बागबजारतिर जाने बाटो थियो, पश्चिमतिर भोटाहिटी जाने । मेरा अगाडि भने प्रजातन्त्रको पर्खाल थियो । २०४६ सालमा एकतन्त्री शासनमाथि विजयपछि प्रजातन्त्र र स्वतन्त्रताको समर्थनमा नारा लेखिने, चित्र कोरिने त्यही प्रख्यात प्रजातन्त्रको पर्खाल ।

एउटा मान्छे पर्खालसामुन्ने ढुनमुनाउँदै हिंडिरहेको थियो । उसका र मेरा खुट्टा अल्झिए, कुम ठोकिए । हातहरू जुधे । दुवै जना सडकमा बजारियौं ।

म एकछिन सडकमै उत्तानो परिरहें । मेरो दाहिने घुँडाछेउको कुनै हाड भाँचिएजस्तो लाग्यो । अचाक्ली दुख्न थाल्यो । टाउकाको देब्रे भाग

पुनः भतभती पोल्न थाल्यो । त्यस कष्टकर अवस्थामा मैले पर्खालका अक्षर र चित्रहरू हेरेर मनलाई अलमलाउन खोजें । ल्याम्पपोस्टहरूको मधुरो प्रकाशमा पर्खालमा लेखिएका शब्दहरू बाङ्गिएका र अस्पस्ट देखिए ।

"शरीरको पीडा खप्ने दुइटा उपाय छन् ।", ध्यानगुरूले भनेको झलझली सम्झिएँ, "पहिलो र सर्वोत्तम उपाय, दुखिरहेको शरीरको भाग अथवा पीडाको भावनामै ध्यान केन्द्रित गर्ने । पीडाकै अनुभूतिबारे तटस्थ भएर विचार गरिबसेमा केही समयपछि दुखेको आफैँ नियन्त्रण हुँदै जान्छ र खप्न सकिने अवस्थामा पुग्छ । दोस्रो उपाय, पीडाग्रस्त भागबाट मन हटाई अरू नै कुरा सोच्ने । दिमागलाई अरू नै दिशातिर लगाइदिने । पहिलो उपाय मुक्तिको बाटो खोजिरहेका वास्तविक साधकहरूका लागि उपयुक्त छ । दोस्रो, घरजम गरी बसेका सांसारिक व्यक्तिहरूको लागि सही हुन सक्छ ।"

म हिमालयतिर हिंड्न लागेको मोहनदास जस्तो वास्तविक जोगी थिइनँ । त्यसैले पीडा खप्ने दोस्रो उपाय नै उपयुक्त ठान्दै पर्खालका अस्पष्ट शब्दचित्रहरूमा ध्यान केन्द्रित गर्न चाहें ।

सोच्, सोच्, आफ्ना टाउको र खुट्टाको पीडाबारे नसोची अरू नै दृश्य, विचार र वस्तुबारे ! कस्ता स्वरूप कोरिएका छन्, प्रजातन्त्रको पर्खालमा ?

एउटा चिप्लो ध्वाँसे मुकुन्डो, एउटा ठूलो प्याजको स्वरूप । कागजका विशाल डुङ्गाहरू, पर्खालमा कोरिएका ती सबै चित्रहरू सपनाको संसारभित्र पौडिरहेका अतियथार्थवादी चित्रझैं थिए ।

सोच्, सोच्, अरू नै कुराबारे ! अरू के पोतिएको छ प्रजातन्त्रको पर्खालमा ?

म निकै अप्ठ्यारोसँग अलि अलि गर्दै उभिएँ ।

टाउको पुनः टनटनाएर दुख्न थाल्यो । टाउकाको देब्रे भाग बढी दुखेको छ वा घुँडो, छुट्ट्याउन गाह्रो भयो । मैले पहिले देब्रे खुट्टाले मात्रै उभिने प्रयास गरें अनि पछि दुवैले । देब्रे खुट्टामा भर दिंदा दाहिने घुँडो अघिको जस्तो सहनै नसक्ने गरी दुखेन । अर्कातर्फ टाउकाको रन्काइ भने झन्झन्

बढ्दै थियो । अब टाउकाको दाहिने र पछाडिको भाग पनि रनन्न गरेर पोल्न थाल्दै थियो ।

मसँग ठोकिँदा ढलेको चुच्चो नाकवाला बिस्तारैबिस्तारै उठ्यो र मलाई आँखा तर्न थाल्यो ।

"तपाईं नयाँ मन्त्री हुनुन्छ कि कुनै सांसद ?", उसले सोध्यो, "मैले तपाईंलाई टिभीमा देखेको छु ।"

"होइन, म मन्त्री, सांसद केही पनि होइन ।"

ऊ भने झोकिन र रन्किन थाल्यो । मेरो हात समातेर कराउनसमेत थाल्यो ।

"त्यसो भए तिमी सर्वोच्च अदालतका त्यै घुस्याहा न्यायधीश हौ, जसबारे हिजो मात्र शान्तिपुरमा छापिया थ्यो ।", ऊ करायो, "तिमीजस्तै ठूला भनाउँदाहरूको कारणले यस देशमा बारम्बार आन्दोलन मच्चिरन्छ ।"

मैले "होइन, होइन" भनिरहें ।

ऊ भने अब मलाई अँगालो मारेर भक्तराज आचार्यको गीत गाउन थाल्यो ।

"मुटु जलिरहेछ ।" ऊ बेसुर गाइरहेको थियो, "घाउ दुखिरहेछ... तिम्रो याद आइदिँदा, आँसु त्यसै बगेछ, आँसु त्यसै बगेछ !"

ओहो, यो त टन्न मातेको पो रहेछ ! यस्तो मत्थुसँग प्रजातन्त्रको पर्खाल अघिल्तिर, त्यो पनि रातको समयमा व्यर्थको संवाद गरी आफूलाई अल्झाइरहनु ठीक छैन ।

मैले आफ्नो सम्पूर्ण शक्ति आफ्नो देब्रे घुँडामा केन्द्रित गरें अनि जोडसँग उसका तिघ्राबीचको संवेदनशील अङ्गमा बजारें ।

"ऐया !" भन्दै ऊ सडकमा पछारियो । मचाहिं फटाफट खुट्टा खोच्याउँदै दक्षिण फर्किएर सुनधारातिर लागें । उसले मलाई पछ्याउला कि भन्ने डरले एकपल्ट फर्केर पनि हेरें ! तर मैले चिन्ता गर्नुको कुनै कारण देखिएन ।

अब ऊ नारायणगोपालका गीतहरू गाइरहेको थियो, "तिमीलाई म के भनूँ !" म रत्नपार्कतिर छिर्न थाल्दा ऊ बेसुर बजिरहेकै थियो, "तिमीलाई

म के भनूँ ! फूल भनूँ कि जून भनूँ, उपमा धेरै म के दिऊँ ! तिमीलाई मनकी मायालु भनूँ !"

रत्नपार्कबीचबाट लङ्गडाउँदै अगाडि बढ्दै जाँदा अब आजको रात कहाँ बिताउने भन्ने चिन्ताले पिरोल्न थाल्यो । पाटीबाट रिमझिमतिर हिंड्दा मैले सोचेको थिएँ, "रेस्टुराँबाट निस्केपछि पुरानो बसस्टपछेउको कुनै सस्तो होटलमा रात बिताउनेछु र बिहान हुनेबित्तिकै सुनधारामा खोलिएको नयाँ मन्त्रालयतिर लाग्छु ।"

रिमझिममा बिल नतिरी भागेकाले मेरो पाकेटमा हजार रूपियाँ जस्ताको तस्तै थियो र राति होटलको बिल तिर्न पर्याप्त पनि । तर दुर्भाग्यले मलाई जताततै खेदिरहेको रात होटलमा बिताउने-नबिताउने भनेर अन्योलमा परें ।

दुर्भाग्य पनि कस्तो ! वरूण र विम्बसँग त्यसरी डान्स रेस्टुराँमा भेट होला भनेर मैले दश मनमा एक मन पनि सोचेको थिइनँ । त्यसपछि भर्खरै सडकमा बजारिएर दाहिने घुँडो झन्डै खुस्किएको !

होइन, दुर्भाग्यले मलाई आज सबैतिरबाट लघारिरहेछ, होटलमा हत्तपत्त बस्नु हुँदैन । कसैले मलाई होटलमा छिर्दाछिर्दै चिने भने नि !

अहिलेसम्म त वरूण र विम्बले रिमझिममा मलाई भेटेको कुरो सबैलाई सुनाइसकेकै होलान् । सायद मैले छेउकै कुनै होटलमा रात बिताउनेछु भनेर पनि आफन्तहरूले सोचिसके ।

के थाहा ! के गर्दै छन्, के सोच्दै छन् उनीहरू यति बेला ?

कतै प्रहरीको मदत लिएर दरबारमार्ग र रत्नपार्कछेउका सबै होटलहरूमा खोजतलासी पो थालिसके कि ! अझ काठमाडौंभरिकै होटलहरूमा मेरो खोज चलिरहेको छ कि !

अहँ, होटलमा बस्नु खतरनाक हुन सक्छ । बरू त्यही विष्णुमतीको पुरानो पाटीमै रात बिताउँछु । मोहनदासलाई पनि फेरि भेटिहाल्छु । अनि भोलि बिहानै पाटी छोडेर सुनधाराको नयाँ मन्त्रालयतिर लाग्नेछु ।

हो मन्त्रालयतिर ! अकस्मात् एउटा नयाँ विचार आयो । पाटीतिर लाग्नुअगाडि एकपल्ट सुनधारा पुगेर मन्त्रालयको भवनलाई हेरूँ कि ?

मैले मन्त्रालय खुल्नुभन्दा धेरैअघि त्यो भवनलाई एकपल्ट देखेको थिएँ। अब पुनः सम्झिएँ, ठूलठूला स्तम्भ र ठूलो फराकिलो छाना भएको पुरानो राणा-दरबार ! हेरूँ न त अँध्यारामा त्यो पुरानो भवन, कस्तो देखिँदो रहेछ ?

राइनरका कुरा सम्झँदै सुनधारातिर पाइला चाल्न थालें। दरबारमार्ग, वसन्तपुर तथा रत्नपार्क जस्तै अदृश्य शक्तिप्रवाह चलायमान रहेको अर्को मुख्य केन्द्र हो सुनधारा, राइनरले मलाई बौद्धमा बताएको सम्झिएँ। लडखडाउँदै हिंड्दै जाँदा मनमा विचार आयो, "सायद मैले ठूलो गल्ती गरेछु। राइनर जर्मनीतिर उड्नुअगाडि नै मैले उपत्यकाभित्र चलायमान रहेका शक्तिप्रवाहहरूको अन्तर्सम्बन्ध जनाउने कुनै मार्गचित्र बनाइदिन आग्रह गर्नुपर्ने रहेछ।"

उनले भनेकै त थिए नि, शक्तिका प्रवाहहरू उपत्यकाभरि र त्यहाँ पनि नअटेर राष्ट्र र महादेशहरू हुँदै सारा संसारभरि छरिइरहेका छन्।

ती शक्तिका बाटा र दिशाहरूलाई नाप्नु जरूरी थियो। तिनको गति र बलप्रतिबलको नापतौल गर्नु अति आवश्यक थियो। शक्तिहरूका गति र दिशा दर्साउने कुनै मानचित्र यति बेला हातमा भएको भए त्यसले मेरो खोजलाई निकै सघाउ पुऱ्याउने थियो। दिलवरनाथका भविष्यवाणी घटित हुने स्थानहरू पहिल्याउन पनि त्यस्तो मानचित्रले निकै सघाउने थियो।

अनि मैले धोबीखोलामा फ्याँकेको फलामे छडी नि ?

सायद केही नसोची खोलामा त्यो छडी फ्याँक्नु मेरो अर्को भूल थियो। हतारमा लिएको अर्को गलत निर्णय। सायद साधारण देखिएको त्यो छडी शक्तिहरूलाई नाप्ने अर्को महत्त्वपूर्ण उपकरण थियो, राइनरले हातमा खेलाएको पित्तलको एकफुटे उपकरणझैं। अहिले त्यो छडी भएको भए सायद मेरो अभियान निकै सरल हुन सक्थ्यो।

म लडखडाउँदै अगाडि बढ्दै गएँ।

खुट्टो पहिलेजस्तो दुखिरहेको थिएन र टाउकाको रन्काइ पनि कम भएको थियो। अब जे पर्ला, मनलाई पुनः सम्झाएँ। जे-जस्तो भए पनि म

मन्त्रालयनजिक पुगिसकेकै छु । एक वा बढीमा दुई दिनको मात्रै कुरा त हो । त्यसपछि त वेदिकाको न्यानो अँगालोमा फर्किहाल्छु । नानूलाई कथा भन्नेछु, उसका कथा सुन्नेछु । विश्वविद्यालयमा पुनः पढाउन थाल्नेछु ।

सायद म पुनः विम्ब र वरूणसँग रिमझिम डान्स रेस्टुराँ जानेछु, पुनः नृत्य र पुतलीहरू हेर्नेछु अनि पुनः प्रजातन्त्रको पर्खालअगाडि उभिएर उन्मुक्तिका शब्दहरू पढ्नेछु । सायद त्यति बेला अहिले मलाई तर्साइरहेका घटनाहरू कुनै बिर्संदै गएको दुःस्वप्नझैं लाग्नेछन् ।

घनचक्कर

पागलपनका कथानकहरू

म महाङ्काल मन्दिर र न्युरोडका गेटअगाडिबाट लडखडाउँदै सुनधारा पुगें ।

अगाडि अग्लो धरहरा थियो । जङ्गबहादुर राणाले सुरेन्द्रविक्रम शाहलाई प्रसन्न पार्न यही धरहराको टुप्पाबाट हामफाल्ने वचन दिएको सम्झिएँ । युवराज सुरेन्द्रले त्यो घटना बिर्सिएकाले जङ्गबहादुरले हामफाल्नु परेन र उनी बाँचे भनिन्छ । जङ्गबहादुरले वास्तवमै धरहराको टुप्पोबाट हामफालेका थिए भन्नेहरू पनि निकै छन् ।

के यी सबै काल्पनिक कथाजस्ता लाग्ने इतिहासका घटनाहरू वास्तविक थिए ? वा इतिहासकारहरूले बताएको सत्य पनि कल्पना र तथ्य जोडिँदै, हल्ला र वास्तविकता मिसिँदै, लेखिँदै, पढिँदै आएको थियो ?

"के हल्ला र तथ्य मिसिएर जन्मिएका अर्धसत्यले मानिसहरूलाई अझैसम्म भ्रमित गर्दै छन् ? के अरूहरू पनि भ्रमले गाँजेर अलिअलि गडबडिएका छन्, मजस्तै ?" सोच्दै पश्चिमतिर बढें, "नत्र किन मानिसहरू धरहराजस्ता टावरबाट हामफाल्न तयार हुन्छन् त ? किन उनीहरू कोत, भण्डारखाल र नारायणहिटीजस्ता प्राङ्गणमा एकअर्कालाई काट्न खोज्छन् ? किन पहाड, मधेसका कुनाकाप्चामा एकअर्काका घाँटी रेट्ने, हातखुट्टा भाँच्ने काममा लागिपर्छन् ? खोइ, कहाँ छन् यी प्रश्नका उत्तर ?"

भित्रैबाट आवाज आयो, सायद यही सुनधाराको नयाँ मन्त्रालयको कुनै कुनामा । सायद यस भवनकै कुन दराज, बुइँगल वा कुनाकाप्चामा भेटिनेछ, सबैतिर खोजिएको त्यो उत्तर, जसले मलाई पुनः सामान्य र स्वतन्त्र बनाउनेछ । एउटा यस्तो समाधान, जसले राममान दाइको हिमाली मलमझैं सबै रोग र अस्थिरतालाई एकैसाथ निर्मूल पार्नेछ ।

मैले मन्त्रालयको भवन अँध्यारा छायाहरूभित्र सुनसान र एक्लो होला भन्ठानेको थिएँ । एकदुई जना चौकीदारबाहेक रातको यस बेला त्यहाँ कोही होलान् भन्ने मैले अलिकति पनि सोचेको थिइनँ । भवनअगाडि पुगेपछि पो तीनछक्क परें ।

मन्त्रालयको भवन दुधिलो प्रकाशमा नुहाएको थियो र अगाडिको बगैंचाबाट सङ्गीतको ध्वनि आइरहेको थियो । लाग्यो, मन्त्रालयमा लेट नाइट पार्टी चलिरहेको छ ।

अर्को आश्चर्य ! मलाई भवनको मुख्य द्वारमा कसैले रोकेन ।

सायद मन्त्रालयका चौकीदारहरूको समेत भोज चलिरहेको थियो । कसैलाई केही मतलब नभएजस्तो थियो ।

म फटाफट भित्रिएँ ।

बगैंचा खचाखच थियो । फेसनेबल लुगा लगाएका मानिस यताउता गर्दै थिए । वेटरहरू रक्सीका गिलास, पनिर र मासुका टुक्रा राखिएका किस्ती लिएर घुम्दै थिए ।

"कस्तो भोज हो यो ?", मैले आफैँलाई सोधें, "कस्तो उत्सव मनाइँदै छ, मध्यरातमा नयाँ मन्त्रालयभित्र ?"

प्रश्नको उत्तर रातोनीलो प्रकाशले जगमगाएको विद्युतीय स्वागतबोर्डले दियो, "मन्त्रालयको कार्यावधिका सय दिन पूरा भएका छन् ।" बिजुलीको प्रकाशमा झलमल्ल अक्षरले घोषणा गरिरहेका थिए ।

मैले बगैंचे भोजबाट भरसक चाँडो पन्छिएर मन्त्रालयभित्र छिरिहाल्नुपर्ने आवश्यकता थियो । अगाडिको ढोकाबाट त मलाई कसैले पस्न दिने होइनन् । सङ्गीन र बन्दुकधारीहरू द्वारै घेरेर बसेका होलान् । बरू पछाडिपट्टिको कुनै ढोकाबाट छिर्ने प्रयास गर्नु ठीक होला ।

म बिरालाचालले भवनपछाडि गएँ ।

भवनको पछाडि पालिसले टिलिक्क टल्केको काठको ढोका थियो । ढोकाअगाडि कुर्सीमा राता दौरा-सुरुवाल र नेपाली टोपी लगाई खुकुरी भिरेको पाले उँघिरहेको थियो । ऊ बेलाबेला आँखा खोलेर वरिपरि हेर्थ्यो पनि ।

म छेउमा पुग्दा ऊ झसङ्ग भयो ।

"तपाईंलाई के चाहियो ?", उसले अलि झर्को मान्दै मुख बङ्ग्याएर भन्यो, "सबै पाहुना बगैंचामै छन् । कल्लाई खोज्दै हुनुन्छ तपाईं ?"

"म हरिप्रसाद शर्मा हुँ, शान्तिपुर दैनिकको प्रधान सम्पादक ।", मैले भनें, "गोप्य अन्तर्वार्तानिम्ति मन्त्रीलाई भेट्ने समय लिएको छु ।"

भन्न त भनिहालें तर आफ्नो कुरा आफैँलाई पत्यार हुन नसकेर डरले कालोनीलो भएँ ।

हरिप्रसाद शर्मा साढे छ फिटजति अग्ला र जोसिला छन् । म भने गुजुमुज्ज कपाल, झुस्स दाह्री, ख्याउटे अनुहार लिई एउटा खुट्टाले अर्कोमा टेक्तै लडखडाउँदै हिंडिरहेको मान्छे ! म हरिप्रसाद शर्मा भनेर कसरी पत्याउला चौकीदारले ?

तर उसको बूढो अनुहारमा शङ्काको भाव देखिएन । सायद उसले हरिप्रसाद शर्माका बारेमा सुनेको थिएन अथवा उनी हेर्नमा कस्ता देखिन्छन् भन्ने उसलाई थाहा थिएन । तर 'शान्तिपुर' शब्दले चाहिं जादुझैं काम गर्‍यो । देशको सबैभन्दा बढी बिक्ने लोकप्रिय दैनिकमा अन्तर्वार्ता छपाउन मन्त्री र सचिवलगायत सबै अति उत्सुक हुने हुँदा उसले आफ्ना मन्त्रीको पनि त्यस्तै इच्छा हुन सक्छ भनेर तुरून्त विश्वास गरिहाल्यो ।

"यो अति गोप्य अन्तर्वार्ता हो ।", 'गोप्य' शब्दमा जोड दिएर भनें, "त्यसैले म अगाडिको सट्टा पछाडिको ढोकाबाट छिर्न खोज्दै छु । चाँडै गर । यो शहर तथा देशकै भविष्यसमेत यसै अन्तर्वार्तामा निर्भर गर्नेछ ।"

एक शब्द पनि नबोली चौकीदार जुरूक्क उठ्यो र "ल आउनुस्" भनेर ढोकाभित्र छिर्‍यो । मैले पछ्याएँ ।

भित्रै सेतो प्रकाशमा जगमगाएको लामो कोरिडर थियो । त्यो हुँदै हामी भुइँतलामा रहेको विशाल बैठक-कोठामा आइपुग्यौं । सिलिङमा झुन्डिएको झुमर र छेउका अन्य बत्तीको प्रकाशमा सोफा, टेबल र कुर्सीहरू नयाँ र आरामदायक देखिन्थे । भित्तामा देशका प्रसिद्ध चित्रकारहरूले बनाएका एक्रोलिक र तैल चित्र टाँगिएका थिए ।

एउटा कुनामा एक जोडी स्त्रीपुरूषको ठूलो अर्धअमूर्त चित्र थियो तथा अर्कामा अतियथार्थवादी स्वप्निल घोडाको आकार । स्त्रीपुरूष कामेच्छाले ग्रस्त भएर कहिल्यै नछुट्टिनेजस्तो गरी बाँधिएका थिए । घोडाहरू भने नाक फुलाएर हिंड्दै गरेका, रिसाएका र आत्तिएका झैं देखिन्थे ।

"तपाईं यैं पर्खनुस् !", चौकीदारले भन्यो, "म मन्त्रीज्यूलाई तपाईं आ'को जानकारी दिन्छु ।"

ऊ बगैंचातिर निस्कनेबित्तिकै म हत्तपत्त सोफाबाट उठें र भित्ताछेउको काठको चौडा भऱ्याङ हुँदै माथिल्ला तलातिर हान्निएँ । सुरक्षाकर्मीले मन्त्रालयमा गैरकानुनी ढङ्गले प्रवेश गरेको आरोपमा पक्रिनुअघि नै मैले दिलवरनाथको भविष्यवाणीलाई बुझ्नु अति आवश्यक थियो ।

के भनेका थिए अरे उनले ?

झ्वाट्ट सम्झिएँ- हो, कुनै टावर र कुनै ऐना । कुनै रेस्टुराँ र कुनै मन्त्रालय !

पक्कै पनि त्यो भविष्यवाणीको मन्त्रालय यही हुनुपर्छ । सबै समस्याहरूको सिङ्गो समाधान खोज्न खोलिएको नयाँ मन्त्रालय । त्यही मन्त्रालय जसका बारे मैले रानीपोखरीछेउ लुक्ता बटुवाहरूको गुनगुन सुनेको थिएँ । रिमझिममा छेउको टेबलको गफगाफ सुनेको थिएँ ।

सायद भविष्यवाणीका कडीहरू एकअर्कासँग जोडिँदै थिए । सायद मेरो खोज आफ्नो अर्को चरणमा प्रवेश गर्न लागेको थियो ।

म भऱ्याङ उक्लिँदै गएँ ।

भऱ्याङको टुप्पामा पुस्तकहरूले भरिएको हल थियो । हलका चारै भित्ता कितापले भरिभराउ अग्ला दराजले छोपिएका थिए । म भित्र छिरें ।

"यी पुस्तकका पानाहरूमा कस्ताकस्ता ज्ञानविज्ञान लुकेका होलान् ?", आफैँसँग प्रश्न गरें, "मेरो छटपटी र भ्रमको समाधान पनि यिनै पानामा लुकिबसेको त छैन ?"

दराजका सिसाहरूबाट चियाउँदै कितापहरूका शीर्षक पढ्न थालें ।

भौतिकशास्त्र, खगोलशास्त्र, राजनीति-विज्ञान र समाजशास्त्रका पुस्तक । अन्तर्राष्ट्रिय कानुन र प्राथमिक स्वास्थ्य उपचारका पुस्तक । तारासमूह र

हस्तविज्ञानका रहस्य बुझाउने पुराना दस्तावेज । अरू केकस्ता किताप र कागतपत्र थिए, मन्त्रालयको विशाल पुस्तकालयमा ?

जनसङ्ख्या-विज्ञान र भाषाविज्ञानका पुस्तक । आलु र प्याजको खेतीबारे कोरिएका हस्तलिखित नोट । डाक्टर र नर्सबिना घरैमा कसरी बच्चा जन्माउन सकिन्छ भन्ने किताप । ऐनाटोमीका पुस्तक । केटाकेटीले नदीमा बगाउने कागतको डुङ्गाका फोटाहरूको सङ्ग्रह । साहित्य र साहित्य-समालोचनाका महत्त्वपूर्ण पुस्तक ।

सेक्सपियर र कालिदास, ब्रेख्त र बेकेटका नाटक । दोस्तोएवस्की र कोयट्जीदेखि चार्ल्स डिकेन्स, टोनी मोरीसन, काफ्का, रस्दी, ओक्री र मारक्वेजका उपन्यास । आधुनिक पश्चिमेली साहित्यसिद्धान्तका धेरै पुस्तकहरू । मैले शीर्षक पढ्दै गएँ, डेरिडा, फुको, सइद, जेमसन आदि ।

यी प्रख्यात उपन्यास र साहित्यसिद्धान्तका कितापहरूकै छेउ जनप्रिय साहित्यका थुप्रै रचना थिए, फ्यान्टम र म्यान्ड्रेकका कमिक तथा कार्टुन, फोटो तथा कविताका सङ्ग्रह । पुस्तकालयको त्यो मिसमासे सङ्ग्रहले अचम्मको आन्तरिक संसारको सिर्जना गरिरहेको थियो ।

तर पुस्तकालयको यस्तो मिसमासे प्रवृत्तिप्रति आश्चर्यै मानिहाल्नुपर्ने चाहिं थिएन ।

नयाँ मन्त्रालयको मुख्य उद्देश्यै देशका समस्याहरूको सिङ्गो समाधान खोज्नु थियो भने सायद त्यस्तो खोजमा लागिपरेका मन्त्री र सचिवहरूलाई छरिएका ज्ञानविज्ञान, विम्ब र विचारहरूलाई एकीकृत गर्नुपर्ने आवश्यकता परेको हुँदो हो । म आफैँ पनि त टुक्राटाक्री वाक्य र विचारलाई जोडेर कुनै एकीकृत समाधानको खोजिरहेको थिएँ नि !

त्यसो भए के मन्त्री र सचिवहरूले खोजेको समाधान र मेरो व्यक्तिगत अस्थिरताको समाधान पनि उस्ताउस्तै त थिएनन् ?

होइन, सायद दराजका यिनै पुस्तकमा मैले खोजेको सिङ्गो समाधान, ज्ञानको कुनै चाबी, भ्रम र छटपटीलाई निको पार्न सक्ने कुनै औषधि लुकेको हुनुपर्छ ।

च्यातिएको पातलो कितापले मेरा आँखा तान्यो । कृष्णलाल अधिकारीको मकैको खेती । मैले उहिले विश्वविद्यालयको पुस्तकालयमा पढेको पुस्तक ।

१९७८ सालतिर लेखिएको यस कितापमा अधिकारीले मकै खेती गर्दा भइपरी आउने समस्याको विश्लेषण गरेका छन् भन्ने मलाई थाहा थियो । दराजबाट किताप निकाली पन्ना पल्टाउन थालें ।

अधिकारीले मकैको खेतीबारेको विवरणका माध्यमबाट जहानियाँ राणाशासनप्रति दरिलो राजनीतिक व्यङ्ग्य कसेका थिए । यही अभियोगमा उनलाई सुब्बाबाट पदच्युत गरी जेलमा कोचिएको थियो । चार वर्षपछि उनको जेलमै मृत्यु भयो । केही राणा समर्थकले अधिकारी मगज सङ्किएर जेलमै पागल भएका थिए भन्ने हल्लासमेत पिटेका थिए ।

फेरि पागलपनको कथा ! मेरा विचारहरू फर्कीफर्की पागलपनकै कथावरिपरि किन रूमलिइरहेछन् ?

होइन, यसको पनि केही विशेष कारण हुनुपर्छ । सायद मेरो असन्तुलनबारेको कुनै तथ्य उजागर हुन लागेको छ । त्यसैले हतारहतार गरेर भए पनि मैले यस दराजका पुस्तकलाई राम्ररी हेर्नुपर्छ । सायद यतैकतै कुनै सिङ्गो समाधान लुकेको छ । एउटै साँचो, समग्र ज्ञान, अब जे भने पनि । त्यस ज्ञान वा समाधानलाई खोज्नुपर्छ, थाहा पाउने, बुझ्ने प्रयास गर्नुपर्छ ।

भऱ्याङबाट खऱ्याक्क आवाज आयो ।

मैले पुनः कान थापेर सुनें । एकछिनका लागि मात्रै भए पनि कोही नआइदिए हुन्थ्यो । सायद म माकुरे जालोझैं फैलिएको कुनै भूलभुलैयाको केन्द्रबिन्दुमै पुग्न लागेको छु । अब पाँच वा दश मिनेट मात्रका निम्ति भए पनि ।

आवाज फेरि आएन । कोही होइनजस्तो छ । पुनः लागिहाल्नुपर्छ आफ्नो काममा । पक्कै पनि यसै पुस्तकालयका कितापहरूमाझ मेरो व्यक्तिगत समस्याको समाधान अलमलिएको छ ।

फेरि माथिको तलामा कोही हिंडिरहेजस्तो आवाज आयो । पुनः झसङ्ग भएँ ।

अब मात्र दुई-तीन मिनट कोही नआइदिए हुन्थ्यो । सायद दराजको यसै तहमा मैले खोजेको कुनै सूत्र, कुनै बुझाइको साँचो लुकिबसेको छ ।

मैले दराजका पुस्तकहरूको लामतिर आँखा दौडाएँ ।

लक्ष्मीप्रसाद देवकोटाको कवितासङ्ग्रह अगाडि नै थियो । जय धमलाको पागल उपन्यास छेवैमा देखें । त्यसकै छेउमा थियो, विजय मल्लको अनुराधा । अन्योलमा परें । फेरि पुस्तकहरूको पङ्क्तिमा चियाएँ ।

विजय मल्लकै नाटक बहुला काजीको सपना । ध्रुवचन्द्र गौतमको स्वर्गीय हीरादेवीको खोज । विन्ध्या सुब्बाको अथाह । कागजको एउटा ठेली । पल्टाएर हेरें, श्रवण मुकारुङको लोकप्रिय कविता 'बिसे नगर्चीको बयान' रहेछ । त्यसकै पछाडि थियो, सरूभक्तको पागल बस्ती ।

पुनः दराजका कृतिहरूतिर आँखा दौडाएँ । स्वर्गीय हीरादेवीको खोज । देवकोटाको कवितासङ्ग्रह । सरूभक्तको पागल बस्ती । विजय मल्लको उपन्यास बहुला काजीको सपना ।

देवकोटाको कवितासङ्ग्रह तानें, कसैले कितापसँगैको मसिनो धागाले चिह्न लगाएको रहेछ । त्यहीं पल्टाएँ ।

महाकविको प्रख्यात कविता 'पागल !'

अनि मात्र मैले बुझें ।

दराजको यस तहमा पागलपनलाई चित्रण गर्ने पुस्तक मात्र राखिएका रहेछन् ।

देवकोटाको पागल कवितादेखि लिएर जय धमलाको पागल उपन्याससम्म, सरूभक्तको पागल बस्तीदेखि विजय मल्लको अनुराधा र बहुला काजीको सपनासम्म तथा गौतमको स्वर्गीय हीरादेवीको खोजदेखि मुकारुङको बिसे नगर्चीको बयानसम्मका सबै कथा, नाटक, उपन्यासहरूले बौलाएका पात्रहरूको चित्रण गरिरहेका थिए ।

मैले बल्ल बुझें, दराजको यो तहमा पागलपनको वर्चस्व रहेछ । यस खण्डले बौलाहाहरूका अनुभव, मान्यता तथा दृष्टिकोणहरूलाई समेटको रहेछ ।

तर के दराजको यो खण्डले मन्त्रालयकै वैधानिकतामाथि प्रश्न उठाइरहेको थिएन र ? यदि यो मन्त्रालयको उद्देश्यै कुनै समग्र ज्ञानको खोजी गर्नु थियो भने पागलपनबारे लेखिएका सबै उपन्यास, नाटक, कथा र कविता एउटै खण्डमा राखिदिनुको औचित्य के ?

के पागलपन नै यस्तो मानसिक अवस्था हैन, जसले एकीकृत ज्ञान तथा अर्थका केन्द्रहरूलाई गल्र्यामगुर्लुम पारिदिन्छ ? सङ्गठित नियम, उपनियम र मस्यौदाहरूलाई टुक्र्याएर सबैतिर छरिदिन्छ ?

मन्त्रालयभित्र गुच्चाका खेलहरू

अकस्मात् मैले केही पदचाप सुनें ।

यसपल्ट चाहिं भ्रम होइन, साँच्चीकै कोही आउँदै छ, भऱ्याङ चढेर मलाई पक्रिन । सायद म चौकीदारलाई ढाँटेर मन्त्रालयमा पसेको कुरा सार्वजनिक भइसकेको छ । सायद सुरक्षाकर्मीहरू मलाई समात्न धमाधम उक्लिइरहेका छन् । हैन, अब यहाँबाट चाँडै भागिहाल्नुपर्छ ।

ऐया !

हतारमा दौडन खोज्दा ढोकाछेउ कागत भरिएको प्लास्टिकको कन्टेनरमा अल्झिएँ । भुइँमै पो लडें । टाउको कन्टेनरको कुनामा बजारियो । उठेर भाग्न खोजें । हत्तपत्त भागिहालौं भन्दाभन्दै पनि कन्टेनरको एउटा पानाले ध्यान तान्यो ।

'घनचक्कर' त्यो चिर्कटोको शीर्षक देखें ।

केही नसोची त्यो पानो हतारहतार प्यान्टको खल्तीमा राखें । त्यसपछि तुरुन्त पुस्तकालयबाट बाहिरिएँ ।

बाहिर त्यही अघि उक्लेको काठको चौडा सिँढी थियो । म सिँढी धमाधम चढ्दै उक्लिँदै गएँ ।

लौ अब समात्ने भए भन्ने डरले खाइरहेको थियो । तर भऱ्याङबाट कोही तलमाथि गरेको देखिनँ । मन अलि शान्त भयो । हुन सक्छ, ती पदचाप पनि आत्तिएको मनकै कल्पना थिए ।

तेस्रो तल्लामा अग्लो छानावाल फराकिलो हल थियो । झ्यालबाट चियाएँ ।

केही कपाल फुल्दै गरेका र केही तालु खुइलेका मानिस राता, नीला र हरिया गुच्चालाई सिमेन्टको भुइँमा यताउता गुडाउँदै थिए ।

मैले झ्यालको सिसामा आँखा जोतेर हेरें, "उः त्यो रातो गुच्चाले पहेंलोलाई हिर्कायो र पहेंलोले गुड्दै गएर हरियोलाई । हरियो गुच्चा बीचको प्वालभित्र पस्यो । सबै बूढापाका र अधबैंसेहरू हाँस्तै थपडी बजाउन थाले । किन यिनीहरू राति, त्यो पनि मन्त्रालयको हलमा, खेलिरहेका थिए गुच्चा ?"

के उनीहरू गुच्चै खेलिरहेका थिए त ?

फेरि चियाएँ ।

हो र ? होइन, हो कुनै दुबिधा छैन । उनीहरू गुच्चै त खेलिरहेका थिए !

असी वर्षजतिका देखिने सेतै कपाल फुलेका एक जनाले ती पाकाहरूलाई गुच्चा खेल्न सिकाइरहेका थिए । मैले कान एकोहोऱ्याउँदै तिनको गफगाफ सुन्ने प्रयास गरें । केकस्तो गफ गर्दै थिए उनीहरू ? किन खेलिरहेका थिए मन्त्रालयभित्र गुच्चा ?

ती प्रशिक्षक आफ्ना अधबैंसे छात्रहरूलाई सम्झाउँदै थिए, "तपाईंहरूका औंला बलिया हुनुपर्छ, फुर्तिला हुनुपर्छ । औंलाको सटिक प्रयोग गर्न सिक्नोस् । गुच्चालाई सही कोण बनाई अन्य गुच्चातर्फ प्रहार गर्नोस् । गुच्चालाई राम्ररी हिर्काउने प्रयत्न गर्नोस् । यो मन्त्रालयको मात्र नभएर देशकै भविष्यसमेत तपाईंहरूका गुच्चा खेलाइमा निर्भर गर्छ ।"

म तीनछक्क परेर सुनिरहें, झ्यालबाट हेरिरहें ।

जाबो गुच्चा खेलाइले कसरी देशका समस्या समाधान गर्न सक्ला त ? कसरी गुच्चाले गरिबी घटाउला ? कसरी शान्ति र सुशासनको युग ल्याउला ? कसरी गुच्चाले विद्रोहीहरूलाई मूल धारमा फर्काउला ? के देशका मन्त्री, सचिव तथा अन्य उच्च पदस्थहरूले गुच्चै खेलेर देशका समस्याहरूको सिङ्गो समाधान खोज्दै थिए त ?

पेट्रोल, चामल, दाल र तेलको भाउ अकासिँदै गएको थियो । दलका कार्यकर्ताले राजाविरूद्धको आन्दोलन चलाइ नै रहेका थिए । विद्रोहीहरूले स्कुले केटाकेटीलाई उन्मुक्तिका गीतहरू गाउन सिकाउँदै नै थिए । उपत्यकाका सडककिनारमा बस्ने थाङ्ने केटाकेटी सुरक्षाकर्मीहरूतिर अझै ढुङ्गा हिर्काउँदै थिए । जाबो गुच्चा खेलाइले कसरी यस्तो विकट स्थितिमा

मूलभूत परिवर्तन ल्याउन सक्ला ? हिंसा, कुशासन र गरिबीको बोझले दबिएका जनतालाई कसरी गुच्चाले राजनीतिक र आर्थिक राहत देला ?

"गुच्चाको खेल सिक्न साह्रै गाह्रो रै'छ भन्ने तपाईंहरूलाई लागेको हुन सक्छ । तर गुच्चाको महत्त्व राम्ररी बुझ्नुभएको छ भन्ने कुरामा मलाई पूरा विश्वास छ ।", वयोवृद्ध प्रशिक्षकको भाषण देशका ठूलठूला राजनेता, मन्त्री तथा सचिवजस्ता देखिने पचाससाठी वर्षका खेलाडीहरू ध्यानपूर्वक सुनिरहेका थिए, "गुच्चाको वास्तविक आनन्द तपाईंहरूले सफल खेलाडी भएपछि मात्र चाख्नुहुनेछ । तपाईंहरूले गुच्चालाई राम्रोसँग हिर्काउन जानेपछि हामी भऱ्याङ चढी मन्त्रालयको छतमा जानेछौं । माथि आकाशमा चम्किरहेका तारा र चन्द्रमालाई हेर्नेछौं । अनि आआफ्ना गुच्चाले तारालाई हिर्काउनेछौं । ग्यालेक्सीहरूका अँध्यारा ब्ल्याकहोल हाम्रा लक्ष्य हुनेछन् ।"

वयोवृद्ध प्रशिक्षक चाउरिएका हात हल्लाएर भन्दै गए, "तपाईंहरूमध्ये केहीले सायद अन्य सौर्यमण्डलमा रहेका ग्रह-उपग्रहसम्मलाई पनि आफ्ना गुच्चाको प्रहारले छुन सक्नुहुनेछ ।"

मैले सुन्नुपर्नेजति सुनिसकेको थिएँ । सायद बढी नै । झ्यालबाट हटें ।

देशका मुख्य नेता र प्रशासक भनाउँदाहरू नै गुच्चा खेलेर समस्याको समाधान खोज्न लागिपरेको अवस्थामा मजस्ता सर्वसाधारणका निम्ति आस गर्ने ठाँवै के बचेको थियो र ! अहँ, मेरी छोरी र उनका समकालीन बालबालिकाको भविष्यबारे अब कुनै आशा बाँकी छैन ।

हिंसा र गरिबीको डरलाग्दो सञ्जाल कुनै दिन वास्तवमै विखण्डित होला ? कुनै दिन देशमा शान्ति, समृद्धि र स्थिरता आउला ? अराजकता, अन्योल घट्ला ? प्रेम र सद्भाव बढ्ला ?

अहँ, त्यस्तो आशा गर्ने कुनै ठाउँ बाँकी छैन ।

म बिस्तारैबिस्तारै भऱ्याङ ओर्लिन थालें ।

दाहिले घुँडो पुनः टनटन गर्न थाल्यो । अकस्मात् वाकवाकी लाग्न थाल्यो । भुइँतलाको महँगो रातो गलैंचामा झन्डै बान्ता गरें । बडो मुस्किलले आफूलाई रोकें ।

मैले अब प्रस्ट बुझिसकेको थिएँ, यो संसारै पागल भएको रहेछ ।

नत्र किन ढल्थ्यो त्यो अद्‌भुत टावर, घण्टाघरअगाडि ? किन घटित हुन्थ्यो राजदरबारभित्र, त्यस्तो डरलाग्दो हत्याकाण्ड ? किन मानिस रेस्टुराँमा कठपुतली खेल्थे र मन्त्रालयभित्र गुच्चा ?

हो, यो संसारै पागल भएको थियो र यसमा बस्ने युवा, युवती, बालक, वृद्ध, मन्त्री, कर्मचारी, पाले, प्रहरी, नेता र पसलेलगायत सबैसबै खुस्किँदै गएका थिए । म त सद्दे नै रहेछु । अरू सबै जना पो बिस्तारैबिस्तारै सन्किँदै रहेछन् त !

मेरो मन पूर्ण रूपले हतोत्साहित थियो ।

समातिहाले पनि अब मलाई केही मतलब छैन । अब कसैले बौलाहा भनेर पागलखानामै पुऱ्याइदिएमा पनि म विरोध गर्दिनँ । अब केकै लागि सङ्घर्ष गर्न बाँकी रह्यो र ! आखिर म पागल भएको त होइन रहेछु नि ! बरू यो संसारै पो बौलाएको रहेछ । यस्तो अँध्यारो संसार पाउन अब किन व्यर्थमा सङ्घर्ष गरिबसूँ ?

केका लागि म समाजसँग व्यर्थको लुकामारी खेलिरहेछु ? होइन, म त बौलाहा वा अर्धपागल होइन, सद्दे-सामान्य मानिस हुँ भनेर प्रमाणित गर्न ? देशका सन्काहा नेता भनाउँदाहरू नै गुच्चा लडाएर बहुलट्टी खेल खेलिरहेको यस अवस्थामा कसलाई के मतलब, को पागल छ र को सद्दे ? शहर, राष्ट्र, समाज सबै पागलपनतिर उन्मुख भइरहेको यस्तो अवस्थामा मैले मात्र आफूलाई सद्दे प्रमाणित गर्दैमा के नै हुन्छ ? संसारै पागल भएको स्थितिमा जाबो एउटा सद्देले एक्लै के गर्न सक्छ र ?

आ... अब जे होस्, आजको रात म पुनः विष्णुमतीकै पाटीमा बिताउनेछु । त्यहीं गएर थाकेको मगज र दुखेको शरीरलाई विश्राम दिन्छु । बिहान हुनेबित्तिकै घर फर्की परिवारका सदस्यहरूसमक्ष आत्मसमर्पण गर्छु । त्यसपछि मलाई कहाँ पठाउने, के गर्ने उनीहरूले नै निर्णय गरून् । जहाँ उनीहरूले पठाउलान्, त्यहीं जान्छु ।

मन्त्रालयको भवनबाट खोच्याउँदै निस्कँदा मलाई कसैले समातेन । कसैले केही सोधेन पनि । सायद कसैलाई केही मतलबै थिएन, को मन्त्रालयभित्र पस्यो र को निस्क्यो !

बगैंचामा अहिले पनि धूमधामसँग उत्सव चलिरहेकै थियो । राम्रा लुगा लगाएकाहरू एकअर्कातर्फ मुस्कान फ्याँक्तै थिए । कुखुरा र खसीको सेकुवा बोकेका चाँदीका किस्तीहरू रित्तिंदै थिए । केही आधुनिक गीतहरू पालैपालो गुन्जिरहेका थिए ।

म लडखडाउँदै मन्त्रालयको मुख्य गेटतिर लम्किएँ । अनि गेट नाघेर लड्दैपड्दै विष्णुमती-तीरतिर लागें ।

घनचक्कर

शरीर शिथिल थियो । मभित्र सङ्घर्ष गर्ने क्षमता रत्तीभर बाँकी थिएन । बल्लतल्ल वसन्तपुर दरबार स्क्वायर पुगें । एउटा वामपुड्केलाई प्रहरीहरूले लछारपछार गर्दै हनुमानढोकाको प्रहरी कार्यालयतिर लाँदै गरेको देखें ।

"आन्दोलनकारीहरूलाई बारा र तरकारी ख्वाउन तम्सेको जाँठा !", उनीहरू राँकिँदै थिए, "बडो क्रान्तिकारी बन्न खोज्दो रै'छ ।"

मैले चिनें, यो त्यही वामपुड्के थियो, जसको बारा र तरकारी मैले पनि खाएको थिएँ ।

त्रैलोक्यमोहन मन्दिरपछाडि उभिएका मानिसले प्रहरीहरूतिर ढुङ्गा फ्याँक्न थाले । "तानाशाही मुर्दाबाद, लोकतन्त्र जिन्दावाद"का नारा गुन्जिन थाले । "समात्, समात् सालेहरूलाई" भन्ने आवाज पनि सुनिए । कालो भैरवको मूर्तिपछाडिबाट कसैले गोली चलाउन थाल्यो । अर्को भागाभाग मच्चियो ।

शिवपार्वती मन्दिरको खुड्किलामा उभिएको प्रहरीले मतिर एउटा लाठो फ्याँक्यो ।

म तर्किएर विष्णुमतीतिर झर्ने गल्लीमा पस्न खोजें । तर खुट्टाको चोटले मेरो गति निकै घटेको थियो । लाठो हुइँकिएर मतिर आयो । जतिसुकै तर्किन खोज्दा पनि मुखमै बजारियो । गल्लीभित्र दगुर्दादगुर्दै ढुङ्गे पेटीमा पछारिएँ ।

उठेपछि पो थाहा पाएँ, मुखभित्रबाट अलिअलि रगत झर्दै रहेछ । एउटा दाँत पनि भाँचिएछ । थुकेर मिल्काइदिएँ । शरीर पसिनाले निथ्रुक्क थियो । शरीरका हरेक जोर्नी टनटन गरेर दुखिरहेका थिए । टाउकाको देब्रे पाटोको रन्काइ भने आश्चर्यजनक रूपले हराएको थियो । मेरो मगज सफा र शीतल थियो । शरीरको त्यही एकमात्र भाग थियो, जुन दुखिरहेको थिएन ।

तर मगजभित्रको त्यो शीतलता डरलाग्दो किसिमको थियो । लाग्यो, म एकैपल्ट धेरै कुरा बिर्सिन थाल्दै छु । मानौं, मगजभित्रका अँध्यारा प्वालहरूले मेरा स्मृति, मैले भोगेका घटना, पढेका इतिहास तथा चिनेका नाम र अनुहारहरू एकएक गर्दै निल्दै जाँदै छन् ।

दरबार स्क्वायरको दिशातिर अझै कोलाहल थियो । ठाङठाङ-ठुङठुङ ढुङ्गा बज्रिएको आवाज । ढ्याम्म-ढ्याम्म गोली पड्केको आवाज । विष्णुमतीतिर झर्ने गल्ली भने सुनसान थियो । त्यतैपट्टि लागें ।

म लडखडाउँदै दुई घन्टाभन्दा बढी लगाएर निकै ढिलो पाटीमा पुगें ।

मोहनदास आज त्यहाँ थिएन । पाटी खाली थियो र त्यही ठूलो कालो रिक्सावाल मात्र एक कुनामा मस्त निदाइरहेको थियो । घुर्दै सुतिरहेको उसले म पुगेको चालै पाएन । एउटी आइमाई पनि उसकै छेउ चिसो भुइँमा पल्टेकी रहिछ ।

मैले चिनें, फोहोरका थुप्रामा बसेर झ्याउरे गाउने लठेब्री ! त्यही आइमाई, जोसँग सम्भोग गर्ने इच्छाबारे रिक्सावालले मलाई एकदुईचोटि भनेको थियो । त्यो आइमाई पनि रिक्सावालसँगै लय मिलाएर घुरिरहेकी थिई ।

मोहनदासचाहिं आजै हिमालयतिर हिंडिसक्यो कि !

जे भयो, ठीकै भयो । म कोहीसँग कुराकानी गर्ने मनस्थितिमा थिइनँ । कुनै ठूलो युद्ध हारेर फर्किरहेजस्तै लागिरहेको थियो । म केवल पाटीको भुइँमा विचारशून्य भई उत्तानो पर्न चाहन्थें ।

भुइँमा तेर्सिएपछि अनुभव भयो, मेरो प्यान्टको खल्तीभित्र केही रहेछ । 'घनचक्कर' शीर्षक भएको त्यही पन्ना । त्यही चिर्कटो जसलाई मैले मन्त्रालयको पुस्तकालयबाट भाग्न खोज्दा ठोकिएको कन्टेनरबाट झिकेको थिएँ ।

ल्याम्पपोस्टबाट हलुका प्रकाश पाटीभित्रसम्म आइरहेको थियो । मधुरो प्रकाशमा आँखामा बल दिई त्यो कागत पढ्न थालें ।

थाकेको शरीरले केही नगर्, मात्र आँखा बन्द गरेर सुत् भनेर बारम्बार अराइरहेको थियो । तर मैले मन दह्रो बनाएँ र त्यो पानो पढेर मात्र सुत्ने निधो गरें । सायद संसारको यथार्थलाई समात्न खोज्ने त्यो मेरो अन्तिम

प्रयत्न थियो । यो पनि हुन सक्छ, मैले आफैँलाई प्रताडित गरेर एक किसिमको नजानिँदो पीडामिश्रित आनन्द लिने कोसिस गर्दै थिएँ ।

कागतमा लेखकको नाम नभएको अपूरो लेख रहेछ । 'घनचक्कर' शीर्षकबाहेक लेख वा लेखकबारे अरू कुनै थप जानकारी देखिएन ।

"चक्कर शब्दले समाधान हुन नसक्ने ससाना समस्याको जालो वा भूलभुलैयालाई जनाउँछ । यस्ता धेरै सानातिना चक्करहरूको संयोजनबाटै घनचक्करको निर्माण हुन्छ । जीवन धेरै किसिमका चक्करहरूको भूलभुलैया हो, त्यसैले यो एउटा घनचक्कर हो ।"

एकछिन घोरिएँ । अनि पुनः पढ्न थालें ।

"जीवनरूपी घनचक्करका चारवटा मुख्य कारक छन्- राजनीतिक, मनोवैज्ञानिक, अस्तित्वपरक र पदार्थवादी । यस लेखमा घनचक्करका यिनै चार कारकको सामान्य विश्लेषण गरिएको छ ।"

"राजनीतिक कारण, जीवन एउटा घनचक्कर हो किनभने कुनै पनि व्यक्ति शक्तिसङ्घर्षको जालोभन्दा बाहिर छैन । पदका लागि, पैसाका लागि, सम्मानका लागि वा आआफ्नो महानता स्थापित गर्नका लागि मानिसहरूबीच सङ्घर्ष चलिरहेकै हुन्छ । मानिसहरूबीच चलिरहने शक्तिको यसै सङ्घर्षका कारण वर्गीय विवाद, जातीय द्वन्द्व, आतङ्कका शृङ्खला तथा युद्धहरू भइरहेका हुन्छन् । शक्तिसङ्घर्षको अविरल मुसा-दौड बाहिर कुनै आदर्शवादी संसार छ भन्ने सोच केवल कोरा कल्पना हो ।"

"जीवन एउटा घनचक्कर हो किनभने कोही पनि शक्तिसङ्घर्षको तानाबानाबाहिर छैन । समाजमा चल्ने शक्तिको खेललाई अस्वीकार गरी खरानी घसी धुनी बाल्ने जोगीहरूले समेत शक्तिकै आराधना गरिरहेका हुन्छन् । राजनीतिक शक्तिको गोटीचालबाट बाहिरिएका ती जोगी, महन्तहरू आध्यात्मिक शक्तिको खोजीमा लाग्छन् । हावाबाट लकेट र माला निकालेर आध्यात्मिक शक्तिको प्रदर्शन गर्दै आआफ्ना भक्तजनलाई लोभ्याउँछन् ।"

एकछिन घोरिएँ । अनि पुनः पढ्न थालें ।

"घनचक्करको दोस्रो कारक छ, मनोवैज्ञानिक । हाम्रो अस्तित्वको केन्द्रमा अभावको ठूलो प्वाल छ । त्यस प्वाललाई भर्न कहिले हामी पैसा जम्मा गर्छौं

भने कहिले नाम कमाउने प्रयास । कहिले प्रेम गर्छौं, कहिले प्रतिद्वन्द्विता । हामीले आफैँलाई अन्तर्मनको गहिराइमा सम्झाउँदै हुन्छौं, सायद बैङ्कमा यति पैसा जम्मा गरेपछि वा यति मानिसले चिनेपछि मभित्रको अँध्यारो प्वाल बन्द हुनेछ । यो लोग्नेमान्छे वा स्वास्नीमान्छेको प्राप्ति गरेपछि सायद मेरो अभावको अन्त हुनेछ ।"

"तर यी सबै भ्रममात्र हुन् किनभने अस्तित्वको केन्द्रमा रहेको त्यो अँध्यारो प्वाल भने जस्ताको तस्तै रहिरहन्छ । त्यसैलाई भर्ने क्रममा हामी नयाँनयाँ इच्छाहरूलाई पहिल्याउँदै जान्छौं । जीवनभरि नै एउटा वस्तुबाट अर्को वस्तुतिर, एउटा मानिसबाट अर्को मानिसतिर र एउटा विश्वासबाट अर्को विश्वासतिर लगातार चिप्लिरहन्छौं । कहिले सुपरमार्केटमा सजाइएका उपभोगका वस्तु किनेर आफ्नो अन्तर-अभावको प्वालमा ठेली लगाउन खोज्छौं भने कहिले प्रेमका गीत-कविता लेखेर त्यसको आभासलाई कम गर्न खोज्छौं । तर जेजति प्रयत्न गरे पनि अभावको त्यो अन्तरतम प्वाल भने सधैं चिलाइरहने, कोट्याउन मन लाग्ने घाउजस्तै हामीभित्र निरन्तर कायमै रहन्छ ।"

कालो रिक्सावाल र उसकी लठेब्री प्रेमिका झन्झन् ठूलो स्वरमा तालमा ताल मिलाई घुर्न थाले । पर फोहोरको थुप्रोतिर कुनै छाया सलबलाएजस्तो लाग्यो । तर मैले घोरिएर हेर्दा कोही देखिनँ । सायद मेरै मनको कुनै भ्रम !

पुनः पढ्न थालें ।

"घनचक्करको तेस्रो मुख्य कारक मानवअस्तित्वको संरचनासँग जोडिएको छ । एकातिर मृत्युको अनिवार्यताको बोध छ । अर्कोतिर मृत्युबोधलाई नकार्ने वा सहज बनाउने किसिमकिसिमका उपायहरू छन् । कपाल र दाह्रीलाई कालो रङ्ग्याएर हामी मृत्युबोधलाई केही समयका लागि नकार्न सक्छौं । भिटामिनका ट्याबलेट खाएर र टाउकामा नयाँ कपाल उमारेर पनि हामी मृत्युविरूद्धका आआफ्ना व्यक्तिगत आन्दोलन चलाइरहन सक्छौं ।"

"यसबाहेक कोही जन्ममृत्युको चक्रभन्दा परको मुक्ति वा निर्वाणको खोजीमा लागेका हुन्छौं । कोही भने कुण्डलिनी योगाभ्यास गर्दै टाउकामाथिको सातौं चक्रसम्म शक्ति उठाउने प्रयास गर्दै मृत्युबोधलाई उछिन्ने प्रयास गर्छौं ।"

"एकातिर छ, मृत्यु-अनिवार्यताको निरन्तर बोध भने अर्कोतिर छ, त्यसलाई नकार्ने वा पराजित गर्ने लगातार अभ्यास। मृत्युको निरन्तर बोध तथा त्यसलाई नकार्ने प्रयत्नहरूबीच दिनदिनैको यस्तै विरोधाभासले नै घनचक्करको तेस्रो, अस्तित्वपरक कारक जन्माउँछ।"

के कोही फोहोरको थुप्रोपछाडिबाट चियाउँदै छ ? त्यतातिर एकक्षण घोरिएँ। होइन, मेरै भ्रम ! कोही पनि थिएन। आँखा पानामा लगाएँ।

"घनचक्करको चौथो पदार्थवादी कारक काम र आरामका अन्तर्सम्बन्धहरूसँग जोडिएको छ। आधुनिक संस्कृतिको विकासका साथसाथै कामको अवधारणा समयका एकाइहरूसँग जोडिएर परिभाषित हुन पुग्यो। कसले कति महिना, दिन वा घन्टा काम गर्छ, त्यसैअनुसार अफिस, फ्याक्ट्री तथा बजारहरूमा उसको पारिश्रमिक तोकिने व्यवस्था चल्यो। आधुनिक संसारलाई डोऱ्याउने मुख्य संयन्त्र नै काम गर्नुपर्ने अनिवार्यता हो। काम गरेरै पैसा कमाइ हामी आफ्ना दैनिक आवश्यकता परिपूर्ति गर्न सक्छौं। खानेकुरा, लत्ताकपडा, घरघडेरीलगायतका सामान खरिद गर्न सक्छौं। त्यसबाहेक हामीले गर्ने कामको प्रकृतिले नै हाम्रा सामाजिक परिचयहरूलाई समेत परिभाषित गर्ने गर्छ। तर मानिसलाई काम गर्ने समयबाहेक काम नगर्ने वा आराम गर्ने समय पनि चाहिन्छ। एकातिर छ, काम गर्नुपर्ने इच्छा र आवश्यकता। अर्कातिर छ, कामभन्दा परको आरामको खोजी। काम र आरामको यो निरन्तर विरोधाभासले नै घनचक्करको चौथो कारकलाई जन्माउँछन्। त्यही विरोधाभास नै घनचक्करको चौथो र पदार्थवादीको कारक हो।"

"कोही पद्मासन कसी ध्यान गर्दै आराम खोज्छन् भने कोही टेलिभिजन हेरेर वा पहाड, जङ्गल, नदी, खोल्सा घुमेर आरामप्राप्तिको प्रयत्न गर्छन्। कोही गीतगजल गुनगुनाएर आरामको खोजी गर्छन् भने कोही तासजुवा खेलेर। केही सुखी र भाग्यशाली व्यक्तिहरूले मात्र काममै आरामको स्रोत भेट्छन्। बढीजसो भने कहिले काम त कहिले आराम खोज्दै पेन्डुलमझैं यताउता मच्चिइरहन्छन्। धेरै काम गरेर थाकेका मानिसहरू आरामको खोजीमा लाग्छन् भने आराममात्र गरेर अघाई दिक्क भएकाहरू पुनः नयाँ काम खोज्छन्।"

मेरा आँखा बन्द हुँदै थिए । मैले बुझ्न सकिरहेको थिइनँ के पढिरहेको छु ! तर निद्राले च्याप्तै लगे पनि मैले बल गरेर पढि नै रहें । आफैँलाई थाहा छैन, किन ?

मैले पढ्दै गरेको लेखले कुनै महत्त्वपूर्ण सत्यतिरको बाटो निर्देश गरिरहेको थिएन । त्यस्तो केही गरि नै हाल्ला भनेर त्यो कागत मन नलागीनलागी जबरजस्ती पढेको पनि थिइनँ । मैले आफैँसँग जबरजस्ती गरेर त्यो कागत पढ्नुको वास्तविक कारण अर्कै थियो ।

घरबाट भागेर यतिका दिन शारीरिक र मानसिक यातना खेपेपछि आफ्नो खोजको अन्तमा अब के पाएँ भनी संसारलाई देखाउन मसँग त्यो 'घनचक्कर' पन्नाबाहेक अरू केही थिएन । म यतिका दिन घर छाडी कहिले पाटी, कहिले राजदरबार, कहिले डान्स रेस्टुराँ त कहिले मन्त्रालय हुँदै शहरका सडकसडक, गल्लीगल्ली भौँतारिएको थिएँ । पागल भनेर चिनिएको म कुनै बुझाइको चाबी वा समग्र समाधान खोज्दै बेफ्वाँकमा कहिले यता त कहिले उता गर्दै लड्दै, लडबडाउँदै शहरभरि घुमिरहेको थिएँ । यतिका दिनसम्म ती सबै दुःख र यातना खपे पनि अहिले कोही आएर "तैंले यो सब केका लागि गरिस्, तेरो बहुलट्ठी खोजको अन्तमा के प्राप्त गरिस् ?" भनेर सोधे मसँग देखाउन यो मैलो पुरानो कागतबाहेक अरू केही थिएन । आफ्नो खोज, आफ्नो यात्रा, आफ्नो कथानकलाई पूर्णता दिन पनि मैले यो पन्ना त पढ्नैपर्‍यो नि !

अधि बढें ।

"घनचक्करका चारैवटा कारकबीच अविच्छिन्न अन्तर्सम्बन्ध रहन्छ । कामको माध्यमबाटै हामी राजनीतिक वा आर्थिक शक्ति प्राप्ति गर्छौं । कामै गरेर हामी आफूभित्रको अभावको प्वाललाई अस्थायी सन्तुष्टिको बुझो लगाई बन्द गर्ने प्रयत्न गर्छौं । कामको संसारमा डुबेर भित्रभित्रै मौलाइरहने मृत्युबोधलाई पर तर्काउने वा बिर्सने उपक्रम गर्न सक्छौं । अर्को शब्दमा भन्ने हो भने कामले नै हामीलाई जीवनमा चलिरहेका चक्करहरूलाई सहज बनाउन मदत गर्छ ।"

"तर कामकै माध्यमबाट चक्करहरूलाई काटी मुक्तिको द्वार खोज्नेहरूलाई पनि फर्कीफर्की आइरहने त्यही प्रश्नले सदैव सताइरहेकै हुन्छ, म सधैं

किन यति बढी काम गरिरहेको छु ? यही प्रश्नले चेतन वा अवचेतन तहमा तिनलाई बीचबीचमा घचघच्याइरहेकै हुन्छ, मृत्यु अनिवार्य, सन्तुष्टि क्षणिक र जीवन सदैव परिवर्तनशील हुँदाहुँदै म किन सधैं काममै जोतिएको छु ? केही समयपछि नाश हुने शक्ति र अस्थायी सन्तुष्टिको खोजमा किन यसरी लागिपरेको छु ?"

"यस्तै प्रश्नहरूबाट आत्तिएका उनीहरूमध्ये केही काम गर्न छोडी सिनेमा हलभित्र पस्छन् । केही टेलिभिजनको पर्दाअगाडि तेर्सिएर काम पन्छ्याउँछन् । अरूहरू भने पहाड, जङ्गल घुमेर, गीतगजल गुनगुनाएर, हुलाकका पुराना टिकट सङ्ग्रह गरेर वा जुवातास खेलेरै भए पनि आरामको खोजमा लाग्छन् । तर केही समयको आरामपछि मन पुनः व्याकुल हुन थाल्छ । उराठलाग्दो दिक्दारी र रिक्तताको आभासले चित्तलाई पुनः गाँज्न थाल्छ । अनि त्यसपछि उनीहरू फेरि कामको संसारमा फर्कन्छन् । नयाँनयाँ काम खोज्दै आफूभित्रको रिक्तता र दिक्दारी पुनः कम गर्नपट्टि लाग्छन् ।"

पढ्दापढ्दै बिनाकारण रङ्गनाथको सम्झना भयो । लाग्यो, ऊ कतै नजिकै छ । झस्किएर परपरसम्म हेरें । तर पाटीछेउको फोहोरको थुप्रो र त्यस परको विष्णुमतीको बगर पूर्णतया सुनसान थिए । पाटीमा सँगै सुतिरहेका दुई प्राणीको संयुक्त घुराइबाहेक त्यो सम्पूर्ण इलाकै पूर्णतया मौन थियो ।

मैले पढिसकेर त्यो चिर्कटो मिल्काइदिएँ र पाटीभुइँमा ढल्केर स्वप्नरहित निद्रामा डुब्दै गएँ । एउटा ढुङ्गा आवाजै नगरीकन कुनै ठूलो दहको पींधतिर डुब्दै गएजस्तै ।

रातभरिमा म एकचोटि मात्र केही क्षणका लागि ब्युँझिएँ । कारण थियो, छेवैमा दुई जनाको खासखुस । उनीहरू बोलिरहेका थिए र यौनउत्तेजनाले भरिएकी आइमाईको स्वर प्रस्ट आइरहेको थियो । मैले बुझें, कालो रिक्सावाल र लठेब्री आइमाई प्रेमक्रीडामा लिप्त थिए ।

म असाध्य थाकेको थिएँ । क्षणभरमै निदाएछु ।

प्याजको महान् धरहरा

नयाँ राजनीतिक गठबन्धन

भोलिपल्ट बिहान बिउँझिँदा घाम चर्किइसकेको थियो । रिक्सावाल र लठेब्री पाटीमा थिएनन् । कालिमाटीको सडकतिर लाउडस्पिकर पुनः घन्किइरहेको थियो ।

"देशका सबै समस्याको अन्त हुने समय आइपुगेको छ । राष्ट्रका नयाँ नेता चाँडै वसन्तपुर आउँदै छन् । देशका समस्याबारे धेरै विचार गरेपछि नयाँ नेताले पुनः राजनीतिको मध्यधारतिर फर्कने निर्णय गरेका छन् ।"

लाउडस्पिकरको आवाज झन्झन् नजिकै आउँदै गयो ।

पाटीको पश्चिम कुनामा लुकेर चियाएँ । राजाको सन्देश घोषणा गर्दै हिंड्ने तिनै छोटो कपालवाला दुई जना रहेछन् । त्यही कालो रिक्सावालले पाइडल मार्दै थियो । आज उसका ओठ फक्रिएका थिए र अनुहार आनन्दले उद्दीप्त । पछिल्तिर बसेका सिपाही तथा तिनको राजनीतिक घोषणालाई बेवास्ता गर्दै ऊ जोडजोडसँग पैडल चाल्दै थियो ।

रिक्सा पाटीअगाडिबाट जाँदा उसले मलाई पहिलेजस्तो सलाम नमस्कार केही पनि गरेन । राति म प्यान्ट-सर्ट लगाएरै ढल्केको थिएँ । सधैं मलाई जोगी भेषमा देखेको उसले नयाँ रूपमा नचिनेको पनि हुन सक्छ । तर मलाई लाग्यो, वास्तविक कारण अर्कै थियो । आफ्नै आनन्दमा चुर्लुम्म डुबेको उसलाई संसारको कुनै सरोकार थिएन । सायद देख्दै देखेन होला ।

"नयाँ नेताले विद्रोही तथा दलहरूलाई एकमत गराउँदै शान्तिको बोधिवृक्ष रोप्नेछन् ।", प्रहरीहरू रिक्साबाट फुक्तै गए, "तिनै नयाँ नेताले सबैका लागि खानेकुरा, औषधि र लत्ताकपडा ल्याउनेछन् । आशाका सुन्दर सपनाहरू जगाउनेछन् । रित्तिएको राष्ट्रिय कोषलाई हीराजवाहरातले भर्नेछन् । अनि उनले नै बाटो बिराएका नागरिकलाई पुनः शान्तिको मार्गतिर उन्मुख गर्नेछन् ।"

म उत्साहले भरिएर पाटीबाट बाहिर निस्कें । के भइरहेको थियो ?

जे-जस्तो भए पनि आशाको ज्वाला अझै दन्किरहेकै रहेछ नि ! हिजो राति मलाई गाँज्ने हतोत्साही भावनाहरू धमाधम पग्लिँदै गएजस्तो लाग्यो । राति अकस्मात् किन त्यस्तो कमजोर भएको थिएँ म ? किनभने म अलिअलि गडबडिएको मात्र नभएर अलिअलि मातेको पनि थिएँ ।

रिमझिममा त्यतिका बोतल रित्त्याएपछि मात्नु त स्वाभाविकै थियो । सायद त्यही मातेको सुरमा मैले सारा संसारलाई पागल भन्ठानेको थिएँ । तर न त संसार त्यति पागल रहेछ, न त मै पूर्णरूपले सामान्य बनिसकेको रहेछु । कुरो मात्र के थियो भने म मातेको रहेछु ।

तर त्यसो भए मेरो खोज पनि सकिइहालेको रहेनछ । मन एकाएक दह्रो हुँदै आयो । अझै पनि त बाँकी रहेछन् नि मेरा मुक्तिका सम्भावनाहरू !

हिजोको विपरीत आज मेरो दिमाग निकै सङ्लो छ । आशा बढेको छ, मात, चिन्ता र छटपटी घटेको छ । अहिलेसम्म जे-जस्तो भएको भए पनि अब भने सबै ठीक हुँदै जानेछ ।

हिजो राति अचाक्ली दुखेको दाहिने घुँडाको पीडा आज निकै कम थियो । शरीर हलुको भएको र टाउकाको देब्रे भागको रन्काइ पूरै हराएको थियो ।

"यी सबै शुभ सङ्केतहरू हुन् ।", मैले मनमनै सोचें, "सायद मेरा राम्रा दिन चाँडै फर्कनेछन् । अब मैले चाँडै वसन्तपुरतिर लाग्नुपर्छ । मैले पनि ती नयाँ नायकको स्वागत गर्नुपर्छ । सायद तिनैको दर्शनले मेरो भाग्यमा आमूल परिवर्तन ल्याउनेछ । सायद उनको दिव्य दर्शनले मभित्रका सबै गडबडीलाई एकै पलमा नष्ट गर्नेछ । मेरो मगजलाई पुनः शीतल, सामान्य र शान्त बनाउनेछ ।"

अहिले देशको स्थिति यसरी सुध्रिएका बेला, नयाँ नायक नयाँ समाधान लिएर आइपुगेका बेला मेरो पनि सन्तुलन र स्थिरता बढ्ने कुरा प्रायः निश्चितै छ । त्यसैले अब आफ्ना सबै गडबडीलाई यसै पाटीमा बिसाउनुपर्छ । हातमा फूलका गुच्छा लिएर अरूझैं वसन्तपुरतिर लाग्नुपर्छ ।

पाटीको कुनामा मैले हिजो बेलुका मिल्काएको रामनामी देखें । त्रिशूल भने थिएन । रामनामी टकटक्याएर दाहिने घुँडालाई टनटनी कसें । दुखाइ नहराए पनि हिंड्न अलि सजिलोजस्तो भयो ।

आँखा घुमाएर राति निदाउनुअगाडि पढेको 'घनचक्कर' पन्ना खोजें । कतै पनि देखिएन । सायद हावाले सडकपारि पुऱ्याइसकेको थियो ।

"आ... होस्, केही छैन ।" त्यो कुनै महत्त्वपूर्ण दस्तावेज थिएन । बकम्फुसेको सिल्ली अभिव्यक्तिबाहेक केही थिएन त्यस चिर्कटोमा । त्यसमा कुनै महत्त्वपूर्ण विचार वा दर्शन लुकेको थिएन । यस्ता महत्त्वहीन लेखपछि लाग्न छाडी बरू नयाँ नायकको स्वागत गर्नपट्टि लाग्नुपर्छ । नयाँ आशाले जुरमुराएको नयाँ दिन अब बल्ल आइपुगेको छ । त्यसैले चाँडै वसन्तपुर दरबार स्क्वायर पुग्नुपर्छ । भिडभाड हुनअघि नै राम्रो ठाउँ खोजी नेताको आगमनको प्रतीक्षामा बस्नुपर्छ ।

पाटीकै कुनामा मैले हिजो फ्याँकेको पुरानो झोला थियो ।

तानेर काँधमा हालें । बाटाछेउ कुनै फूल भेटे बरू टिपेर हालुँला, यही झोलामा । अब मैले चाँडै वसन्तपुरतिर लाग्नुपर्छ । अरूजस्तै म पनि नयाँ नायकको स्वागत गर्न तयार हुनुपर्छ ।

विष्णुमतीको पुलनिर एउटा ढाक्रे सयपत्री फूलका गुच्छा बेच्दै थियो ।

मैले प्यान्टको खल्तीमा हात हालें । दुई सय, तीन सय, तीन सय साठी रूपियाँ रहेछ । होइन, हिजो राति रेस्टुराँबाट निस्कँदा त हजारजति थियो । बाँकी नगद कता हरायो ?

अनि मेरो नीलो नोटबुक र कालो पाइलट पेन नि ?

हत्तपत्त हात घुसारेर प्यान्टसर्टका सबै खल्तीमा खोजें । तर न पाइलट पेन भेटियो, न नोटबुक र नगदै ।

एकछिन अलमल्ल परें । फेरि सोचें, "रातिको मात, गोलमाल र भिडन्त आदिका बेला हराए होला कतै ! के गर्न सकिन्छ र ? जे भयो, भयो । जे भए पनि अहिलेलाई अघि बढ्दै जानुपर्छ । अहिलेको मुख्य लक्ष्य हो, वसन्तपुर पुगेर नयाँ नेताको स्वागत गर्नु ।"

सयको गैंडा ढाक्रेलाई दिँदै सयपत्रीका गुच्छाहरू समाएँ । फिर्ता चानचुन खल्तीमा हालें । फूल झोलाभित्र खन्याएँ ।

काँधमा झोला बोकी पुल तरेर वसन्तपुरतिर बढें ।

दरबार स्क्वायरका छेउछाउका साँघुरा गल्ली मानिसले भरिभराउ थिए । सबै नयाँ उत्साह र आशाले जुरमुराएजस्ता । कोही हातमा बास्नादार माला बोकेर नयाँ नेता आउने गल्लीको मुखतिर हेर्दै थिए । कोही मादल र बाँसुरी बजाइरहेका थिए भने कोही स्वागतगीत गाउँदै सडकभरि अबिर छर्दै थिए ।

"यिनै नेताले विद्रोही तथा दलहरूबीच कुरो मिलाउनेछन् ।", भिडमा यताउता गरिरहेकाहरू खासखुस गर्दै थिए, "यिनैले दैलादैलामा खानेकुरा र लत्ताकपडा पुऱ्याउनेछन् । यिनैले देशलाई पुनः शान्तिका बाटातिर लैजानेछन् ।"

निराशाको दलदलबाट उम्किएर सुन्दर उज्यालातिर लम्किन कति नै बेर पो लाग्दो रहेछ र ! मेरै मनोदशाकै कुरा गरौं न ! हिजै राति नै त मैले आफ्नै अस्थिरताविरूद्धका लडाइँमा हार स्वीकार गरेको हुँ । बिहान उठ्नेबित्तिकै घर फर्की आफन्तहरूसमक्ष आत्मसमर्पण गर्ने निधो गरेरै त म राति पाटीमा निदाएको थिएँ । उनीहरूले चाहेमा पागलखानामा जानसम्म पनि म तयार थिएँ ।

राति किन मैले यति सजिलै हार स्वीकारें ?

भित्रबाट अघिकै जस्तो उत्तर आयो किनभने हिजो राति म मातेको, घाइते र थकित थिएँ । मेरो मन पूर्णरूपले रित्तिएको थियो । त्यसैले पराजय स्वीकार गरी पाटीमा विचारहीन भएर ढलेको थिएँ ।

तर कति ठूलो अन्तर छ, हिजोको कालो रात र आजको नयाँ उज्यालो बिहानीमा ! आज म पुनः उत्साहले जुरमुराएको छु । मेरो युद्ध अझै जारी नै छ । आशाको अबिर छर्दै उमङ्गका गीत घन्काइरहेको भिडसँगसँगै म पनि हिंडिरहेकै छु ।

"उः, हाम्रा नयाँ नेता !"

कसैको ठूलो स्वर सुनियो । सबै जना सतर्क भएर ढुङ्गा छापिएको गल्लीतिर हेर्न थाले । म पनि आफ्ना विचारबाट झसङ्ग ब्युँझिएँ । एकटक लगाएर गल्लीतिर चियाएँ ।

राष्ट्रका नयाँ नेता हजारौं अनुयायीबीच ठूलो ताराझैं जगमगाउँदै वसन्तपुर दरबार स्क्वायरतिर बढिरहेका थिए ।

मानिसहरू झन्झन् उत्साहले स्वागतका नाराहरू घन्काउन थाले ।

मैले आँखा गाडेर नियालें, नयाँ नेता मध्यम कदका थिए । उनको शरीर ठूलो थियो र पेट अलिकति फुकेजस्तो । दाह्रीजुँगा सफाचट र कपाल पातलिंदै गएको । तर यी शारीरिक लक्षणको खासै अर्थ थिएन । सबैभन्दा आकर्षक र घतलाग्दो कुरा थियो, ती नेताको समग्र व्यक्तित्व ।

मुस्कानका केही अस्पष्ट लक्षण बोकेको उनको गहुँगोरो अनुहार अदम्य ओजले प्रज्ववलित थियो । यस्तो अनुहार, जसले उनलाई हेरिरहेका मानिसको मनमा एकाएक विश्वास, श्रद्धा र आशा सञ्चारित गर्दै थियो । उनका निम्ति जे पनि गर्न सक्ने, जिउन-मर्न तयार हुन सक्ने भावनाहरू व्युत्पत्ति गरिरहेझैं थियो ।

संयुक्त प्रजातान्त्रिक समूहका प्रख्यात दुब्ला, अग्ला नेता एकाएक भिडको अग्रभागमा देखा परे ।

एकछिनअघिसम्म उनी ती नयाँ नेतालाई पछ्याउने समूहपछिल्तिरै उभिएका थिए । तर हिउँदको लामो अन्तरालपछि प्वालबाट लुसुक्क निस्किने लामो, मसिनो सर्पझैं सरसर सर्दै उनी अब सबैभन्दा अगाडि आइपुगे । जनता र नयाँ नेताबीच तेर्सिंदै सानो स्वरमा बोल्न थाले ।

"रूपान्तरणको महान् दिन बल्ल आइपुगेको छ । अबमात्र हामीले सही र सक्षम नेता भेटेका छौं । यिनै नेताले सबै राजनीतिक शक्तिबीच सामञ्जस्यको केन्द्र खोज्ने छन् । यिनैले विद्रोहीहरूलाई बन्दुक त्यागेर राजनीतिको मूल धारमा फर्किन तयार गर्नेछन् ।"

ती नेताको स्वर सानो र फुसफुसे थियो । तर समर्थकहरूले कराईकराई उनका शब्दहरू सबैलाई सुनाउन थाले । त्यो सामूहिक स्वर परपरका

सडकसम्म फैलँदै गएर बस र टेम्पोको घ्यार्रघुरसँग मिसिइरहेको थियो। लामो सुरङभित्र हजारौंहजार एकैसाथ कराइरहेजस्तो ।

"हामी सबैले नयाँ नेताको मनोबल बढाउनुपर्छ ।", दुब्ला अग्ला नेताका समर्थकहरू चिच्च्याइरहेका थिए, "यिनै नयाँ नेताले भत्किएर छरिएको देशको इतिहासलाई पुनः एकीकृत गर्नेछन् ।"

संयुक्त प्रजातान्त्रिक समूहको नेताको भाषण सकिएपछि अब संयुक्त वाममोर्चाका नेता भिडअगाडि देखा परे ।

भनिन्छ, पुड्का तर अत्यन्त बलिया भुजा र तिघ्रा भएका यी नेता कुनै समय कुस्ती खेलाडीका रूपमा समेत प्रख्यात थिए । प्रजातान्त्रिक समूहका अग्ला दुब्ला नेताविपरीत यिनको स्वर ठूलो र जोरदार थियो । मन र शरीर दुवैलाई जिरिङ्ग पार्दै, झकझक्याउने किसिमको । अहिले वृद्ध अवस्थामा प्रवेश गरेपछि बढ्दो उमेरको कारणले हो अथवा शाकाहारी खानपिनको बानीले, उनी उग्र स्वभावलाई त्यागेर अलिक नरमपन्थी बनेका थिए । तर उनका जोडदार स्वर भने अहिलेसम्म पनि जवानीकै उग्रता र ओजले भरिएको थियो ।

ती नेता अब गर्जन थाले, "षड्यन्त्रका जाला च्यातचुत पार्ने, समस्याहरूको सिङ्गो समाधान खोज्ने उद्देश्य लिएरै नयाँ नेता जनसमक्ष आएका छन् । यिनलाई सबै दाजुभाइ, दिदीबहिनी, काकाकाकी र मामा–माइजूलगायत सम्पूर्ण जनताको समर्थन छ भन्ने सबैले बुझून् ।"

मैले घोरिएर हेरें ।

अनुयायीहरूले नयाँ नेताको शिर मालाले छोप्तै थिए । शरीरलाई महँगा दोसल्लाहरूले ढाकिरहेका थिए ।

"हाम्रा नयाँ नेता बल्ल हामीमाझ आइपुगेका छन् ।", उनीहरू भन्दै थिए, "यिनै महान् नेताले विद्रोहीलाई हतियार त्याग्न र दलका नेतालाई साझा कार्यक्रम बनाउन बाध्य गर्नेछन् ।"

सबै जना ती नेतालाई अगाडि सार्दै त्रैलोक्यमोहन मन्दिरछेउ सिँगारिएको मञ्चतिर बढ्न थाले ।

नयाँ नेताको भाषण सुन्न लाखौं मानिस जम्मा भएका थिए । तिनै नेता जो वर्षौंसम्म अध्ययन-मनन गरी, राष्ट्रको निम्ति बनाइएका जटिल योजनाहरूलाई सार्वजनिक गर्न अहिले वसन्तपुर आइपुगेका थिए ।

तर यो के ?

नयाँ नेता मञ्चनिर पुग्न लागेकै बेला बेग्लै हल्लाखल्ला मच्चिन थाल्यो । उनलाई घेरेर अगाडि बढिरहेका कार्यकर्ता र समर्थकहरूले आश्चर्यचकित भएर भन्न थाले, "जतिजति मञ्चतिर गयो, त्यति नै नयाँ नेताको झन्झन् मोटाउँदै छन् । यो सब कसरी हुँदै छ ?"

अकस्मात् धेरैले भन्न थाले, "हो, हाम्रा नयाँ नेताको शरीर झन्झन् मोटाउँदै गइरहेछ । उनको फुकेको पेट झन् अझै फुक्तै गइरहेछ ।"

"सूर्योदयको बेला शहरतिर लाग्दा त यी नेता दुब्लापातलै थिए ।", चिम्सा आँखा भएकी एउटी आइमाई भन्दै थिई, "जतिजति शहरभित्र पस्तै गए, त्यति नै यिनी मोटाउँदै आएका छन् । किन र कसरी मोटाइरहेका छन् उनी ? अनि किन फुक्तै छ उनको पेट ? यसमा प्रतिक्रियावादीहरूको कुनै षड्यन्त्र त छैन ?"

संयुक्त प्रजातान्त्रिक तथा वाममोर्चाका नेता अब भिडअगाडि आएर सम्झाउन थाले, "होइन, यसमा शङ्का लिनुपर्ने कुनै कुरा छैन । यी नेता कुनै षड्यन्त्रको कारणले मोटाएका-फुकेका होइनन् । मोटो शरीर त मात्र उनको महानताको परिचायक हो । फुकेको पेट र बाक्लिएको घाँटी बढ्दो शक्तिको सङ्केत हो ।"

"यी नेताको मोटाउँदो शरीरले उनको लोकप्रियतातिर औंल्याउँदै छ । उनको दक्षताको प्रत्यक्ष प्रमाण दिइरहेछ । अब बल्ल उनले सिँगारिएको मञ्चमा चढ्ने ऐतिहासिक घडी आइपुगेको छ । नयाँ नेताले गर्नुपर्ने युगान्तकारी भाषणको समय आएको छ ।"

त्यो ऐतिहासिक भाषण

वसन्तपुर दरबार स्क्वायरको सम्पूर्ण क्षेत्र रङहरूले पोतिएको छ । रङ्गीन ब्यानर तथा ध्वजाहरू हावामा यत्रतत्र तैरिरहेका छन् । हनुमानढोका दरबार रक्षा गर्न बसेको रातोमुखे हनुमान्-मूर्तिले मञ्चमा चढेका नयाँ नेताको मोटाएको शरीरलाई अचम्म मानेर हेरिरहझैं छ । कालो भैरवको डरलाग्दो मूर्तिले पनि नेताको प्रगतिलाई बडो चाख मानेर हेरिरहेको छ । सम्पूर्ण दरबार स्क्वायर वरदेखि परसम्म टम्म भरिएको छ ।

अनि उता छ, शिवपार्वती मन्दिरअगाडि सलबलाइरहेको भिड ! त्यहाँ छन्, मैले चिनेका धेरै कलाकार, लेखक, रङ्गकर्मी र सङ्गीतज्ञहरू ।

अष्टनारायण मन्दिरपछाडि अगाडि बढ्न खोजिरहेका केही मानिस भिडको पेलमपेलमा परी पछाडि धकेलिंदै छन् । पेलमपेलमा सलबलाइरहेका थुप्रै अनुहारलाई मैले एकएक गरी चिनिरहेछु ।

नटवर थारू, हाफ प्यान्ट, काले, गुह्येश्वरीमा हिमाली मलम आविष्कार गर्ने राममान दाइ र पुरानो बानेश्वरमा घडी मर्मत गर्ने राजु र अर्जुन लामा । उः, गल्लीकै मुखमा उभिएका छन् चाउरिएका राममान दाइ । उनकै छेउ छन्, कालो सर्ट र कालै हाफपैन्ट लगाएका कालीका उपासक हाफ प्यान्ट । हाफ प्यान्टपछि छन्, तालुचिन्डे अर्जुन लामा । अनि सबैभन्दा पछि छन्, ठूलठूला मुन्द्री लगाएर नाङ्गो छाती लिई हिंडेका नटवर थारू ।

मैले ती सबैलाई देखे पनि मलाई भने कसैले चिन्न सकेका छैनन् । सबै जना मञ्चमा बसेका, झन्झन् मोटाउँदै गएका नयाँ नेतालाई ट्वाल्ल परी हेर्नैमा मग्न छन् । तिनको भाषण सुन्न अधीर भई ठेलमठेल गरेर उभिएका छन् ।

मानिसहरू झोछें, असन र बाङ्गेमुढाको दिशाबाट फूलका गुच्छा, अबिर र माला लिई ओइरिँदै छन् ।

कोही अष्टनारायण मन्दिरका ढुङ्गे खुड्किला चढेर मञ्चमा आसिन नेतालाई हेर्न तम्सिएका छन् । अरू त्रैलोक्यमोहन मन्दिरका खुड्किला उक्लेका छन । विष्णुका दशै अवतार जनाउने ढुङ्गाका मूर्तिमा अबिर छर्दै नयाँ नेताको दीर्घायुको कामना गर्दै छन् । सबैतिर हर्षोल्लास छाएको छ ।

अघि भर्खरसम्म अष्टयोगिनी मन्दिरपछाडि चाँदीका क्युरियो बेचिरहेको पसलेले अब सटर बन्द गरेको छ । अघिसम्म छेउको रेस्टुराँमा समोसा खाइरहेका मानिस पनि अब मन्दिरका खुड्किला चढेर थाङ्का, ध्वजापताका र बेलुनले सजाइएको मञ्चतिर एकटक लाउँदै छन् ।

"अब बल्ल हाम्रा नेतालाई उपहार टक्र्याउने बेला आएको छ ।", कोही लाउडस्पिकरमा बोल्दै छ, "सबै मिली हाम्रा नवनायकलाई उपहारले विभूषित गरौं । स्वागत गीत र कविता घन्काऊँ । त्यसपछि मात्र उनले गहकिलो ऐतिहासिक भाषण गर्नेछन् ।"

अनि अब केही मानिस रङ्गीन सिल्कले छोपिएको थाल लिएर मञ्चमाथि चढेका छन् ।

त्यो गोलो थाल ती नेतासामु राखिएको छ । सबै मौन छन् । थालबाट रङ्गीन सिल्क उठाउन लागेका राष्ट्रनेतातिर एकटक हेर्दै छन् ।

हेर-हेर, अब ती नायकले थालमाथिको सिल्क उठाउन लागिरहेको !

अनि अब बल्ल देखियो, त्यो त्यहाँ... त्यो उपहार... एउटा नरम र भिजेको मुकुन्डो !

नेताले मकुन्डालाई ओल्टाईपोल्टाई हेर्दै मुसार्दै छन् । त्यसलाई आफ्नो अनुहारमा कसेर बाँध्दै छन् । हेर, कस्तो पालिस गरेको जस्तो चम्किइरहेको छ त्यो मुकुन्डो, उनको अनुहारमा !

मलाई अकस्मात् लाग्दै छ, मेरो हालको अवस्थासित त्यस मकुन्डाको गहिरो सम्बन्ध छ । त्यसको कालो चमकले मेरो थाकेको शरीर, चर्किएर दुखिरहेको दाहिने घुँडो र बेलाबेला पोलिरहने टाउकाको देब्रे भागबारे कुनै

अस्पष्ट आभास दिइरहेजस्तो छ । सायद त्यसै मकुन्डाभित्रको अँध्यारामा मैले खोजेको सिङ्गो समाधान लुकेको छ ।

फूलमाला बोकेका मानिसहरू चारै दिशाबाट सिँगारिएको मञ्चतिर ओइरिँदै छन् । मोटाउँदै गएका नयाँ नेताको शरीरमा वाग्मतीको पवित्र जल छर्कंदै छन् । शरीरमा अबिर र फूल छर्दै छन् । स्तुतिका गीत गाउँदै छन् ।

समर्थकहरूको भक्तिभावमा चुर्लुम्म ती नेता भने झन्झन् मोटाउँदै, फुत्कै, अग्लिँदै जाँदै छन् । हेर्दाहेर्दै उनको जीउ यति ठूलो भइसकेको छ कि उभिन पनि गाह्रो अनुभव भइरहेको जस्तो देखिन्छ ।

जनप्रतिनिधिहरू नयाँ नेतालाई भरथेग गर्दै डायससम्म पुऱ्याउने चेष्टा गर्दै छन् । तर नेता भने साह्रै अग्ला र मोटा भइसकेका छन् । यति मोटा कि मेचबाट उठाउनै अप्ठ्यारो भइरहेछ । शहरका केही प्रख्यात व्यापारी र प्रशासक भने हतारहतार अगाडि बढेर नेतालाई तान्दै धकेल्दै उठाउन खोज्दै छन् ।

"यी नेता नै हाम्रा अन्तिम आशा हुन् ।", उनीहरू आत्तिएर एकअर्कालाई भन्दै छन्, "उनी नै हिंसा र पागलपन विरूद्धको युद्धमा हामीलाई जिताउन सक्ने एक मात्र सम्भावनाका स्रोत हुन् ।"

"यिनै राष्ट्रनायकले विद्रोहीहरूलाई बन्दुक छाडेर कलम र कोदालो टिप्न सिकाउनेछन् ।", उनीहरू भजन गाएजस्तो गरेर एकहोरो स्वरमा बोल्दै छन्, "दुर्गन्धित सडक गल्लीलाई सुगन्धित बनाउनेछन् । फोहोर वाग्मतीलाई सफा र सङ्लो बनाउनेछन् । फ्युज गएका बत्तीको मर्मत गरी घरसडकलाई उज्यालो तुल्याउनेछन् ।"

"यिनै नेताले बडाबडा हाइड्रोपावर परियोजना शुरू गर्नेछन् । यिनैले सबै वर्ग र जाति निम्ति शिक्षा र न्यायका समान अवसर प्रदान गर्नेछन् ।", उनीहरू भन्दै जाँदै छन्, "अनि यिनैले देशका सबै नाटककार, उपन्यासकार र इतिहासकारहरू निम्ति नयाँ कथावस्तु र शैली आविष्कार गर्नेछन् ।"

तर खोइ त ती नेताले भाषण गर्न शुरू गरेको ?

डायसपछाडि उभ्याइएका उनी बोल्न त सक्तो प्रयास गरि नै रहेजस्ता देखिन्छन् । दुवै हात डायसमा टेकेर मुख खोलि पनि रहेछन् । तर खोइ, किन स्वर निस्किइरहेको छैन ? किन बोलिरहेका छैनन् यी सबैका आशा र विश्वासका केन्द्र ?

अनि अब के हुँदै छ ?

फूल र तक्माले जगमगाइरहेको नेताको शरीर त अब कालो र धमिलो पो हुँदै छ । उनको छाला खस्रो हुँदै जाँदै छ । काँध, खुट्टा, हात, पैताला, छाती बिस्तारैबिस्तारै जड र निर्जीव हुँदै छन् ।

के हुँदै छ मञ्चमा ?

सबै सास रोकेर रूपान्तरणको त्यो दृश्य एकटक हेर्दै छन् । केकस्तो नयाँ अवतार प्रकट होला त त्रैलोक्यमोहन मन्दिरसामु ?

को हुन् ती नयाँ नेता ?

के उनी कोही महान् सम्राट् हुन् ? दक्ष राजनीतिज्ञ हुन् ? कुनै प्रभावशाली कूटनीतिज्ञ ? वा कुनै मुक्ति प्राप्त योगी वा सन्त ?

अनि पो मैले बल्ल बुझें । ती त त्यस्तो केही पनि होइन रहेछन् ।

न ती नेता रहेछन्, न कूटनीतिज्ञ, न सम्राट्, न सन्त । उनी त केवल प्याजको डल्लो पो रहेछन्, फगत प्याजको डल्लो ।

मैले मञ्चमा प्रस्ट देखें । मञ्चअगाडि डायस थियो र डायसको ठीक पछाडि ठडिएको थियो, हो त्यो विशालकाय प्याजको डल्लो !

आत्तिएर हेरें- हो, डायस र त्यसपछि उभिएको त्यो प्याजको डल्लो !

मानिसहरू अझै उनको स्तुति गाउँदै छन् । उनको समर्थनमा नारा लगाउँदै छन् । तर अब उनी ती गीत तथा नाराको मर्म के बुझ्न सक्थे ? उनको त सारा शरीरै एउटा ठूलो प्याजको डल्लोमा परिवर्तन भइसकेको छ ।

म अझै त्रैलोक्यमोहन मन्दिरको खुड्किलामा उभिएर हेरिरहेको छु । प्याजको डल्लो झन्झन् ठूलो हुँदै छ । मञ्चमा नअटाएर त्यो प्याज वसन्तपुर दरबार स्क्वायरभरि फैलिन थाल्दै छ । धेरै मानिसहरू भाग्न

नसकेर प्याजमुनि किचिँदै छन् । अरूचाहिँ वसन्तपुरका कुनाकुनामा उभिएर राष्ट्रका नयाँ नेताको निरङ्कुश राजनीतिबारे प्रश्न गर्न थाल्दै छन् ।

"उनको घाँटीबाट मालाहरू हटाऊ, तक्माहरूबाट विभूषित उनको छातीलाई नाङ्गै पार ।", भ्रमबाट मुक्त भएका उनका अनुयायीहरू कराउँदै छन्, "देशको वर्तमान र भविष्यबारे विचारै नगरी हाम्रा नेता निरङ्कुश प्याजको डल्लो बनेका छन् । अब हामीले किन उनको स्तुतिगान गर्ने ? किन उनको छवि आफ्नो हृदयमा सजाउने ? अब प्याजलाई प्याजै रहन दिऊँ । हामी सबै राजनीतिक मृगतृष्णा त्यागेर आआफ्ना घरतिर लागौं ।"

"तिमीले हामीलाई ठूलो धोका दियौ ।", रिसले मुरमुरिएका मानिस लगातार अग्लिँदै, फैलँदै गएको प्याजको डल्लातिर हेर्दै चिच्च्याइरहेका छन्, "तिमीले आफ्ना अनुयायीलाई धोका दियौ । तिमीले आफूले आफैँलाई धोका दियौ । तिमीले सबैलाई धोका दियौ ।"

मैले हेर्दाहेर्दै प्याजको डल्लो झन्झन् अग्लिइरहेको छ । शहरका दरबार, घण्टाघर तथा धरहराहरूभन्दा पनि अग्लो भएर सबैतिर त्रास फैलाउँदै छ ।

सबै जना निरास स्वरमा कराइरहका छन्, "यस शहरमा पहिलेपहिले पनि यस्तै महान् नेताहरू आएका थिए । यस्ता हरेक नेताहरूसँग देशले ठूलठूला अपेक्षा गरेको थियो । तर जनताको चाहनालाई बेवास्ता गर्दै कुनै नेता विशाल आलु बने भने कुनै सखरखण्डका मोटा जरा । कुनै जमिनभित्र गाडिएका अजङ्गका तरूल बने भने कुनै झ्याङ्गिएका कुभिन्डा । यिनै नयाँ नेताको केही आशा थियो । तर यिनी पनि जनताको भाषा र भावना बुझ्न नसकी विशालकाय प्याजको डल्लो बने । अब कसले देशको मार्गदर्शन गर्ला ? हिंसाले धमिलिएको वातावरणलाई अब कसले स्वच्छ र सफा बनाउला ?"

तर लगातार ठूलो हुँदै गएको त्यो प्याजको डल्लोलाई अग्ला छाना र बार्दलीहरूबाट हेरिरहेका केही व्यक्ति भने अझै आशावादी नै छन् ।

"यो प्याजको डल्लो मात्र नभएर देशको महान् धरोहर हो ।", उनीहरू भन्दै छन्, "यस विशालकाय प्याजले हामी सबैलाई एउटा शिक्षा दिइरहेको छ । हामीलाई भन्दै छ, कसरी नेताको सक्षमतालाई चम्चाहरूको चाकरीले

कमजोर बनाउँछ । कसरी नातावाद, कृपावादको जालोले महानताको कान्तीलाई निस्तेज पार्दै लान्छ ।"

"बरू हामी सबै मिलेर यो प्याजलाई शहरको सबैभन्दा अग्लो धरहरामा परिवर्तन गरौं । अनि यसलाई 'महान् प्याजको धरहरा' भनेर सम्बोधन गर्नेछौं । त्यसपछि संसारभरिका पत्रकारहरू जम्मा भई महान् प्याजको धरहराबारे लेख्न थाल्नेछन् । त्यसको छविलाई संसारका कुनाकुनामा पुऱ्याउनेछन् । प्याजको धरहरा बारेमा पाठ्यपुस्तकहरू लेखिनेछन् र त्यसको अद्‌भुत स्वरूपलाई व्याख्या गर्न नाटकहरूको मञ्चन हुनेछ ।"

उनीहरू अझै कराउँदै छन्, "सायद त्यसपछि मात्र कुनै अझै नयाँ नायकको शहरभित्र पुनः आगमन हुनेछ । अनि सायद तिनै नयाँ नेताले यो देशलाई वास्तवमै झैझगडा, झन्झट, झमेला, गोलमाल, गन्जागोल आदिबाट मुक्त गराउनेछन् ।"

संयुक्त प्रजातान्त्रिक तथा वाममोर्चाका नेताहरू अब सँगसँगै भिडअगाडि आएका छन् । मुन्टाहरू साथसाथै हल्लाउँदै दुखित स्वरमा एकै साथ बोल्दै छन्, "कसले सोचेको थियो कि जनताको आशा बोकेका राष्ट्रका नयाँ नेता एकाएक प्याजको डल्लोमा रूपान्तरित हुन पुग्नेछन् ? कसले सोचेको थियो कि अबिर र फूल छरेर स्वागत गर्ने समर्थकहरूको भावनालाई बेवास्ता गर्दै उनी यसरी प्याजको पहाड बन्नेछन् ?"

"तर जे भए तापनि हामीले हताश भइहाल्नु हुँदैन । संयमित र जुझारू बन्नुपर्छ । दुर्भाग्यको जे-जस्तो पहाड ठडिए पनि आशाको मधुरो दियो अझै कतै टिलपिल-टिलपिल गर्दै छ ।", उनीहरू अनुयायीहरूलाई सम्झाउँदै छन्, "हामीले प्याजका पत्रलाई एकएक गर्दै हटाई त्यसको केन्द्रमा नियाल्ने प्रयत्न गर्नुपर्छ । के थाहा, प्याजका असङ्ख्य तहभित्र कुनै अप्रत्याशित समाधान वा ज्ञानको कुनै केन्द्र लुकेको छ कि ? यस्तो ज्ञान जसले देशका सबै समस्याको एकैसाथ निदान गर्नेछ ।"

तर यी दुई नेताका समर्थक तथा अनुयायीहरू निरास भइसकेका थिए । उनीहरूले आफ्ना नेताको सल्लाह पटक्कै रूचाएनन् ।

योभन्दा पहिले पनि उज्यालो भविष्यको सपना देखाउने अरू धेरै नेतालाई उनीहरूले देखी भोगिसकेका थिए । तिनलाई पनि उनीहरूले राष्ट्रका नयाँ नेताझैं सत्तो स्वागत गरेकै थिए । प्रेम र आस्थाले सिँचिएका माला उनीहरूका घाँटीमा पनि चढाएकै थिए । उनीहरूका स्वागतमा पनि गीत गाएकै थिए, सुरिला बाजाहरू बजाएकै थिए । उनीहरूका छातीमा पनि विश्वासका तक्माहरू टाँसेकै थिए ।

तर ती सबैले कोही ठूला मूला, कोही आलु, कोही फर्सी र कोही बडेमानका काउली बनेर जनताका आकाङ्क्षाहरूलाई बारम्बार लत्याउँदै गए ।

बारम्बार निराशा खेप्नुपरे तापनि जनताको विश्वास अझै हराएको थिएन । अझैसम्म बाँकी रहेका आफ्ना सम्पूर्ण आस्थाका टुक्राटाक्रीहरू जोडेर उनीहरूले नयाँ नायकको स्वागत गरेका थिए । पुराना स्मृतिलाई पन्छाएर अझै आशा गरिराखेकै थिए, सायद देशका यी नयाँ नायकले खुइलिएका फुस्रा डाँडाकाँडाहरूमा विश्वासका नयाँ बीउ रोप्नेछन् । कर्मका दैवी बञ्चराको प्रहारले जनताको चाहनालाई रोक्न आएका पहाडहरूलाई काट्नेछन् ।

तर के भयो ?

इतिहासको चक्र घुम्दैघुम्दै पहिले कै स्थानमा आइपुग्यो । पुनः जनताका आस्थाहरू ढुङ्गे भुइँमा पछारिएर फुट्न बाध्य भए । पुनः सबैको प्रेम र सम्मान पाई मोटाउँदै गएका नेता अर्को संवेदनाहीन डल्लामा परिवर्तित हुन पुगे, फगत प्याजको डल्लोमा ।

"अब हामी असम्भव सपनाहरूलाई पछ्याइरहन तयार छैनौं ।", समर्थक तथा अनुयायीहरूले आफ्ना नेताहरूलाई भन्दै छन्, "यो विशालकाय प्याजको डल्लो जहाँ छ, त्यसलाई त्यहीं छाडी अब हामी आआफ्ना घरतर्फ फर्कन्छौं । कसले विश्वास गर्न सक्छ, प्याजका यी ठूला पत्रभित्र कुनै सिङ्गो समाधान वा ज्ञानको भण्डार लुकेको छ ? प्याजका यी असङ्ख्य तहभित्र निसासलाग्दो रित्तताबाहेक अरू केही हुन सक्तैन । यो प्याजको विराट् डल्लो आफैँमा खालीपनको प्रतीक हो ।"

"तर नयाँ नायकले जनताका सबै समस्या सुल्झाउलान् भन्ने आशा नि ?"

"त्यो आशा आफैँमा पनि षड्यन्त्रको परिणाम थियो । केही व्यक्तिले उडाएका काल्पनिक हल्लाको उपज । तिनमा तथ्यको अंश थिएन ।"

इन्द्रचोक हुँदै असनतिर लाग्ने गल्लीनिर उभिएका केही मानिसहरू विरोधका नयाँ नाराहरू गुन्जाउन थालेका छन् ।

"अब जनताका इच्छालाई कुनै नेता वा उपनेताले बोकेर हिँड्नुपर्ने आवश्यकता छैन ।", उनीहरू कराउँदै छन्, "अब जनताले आफ्नो भाग्य परिवर्तन गर्न कुनै नेताको मुख ताक्ने दिन गए । अब जनता आफैँ जागेका छन् । जागेका जनताले अब दल तथा विद्रोहीलाई निरङ्कुशताविरूद्ध साथसाथै सङ्घर्ष गर्न प्रेरित गर्नेछन् । आलु, प्याजका डल्लामा परिवर्तन भई जनताको चाहनालाई बेवास्ता गर्ने नेताविरूद्ध जनता अब आफैँ एकजुट हुनेछन् । ढलेका टावरहरू पुनः आफैँ उठाउनेछन् । संसद्, न्यायालय र मन्त्रालयहरूलाई घेरेर गुच्चे-भकुन्डे खेल बन्द गराई आफ्नो मुक्तिको बाटो आफैँ खोज्नेछन् ।"

मेरो मनोदशा र विचारमा अकस्मात् किन परिवर्तन आउन थालेको छ ? अघि भर्खरैसम्म उर्लिरहेको आशाको भेल खोइ कता गयो अहिले ?

आशा निभ्दै गएको मेरो मन दलदले हिलोमा जाकिँदै गएजस्तो लाग्न थालेको छ । अँध्यारो भविष्यका आभासहरू जाग्न थालेका छन् । हात, खुट्टा र पैतालाहरूमा पुनः पसिनाका थोपा रसाउन थालेका छन् । टाउकाको देब्रे भाग पुनः भतभताएर पोल्दै छ ।

मलाई सास फेर्न गाह्रो हुँदै छ । पेट मडारिएर वाकवाक लाग्दै छ । नाकमुख दुवैबाट लामो सास तान्न खोज्दै छु । मुटु भने झन् जोडले धड्किन थाल्दै छ । पेटभित्र अमिलो पानी उम्लिएर घाँटीसम्म उक्लँदै छ ।

होइन, मैले पेट मडारिएको, वाकवाक लागेको, सास फेर्न गाह्रो भएको आदि दुःखकष्टलाई छोडी अरू नै कुनै कुरा सोच्तै मनलाई अर्कैतिर लगाउन खोज्नुपर्छ । प्रयास पनि गर्दै छु ।

तर जति प्रयास गर्दा पनि मन र विचार शरीरकै पीडा, वाकवाक, पोलाई आदिमै फर्कीफर्की आउँदै छ ।

सारा शरीर पसिनाले निथ्रुक्कै छ । आँखाहरू पोल्न थाल्दै छन् । म त्रैलोक्यमोहन मन्दिरको खुड्किलामा टक्क उभिई मञ्चमा घटित घटनाहरूलाई सम्मोहित भएर हेर्दै छु ।

लाग्दै छ, सायद म अर्कै ठाउँ आइपुगेको छु । कुनै अर्कै भयावह र त्रासपूर्ण अनुभवबाट गुज्रिइरहेछु । मानौं मेरो छाला कुनै जनावरको छालामा परिवर्तन भएको छ र मेरो मगजभित्र हजारौं चिप्लेकीरा यताउता लस्किरहेछन् ।

लाग्दै छ, म राष्ट्रका नयाँ नायकको मगजभित्रको संसारमा छु । म उनको मनभित्र बाँचिरहेछु, उनका विचारहरू सोच्दै छु, उनका भावना र चिन्तालाई अनुभव गर्दै छु । मेरो मगजभित्र दन्किएको आगाले उनकै दिमागका तन्तुलाई पनि खरानी पार्दै छ । आगाको जुन लपेटाले मेरो मगजका जरा ध्वस्त पार्दै छ, त्यसैले तिनको अस्तित्वलाई पनि जलाएर सखाप पार्दै छ ।

मेरो मगज फनफनी घुमिरहेको छ । दिमागभित्र ज्वालामुखीहरू फुटिरहेका छन् । आँखाअगाडि छाएको अँध्यारोपछाडि पानीका डरलाग्दा लहर गडगडाइरहेझैं लाग्दै छ ।

नजिकैको शिवपार्वती मन्दिरबाट कोही ढुङ्गे भुइँमा बजि्रएजस्तो आवाज आयो । हो, कोही तल लडेजस्तो छ । अनि अब लरबराएको शरीर सम्हाल्न नसकी म आफैँ पनि चिप्लिँदै जाँदै छु । त्रैलोक्यमोहन मन्दिरअगाडि ढुङ्गे भुइँमा बेस्सरी पछारिएको छु ।

वसन्तपुरमा तर्कवितर्क

म त्रैलोक्यमोहन मन्दिरअघिल्तिरको ढुङ्गे भुइँमा उत्तानो परेको थिएँ । वरिपरि जम्मा भएर मानिसहरू खासखुस गर्दै थिए । कोही भने मतिर औंलो तेर्साएर एकअर्कालाई सोध्दै थिए ।

"यो को हो ? कसरी यसरी पछारियो ?"

"यस्तो नराम्रोसँग ढुङ्गामा बर्जिँदा पक्कै पनि यसका हाड भाँचिए ।", अरूहरू भन्दै थिए, "यसलाई पक्कै पनि छारे रोगले समात्या" हुनुपर्छ । हेर, शरीर कस्तो नराम्रोसँग कामिरा'छ ! मुखवरिपरि पनि सेतो फींज जम्मा भा' छ । बरू एम्बुलेन्स बोलाई यल्लाई चाँडै वीर हस्पिटलतिर पठाउनु बेस होला कि !"

एउटा अगाडि सऱ्यो र मवरिपरि घुम्दै मुन्टो हल्लाउन थाल्यो । मैले चिनें, उही विष्णुमतीको पाटीनजिकैको अखबारपसले । त्यही पसले जसका हातका रेखाहरू मैले पाटीमा बस्ता पढेको थिएँ ।

"ओहो ! यो त विष्णुमतीछेउ बस्ने जोगी पो रहेछ ।", ऊ उत्तेजित हुँदै चिच्च्यायो, "यसले हस्तरेखा पढ्ने र भविष्यवाणी गर्ने काम गर्छ । यसले गऱ्या धेरै भविष्यवाणी सही साबित भा' छन् । मलाई लाग्छ, यो पढेलेख्या जोगी हुनुपर्छ । अखबारपसलमा आ'र यो न्यु कान्तिपुर पोस्ट, हिमशिखर टाइम्स, शान्तिपुर तथा अन्य पत्रपत्रिका पढ्ने गर्थ्यो ।"

"पढ्या-लेख्या जोगी ! अनि भविष्यवक्ता पनि ! हा... हा... हा... !" छेवैमा उभिएको अर्को हाँस्यो, "न त यो जोगी हो न भविष्यवक्ता । मैले यल्लाई मध्यरातमा टन्न मातेर ढुलमुल गर्दै हिंड्या देख्या छु ।"

बल्ल त्यसलाई चिनें । त्यही चुच्चोनाके, जोसँग म रिमझिम डान्स रेस्टुराँबाट भाग्दा प्रजातन्त्रको पर्खालअगाडि ठोकिएको थिएँ ।

"यो एउटा गैरजिम्मेवार गुन्डो हो ।", ऊ मतिर औंला तेर्साएर कराउन थाल्यो, "दिनभरिको कामपछि थाकेर सुत्या नागरिकलाई यो मान्छे कहिले नारायणगोपाल त कहिले भक्तराज आचार्यका गीत सुनाएर दिक्क पार्छ । प्रजातन्त्रको पर्खालअघिल्तिर कैले यो म मन्त्री, सांसद हुँ भन्दै हिंड्छ, त कैले सर्वोच्च अदालतको न्यायाधीश हुँ भन्दै । आफ्नै सुरमा हिंडिरा मान्छेहरूलाई ठोकिएर त्यसै लडाउन खोज्छ । यस्ता गुन्डालाई यसै खुला छाड्नु हुँदैन । हनुमानढोकामा जाक्नुपर्छ ।"

कस्तो असत्य र अन्यायपूर्ण तर्क ? ढुङ्गे भुइँमा उत्तानो ढलेर म सोचिरहें, "झूटो बोल्नुको पनि एउटा सीमा हुन्छ । किन फसाउन खोज्दै छ मलाई यो चुच्चेनाके ?"

त्यसै बेला राता दौरासुरूवाल लगाई, खुकुरी भिरेको मन्त्रालयका चौकीदार भिडको अग्रभागमा देखा पऱ्यो । मलाई एकछिन नियालेपछि ऊ पनि चुच्चोनाकेकै समर्थनमा बोल्न थाल्यो ।

"यस मान्छेले शान्तिपुर दैनिकको प्रधान सम्पादक हुँ भनेर मलाई छक्यायो र मन्त्रीज्यूसँग अन्तर्वार्ता लिन आ'को भनी मन्त्रालयभित्र पस्यो ।", चौकीदारले मतिर थरथराइरहेका औंलाहरू तेर्सायो, "त्यति मात्रै काँ हो र ? पुस्तकालयमा सुरक्षासाथ राख्या महत्त्वपूर्ण दस्तावेज चोरी सुइँकुच्चासमेत ठोक्यो । अनेक रूप धारण गर्ने यो मान्छे बहुरूपिया मात्र नभ'र चोर पनि हो । म त भन्छु यसलाई वीर हस्पिटलको सट्टा हनुमानढोकाकै छिँडीमा पुऱ्याउनुपर्छ ।"

यो कुनै भयानक दुःस्वप्नजस्तो छ, मैले ढुङ्गे भुइँमा ढलेरै सोचिरहें, "नत्र कसरी मैले पहिले भेटेका व्यक्तिहरू वसन्तपुर स्क्वायरमा एकएक गर्दै प्रकट भइरहेका छन् ? यो कुनै भयानक सपना हो वा कुनै नाटक । रिमझिमको कठपुतलीको नाटकझैं मेरै व्यक्तिगत कथानकमा पनि सायद अदृश्य शक्तिहरूले डोरी तानिरहेका छन् । सायद तिनै डोरीबाट निर्देशित भएरै यी सबै चिनेजानेका व्यक्ति कथाको अन्तिम भागलाई स्वर र रूप दिन त्रैलोक्यमोहन मन्दिरअगाडि एकपछि अर्को जम्मा हुँदै छन् ।"

ठूलो भिड जम्मा भइसकेको थियो । मानिसहरू मतिर औंला तेर्स्याईतेर्स्याई गुनगुन गफ गर्दै मेरो भविष्यबारे निर्णय गर्न तम्सेका थिए । कोही मलाई पहिले वीर हस्पिटल लग्नुपर्छ भन्दै थिए, कोही सीधै हनुमानढोकामा जाक्नुपर्छ भन्दै ।

म हस्पिटल पुऱ्याइनेछु कि हनुमानढोकाको खोर ? दुखी मनले आफैँलाई सोधें ।

"जेल र हस्पिटल दुवै होइन ।", एउटा गम्भीर र ओजपूर्ण स्वर भिडको गुनगुन छिचोल्दै गुन्जियो ।

त्यो स्वर प्रा.डा. नारायणप्रसाद सरको रहेछ । विश्वविद्यालयमा पढ्दादेखिकै मेरा गुरू र विद्यार्थी-शिक्षक सबैले अति सम्मान गर्ने विशिष्ट प्राध्यापक ।

मैले लडीलडी टाउको घुमाएँ... प्रसाद सरपछाडि लाम लागेर विभागका सबै प्राध्यापकहरू मेरो रक्षा गर्न एकएक गरी वसन्तपुर दरबार स्क्वायरतिर आइरहेका थिए ।

कवि सर, कदम सर, विभागीय प्रमुख बी.पी. सर, मेरा मित्रहरू वरूण, विम्ब, समर, भोगेन्द्र, सीता, वनीता, रामकृष्ण, किष्णु... हो सबै धमाधम आउँदै थिए ।

आफ्ना गुरू तथा सहकर्मीहरूलाई देखेर म एकाएक ढुक्क भएँ । अब मित्र र सहकर्मीहरूले मेरो निर्दोषिताको प्रमाण पेस गरी मलाई मुक्त गर्नेछन् ।

"यसलाई पुऱ्याउनुपर्ने ठाउँ न जेल हो, न हस्पिटल ।", प्रसाद सरले भन्नुभयो ।

सरको अनुहार सधैंको जस्तो विद्वत्ताको प्रकाशले उज्यालो थियो । सायद त्यही प्रभावले होला, त्यत्रो भिडमा कसैले पनि उहाँको प्रतिकार गरेनन् । सबै चुपै रहे ।

"यसको वास्तविक स्थान जेल र हस्पिटल दुवै नभएर पागलखाना हो ।", प्रसाद सरले भन्नुभयो, "यसलाई चाँडोभन्दा चाँडो त्यतैतिर लैजानुपर्छ ।"

मेरो मन झसङ्ग भयो ।

के भनिरहनुभएको थियो प्रसाद सर ? किन उहाँले आफ्नै विद्यार्थीलाई यतिका मानिससामु पागल ठहऱ्याइरहनुभएको थियो ?

सहकर्मीहरूतिर आँखा घुमाएँ । किन उनीहरू प्रसाद सरको भनाइ झूटो हो, सब असत्य भन्दै मेरो रक्षा गर्न अघि सरिरहेका थिएनन् ?

झन् मलाई यस भिडको चङ्गुलबाट मुक्त गर्लान् भनेर आशा गरेको त उनीहरू नै यो पागल छ भन्दै सार्वजनिक घोषणा गर्न थाले ।

"ओहो, कस्तो अन्याय !", मैले झन् दुखी हुँदै सोचें, "कस्तो निर्दयीपना ! कम्तीमा कवि सरले त मलाई बचाउन खोज्नुपर्ने अथवा वरूण र विम्बले नै भए पनि मेरो प्रतिरक्षामा केही बोल्नुपर्ने ।"

ठूलो आशाले कवि सर, वरूण र विम्बतिर हेरें । तर तीनै जना चुपचाप थिए । दुखी अनुहार उँधो मुन्टो पारी मन्दिरअगाडि झरेका ढुङ्गा गनेर बसेका जस्ता देखिन्थे ।

"पागल हुनुअघि यो मान्छे राम्रै शिक्षकका रूपमा चिनिन्थ्यो ।", प्रोफेसर प्रसादको गम्भीर स्वर पुनः भिडको गुनगुन छिचोल्दै परपरसम्म गुन्जियो, "यो मानिस निकै समयदेखि पागल भई घरबाट हराइरहेको छ । चिन्तामा परेर यसकी श्रीमती हाडछाला भई थला परेकी छिन् । उनकै अनुरोध मानेर हामी हाम्रा सहकर्मीलाई लिन आएका हौं ।"

तर मन्त्रालयको चौकीदार तथा चुच्चोनाकेले मलाई जेलै पठाउनुपर्छ भनेर कराइ नै रहे ।

"विभिन्न भेष ले'र मान्छेलाई छक्याको अभियोगमा यल्लाई दण्ड दिइनुपर्छ ।", उनीहरू भनिरहे, "थाकेर सुत्या नागरिकलाई गीत सुना'र बिथोल्या अभियोगमा यल्लाई पाता कसेर छिँडीमा जाक्नुपर्छ । त्यसमाथि यल्ले मन्त्रालयबाट गोप्य दस्तावेज पनि चोऱ्या छ । त्यो दस्तावेज नफर्काईकन कसरी हाम्ले यल्लाई छोड्न मिल्छ ?"

मैले अघि भेटेका मानिसहरू सपनामा देखिएको अँध्यारो ओडारबाट निस्किइरहेका प्रेतहरूझैं एकअर्कालाई पछ्याउँदै, मविरूद्ध नयाँनयाँ अभियोग लगाउँदै धमाधम वसन्तपुरमा जम्मा भइरहेका थिए । तर जे-जस्तो अभियोग

लगाए पनि म उनीहरूको प्रतिकार गर्ने स्थितिमा थिइनँ । न मेरा खुट्टामा उठ्ने शक्ति बाँकी थियो, न त स्वरमै आफ्नो प्रतिरक्षा गर्न सक्ने क्षमता ।

गेरूवा वस्त्र लगाएको, डरलाग्दो ठूला आँखा भएको, लामो केश पालेको जोगी भिडको अग्रभागमा देखियो ।

मैले चिनेहालें, त्यही महाराज जसले विष्णुमतीको पाटीमा भगवान् शिवको सर्वव्याप्त लिङ्गको कथा सुनाएको थियो तथा सास नाकको कुन प्वालबाट निस्कन्छ भनेर मनन गरिरहन मोहनदासलाई सल्लाह दिएको थियो ।

उसले राताराता आँखाले मतिर हेऱ्यो । त्यसपछि मन्त्र पढेझैं फलाक्न थाल्यो ।

"यी मान्छे ठीकै भन्दै छन् ।", महाराजले भन्यो, "यसलाई सितिमिति छोडिहाल्न हुँदैन । मैले त यसलाई पाटीमा देख्नेबित्तिकै बुझिसकेको थिएँ, यो असली नभएर नक्कली जोगी हो । यसले फेरीवाल जोगीहरूझैं त्रिशूल बोकेको थियो र उनीहरूको जस्तै जय गोरखनाथ जय शिव भन्ने गर्थ्यो । तर न त योसँग कृष्णसारको हड्डीबाट बनेको बाजै थियो, न फेरीवालहरूसँग हुने पाँचमुखे झोला नै ।"

उसले भन्दै गयो, "विष्णुमतीबाट कालिमाटीतिर जाने बाटामा पसल थापेर बसेका मान्छेसँग गफ गरेपछि पो मैले यसको यथातथ्य बुझें । हस्तरेखाको विशेषज्ञ भइटोपलेर यसले सबैलाई छक्क्याएको रहेछ । सबैको हात हेरी एउटै कुरो बताउँदै पैसासमेत ठगेको रहेछ । यसका सबै कर्तुत भण्डाफोर गरेर नियमबमोजिमको सजाय दिइनुपर्छ ।"

रिमझिम रेस्टुराँको मालिक र राजदरबार प्राङ्गणभित्र भेटेका गँजडी गार्डहरूको नाइके सँगसँगै आइपुगे ।

"यो मान्छे रेस्टुराँमा टन्न बियर पिई, फ्रेन्च फ्राई, मोमो र कुखुराको भुटन हसुरी, नाच हेरी, पैसा नतिरी भाग्यो ।", रेस्टुराँको मालिकले प्रस्ट भन्यो, "त्यो मात्रै होइन, भाग्ने क्रममा टेबल-कुर्सी उल्टाई, गिलास-प्लेट चकनाचुर पारी अरू धेरै क्षतिसमेत गऱ्यो । त्यो सबको क्षतिपूर्ति नगरून्जेल यसलाई जेलमै पाता कसेर राख्नुपर्छ ।"

यसपछि भीमकाय गार्ड म ढलेको भुइँतिर सऱ्यो, "मैले मायादया गरेर एक सर्को मात्र तान्न दे'को चिलिम सबै आफैँ झ्वाम पारेर दरबारभित्र हराको यस मान्छेलाई निकै दिनपछि देख्तै छु । खोइ मेरो चिलिम ? जबसम्म मेरो चिलिम फर्काउँदैन, तबसम्म यसलाई पुलिसले चुटेरै राखे हुन्छ । त्यस्तो निर्णयलाई म पूरै सपोर्ट गर्छु ।"

अनि अब मैले पशुपतितिर घुम्दै जाँदा कालोपुल, सिफल चउर र आर्यघाटमा भेटेका मानिसहरू एकएक गर्दै भिडअगाडि आए ।

"यो चोर फटाहा नभएर पागलै हुनुपर्छ ।", कालोपुलमा भेटेको चस्मावाल बूढाले भन्यो, "पहिले त यो 'खोज', 'खोज' भनेर लेख्ने प्रथा कसले चलायो भनी सोध्दै थियो । एकछिनपछि भने कालोपुलको भित्तामा आफैँ पनि चकको टुक्राले 'खोज', 'खोज' कोर्न थाल्यो । निकैबेरको ठेलमठेलपछि मात्र पसलेहरूले यसलाई पुलबाहिर गलहत्याएका थिए ।"

त्यही यात्राक्रममा मैले सिफल चउरमा भेटेको ट्रकड्राइभरले पनि बूढाकै कुरामा सही थाप्तै भन्यो, "यो मान्छे मेरो ट्रकको ढोकामाथि पनि सेतो चकले 'खोज', 'खोज' लेख्न खोज्दै थियो । मैले यल्लाई ठेलेरै पन्छा'को थेँ ।"

अन्तमा आर्यघाटमा आमाको मृत्यु कुरेर बस्ने चन्दनटीके बोल्यो, "यो मान्छे वाग्मती छेउका नम्बरी कोठाका ढोकामा पनि 'खोज' शब्द कोरिरा थियो ।"

बिनाकाममा सबैतिर 'खोज', 'खोज' लेख्ने म पागलै थिएँ । उनीहरू सबैको साझा निर्क्योल थियो, मलाई हनुमानढोका होइन, पागलखानै लैजाने निर्णय लिइनुपर्छ ।

किन सबै जना तथ्यलाई कल्पनासँग मिसाएर बङ्ग्याउँदै थिए ?

कागतको त्यो पाना पुस्तकालयको दराजभित्र सुरक्षासाथ राखिएको थियो कि रद्दी फ्याँक्ने कन्टेनरमा मिल्काइएको ? मैले त्यस चुच्चेनाकेलाई प्रजातन्त्रको पर्खालअघिल्तिर जानीजानी लडाएको थिएँ कि मातेको उही बिनाकारण ठोकिएर हामी दुवै ढलेका थियौँ ? भक्तराज आचार्य र नारायणगोपालका गीत पनि त्यही चुच्चेले गाएको थियो कि मैले ? मैले आफूलाई मन्त्री, सांसद वा न्यायाधीश हुँ भन्दै छक्याउन खोजेको थिएँ

कि त्यस चरीचुच्चेले नै मलाई जबरजस्ती सांसद, मन्त्री आदि बनाउन खोज्दै थियो ? अनि कालोपुल, सिफल चउर र आर्यघाटका पुल, ट्रक र ढोकामा 'खोज' शब्द मैले पढेको मात्र थिएँ कि लेखेको पनि ?

मगज फनफनी घुम्न थाल्यो ।

हो... होइन... होइन... हो... के सत्य हो, के कल्पना छुट्ट्याउन आफैँलाई झन्झन् गाह्रो हुँदै आयो ।

नेपाली सांस्कृतिक अध्ययन विभागका प्रमुख बी.पी. सरले अब मतिर औंलो तेर्स्याउँदै ठूलो स्वरमा उद्घोषण गर्नुभयो, "यस मानिसको पागलपन प्रमाणित तथ्य बनिसकेको छ । यसले अहिलेसम्म जे-जस्तो चोरी, गुन्डागर्दी र बहुरूपीपना प्रदर्शन गरेको छ, ती अरू केही नभएर यसका पागलपनका लक्षण हुन् । बौलाएकै कारणले गर्दा यसले विश्वासै नलाग्ने असामाजिक काम गर्दै हिंडेको हो ।"

"विभागीय मिटिङहरूबाट पर भागेर यो कहिले आर्यघाट पुग्छ, कहिले सुनधारा त कहिले बौद्ध । घरबाट भागेर यो विष्णुमतीको पाटीमा बसेको कुरा त तपाईंहरू सबैले थाहा पाइहाल्नुभयो ।", बी.पी. सरको भाषण जारी थियो, "विद्यार्थीहरूलाई पढाउन छाडी यो प्रजातन्त्रको पर्खालअघिल्तिर पुराना रोमान्टिक गीत गाएर हिंड्छ । आफ्नो पदको मर्यादा बिर्सिएको यो मान्छे कहिले डान्स रेस्टुराँमा छिर्छ त कहिले गाँजा तानेर राजदरबारभित्र पस्छ । बौद्धिक व्यक्तिहरूको समुदायलाई पन्छाएर क्रियापुत्री, जोगी, काट्टे बाहुन, मलम बनाउने तथा घडी मर्मत गर्नेहरूसँग मित्रता गाँस्न खोज्छ । केही व्यक्तिले यसलाई पुल, ट्रक आदिमा 'खोज', 'खोज' लेख्दै गरेको भेटेका छन् । अरूले राजदरबार, संसद् भवन तथा मन्त्रालयका फलामे गेट नाघ्दै गरेको देखेका छन् । कतिले घण्टाघर र धरहराका भित्तामा चढ्न खोज्दै गरेको समेत देखेका छन् । अझ यसको झोला खोतले पागलपनका अरू प्रमाण पनि भेट्न सकिएला ।"

ढुङ्गे भुइँमा फूलहरूले भरिएको मेरो पुरानो झोला थियो ।

बी.पी. सरले त्यो उठाउनुभयो र सयपत्रीका थुँगा निकाल्दै यताउता छर्नुभयो । अनि औंला भित्र घुमाएर बाहिर तानी कुनै जादुगरले झैं हात उठाएर झोलाभित्र भेटिएका वस्तु एकएक गरी भिडसमक्ष तेर्साउन थाल्नुभयो- फुटेको ऐना, नानूका गुच्चा र कठपुतलीहरू !

"के कुनै सद्दे मानिस यस्ता बेमतलबका वस्तु झोलामा हालेर शहरभरि भौंतारिरहला त ?", बी.पी. सरले सोध्नुभयो, "जोगीको भेष गरेर पाटीमा बस्नु, सम्पादकको भेष धरी मन्त्रालयमा पस्न खोज्नु, झोलामा गुच्चा, पुतली र फुटेका ऐना लिई सडकसडक घुम्नुजस्ता क्रियाकलाप नै यसको पागलपनका प्रस्ट प्रमाण हुन् । यो पागल छ भन्ने तथ्यलाई स्वीकार्न अझै कतिवटा प्रमाण चाहियो तपाईंहरूलाई ?"

सेतो लामो दाह्री र जोरदार आवाजका कारण बी.पी. सरको भाषणले भिडमा निक्कै ठूलो प्रभाव पार्‍यो क्यारे ! गुनगुन मध्यम हुँदै गयो ।

"यो मानिस पूर्णरूपले पागल भइसकेको छ ।", बी.पी. सरले थप्नुभयो, "यसलाई चौबीसै घन्टा नर्स र डाक्टरहरूको निरीक्षणमा राख्नु अत्यावश्यक छ ।"

"यसको अन्त मैले सोचेभन्दा निकै चाँडै आइपुग्यो ।", अब प्रोफेसर प्रसाद शान्त स्वरमा बोल्न थाल्नुभयो, "मैले दुई वर्षअघिदेखि नै सबैलाई भनिरहेकै थिएँ, यो मानिस पागलपन र पतनको बाटोमा उन्मुख छ । मैले सबैलाई भनेकै थिएँ चाँडै यो अधोगतिको चरम बिन्दुमा पुग्नेछ । तर दुःखको कुरा के छ भने त्यति बेला कसैले मेरो विश्वासै गरेनन् । यसको पतन त्यही बेला प्रारम्भ भयो, जब यसले साहित्य समालोचनाका सेमिनार गराउन र कार्यपत्र प्रस्तुत गर्न छाडी न्यु कान्तिपुर पोस्टमा टुक्रे अखबारी स्तम्भ लेख्न थाल्यो । यसको पागलपनको सुइँको मैले त्यही दिन पाइसकेको थिएँ, जुन दिन न्यु कान्तिपुर पोस्टमा यसको पहिलो स्तम्भ छापिएको थियो ।"

प्रसाद सरले गम्भीर स्वरमा थप्नुभयो, "कति दुःखको कुरा ! यो मान्छे साहित्यको गम्भीर विद्वान्‌का रूपमा प्रतिष्ठित हुन सक्थ्यो । पाठ्यपुस्तक तथा शोधग्रन्थका लेखकका रूपमा आफूलाई स्थापित गर्न सक्थ्यो... तर भयो के ?"

"पहिले यसले दिनदिनै पढ्दै च्यातिँदै गर्ने अखबारका लागि स्तम्भ लेखेर आफ्नो अधोगतिको बाटो आफैँ खोल्यो । त्यसपछि खोलानाला, घाट, मन्दिर, रेस्टुराँ र मन्त्रालयहरूतिर जथाभाबी भौँतारिएर आफैँभित्रको अराजकतालाई झन्झन् बढाउँदै लग्यो । अनि अहिले आएर त तपाईंहरू सबैले देखिहाल्नु नै भयो यसको दशा । मनभित्रका अराजक शक्तिको ताण्डव खप्न नसकेर यो ढुङ्गे भुइँमा ढलेको छ । ओहो ! कति दुःख र अपसोचले भरिएको कथा छ यो ।"

मैले सरतिर हेरें । प्रसाद सरको आँखामा असीम करूणा र प्रेम उर्लिरहेको थियो ।

प्रोफेसर प्रसादको भाषणपछि भिडमा एकछिन मौनता छायो । सबै जना चुपचाप कहिले बी.पी. सरतिर त कहिले प्रसाद सरतिर हेरिरहेका थिए । विश्वविद्यालयका वरिष्ठ प्राध्यापकहरूका तर्कबाट प्रभावित सबै जनाको मनमा म बौलाएको तथ्य बोध भइसकेको थियो । अब भने कसैले मलाई पाता कसेर हनुमानढोकातिर लैजाने कुरो गरेनन् । विभागका अन्य दुई शिक्षक भोगेन्द्र र किष्णु एम्बुलेन्स व्यवस्था गर्न खटाइए ।

मेरो शरीरभरि दौडिरहेको पीडा झन् असह्य हुन थाल्यो । खप्न नसकी चेतना हराउँदै गयो । मैले कमजोर हुँदै गरेको दृष्टि भिडमा यताउता दौडाएँ ।

यत्रो जनसमूहमा मेरो प्रतिरक्षा गर्ने "यो मान्छे बेलाबेला अलि व्यग्र जस्तो देखिए पनि पागलचाहिं होइन" भनेर मलाई बचाउन अघि सर्ने एउटै थिएन त ?

भिडमा अघि देखेचिनेका चिरपरिचित अनुहार पहिल्याएँ । तिनै गरिब साधारण मानिसका अनुहार, जसका बारेमा मैले लेखहरू लेखेको थिएँ- राममान दाइ, घाटे वैद्य, राजु र अर्जुन लामा, काले, नटवर थारू र हाफ प्यान्ट ।

चिन्तित अनुहारका उनीहरू खासखुस गर्दै मतिर औंल्याउँदै थिए । तिनीहरूले मेरो समर्थनमा केही बोल्दै थिए कि !

किन हो कुन्नि मलाई एक पलका निम्ति त्यस्तै लाग्यो । तर वसन्तपुर स्क्वायरमा उर्लिएको त्यस भिडमा अगाडि बढ्ने मौका नपाएका तिनीहरू झन्झन् कुनातिर धकेलिँदै थिए । तिनीहरूले मलाई पागलपनको अभियोगबाट बचाउने स्थिति नै थिएन । तिनका विचार तथा भावना त्यो विशाल भिडमा कसैले सुन्न सकेन ।

भोगेन्द्र र किष्णु एम्बुलेन्स लिएर आइपुगे । डाक्टरको एप्रोन लगाएकी एउटी गोरी आइमाई हातमा सिरिन्ज लिई मछेउ टुक्रुक्क बसिन् ।

"यो मानिसलाई राम्रोसँग समातेर राख !", उनले भनिन्, "हात हल्लिन नपाओस् !"

उसको वाक्य सकिनासाथ दर्जनौं हातहरू वरिपरिबाट प्रकट भए । ती हातहरूले मेरो हात अँठ्याएर ढुङ्गे भुइँमा मलाई झन् जोडसँग चेपिराखे ।

च्वास्स... तीखो सुइराले शरीर छेड्यो ।

अनि अब शिवपार्वती, अष्टयोगिनी तथा त्रैलोक्यमोहन मन्दिरका छानाहरू आकाशतिर उचालिँदै छन् । विष्णुका दशै अवतार हावामा पौडँदै कुमारीघरको छानामा पछारिएका छन् । कछुवा, वामन र नरसिंहका आकारहरू छानामा नाच्न थालेका छन् ।

उता कालो भैरव र रातो हनुमान्का मूर्तिहरू डरलाग्दो स्वरमा कराउँदै छन् । अनि नाचिरहेका वामन, नरसिंह, माछा, चरा, कछुवा आदि दशै अवतारसमेत एकै स्वरमा बोल्दै छन्, "खोज, खोज, खोज !"

किर्तनीहरूको स्वर ब्रह्माण्डको कुनाकुनासम्म गुन्जिरहेछ, "खोज, खोज, खोज !"

पागल

रङ्गनाथसँगको पुनर्भेट

पागलखानाको मेरो नयाँ जीवन उराठलाग्दा रङ्गहीन दिनहरूको शृङ्खला बनेको छ । यस्तो जीवन जुन डाक्टर, नर्स र पटकपटक निलिरहनुपर्ने नीला, राता र सेता ट्याब्लेटवरिपरि केन्द्रित छ ।

"आज नीलो चक्की खान बिर्सनुभयो कि ?", नर्सहरू सोधिरहन्छन्, "हिजो तपाईंले त्यो रातो गोली निलेको बहाना गरेर मुखमै राखी बाथरूममा गएर ओकल्दिनुभएछ । डाक्टरहरू हामीसँग कति रिसाए । अब त्यसो नगर्नुहोस् है दाइ ! आखिर यो सबै औषधि-उपचार तपाईंकै लागि त हो ।"

उनीहरूले मलाई प्राइभेट वार्डमा राखेको हुनाले अन्य पागलसँग मेरो खासै सम्पर्क छैन । तर पनि नर्सहरूले ह्विलचेयरमा मलाई कोरिडरबाट लैजाँदा झ्यालको सिसापछाडिबाट नियालिरहेका ती अनुहारलाई सजिलै देख्न सक्छु । हाँसिरहेका वा बीभत्स अनुहार बनाएर आँखा घुमाइरहेका ती मानिसले मलाई जिस्काइरहेजस्तो लाग्छ ।

"के अब यी पागल कहिलाइएकाहरूसँगै मेरो सम्पूर्ण जीवन बित्नेछ ?", बारम्बार आफैँलाई सोध्छु, "के पागलहरूबीच बिताउनुपर्ने दिनहरूको अन्तहीन शृङ्खला नै मेरो जीवनको नियति रहेछ त ?"

बढीजसो समय म सुतेरै बिताउँछु । ब्युँझेका बेला पनि निद्राले लट्ठ परेर ओछ्यानमै ढल्किइबस्छु । यो सबै ती नीला, राता र सेता गोलीहरूको असर हुनुपर्छ ।

मनोविश्लेषक तथा चिकित्साका विद्यार्थी ब्याग र नोटबुक बोकेर मलाई भेट्न आइरहन्छन् । मेरो रक्तचाप नाप्छन्, थर्ममिटरलाई काखीमा घुसार्छन् र मुख बारम्बार खोल्न लगाई जिभ्रो निरीक्षण गर्छन् ।

मेरो घरमा पहिले एकपल्ट आएको त्यही मसिनो जुँगे डाक्टर बेलाबेला आएर म ढल्किएको ओछ्यानअगाडि कुर्सी तानेर बस्छ । उसले मेरो बाल्यवस्थाबारे घन्टौं थरीथरीका प्रश्न गर्छ । पाटीमा बस्ता मैले देख्ने सपना र मेरो मनमा सलबलाउने भ्रमहरूबारे पनि सोधिरहन्छ ।

"तपाईंले टौदहमा भेटेको फेरीवालबारेमा फेरि बताउनुहोस् ।", डाक्टरले बारम्बार केर्छ, "त्यसको तथा तपाईंको बुबाको शारीरिक बनावटमा केही समानता त छैन ?"

हरेकचोटि "त्यस्तो कुनै समानता छैन" भनेर मैले जबाफ दिएपछि ऊ मुख खुम्च्याउँछ । अनि उसको कालो नोटबुकमा एउटा धर्सो कोर्छ । त्यसपछि जर्मन पर्यटक राइनरबारे सोध्न थाल्छ ।

पक्कै पनि शक्तिको नाप गर्ने राइनरको त्यो पित्तले औजारले मेरो बाल्यवस्थाका धमिला सम्झनातिर सङ्केत गरेको हुनुपर्छ । ऊ तर्क गर्छ- के त्यो औजार कुनै लिङ्गको प्रतीक बनी मेरो अवचेतनका ओडारमा लुकेको त छैन ?

उसका प्रश्न प्रायःजसो यस्तै किसिमका हुने गर्छन् । अस्वीकृतिको सङ्केत गर्दै म बारम्बार टाउको हल्लाउँछु ।

"अहँ छैन, होइन ।", म भन्छु, "यस्तो कुनै सम्झना वा सम्बन्ध छैन ।"

तर असीम धैर्यको प्रतिमूर्ति रहेको त्यो मसिनो जुँगे मेरा जबाफहरूबाट हताश हुँदैन । बरू चाँडै आउने बाचा गरी मुस्कुराउँदै बाहिरिन्छ ।

एकचोटि दिउँसो निद्राले लठ्ठ परी बेडमा सुतिरहेको बेला कोठा सफा गर्न आएका कर्मचारीहरूको अस्पष्ट गुनगुनले ब्युँझायो । पहिले परपर कोही बोलिरहेको जस्तो लाग्यो । फेरि लाग्यो, आवाजहरू नजिकै थिए । सफाइ कर्मचारी टेबल-कुर्सी टकटक्याउँदै, कूचो लगाउँदै, कुरा गर्दै थिए ।

"ठूला सङ्कटहरू आउँदै छन्जस्तो छ ।", एउटा कूचो लगाउँदै भन्दै थियो, "विद्रोहीहरू चारै दिशाबाट उपत्यकाभित्र पस्तै छन् अरे ! उनीहरू शहरमा नारा लगाइरा दलका कार्यकर्तासँग मिले भन्ने हल्ला छ । आन्दोलनकारीहरू भक्तपुर, कीर्तिपुर र बालाजु नाघ्दै, चक्रपथबाट भित्र

छिर्दै, थापाथली र लाजिम्पाट हुँदै नारायणहिटी राजदरबारतिर लम्किने योजना बनाइरा छन् रे ! दलका नेता र विद्रोहीबीच बाह्रबुँदे सम्झौता भयो रे ! अब सबै जना मिलेर नयाँ राजाविरूद्ध लड्ने रे ! कति दिन टिक्लान् त यी राजा सबै एकैचोटि जागे भने ?"

अर्को टालाले बेडनजिकको टेबल पुछ्दै थियो ।

"होइन, यी राजा पनि कम शक्तिशाली छैनन् ।", उसले भन्यो, "राजदरबारतिर बढ्ने सबैलाई गोली ठोक्ने आदेश दे भने नि ? लडाका र कार्यकता दुवै गोली चल्नासाथ यताउता भाग्छन् । अनि रत्नपार्क, दरबारमार्ग, सुनधारा सबैतिर पटट बन्दुक पड्किन थाले नि ? मर्नुको डर कल्लाई हुँदैन ? क्यै मान्छे ढल्नासाथ तुरून्त भागाभाग । विद्रोहीहरू भागेर काँठ, पहाड हुँदै उपत्यकाबाट बाहिरिन्छन् । दलका नेता-कार्यकर्ता नारा लाउन छाडी घर डेरामा सामसुम भ'र बस्छन् ।"

"होइन, के भइरहेछ देशमा !", मैले निदाएको बहाना गर्दै सोचें, "कति दिन बितिसक्यो कुन्नि, म यस पागलखानामा आएदेखि ? दुईचार हप्ता वा केही महिनै पो बितिसके कि ? देशभरि केकस्ता घटना भए होलान् ?"

नयाँ विचार उम्लियो ।

पाटीमा रहँदा मलाई बेलाबेला लाग्ने गर्थ्यो, सायद मेरो अहिलेको अवस्था व्यक्तिगत समस्या मात्र नभएर देशको स्थितिसँग सम्बन्धित थियो । बल्ल प्रस्ट भयो, मेरो त्यो विचार सही रहेछ ।

अब बल्ल मलाई आत्मबोध भयो, देशमा गोलमाल मच्चिएकै कारणले म पनि अस्थिर र भ्रमित भएको रहेछु । आफूलाई अदृश्य शक्तिहरूले डोऱ्याइरहेको बहुलट्टी कल्पनासम्म गर्न पुगेछु । त्यो सबै मेरो सनकको परिणाम रहेछ । देश सन्किएकाले मेरो मस्तिष्क पनि सड्किएको रहेछ ।

हो, मेरा अस्थिरता, भ्रम, अशान्ति आदिको सम्बन्ध पक्कै इतिहासका अराजक घटनासँग छ ।

घटनाहरू एकएक गरी सम्झन थालें ।

बी.पी. सरको अफिसमा रङ्गनाथ फतफताएको दिन पनि त सुरक्षाकर्मीहरू बन्दुक र लट्ठी बोकी चउरमा जम्मा हुँदै थिए । दिलवरनाथलाई भेट्न टौदह गएको साँझ पनि सडकमा सैनिकहरू छ्यापछ्यापती थिए । अनि बौद्ध र पशुपतितिर घुम्न गएका दिन ?

बौद्ध स्तूपबाहिर पनि सङ्गीनसहितका सैनिकहरू थिए। पशुपतिमन्दिरबाहिर पनि सुरक्षाकर्मीहरूको ठूलो भ्यान देखेको सम्झें । अनि घर छाडेको रात दरबारमार्ग र नारायणहिटीभित्र देखेका घटना नि ?

पहिले टावरको पतन र कागतको वर्षा । त्यसपछि राजकीय कक्षमा रगतका टाटा र त्यो बडेमानको ऐना... त्यही ऐनाभित्रको प्रतिविम्ब देखेपछि त मेरो मगज असन्तुलित हुँदै गएको थियो नि ! त्यसैपछि त बिर्सने व्यथाले झन्झन् गाँज्दै ल्याएको थियो । चिन्ता र छटपटी बढ्दै गएको थियो ।

हो, मेरो मानसिक अव्यवस्था र देशमा चलेको गोलमालबीच पक्कै कुनै सम्बन्ध छ । मन नयाँ विचारले झकझकाएर चनाखो भयो ।

पहिले भएका घटना एकएक गरी सम्झने प्रयत्न गरें ।

अविश्वसनीय टावरको उत्थानपतन र दरबारभित्र हत्याकाण्ड । नयाँ प्रधानमन्त्रीको नियुक्ति र बडेमानको ऐना । समग्र समाधानको खोज र मन्त्रालयमा गुच्चाखेलाइ । नयाँ नेताको अभ्युदय र प्याजको डल्ला । अनि भर्खरै सफाइ कर्मचारीहरूले गुनगुनाएको नयाँ राजनीतिक गठबन्धन र राजाविरूद्ध जनताको जागरण... ।

के यी सबै घटनाक्रम मेरो आफ्नै व्यक्तिगत खोजसँग जोडिएका थिएनन् त ? पक्कै यस्तो कुनै सम्बन्ध थियो ।

उता कूचा र टालाहरू यताउता चलिरहे, यता निदाएको बहाना गरेको मैले सोचिरहें ।

यदि देशको स्थिति र मेरो छटपटीबीच कुनै सम्बन्ध छ भने त केही गरी जनताको आन्दोलन सफल भयो, देशको स्थिति सुध्रियो, आतङ्क, अराजकता सबै सकियो भने मेरो मगज पनि त सुध्रिंदै जान सक्छ नि !

त्यसैले पनि यस शहरमा के भइरहेको छ, दरबारमार्ग र रत्नपार्कवरिपरि कस्ता घटना भइरहेछन्, मैले त्यो सबै बुझ्ने प्रयास गर्नुपर्छ । भन्न सकिन्न, सायद देशको स्थिति सुध्रिए म पनि पुनः सद्दे बनी घर फर्कन सक्नेछु ।

सफाइका कर्मचारीहरू अझै खासखुस गर्दै थिए ।

"अब दुई-चार दिनमै ठूलो रक्तपात मच्चिन सक्छ ।", एउटा भन्दै थियो, "हूलमूलमा ज्यान जोगाउनू भन्छन् । ढुङ्गामुढा, बन्दुक, नारा, आन्दोलनबाट भरसक टाढै बस्नुपर्छ । विद्रोहीले जिते पनि राजाले जिते पनि हामीलाई के ! तिमी र म जस्ताहरू यै पागलखानाका भुइँमा कूचो टालो लगा'र पानी छकिर्नुबाहेक अरू के नै गरौंला र ? तिमीले बिर्सियौ ? छयालीस सालमा पुराना राजाविरूद्ध जनक्रान्ति हुँदा पनि त तिमी र म यै पागलखानामा कूचो चलाउँदै थियौं नि !"

काम सकेर कर्मचारीहरू कोठाबाट निस्के । मैले कसैले नदेख्ने समय पारेर वार्डबाट निस्की अरू पागलसँग भेट्ने र देशमा के हुँदै छ भनेर पत्ता लगाउने निर्णय गरें ।

डाक्टर, विशेषज्ञ र नर्स कर्मचारीलगायत कसैले पनि मलाई केही बताउँदैनन् भनेर राम्रोसँग थाहा थियो । निदाएजस्तो गरी ढल्किइरहँदा मैले मसिनो जुँगे डाक्टरले नर्सहरूलाई सचेत गराएकाको सुनेको थिएँ, "यस मानिसलाई देशमा भइरहेका घटनाको जानकारी नदिनू, अखबार, पत्रिका यसको कोठामा त्यसै नछाड्नू । कुन तथ्य, कुन कल्पना भनी खुट्ट्याउन नसक्ने भएरै यो बौलाएको अडकल काटिएको छ । त्यसैले यसका प्रश्नहरूको जबाफ नदिनू, यसलाई केही नभन्नू ।"

तर केही छैन, मैले पागलहरूकै सहयोग लिनेछु ।

सायद उनीहरूमध्ये कसैलाई थाहा हुन सक्छ, आजभोलिको वास्तविक स्थिति के छ ? केकस्ता नाराहरू गुन्जिइरहका छन् रत्नपार्क, सुनधारा र दरबारमार्गमा ? देशको स्थिति सुध्रिँदै गएको छ कि झन्झन् खस्कँदै ?

यसको केही दिनपछि एक साँझ नर्सहरू नभएको मौका पारी प्राइभेट वार्डको क्याबिनबाट निस्कें । वरिपरि हेरें, कोही थिएन । चनाखो भई यताउता हेर्दै कोरिडर पछ्याएर पूर्वतिर लागें ।

अगाडि बत्तीको मधुरो प्रकाश थियो । त्यही प्रकाशमा जनरल वार्डको बोर्ड देखियो ।

अजङ्गको एउटा मानिस ढोकाबाट निस्की मनजिक आयो । त्यसपछिका सबै घटना यति छिटोछिटो र अनपेक्षित रूपले भए कि मैले केही सोच्ने, भाग्ने वा आफ्नो प्रतिरक्षा गर्ने अवसरै पाइनँ ।

त्यो मानिस दरबारभित्र मैले भेटेका पहलमान गार्डहरूको नाइकेजस्तो देखिन्थ्यो ।

"आज बल्ल भेटें तँलाई बज्या, बडो मेरो चिलिम लिएर भागेको थिइस् !" उसले भन्यो ।

त्यसपछि नाना भाँतीका अभद्र शब्दहरूको उच्चारण गर्दै मलाई गलहत्याउँदै जनरल वार्डको ढोकाभित्र छिरायो । जोडसँग भुइँमा थचाऱ्यो ।

प्रकाश र छायाहरूबीच सलबलाइरहेका धेरै अनुहार मवरिपरि जम्मा भइरहेका थिए । ओठ सुँगुरको जस्तै चुच्चो र फेरि सामान्य भइरहेका... नाकहरू खुम्च्याएर अनुहारलाई बीभत्स पार्दै जिस्क्याइरहेका । कोही हाँसिरहेका भने कोही रून खोजेजस्तो मायालु अनुहार लगाएर हेरिरहेका ।

बुझें, पागलहरूले मलाई नियालिरहेका थिए ।

त्यो भीमकाय गार्ड मेरा अगाडि मृत्युदूतझैं बनेर उभिएको थियो ।

"निकाल् बज्या, दरबारमा जिप्ट्याको कालो अग्राखको चिलिम, मेरो शिवआराधना गर्ने बेला हुन लाग्यो !", उसले मलाई झपाऱ्यो ।

मैले केही उत्तर नदिई त्यत्तिकै भुइँमा लडिरहँदा ऊ झन्झन् मात्तिन थाल्यो । नाना भाँतीका गाली गर्दै कुनै पनि बेला पिटिहाल्ला कि जस्तो गरी जाइलाग्न थाल्यो ।

"म कसरी यो महासङ्गटमा थच्चारिन आइपुगें !", आफैँलाई सरापें, "चुपचाप आफ्नै क्याबिनमा बसेको भए पनि त हुन्थ्यो । यो राक्षस पागल

घोषित भएरै यहाँ ल्याइएको हुनुपर्छ । अब यसलाई कुनै कुरा बुझाउन असम्भव छ । आज यसले मलाई बिचल्ली पार्ने भयो ।"

बिजुलीको प्रकाशमा सलबलाइरहेका धूलोका सुनौला कणपछाडिबाट एकटक हेरिरहेका पागलहरूका अनुहारलाई चिर्दै नयाँ आकृति अघिल्तिर सऱ्यो ।

झुस्स दाह्री पालेको दुब्लो अनुहार ।

हाँस्तै, रूँदै बाङ्गाटिङ्गा हुँदै गरेका अरू अस्पष्ट अनुहारहरू धूलकण पछाडि सलबलाइरहेका थिए । म भने भुइँमा उत्तानो परेर सीधै अगाडि हेरिरहेको थिएँ । सामुन्ने अब मात्र दुइटा आकृति थिए, छाया र प्रकाशमा भित्रबाहिर गरिरहेका, भीमकाय यमदूत र दुब्लो, अग्लो, झुस्स दाह्री पालेको व्यक्ति ।

"यसरी कसैलाई बिनसित्तिमा आरोपित गर्न पाइँदैन ।", त्यस दाह्रीवालले दृढस्वरमा भन्यो, "यस अस्पतालमा ल्याइएका हामीमध्ये धेरैबारे सोच्दै नसोचिएका अत्याचारी निर्णयहरू लिइएका छन् । बौलाहा प्रमाणितै नगरिएका हामीमध्ये धेरैजसो पागलखानाभित्र कैदी बन्न बाध्य छौं । प्रतिकारको साझा कार्यक्रम अघि बढाउने छलफल भइरहेकै बेलामा आफूसमक्ष आइपुगेको कुनै पाहुनालाई बिनाप्रमाण दण्डित गर्नु के हाम्रो आफ्नै सिद्धान्तविपरीतको आचरण होइन त ?"

ऊ त्यो भीमकाय यमदूततिर एकटक लगाई दरिलो स्वरमा बोलिरह्यो, "यही व्यक्तिले नै तिम्रो चिलिम लिएर भागेको हो भन्ने के प्रमाण छ ? तिम्रै अरू साथीले दरबारको बगैंचा, बरन्डा वा रूख तलाउतिर हराएको पनि त हुन सक्छ । के तिमीले आफ्ना सबै गार्डलाई राम्ररी केरकार गऱ्यौ ? सबैका प्रमाणलाई एकएक गरी खुट्ट्यायौ ? तिम्रा साथीका कुरा कत्तिको विश्वासलाग्दा र भरपर्दा छन् ? के ती साथीहरू सधैं साँचो मात्रै बोल्छन् ?"

धूलोका सुनौला कणहरूपछाडि सलबलाइरहेको त्यो व्यक्ति लगातार बोलिरहेको थियो ।

"त्यो अँध्यारो रात देशकै स्थिति गडबडाएको थियो, इतिहासकै जरा कामेको थियो । त्यस्तो रातमा गाँजा तानेर बसेका गार्डहरूले साँचो बोल्ने कति प्रतिशत सम्भावना छ ?", उसले यमदूतलाई सोध्यो, "त्यो अँध्यारो रात धेरै मानिसले कि त सत्यलाई झूटसँग मिसाउँदै थिए कि केही सत्य केही झूटो बोलिरहेका थिए । तिम्रा साथीले पनि सत्य र झूट मिसाएर बोलेका थिए कि !"

यमदूतले रातोपिरो अनुहार लगाएर मतिर एकटक हेरिरह्यो तर केही बोलेन ।

मानौं त्यस दाह्रीवालाको आवाजले उसका हातखुट्टामा अदृश्य साङ्लो लगाइदिएको थियो । अरू पागल पनि हाँस्न, रून, जिस्काउन छाडेर गम्भीर अनुहार लिई उसको भाषण सुनिरहेका थिए । को थियो त्यो अद्भुत अदम्य पुरुष, जसले मलाई यस भयानक विपत्तिबाट मुक्ति दिएको थियो ?

ऊ अझै बोल्दै थियो । मैले ध्यान लगाएर सुनें ।

"फेरि यस मानिसबारे म व्यक्तिगत ग्यारेन्टी पनि लिन तत्पर छु ।", ऊ मतिर औंलो तेर्स्याउँदै बोल्दै गयो, "किनभने उहाँ अरू कोही नभएर मलाई विश्वविद्यालयमा पढाउने शिक्षक हुनुहुन्छ । मलाई सघाउँछु भन्दाभन्दै उहाँ आफैँ शक्तिको भुमरीभित्र पछारिएर यस पागलखानामा आइपुग्नुभयो ।"

"त्यो दिन मबाट छुट्टिएर तपाईं दरबारमार्गतिर लागेपछि पनि मैले तपाईंको पिछा गर्न छाडिनँ ।", उसले मतिर हेरेर भन्न थाल्यो, "मलाई त्यति बेला लाग्यो, तपाईंको पछिपछि लागेर नै सायद म आफ्ना फेल घोषित गरिएका कपीहरूसम्म पुग्न सक्नेछु । कहाँ जाँदै हुनुहुन्छ सर, यति बेला एक्लै ! राति शहर सुनसान भएको बेलामा दरबारमार्गतिर, मैले त्यति बेला सोचें ।"

"कुनै व्यक्तिगत कामका लागि एक्लै जानु छ भनेर हिंड्नुभएको थियो । के हुन सक्छ त्यस्तो व्यक्तिगत काम ? कतै मेरै कपीहरूको खोजमा लाग्नुभएको त हैन ? मलाई सघाउँछु भनेर बाचा पनि गर्नुभएको थियो । सर पक्कै पनि मेरै कामका लागि हिंडेको हुनुपर्छ, सरको पिछा गर्नुपर्छ, यस्तो सोचेर मैले तपाईंलाई पछ्याइरहें ।"

म भुँइमा टुक्रुक्क बसें ।

मलाई त्यस भयङ्कर यमदूतको त्रासबाट उम्काउने व्यक्ति अरू कोही नभएर मेरै विद्यार्थी रङ्गनाथ पो रहेछ !

तर कति ठूलो भिन्नता थियो रिमझिमतिर बढ्दै जाँदो भेटेको रङ्गनाथ र आजको नयाँ रङ्गनाथमा ! त्यति बेला इन्द्रचोकनिर भेट्ता ऊ मेरा अघि दयनीय मुद्रा लिएर उभिएको थियो । अनपेक्षित रूपले फेल भई पर्न आएको सङ्कट समाधान गर्न मलाई याचना गरिरहेको ऊ त्यस बेला कति निरीह देखिन्थ्यो ! तर आज उसले एउटा नयाँ रूप लिएको थियो ।

आज ऊ दृढ र शक्तिशाली थियो कुनै भीमकाय पहलमानलाई समेत पछार्न सक्ने बाघजस्तो ।

घोरिएर हेरें । ऊ पनि मतिर एकटक लगाइरहेको थियो । भीमकाय यमदूतलगायत सबै पागलहरू यताउता लागे । कोही भने कुरो सुनेर वरिपरि नै उभिइरहे ।

रङ्गनाथ मछेउ बसेर मधुरो स्वरमा भन्न थाल्यो, "त्यसपछि तपाईंलाई पछ्याउँदै म रिमझिम डान्स रेस्टुराँसम्म पुगें । तपाईं माथि उक्लिनुभो, मचाहिं गेटमै अडिएँ । मसँग पैसा पनि खासै थिएन र गेटकिपरले छिर्न पनि दिएन । तर भित्र पस्न नपाए पनि घण्टाघरको छायाभित्र लुकेरै बसिरहें । सोचें, कुनै बेला त सर रेस्टुराँबाट निस्कनु नै हुनेछ, त्यसपछि पुनः पिछा गर्नेछु ।"

"निकैबेर पर्खें । लगभग तीन घन्टापछि तपाईं रिमझिमबाट निस्कनुभयो र दक्षिणतिर लाग्नुभयो । प्रजातन्त्रको पर्खालनिर एउटा मानिससँग ठोकिएर लड्नुभयो । त्योसँग एकछिन भनाभन गरेपछि लडखडाउँदै सुनधारातिर लाग्नुभो । म छायाहरूबीच लुक्तै, दगुर्दै तपाईंलाई पछ्याउँदै गएँ । त्यसपछि तपाईं नयाँ मन्त्रालय पुगेर बगैंचातिर छिर्नुभयो । म भने गेटबाहिरको पीपलको रूखमुनि लुकेर तपाईंलाई पर्खि नै रहें । रूखमै अडेस लागेर बस्ता एकछिन त म निदाएँ पनि ।"

रङ्गनाथ एकैसुरले बोलिरहेको थियो ।

"खट्याक्क आवाजले ब्युँझँदा तपाईं गइसक्नुभयो कि भन्ने सोचले आत्तिएको मैले तपाईंलाई मन्त्रालयबाट निस्किइरहेको देखें । अनि त्यसपछि तपाइलाईं विष्णुमतीको पाटीसम्म पछ्याउँदै रहें । तपाईंले पाटीमा ढल्किएर कुनै कागत पढ्न थाल्नुभयो । मैले सोचें, कहीं त्यो मेरै कपीको पाना त थिएन ? सर मन्त्रालयभित्र निकैबेर हराउनुभएको थियो । के त्यहीं त राखिएको थिएन, मेरो कपी कुनै फलामे दराजभित्र ?"

म चुपचाप सुनिरहें ।

"म पाटीबाट पर कसिङ्गरको छायामा लुकिबसें ।", ऊ अझै बोल्दै थियो, "उता तपाईं भने निदाउनुभयो । मलाई लाग्यो, यही समय हो पाटीमा गएर त्यो कागज खोज्ने । सायद त्यही नै मेरो कपी हो । हेरौं न त म पनि कसरी मलाई फेल गरेका रहेछन् जाँचमा ?"

"तर मैले त्यो पन्नालाई भने कहीं भेट्न सकिनँ । फेरि पाटीको एउटा कुनामा एक जोडी गाँसिएर सुतेका रहेछन्, कहिले पनि नछुट्टिने हुन्जस्तो गरेर । त्यहाँ धेरैबेर बस्नु उपयुक्त छैन जस्तो लाग्यो र पाटीबाट बाहिर निस्की पुनः कसिङ्गरको पहाडमा आइपुगें । त्यहीं बसेर कहिले निदाउँदै कहिले उँध्दै मैले त्यो रात बिताएँ ।"

रङ्गनाथ बोलिरहेकै थियो, "बिहान भयो । पुलिसहरू अब देशका नयाँ नेता आउने भएका छन्, जाऊँ वसन्तपुरतिर जाऊँ, भनेर घोषणा गर्दै रिक्सा र टेम्पोहरूमा यताउता गरिरहेका थिए ।"

"पाटीतिर हेर्दा मैले देखें, म आफ्ना विचारहरूमा घोत्लिएकै बेला तपाईं वसन्तपुरतिर हिंडिसक्नुभएको रहेछ । म विष्णुमतीको पुलतिर दौडिएँ । म पुलमा पुग्दा तपाईंलाई पारिको उकालामा खोच्याउँदै हिंडेको देखें । उकालामा पुग्दा तपाईंको गुजमुज्ज टाउको उत्तर-पूर्वतिर लागेको देखें । टेकुतिरबाट ठूलो भिड स्वागत-गीत गाउँदै अघि बढिरहेको थियो । तपाईं त्यो भिडको उतापट्टि पर्नुभयो, म भने यता । त्यो अपार जनसमूहमा तपाईंलाई खोज्दै कहिले म कालो भैरवको मूर्तिअगाडि उभिएँ, कहिले शिवपार्वतीमन्दिरका खुड्किलामा चढें । उता मञ्चमा नयाँ नायकको भाषण

शुरू हुन लागिरहेको थियो र यता म तपाईंलाई हनुमान, भैरव, कछुवा र वामनका मूर्तिहरूबीच खोजिरहेको थिएँ ।"

रङ्गनाथ चुप लाग्ने छाँट थिएन ।

"एक्कासि तपाईंलाई त्रैलोक्यमोहनको खुड्किलामा उभिएको देखें । तपाई एकटक लगाएर मञ्चमा उभिएका नयाँ नेतालाई हेरिरहनुभएको थियो । मैले भने तपाईंलाई नै हेरिरहेको थिएँ ।"

"मैले तपाईंलाई चिच्च्याउन लागेजस्तो देखें । त्यही बेला मलाई कसैले घचेट्यो । उछिट्टिएर शिवपार्वती मन्दिरतलको ढुङ्गे भुइँमा बजारिएँ । त्यसपछि मलाई केही थाहा भएन । ब्युँझिंदा यही पागलखानाभित्र रहेछु । डाक्टरहरूले मलाई पागल घोषित गरिसकेका रहेछन् ।"

झल्याँस्स सम्झें ।

ढुङ्गे भुइँमा पछारिंदा अरू कोही पनि त ढलेजस्तो ढ्याम्म आवाज आएको थियो । केही मानिस त्यही आवाज पछ्याई शिवपार्वती मन्दिरतिर दगुरेका थिए । कोही भने म ढलेको ठाउँनिर आई वरिपरि घेरा बाँधेर उभिएका थिए ।

त्यसो भए त्यस दिन वसन्तपुरमा एक जना नभएर दुई जना पो ढलेका रहेछौं, म र मेरो विद्यार्थी रङ्गनाथ ! त्यसपछि हामी दुवै जना यस पागलखानामा ल्याइएका रहेछौं !

मैले राति इन्द्रचोकमा भेट्ता उसलाई वचन दिएको थिएँ, आफ्ना समस्यालाई सुल्झाएपछि कपी रिचेकिङ गराउने कुनै उपाय खोज्ने प्रयास गरौंला । तर खै, के गर्न सकें र मैले रङ्गनाथका निम्ति ?

असाध्य दिक्क लागेर आयो, उसका लागि त के गर्न सक्थें, बरू आफैं पो यस महाजालभित्र थचारिन पुगें ।

"के गरौं रङ्गनाथ मेरो मन अत्यन्त दुखेको छ ।", मैले भनें, "मैलाई यस पागलखानाका डाक्टरले रिचेकिङ गर्न अस्वीकार गरेका छन् । उनीहरूले मलाई बौलाहाका लिस्टमा चढाइसके । बीचबीचमा आएर नानाथरीका प्रश्न सोधी मेरो मानसिकताको रिटोटलिङ मात्रै गर्दछन् । तिमीलाई थाहै छ, जति

रिटोटलिङ गरे पनि परिणाम भने जतिको त्यति नै । के सामान्य रूपमा सबैले कुनै न कुनै किसिमको पागलपन आफैँभित्र लुकाएका हुँदैनन् र ? भनिएकै त छ नि, पूर्ण सामान्यता पनि एक किसिमको पागलपन हो । तर रङ्गनाथ, तिम्रो र मेरो कुरा यहाँ सुन्ने कसले ? यस पागलखानाका सम्पूर्ण नियम, कानुन र उपनियमहरू कडा र विचित्र किसिमका छन् ।"

कोरिडरमा परपर कोही बोलिरहेजस्तो लाग्यो । पदचापहरू हामीतिरै आइरहेका थिए ।

रङ्गनाथले बडो निश्चिन्त भई भुइँमा बसेर सानो स्वरमा बिस्तारैबिस्तारै बोलि नै रह्यो ।

"नर्स र गार्डहरू आउँदै छन् । तपाईंलाई समातेर फेरि प्राइभेट वार्डतिर लान्छन् । तर चिन्ता नगर्नुहोला सर तपाईं ! म पनि यहीं छँदै छु । तपाईं र मेरो भेट भइहाल्छ । यस पागलखानाका अत्याचारपूर्ण नियमविरूद्धमा नयाँ क्रान्ति थालनी हुन बाँकी छ । छरिएका प्रमाणहरूलाई जोड्नु छ । कुन तथ्य थियो र कुन कल्पना भनेर खुट्ट्याउनु छ ।"

"पागलखानामा बस्तै जाँदा मैले धेरै कुरा सोचें । पहिले लाग्थ्यो, मुख्य समस्या मेरो परीक्षाफल नै हो । मैले पास हुनुपर्ने थियो, फर्स्ट डिभिजन आउनुपर्ने थियो, ममाथि अन्याय भयो इत्यादि । तर यहाँ आएपछि, यतिका दिन यी पागल कहलिएकाहरूबीच बिताएपछि बुझें, मेरो समस्या सबैतिर विद्यमान अन्यायका जराहरूसँग जोडिएको रहेछ । ममाथि आरोपित पागलपनको जरो घर, शहर, उपत्यका हुँदै सबैतिर फैलिएको रहेछ । विश्वविद्यालयदेखि मन्त्रालयसम्म, संसद् भवनदेखि दरबारसम्म अराजक शक्तिसङ्घर्षहरू चलि नै रहेका रहेछन् ।"

"त्यसैले अब मैले नडराउने निर्णय गरेको छु । म चाहे विश्वविद्यालयमा हुँ वा सडकमा, संसद्मा हुँ वा पागलखानामा, जहाँ भए पनि सबै किसिमका अन्याय र अत्याचारविरूद्धमा लडिरहनेछु । जीवनभरि लडिरहनेछु ।

पदचापहरू ढोकानजिकै आइसकेका थिए । जनरल वार्डका पागलहरू आआफ्ना खाटमा ढल्केर सुतेको अभिनय गर्दै थिए । रङ्गनाथ भने बडो शान्त स्वरमा बोलि नै रह्यो ।

"मेरा लागि अब दरबार र पागलखाना वा संसद् र सडकमा कुनै भिन्नता छैन । यहाँ भए पनि त्यहाँ भए पनि मेरो काम हो अन्याय, अत्याचार र दमनविरूद्ध लडिरहने । यथेष्ट प्रमाण नपुगी कसैलाई फेल वा आरोपित गर्ने प्रणालीविरूद्ध लगातार सङ्घर्ष गरिरहने ।"

मैले अकस्मात् सम्झें !

के हुँदै छ शहरमा, कस्ता नारा लाग्दै छन् सडकमा भनी बुझ्न त म प्राइभेट वार्ड छाडी जनरल वार्डतिर लागेको थिएँ नि ! त्यो भीमकाय गार्डले मलाई अकस्मात् समातेको र त्यसपछि रङ्गनाथसँगको अनपेक्षित भेटका कारण आफ्नो उद्देश्य बिर्सेको रहेछु । अब तुरून्तै सोधिहाल्नुपर्छ ।

"के हुँदै छ देशमा ?", हतारिएर सोधें, "थाहा छ तिमीलाई वा जनरल वार्डका अन्य कोही पागललाई, के हुँदै छ राजधानीका सडक र गल्लीहरूमा ?"

"हिजो भर्खरै वार्डमा ल्याइएको नयाँ पागलका अनुसार लाखौं मानिस रिङरोडवरिपरि जम्मा भइरहेका छन् अरे ! सरकारले जति नै कर्फ्यु लगाए पनि मानिसहरू सबैतिरबाट हरेक दिन रिङ्गरोडतिर धाउँदै छन् र ! रङ्गनाथले भन्यो, "महाराजगन्ज, गोङ्गबु, कलङ्की, बल्खु, सातदोबाटो, कोटेश्वर र चावहिलमा मानिसहरू राजाविरूद्ध नारा लगाइरहेका छन् रे !"

ढ्वाङ्ग ढोका खुल्यो । एउटी नर्स र दुई गार्ड भित्र पसे ।

"लौ, यहाँ पो हुनुहुँदो र'छ !", नर्सले भनी र मछेउ आई, "किन यसरी क्याबिन छाडेर हिंडेको ? डाक्टरहरूले थाहा पाए भने हामीलाई ठाडै खान्छन् । लौ भयो, अब छिटो फर्किहाल्नुस् ।"

नर्स मेरो हात समातेर तान्न थाली । गार्डहरूले भने चुपचाप उभिएर हेरिरहे । क्याबिनमा फर्कनेबाहेक अरू कुनै उपाय नदेखेर म बिस्तारै भुइँबाट उठें । रङ्गनाथ पनि मसँगसँगै उठ्यो ।

"जानुहोस् सर तपाईं ! हाम्रो सङ्घर्ष जारी रहनेछ ।", उसले भन्यो । मैले मुन्टो हल्लाएँ र उसको काँधमा धाप मारे ।

टाउको घुमाएर जनरल वार्डवरिपरि हेरें । आआफ्ना बेडमा ढल्केका पागलहरू मैतिर हेर्दै थिए । तीमध्ये केहीको अनुहार चिनेजस्तो लाग्यो । सायद दरबारमार्गको जुलुसमा मैले देखेका केही अनुहारहरू !

नयाँ विचार पलायो, के ती पागलहरूमध्ये राजनीतिक बन्दी त थिएनन् कोही ? सरकारी दमनबाट जोगिन पागलखानामा आई लुकेका विद्रोहीहरू ? अथवा सरकारले नै जबरजस्ती बौलाहा बनाई पागलखानामा थचारेका आन्दोलनकारीहरू ?

हेर्दा त जुलुसमा बलेका मसाल र ब्यानर बोकेका मानिसझैं देखिन्थे । पुनः रङ्गनाथतिर हेरें । ऊ पनि लगातार मतिरै हेरिरहेको थियो । मैले हात हल्लाएँ र नर्सलाई पछ्याउँदै हलबाट निस्कें ।

त्यति बेला मलाई रङ्गनाथसँगको भेट अन्तिम होला भन्ने लागेको थिएन ।

म वार्डमा आउने नर्सहरूलाई उसका बारे सोधिरहन्थें । "ए त्यो पागल नेता !" उनीहरू मलाई भन्थे, "त्यसले डाक्टरहरूलाई हैरान बनाएको छ । कहिले पागलहरूको सङ्गठन खोल्छु भन्छ त कहिले राजाविरोधी पोस्टर बनाएर भवनभरि टाँस्छु भन्छ । उसलाई अब अर्कै पागलखानामा सार्ने छलफल भइरहेछ ।"

एक दिन बिहान ठूलो हल्लाखल्लाले मलाई ब्युँझायो ।

प्राइभेट वार्डको कोरिडर हुँदै मानिसहरू यताउता दौडिरहेका थिए । झ्यालबाट हेरें । गार्डहरू बगैंचाभरि छरिएका थिए । कोही लौरा बोकेर मुख्य गेटतिर बढ्दै थिए । त्यही बेला क्याबिनको ढोकामा कसैले ढ्याम्म हिर्कायो ।

"लोकतन्त्र जिन्दावाद !", कोही ढोकाको उतापट्टि कराउँदै थियो ।

म एकाएक चनाखो भएँ । हत्तपत्त उठेर ढोका खोलें ।

मानिसहरू कोरिडर हुँदै जनरल वार्डतिर दौडिरहेका थिए । मैले पनि पछ्याउन थालें ।

जनरल वार्डको ढोकाअगाडि केही पागल उभिएका थिए । सबैभन्दा अगाडि थियो रङ्गनाथ । उसले हातमा औषधिको बोतल बोकेको थियो ।

हात उचालेर बोतल तलमाथि गर्दै ऊ जोसिँदै थियो, "लोकतन्त्र जिन्दावाद, निरङ्कुशतन्त्र मुर्दावाद !"

अरू पागल पनि उसकै पछिपछि लागेर चिँच्च्याउँदै थिए, "तानाशाही चल्दैन, जनता मिच्न पाइँदैन !", कसैले हातमा बोतल वा कूचो बोकेका थिए भने कसैले डस्टबिन ।

भऱ्याङतिरबाट दुई गार्ड लौरा उज्याउँदै दौडँदै आए ।

"लोकतन्त्र जिन्दावाद !" रङ्गनाथ पुनः करायो । अनि हातको बोतल गार्डहरूतिर फ्याँक्यो ।

अरू पागल पनि साथसाथै चिच्च्याए, "निरङ्कुशतन्त्र मुर्दावाद !"

अनि सबैले आआफ्ना बोतल, कूचो, डस्टबिन आदि गार्डहरूतिर फ्याँके । बोतलहरू कोरिडरमा बजारिँदै फुटे । सिसाका टुक्रा, कूचा, डस्टबिनहरू परपरसम्म छरिए ।

गार्डहरूले पागलहरूको आक्रमण खप्न सकेनन् । फर्किएर भऱ्याङतिरै दौडिए ।

"लोकतन्त्र जिन्दावाद, तानाशाही चल्दैन !" भन्दै रङ्गनाथ गार्डहरूलाई खेद्दै भऱ्याङतिर लाग्यो । अरू पागल पनि "निरङ्कुशतन्त्र मुर्दावाद, जनता मिच्न पाइँदैन !" भन्दै उसका पछि लागे ।

म पनि दौडँदै उनीहरूको समूहमा मिस्सिएँ ।

हामी जनरल वार्डको गेट नाघेर कोरिडर हुँदै भऱ्याङमा आइपुग्यौं ।

भऱ्याङतल हलमा दश-पन्ध्र जना गार्ड जम्मा भइसकेका थिए । हातमा लौरा समाएका उनीहरू "समात् यी खुस्केटहरूलाई" भन्दै भऱ्याङ उक्लिन थाले ।

"तानाशाही चल्दैन, जनता मिच्न पाइँदैन !" भन्दै हामी भऱ्याङ ओर्लन थाल्यौं ।

भऱ्याङबीच गार्ड र पागलहरूको जम्काभेट भयो । जे हुनु थियो, त्यही भयो । उताबाट लौराहरू बज्रन थाले, यताबाट लात्ता र मुक्काहरू । केही पागल गुड्किँदै भऱ्याङको फेदमा पछारिए । केही गार्डका नाथ्री फुटे । झन् ठूलो हल्लाखल्ला मच्चिन थाल्यो ।

बीच भन्याङमै मेरो एउटा गार्डसँग मुठभेड भयो ।

उसको लौरो मेरो काँधमा बजारियो । मेरो हत्केलाले उसको गालामा झ्याम्टा दियो । उसको मुड्की मेरो कानमा बज्रियो । मेरो घुँडाले उसको संवेदनशील अङ्गमा प्रहार गऱ्यो । मुठभेडमा उछिट्टिएको उसको लौरो हावामा हुर्रिंदै हलको भित्तामा झुन्डिएको चित्रमा ठोक्कियो । चित्रलाई छोपेको सिसा झन्याम्म फुट्यो ।

अन्य दुई गार्डले मलाई दुईतिरबाट अँठ्याए । तेस्रोको लौरो मेरो टाउकामा बज्रियो । त्यसपछि मलाई केही थाहा भएन ।

आँखा खुल्दा आफ्नै क्याबिनको बेडमा पल्टिइरहेको थिएँ । सफाइ कर्मचारीहरू पुनः गुनगुन गर्दै थिए । कूचा र टाला यताउता चलिरहेका थिए । नर्सहरू क्याबिनको ढोकाबाट छिर्दै थिए । पागलखानाको जीवन सधैंको जस्तो चलिरहेकै थियो ।

त्यसको दुई दिनपछि नर्सहरूको खासुखसबाट बुझें, रङ्गनाथ त्यही गोलमाल मच्चिएको दिन पागलखानाको पर्खाल नाघी शहरतिर भागिसकेको रहेछ ।

यस कुराको प्रत्यक्ष ज्ञान भने मलाई कहिल्यै हुन सकेन । कहिले निदाएको त कहिले ट्वाल्ल परेर नर्सहरूका सामु बुझ्दै नबुझेको जस्तो अभिनय गरी नर्सहरूको खासखुसबाटै मैले रङ्गनाथबारे बुझ्नुपर्ने बाध्यता थियो । त्यसैले ऊ यहीं छ कि भागिसक्यो भन्ने ठम्याउन मेरा निम्ति असम्भवै थियो । तर मैले दोस्रो सम्भावनालाई नै सत्य मान्ने निर्णय गरें किनभने मेरो मनले त्यसै होस् भन्ने चाहन्थ्यो । म चाहन्थें, ऊ स्वतन्त्र होस्, आफैँलाई खोजोस्, भेटाओस् उसले कारागारबाहिरको आकाशमुनि । आ, जे पर्ला, म रोज्छु यही सत्य !

मलाई थाहा थियो, अब भने मैले यस कारागारजस्तो वार्डबाट उम्कनु असम्भवै छ । केही दिनदेखि गार्डहरूको सङ्ख्या दोब्बर भएको थियो । रङ्गनाथ भागेकै दिनदेखि सुरक्षा बढाइएको हुनुपर्छ ।

सिलिङको चित्रपट

राता, नीला र सेता चक्कीहरूको प्रभावले नै होला, दिउँसो बेडमा उँघ्दै बसेका बेला मलाई एकपल्ट सपना हो कि बिपनाजस्तो अचम्मको अनुभूति भयो । यस्तो लाग्यो, मानौं म राजाविरूद्ध उर्लेको भिडमा हिंडिरहेको छु । वरिपरिका आन्दोलनकारीहरूमध्ये कोही लोकतन्त्र भन्दै थिए, कोही गणतन्त्र । सबैले निरङ्कुश शासनव्यवस्थाको अन्त हुनुपर्छ भन्दै थिए । यो सपना हो कि बिपना ?

होइन, म कहाँ छु ?

आँखा खोलें । प्राइभेट वार्डको आफ्नै क्याबिनमा रहेछु ।

फेरि उँघें ।

फेरि राजाविरूद्ध नारा लगाइरहेका मानिसको त्यही भिडमा आफूलाई पाएँ । मवरिपरि धेरै कलाकार, कवि, लेखक, चित्रकार र रङ्गकर्मीहरू "विचार र कल्पनालाई मिच्न पाइँदैन, निरङ्कुशतन्त्र चल्दैन" भन्दै हिंडिरहेका थिए ।

अकस्मात् पर कतै गोली पड्कियो ।

सबै भाग्न थाले । म उकालो गोरेटो भई उँभो भाग्दै डाँडाको टुप्पोमा पुगें । अगाडि एउटा भवन थियो । कुनै नाटक देखाउने ठाउँ रहेछ ।

फर्केर उँधो हेरें, प्रहरीहरू बन्दुक बोकेर हामीलाई खेदै नाटकघरतिरै दौडँदै आइरहेका थिए ।

फेरि झल्याँस्स भएँ ।

"होइन, यसरी उँघ्दै सुते त दिउँसै पनि डरलाग्दा सपनाले पछ्याउने रहेछन् ।", आफैँलाई हकारें, "निद्राले जति नै च्यापे पनि भरसक ब्युँझेरै बस्नुपर्छ । कम्तीमा सपनाहरूले पछ्याईपछ्याई तर्साउन त सक्ने छैनन् ।"

सपना-बिपना के हो, के होइनजस्तो अनुभूतिले अझैसम्म पनि भ्रमित पारिरहेको थियो ।

"होइन त्यो सपनै थियो ।", आफैँलाई सम्झाउन थालें, "मेरो बिपना त पागलखानाको कारागार मात्र हो । सायद रङ्गनाथले नै मेरो सपना बाँचिरहेछ, शहरको कुनै सडक वा गल्लीमा ।"

"सायद ऊ पनि मैले सपनामा देखेकै जस्तो भिडमा सामेल भएर चक्रपथ नाघी दरबारतिर बढ्दै छ । सायद सुरक्षाकर्मीले यसै बेला रङ्गनाथलाई पनि खेदिरहेका छन् । सायद उसका हातखुट्टामाथि बज्रिनेछ कुनै पनि बेला सिपाहीहरूको लट्ठी ।", म बेडमाथि बसेर सोचिरहें, "तर जे-जस्तो दुःख, डर झेल्नु परे पनि मविपरीत रङ्गनाथ स्वतन्त्र छ, खुला सडकहरूमा उन्मुक्तिका नारा लगाएर हिंड्न पूर्णरूपले मुक्त ।"

मेरो मन झन्झन् निरास हुँदै गयो ।

"सायद मेरो चाहिं सम्पूर्ण जीवन अब यही पागलखानामा बित्नेछ । यतिका मानिस सडकहरूमा पिटिएका, पक्रिएका, मारिएका बेला मेरो मात्रै दिमाग ठीक हुँदै जाला, स्थिति सुध्रिंदै जाला, अस्थिरता र गडबडी घट्तै जाला भन्ने त कुरै भएन । यति बेला सायद मजस्तै अरू पनि बौलाएका छन् शहरमा । कोही अर्धपागल बनेका हुन सक्छन् भने कोही बौलाएर संसद्, दरबार र मन्त्रालय हुँदै भित्रबाहिर दगुरिरहेका ।"

के थाहा ? सायद यही बेला चुटाइबाट आत्तिएका आन्दोलनकारी कोही यता कोही उता भागिरहेका छन् कि ? अनि दरबारमार्ग, वसन्तपुर, सुनधारा र रत्नपार्कतिर नि ?

हुन सक्छ यति नै बेला केही व्यक्ति हतियार बोकी फेरि दरबारमार्ग र सुनधाराका सडकहरूमा बटुवाहरूलाई तर्साउन, धम्काउन थाल्दै छन् ।

मैले बेडमा पल्टेर सोचें, "शहरमा सबैतिर यस्तो बहुलट्ठी अराजकता बढेको बेला म पनि सायद भित्रभित्रै अझै खुस्किँदै, झन् बौलाउँदै चाँडै पूर्ण पागल बन्छु होला ।"

आत्तिएर आँखा चिम्म गरें ।

अग्लिँदै, फिँजिदै घर, सडक, संसद् सबै किच्चैकिच्चै लगेको स्वरूप भित्रभित्रै उम्लिँदै आयो ।

एकपल्ट लाग्यो, यो प्याजको अति विशाल डल्लो हो । फेरि सोचें, होइन यो अजङ्गको आलु हो । अनि पुनः तुरुन्त लाग्यो, होइन यो आलु वा प्याज नभएर कुनै नयाँ किसिमको तरकारी हो, जसले झन्झन् फैलँदै, घर, सडक, अस्पताल, स्कुल सबैलाई सबैतिरबाट घेर्दै, किच्चैकिच्चै आउँदै छ ।

कहिल्यै अनुभव नगरेजस्तो गहिरो चिसो नैराश्यले जरो हाल्न थाल्यो ।

रङ्गहरू झर्दै गएर फुङ्ग भएजस्तो । बत्तीहरू टिलपिल गर्दै निभेर अँध्यारो हुँदै गएजस्तो ।

यसअघि जे-जस्तो विपत्तिमा परेको भए पनि मेरो मनभित्र मधुरो प्रकाश बाँकी नै थियो । आपत्को जे-जस्तो भड्खालो आइलागे पनि आफैँ पार लगाउन सक्छु, आफ्नो मुक्ति आफैँ खोज्न सक्छु भनेर सधैं भिडिरहेकै थिएँ । तर आज मलाई लाग्यो, क्याबिनको झ्यालबाट देखिएको आकाश झन् कालो भई तलतल आउँदै छ । भित्रको उज्यालो निभेर निसास्सिएको मेरो मनले झ्यालबाहिर परपर थुम्का र जङ्गलहरू हेर्न खोज्यो ।

झ्यालबाट चियाएँ, काला बादल पानीले भरिएका थिए । आकाश अँध्यारो थियो ।

अर्को दिनदेखि बढीजसो समय मैले बेडमै पल्टेर बिताउन थालें । बगैंचामा घुमाउन लान पनि नर्सहरूले मलाई निकै कर गर्नुपर्थ्यो । मलाई न कसैसँग भेट्न मन थियो, न बगैंचामा घुम्न । जीवनको ऊर्जा घट्तै गएर म कठाङ्ग्रिएर बसिरहने हरुवाझैं एक्लै बेडमै पल्टेर सिलिङतिर हेर्न मन पराउने भएको थिएँ । सिलिङतिर हेरी पुराना घटना स्मरण गर्नु नै मेरो मुख्य काम थियो ।

सिलिङको त्यस चित्रपटमा घटनाहरू फर्कीफर्की सलबलाइरहन्थे । विश्वविद्यालयमा आफूले पढाएका दिनहरू सम्झें । आफ्ना विद्यार्थीलाई सम्झें । अझै त्यसभन्दा पहिलेपहिलेका सम्झनाले पनि घेर्न थाले । विभाग

अगाडिको हरियो चौरमा काली तर हिस्सी परेकी केटीसँग भएको पहिलो भेट सम्झें । पछि तिनैसँग विवाह गरेरै त मैले सुखद दाम्पत्य जीवनको आधारशिला जोडेको थिएँ... ।

खोइ, आज कहाँ गए ती क्षणहरू ?

हो, म पनि त विद्यार्थी थिएँ कुनै दिन । म पनि त्यही कक्षाकोठामा गएर प्रसाद सर, कवि सर, बी.पी. सर तथा विमलप्रकाश सरहरूका लेक्चर सुन्थें, जसमा पछि मैले शिक्षक भएर भोगेन्द्र, किष्णु, मोहन, विजयलगायत अरू धेरै विद्यार्थीलाई पढाएको थिएँ ।

विद्यार्थी छँदै आफूले एकचोटि आवेशमा आएर विभागीय प्रमुखको अफिसमा झगडा गरेको पनि सम्झें । पछि साथीहरूले मलाई तानेर निकालेपछि चउरमा उभिएर लामो भाषण गरेको र साथीहरूले थपडी बजाएको सम्झना पनि आयो । के भन्दै थिएँ म चउरमा र मैले प्रमुखको कोठामा गएर कराउनुको कारण के थियो ?

योचाहिं जति गरे पनि सम्झन सकिनँ । के मात्रै सम्झें भने म अति उत्तेजनामा मुठी बाँधेर कराउँदै थिएँ र साथीहरूले मलाई तान्दै "नरिसाऊ, नकराऊ" भनेर सम्झाइरहेका थिए ।

एकाएक रङ्गनाथलाई सम्झें । ऊ पनि त यसरी नै पसिनैपसिना भएर कराउँदै थियो नि, बी.पी. सरको अफिसमा । सायद त्यसैले मलाई लागेको थियो, रङ्गनाथ र मबीच कुनै अदृश्य सम्बन्ध छ । सायद त्यसैले पछि मैले उसलाई सहयोग गर्न चाहेको थिएँ ।

सिलिङमा अरू धेरै अनुहारहरू सलबलाउन थाले । प्रसाद सर, बी.पी. सर, कवि सर, वरूण, विम्ब, बहादुर, भोगेन्द्र, सीता, वनिता आदि ।

त्रैलोक्यमोहन मन्दिरअगाडि प्रसाद सरले पागल घोषित गरेका बेला मलाई रिस उठेको थियो । मेरो आफ्ना गुरूले नै मार्न आँट्नुभयो भनेर मन तीव्र छटपटीले गाँजेको थियो । त्यस्तै वरूण, विम्ब, भोगेन्द्रजस्ता साथीहरूसँग पनि म चिढिएकै थिएँ । मेरो योजनामा सहयोग पुऱ्याउनुसट्टा झन् मैलाई पागल साबित गर्ने उपक्रमहरूमा सामेल भइरहेछन् भन्ने सोची

उनीहरूलाई मनमनै निकै सरापेको थिएँ । अरू त अरू, मलाई वेदिकासँग पनि असन्तुष्टि थियो । किन उनले अरूका कुरा सुनेर मलाई पागलखानामा पठाउने निर्णय गरिन् ?

त्यही निर्णयबाट विचलित भएर त मैले घर छाडने निधो गरेको थिएँ । उनकै कारणले गर्दा गैरीधारा, पुतलीसडक, दरबारमार्ग तथा वसन्तपुरमा किसिमकिसिमका हन्डर खाएर विष्णुमतीको त्यस पाटीमा पुगेको थिएँ, जहाँ मोहनदास राधाकृष्णको भजन गाएर बसेको थियो ।

पहिले आफ्ना गुरू, साथीसँगाती, श्रीमती आदिको कुरा सम्झँदा मेरो मन निकै अमिलिने गर्थ्यो । तर अबको स्थिति बदलिएको थियो ।

बेडमा पल्टेर सिलिङमा टोलाइबस्ता अब बल्ल मलाई मेरा गुरू, साथीसँगाती र वेदिकाका बाध्यताबारे बोध भयो । राम्ररी बुझें, किन उनीहरूले मलाई पक्रन र पागलखाना लैजान त्यत्रो कर गरिरहेका थिए ?

यी सबै प्रयत्न कुनै दुर्भावनाको कारणले नभएर फगत प्रेमका अभिव्यक्ति थिए । गुरू, साथी र वेदिका डराएका थिए, मेरो बहुलट्ठीपनका लक्षणहरूले । कतै यो पागलै त भइहाल्दैन भनेर उनीहरू पक्कै आत्तिएका थिए । त्यसैले त पागलपनबाट जोगाउन प्रसाद सरले मलाई सेमिनार गराउन तथा समालोचना लेख्न कर गर्नुभएको थियो । त्यसैले त वेदिकाले मलाई पागलखानामा लैजाने अनुमति दिएकी थिइन् ।

किन मैले त्यस्ता सन्त प्रवृत्तिका गुरू तथा त्यति माया गर्ने श्रीमतीलाई बेकारमै शङ्का गरें ? किन उनीहरूप्रति मन अमिलो बनाएँ ?

आफैँसँग झनक्क रिस उठ्यो ।

आखिर प्रसाद सरले अहिलेसम्म मेरै भलाइबाहेक के नै सोच्नुभएको छ र ? उहाँले गुरूका हैसियतले मलाई पुस्तक, प्रोत्साहन, प्रेम सबै दिनुभयो । अहिलेसम्म उहाँले सबै थोक दिनु मात्रै भएको छ, मबाट कहिल्यै केही लिन खोज्नुभएको छैन । त्यस्तै वेदिकाले पनि घरव्यवहार सबै मिलाउँदै, हिसाब रूजुबेरूजु खुट्ट्याउँदै, सारा झन्झट मेला आफैँ झेल्दै भए पनि मेरो हरेक योजनामा साथ दिएकै छन् । कहिलेकाहीं मैले चुरोट तान्दा र आत्तिएको

अवस्थामा छटपटाएर गीत गाइरहँदा रिसाउनेबाहेक उनले न कहिल्यै झगडा गरेकी छन् न अरू कुनै कुरामा रिसै पोखेकी छिन् । यस्ता गुरू र यस्ती श्रीमतीसँग म व्यर्थमा किन रिसाएँ ? आखिर दुवैले मलाई लाइनमा ल्याउने सक्तो प्रयास गरेकै थिए ।

घरबाट भाग्नु एक दिनअघि उनीसँग भएको झगडा सम्झें । हो, गीत, रूमाल, चक, मोबाइल, ढोका, पापड, चिया यस्तै साधारण कुराकै कारण त हाम्रो झगडा भएको थियो नि त्यस दिन ।

"भर्खरै झाडापखाला र ज्वरो ढलेका तिमीलाई किन कहिले बुइँगल त कहिले सिस्नोको झ्याङ गर्दै तलमाथि गर्नुपर्‍यो ? कि बसेर टेलिभिजन हेर, नत्र बसेर कपी नै जाँच । आधी बोरा अझै बाँकी नै छ ।", उनले मलाई भर्‍याङको टुप्पोमा अकस्मात् भनेकी थिइन् ।

म भने त्यस बेला जोगी भेष घारण गरी भाग्ने योजनालाई अन्तिम रूप दिँदै, लुगा, त्रिशूल, चेकबुक आदि बुइँगलमा लुकाउन लागिपरेको थिएँ । त्यसैले उनको सुझाव बिलकुलै मन परेन । साँच्चै भन्ने हो भने मलाई त्यस बेला उनीसँग निकै रिस उठेको थियो । त्यसैको झोकमा मैले पहिले उनलाई "तिमीले मेरो मनका कुरा, मेरा भावनाहरूलाई बुझ्न सकेनौ" भनेको थिएँ । अनि पछि "तिमीलाई मेरो केही पर्वाह छैन, म यता बौलाउन लागिसकें, तिमी भने खालि क्याल्कुलेटर थिच्तै हिसाबकिताब मात्र मिलाइरहेकी हुन्छ्यौ" भन्दै सरापेको थिएँ ।

त्यति बेला उनलाई मेरो मानसिक अवस्थाबारे चाहिं केही प्रस्ट भनिहालिनँ । सायद त्यही नै मेरो मुख्य भूल थियो । त्यही बेला सबै स्पष्ट भनिदिएको भए सायद उनले मेरो उपचारको व्यवस्था सुरूमै मिलाउने थिइन् । मलाई ठूला भड्खालाहरूबाट बचाउने थिइन् । तर के गरूँ, आफ्नो अवस्थाको उपचार खोज्दै आफैँ दौडिएँ सबैतिर ।

उनले पनि मेरो रिसको प्रतिकार गर्दै झगडा गरेकी थिइन् ।

"यसरी घरका सारा व्यवस्था मिलाउन, अफिस र व्यापार हेर्न, हिसाबकिताब सम्हाल्न मलाई पनि त सजिलो छैन नि ! तर म लागि नै

रहेकी छु । तिमीचाहिँ खाली एकछिन छोरीलाई कथा सुनाएपछि कहिले कुन डाँडा त कहिले कुन खोला र जङ्गल घुम्दै गीत गाएर हिँड्छौ ।", उनले झर्किँदै भनेकी थिइन्, "अरू त अरू, कहिलेकाहीं दिनभरि बाथरूममा टबभित्र बसेर भक्तराज आचार्य र नारायणगोपालका पुराना ट्रेजिक गीतहरू दोहो-याईतेहो-याई गाइरहेका हुन्छौ । घरका भित्ता, टेबल, कुर्सीमा पनि चकले लेख्छौ । खोज, थाहा, खोइ केके हो । मैले पो माया गरेर तिमीलाई सहेकी छु । अरू कोही भए त तिमीलाई यो पागल भइसक्यो भनी उहिले भागिसकेका हुन्थे ।"

उनले पनि त बुझ्न सकिनन् मेरो बाध्यता ! घरका भित्ता र बुइँगलमा चकले 'खोज', 'बुझ' वा 'थाहा' लेख्ने मेरो बानीको वास्तविक कारण ! बाथटबमा मैले गाएका रोमान्टिक गीतहरूको मर्म ! बुझ्नै सकिनन् मभित्रभित्रै मौलाएको, सबै संवेदना भावना निल्दै गएको त्यो कालो अँध्यारो ओडारलाई । त्यही अन्तरको अँध्यारो खाडलबाट उम्लेर आएका अराजक शक्तिकै कारणले त मैले मोबाइल, चेकबुक, परिचयपत्र आदि हराएको थिएँ । त्यसबाटै आफूलाई बचाउन त गीतहरू गुनगुनाएको थिएँ । चकले 'खोज', 'थाहा' आदि लेखेको थिएँ ।

त्यहीताका मैले कहिलेकाहीं बाथटबमा डुबेर गीत गाउन खोजेको थिएँ होला । ती गीतहरू आफैँभित्रको कारागारबाट उम्किने मेरा प्रयत्न थिए । मन छटपटाएका बेला, धाराको पानी टाउकामा थापेर आँखा चिम्म गरी भित्र कतैबाट आइरहेको दैविक धुन सुन्दै केही गुनगुनाएको त्यस दिनमा उनले बाहिरबाट "अब नुहाउन पुगेन ?" भनेकी थिइन् । त्यसपछि "कति त्यही पुराना गीत दोहोराईतेहो-याई गाएको, ट्याङ्कीमा पानी आउन कम भइसकेको छ, पानीको ट्याङ्कर बोलाउनुपर्ने अवस्था आइपुग्न लागिसक्यो, भयो अब नुहाउन, पुग्यो" समेत भनेकी थिइन् ।

त्यसपछि म टबभित्रै ढल्किइबसेका बेला ढोकाबाहिरबाट रिसाएर "किन तिमी परिचयपत्र र मोबाइलहरू बारम्बार गुमाइरहन्छौ ? मैले कस्तो दुःख गरेर सबै चाँजो मिलाउनुपर्छ, तिमीचाहिँ किन कहिले कलम, कहिले मोबाइल,

कहिले चेकबुक आदि हराइरहेका हुन्छौ ?" भनेकी थिइन् । द्वन्द्व अझै बढेपछि त म जोगी भेष बनाएर त्रिशूल लिई घरबाट निस्केको थिएँ ।

हो, यस्तै साना कुराहरूको कारणले त मेरो उनीसँग कहिलेकाहीं झगडा हुने गर्थ्यो । तर यस्तै कुराले रिसाएर मात्र उनले मलाई पागलखानामा पठाउने निर्णय गरेकी थिइन् त ? उनलाई दोष लगाएकोमा अब आफैँसँग रिस उठ्न थाल्यो ।

यसले धेरै रूमाल, कलम र मोबाइल हरायो, गीत गाएर सबैलाई दिक्क लगायो, चकले यताउता लेखेर दुःख दियो, त्यसैले यसलाई अब घरबाट निकालिदिऊँ, सबै जना मिलेर पागलखाना पठाइदिऊँ भनेर सोचिन् होला त उनले ?

यस्तो त सोच्नु नै असम्भव र हास्यास्पद छ । यस्तो त उनले पक्कै पनि सोचिनन् ।

त्यसो भए के त ?

उनले मलाई पागलखानामा पठाउने निर्णय किन गरिन् भने म वास्तवमै पागल बन्दै गइरहेको थिएँ ।

त्यस्तो निर्णय गर्नु उनका निम्ति पनि सहज त पक्कै पनि थिएन । उनले जे गरिन्, सबै मेरा निम्ति गरिन् र ठीकै गरिन् ।

म आफैँ बहादुर बनेर भागें । आफ्नो अवस्थाको उपचार आफैँ खोज्छु भनेर जबरजस्ती लागिपरी जोगी भेष धारण गरी शहरभरि भौंतारिरहें । डान्स रेस्टुराँदेखि दरबारसम्म तथा मन्त्रालयदेखि पाटीसम्म आफ्नै छटपटीको समाधान खोज्दै घटनाहरूको भुमरीभित्र झन्झन् भासिँदै गएँ । सडकसडक छिचोली राइनर र दिलवरनाथका भनाइ बुझ्न खोज्दै हिंडेको म नजाने कसरी इतिहासको बवन्डरभित्र परी पागलखानामा थचारिन पुगें !

यस्तो कारागार जसभित्र रन्थनिएर ढलेको मेरो व्यक्तिगत परिचय नाम, थर, ठेगानालाई सबैले बिस्तारै-बिस्तारै बिर्सनेछन् । म सधैंका निम्ति पागल कहलिई यसै पागलखानाभित्र एकएक दिन गर्दै बूढो हुँदै जानेछु । अनि कारागारबाहिरको संसार सधैंको जस्तो गरी एकएक दिन गर्दै, नयाँ हुँदै,

पुरानो हुँदै यत्तिकै बित्तै जानेछ । वाग्मती, विष्णुमती, धोबीखोला, मनहरा, हनुमन्ते, बल्खु, गोदावरी, कर्मनासा र टुकुचालगायत उपत्यकाका अन्य नदी, खोला, खोल्साहरू बगिरहनेछन्, सधैंसधैंको जस्तै ।

विष्णमतीको पाटीमा फेरि अरू जोगी पद्मासन कसी आत्मा-परमात्माबारे संवाद गर्नेछन् । सायद अर्को कुनै जोगीले मोहनदासझैं राधाकृष्णका भजन गाउनेछ । सायद सडकहरूमा अर्कै नयाँ नायकको प्रतीक्षा हुनेछ । अरू नै पात्रहरूको स्वागतमा सायद अबिर र मालाहरू मगाइनेछन् । सायद विद्रोहका ढुङ्गाहरू दरबारमार्ग, सुनधारा, रत्नपार्क र वसन्तपुरका चिल्ला सडकमा फेरि बज्रिनेछन् ।

अनि सायद मजस्तै अरू पनि सामान्यता र पागलपनका सीमासँग लुकामारी खेल्दै, कहिले तथ्यको कठोर प्रकाशमा देखा पर्दै त कहिले कल्पनाका शीतल छायामा लुक्तै सडक, पाटी, घाट, दरबारभित्रबाहिर यताउता भौतारिनेछन् । मगजभित्र सबैतिर फैलिएको बारूलाको स्वरले रन्किरहेको जस्तो भविष्य, भूत र वर्तमान बोकेको रहस्यमय घनचक्करलाई पछ्याइरहनेछन् ।

हो, घनचक्कर !

गुच्चाको मन्त्रालयको रद्दी कन्टेनरबाट तानेर प्यान्टको खल्तीमा हालेको त्यो च्यातिएको पानो मैले झ्वाट्ट सम्झिएँ । त्यो पानो मैले पाटीछेउको ल्याम्पपोस्टबाट आएको मधुरो प्रकाशमा पढ्दै निदाएको पनि झलझली भयो ।

जे भए पनि घनचक्कर नै त रहेछ नि मैले खोजेको र बुझ्न नसकेको गूढ तत्त्व... ! सिलिङतिर हेर्दै पुनः घोरिएँ ।

के लेखिएको थियो, त्यो सेतो पन्नामा ?

घनचक्करका चारवटा कारक हुन्छन्ः राजनीतिक, मनोवैज्ञानिक, अस्तित्वपरक तथा भौतिक ।

शक्तिसङ्घर्ष, अभाव, मृत्युबोध तथा काम र आरामका कुरा ।

यिनै गर्दा इतिहासको अन्तहीन बगरमा युद्ध, वैमनस्यता, झगडा, विद्रोह, दमन, अभाव र इच्छाका नयाँनयाँ शृङ्खला घटित हुन्छन् । षड्यन्त्र र

कोलाहलपछि पुनः शान्ति आउँछ, आशा जाग्छन् । नयाँ घोषणाहरू हुन्छन् तथा नयाँ नेता देखा पर्छन् ।

तर फेरि घटनाहरूको पुनर्लेखन हुन्छ । इतिहासका पानाहरूले उस्ताउस्तै घटनालाई समय र स्थान परिवर्तन गरेर रेकर्ड गरिरहन्छन् । फेरि दमन हुन्छ । फेरि विद्रोह बल्झिन्छ । यसरी नै समयसँगै गाँसिएको घनचक्करको चक्र लगातार चलिरहन्छ ।

मलाई अब लाग्यो, विश्वविद्यालयमा लागेको आगोदेखि पाटीमा महाराजले सुनाएको ब्रह्मा, विष्णु र शिवको कोभन्दा को ठूलो भन्ने कथानकसम्म, राजा, दल र विद्रोहीहरूका त्रिकोणात्मक सङ्घर्षदेखि लिएर मन्त्री, काजी, धनी, गरिब, भएका, नभएका सबै बीच सधैं चल्ने अन्तर्द्वन्द्वका घटना त्यही सर्वव्यास्त घनचक्करका सानाठूला भाग थिए ।

भीमसेन थापाको आत्महत्यादेखि कृष्णलाल अधिकारीको मृत्युसमक्ष लक्ष्मीनरसिंह मल्ल र रणबहादुर शाहदेखि राजेन्द्रविक्रम र सुरेन्द्रको पागलपनसमक्ष रणबहादुरका तीन रानीबीच तानातानीदेखि वसन्तपुर र नारायणहिटी भित्रबाहिर चलेका शक्तिसङ्घर्षसम्मका सबै घटना त्यही घनचक्करको भूलभुलैयाभित्रका परिणाम थिए । त्रिशूलीको पुल र धरहराबाट हामफाल्ने जङ्गबहादुरका खुस्केट निर्णयदेखि लिएर गाँजाको धुवाँमा लड्ड गार्डका शिवभजनहरूसम्म, मन्त्रालयभित्र गुच्चाका खेलदेखि रेस्टुराँमा कठपुतलीका नाटकहरूसमक्ष अग्ला टावरका उत्थानपतनका कथादेखि देशभरि चलिरहेका हत्याहिंसासम्म सबै शक्तिसङ्घर्षहरू घनचक्करकै समयचक्रका साथसाथै चलिरहेका थिए ।

न त बेलाबेला भइरहने नेताहरूको अद्भुत रूपान्तरण नै घनचक्करको चक्रले सिर्जना गरेको भूलभुलैयाबाट मुक्त थियो, न त मेरो आफ्नै खोज, आफ्नो असन्तुलनको आफैं निदान खोज्ने प्रयत्न नै त्यसको प्रकोपबाट स्वतन्त्र ।

सायद घनचक्करकै कारण असङ्ख्य यात्राहरू विभिन्न दिशामा चलायमान रहन्छन् ।

दरबारमार्गको जुलुसमा मैले देखेका मानिसहरू सबै आआफ्नै दिशा तथा गन्तव्य समातेर बढ्दै गएका होलान् । कोही आआफ्ना घरसंसारमा पुगेर सन्तुष्टिको सास फेर्दै बिछ्यौनामा ढल्केका होलान् भने कोही सिंहदरबारअघिल्तिर पुगी सेतो टल्किएको संसद् भवन हेर्दै टोलाइरहेका होलान् । कोही मन्त्रालयमा पसेका होलान् भने कोही दरबार छिर्ने उपक्रममा लागेका होलान् । ती सबै पदचापहरूको छुट्टाछुट्टै दिशा र प्रकृति थियो । सबै छुट्टाछुट्टै इच्छा तथा मनोभावबाट प्रेरित थिए ।

ती सबै इच्छा र दिशाविपरीत मैले छुट्टै बाटो रोजेको थिएँ । त्यस बाटाले मलाई टौदह पुऱ्याएको थियो । बौद्ध र आर्यघाट पुऱ्याएको थियो । विष्णुमती र मनहरा पुऱ्याएको थियो । मनहरा र हनुमन्ते खोलाको दोभान पुग्दा मेरो चित्तले शान्ति पाउँछ कि ! नभए त्रैलोक्यमोहन मन्दिरका माछा, वामन, कछुवा आदि अवतार हेरेर बस्ता सायद मगजको खलबली अलिकति मात्र भए पनि कम हुन्थ्यो कि भन्ने विचार मभित्र यताउता सलबलाइरहन्थें ।

रेस्टुराँमा आराम, दरबारमा शक्तिकेन्द्र, मन्त्रालयमा समग्र समाधान र घाटपाटीमा जीवनमृत्युसम्बन्धी प्रश्नका उत्तर खोज्दै म शहरभरि रूमलिएको थिएँ । जोगी, मन्त्री, सांसद, पत्रकार आदिका भेष ओढ्दै सडकसडक भौंतारिएको थिएँ ।

"उः, त्यो दरबार हो, त्यो संसद् भवन, त्यो मन्त्रालय", मनले भनिरहन्थ्यो, "सायद त्यहाँ मेरो मगजभित्रका तन्तुहरूको तानाबाना सुल्झाउने, मेरो छटपटी हटाई मलाई सामान्य र सहज बनाउने कुनै समाधान, कुनै कुञ्जी, कुनै यन्त्र, कुनै चामत्कारिक दृश्य, कुनै आध्यात्मिक समाधान, कुनै मुक्तिको सङ्केत, कुनै शक्तिकेन्द्र... अब जे भने नि भो... त्यस्तो कुनै लक्षण, औषधि वा समाधान लुकेको छ कि ! यस्तै आशाले मेरा इच्छा र खुट्टालाई दिशा र ऊर्जा दिएको थियो ।"

त्यही इच्छाले प्रेरित भएर म यताउता दौडिइरहेको थिएँ आफ्नो समस्याको मूल जरै नबुझीकन !

तर न त त्यस्तो कुनै चामत्कारिक औषधि भेटियो, न त मेरो मगजभित्र अल्झिएरका तन्तलाई पुनः सहज बनाउन सक्ने कुनै विलक्षण आध्यात्मिक समाधानै फेला पऱ्यो ।

सन्तुष्टिपछि पुनः अभाव र रिक्तताको जागरण, त्यसपछि पुनः विचलन र पुनः खोज, पुनः क्षणिक सन्तुष्टि अनि पुनः रिक्तता र अभाव । यस्तै अविरल शृङ्खलाहरूले नै सबैका दिशा र बाटालाई निर्देशित गर्दा रहेछन् । मेरो पनि त त्यस्तै भएको रहेछ नि ! मेरो आफ्नै यात्रा, आफ्नै असम्भव खोज, आफ्नै समस्त भटभटाइ, यताउता बेफ्वाँकको दगुराइ पनि त त्यही अन्तहीन चक्रको नगण्य कणभन्दा बढी केही रहेनछ नि !

मैले उचालेको हरेक पाइला पनि त टेकिएको रहेछ, त्यही घुमिरहेको समयको घनचक्रमाथि । मलाई धेरै कुरा एकैचोटि बुझेजस्तो लाग्यो ।

तर कस्तो विडम्बना ! बुझाइको यस्तो गहिराइमा पुगेको अवस्थामा म झन्झन् खुस्किएर पूर्ण पागलपनतिर उन्मुख छु ।

अहँ, म अब आफूलाई यसभन्दा बढ्ता ढाँट्न सक्तिनँ । मैले स्वीकार गर्नैपर्छ, आफूलाई स्थिर र सामान्य बनाउने मेरा सबै प्रयत्न पूर्णतया निष्फल बनेका छन् । आफूलाई बचाउन उठाएको हरेक कदमले मलाई झन्झन् बौलाहा बनाउँदै लगेको छ । मेरो स्मृति कमजोर हुँदै गएको छ । मानसिक सन्तुलन झन् बिग्रिँदै गएको छ । पुनः भागेर मुक्तिका बाटा खोज्ने, पुनः विद्रोह गर्ने क्षमता भत्किँदै, झन्झन् निष्प्राण हुँदै जाँदै छ ।

बेडबाट सिलिङलाई उत्तानो परेर हेरिरहेको म झन्झन् एक्लिँदै, क्याबिनबाहिरको पर्खाल र आफैँले बनाएका सोचका घेराहरूभित्र सीमित हुँदै जाँदै छु । आफ्ना अस्तित्ववरिपरि रेखाहरू कोरेर आफैँलाई निषेधित गरिरहेको छु, एक किसिमको पीडाले सिञ्चित अप्ठ्यारो आनन्द भोग्दै ।

धेरै दिन यसरी नै बितिसकेका छन् ।

नर्सहरू हातमा ट्रे तथा औषधि लिएर सधैँझैं यताउता हिँडिरहन्छन् । कहिलेकाहीं डाक्टरहरू आएर परीक्षण गर्छन् र उही पुराना प्रश्न सोध्छन् । म भरसक हो-होइन मात्र जबाफ दिने गर्छु । साँच्चै भनूँ भने बोल्ने इच्छा

पनि कम हुँदै गएको छ । न बोल्न मन हुन्छ न नियमित समयमा बगैंचामा घुम्ने नै । भरसक क्याबिनको यही बेडमै पल्टेर घटना र अनुहारहरूलाई सिलिङमा ओल्टाईपल्टाई हेरिरहन नै मलाई अब मन पर्छ ।

देशमा भइरहेका घटनाहरूप्रति अब मलाई खासै रूचि छैन ।

न म कोठामा आउने नर्स र सफाइ कर्मचारीहरूलाई नै के हुँदै छ शहरमा भनेर सोध्न खोज्छु, न त उनीहरूले गरेको गुनगुन नै सुन्न खोज्छु । अखबारी समाचारहरूबाट जति सक्यो परै भाग्न खोज्छु । मलाई न अब इतिहासका घटनाक्रम बुझ्ने इच्छा छ, न वर्तमानमा घटित इतिहासलाई नै । केवल यही ओछ्यानमा पल्टिएर हेरिरहन मन लाग्छ, यसरी नै क्याबिनको सिलिङमा सलबलाइरहेका आफ्ना मित्र, विद्यार्थी, श्रीमती, गुरूलगायत सबै आफन्त र साथीसँगीका अनुहारहरूलाई ।

पागलखानाबाहिरबाट नियमितरूपले मलाई भेट्न आउने एक व्यक्ति मात्र वेदिका छिन् । दिनहुँ आउँछिन् । कमलो मन तर दृढविचारकी उनलाई हेर्दा, भेट्ता हरेकचोटि मेरा आँखा रसाएर आउँछन् । केकस्ता मात्र दुःख सहिनन् र उनले मेरा निम्ति ?

घरव्यवहार, व्यापारव्यवसायको सम्पूर्ण व्यवस्था मिलाएर मलाई लेख्न र पढ्न पूर्ण स्वतन्त्रता दिइन् । मेरो हरेक दुःखमा साथ दिइन्, हरेक समस्याबाट मलाई जोगाउन खोजिन् । अब सायद छरछिमेकीले उनलाई बौलाहाकी श्रीमती भनेर खिसी गरिरहेका होलान् ।

ओहो, कति दुःखको कुरा ! मैले जानिनजानी उनलाई कस्तो प्रताडना दिन पुगेछु ! मन झन् नमीठो हुँदै गएर रून मन लागेजस्तो भयो ।

उनले नानूलाई मकहाँ ल्याएकी छैनन् । उनी मेरो अहिलेको हुलिया छोरीलाई देखाउन चाहँदिनन् । यो पनि ठीकै गरेकी छन् । हरेक दिन जबरजस्ती थोपरिएको मुस्कान लिएर उनी मेरो कोठामा पस्छिन् । मलाई विश्वास दिलाउन खोज्छिन्, सबै कुरा चाँडै ठीक हुनेछ । चाँडै म उनीसँग घर फर्कनेछु । नानूलाई भेट्नेछु । उसका कथा सुन्नेछु । चाँडै म पहिलेको जस्तै विश्वविद्यालयतिर पढाउन जान थाल्नेछ । पत्रपत्रिकामा लेख्न थाल्नेछु ।

म केही बोल्दिनँ । ओठमा मुस्कान पोतेकी भए पनि उनका आँखाभरि लुकेको पीडा म राम्ररी बुझ्दछु । उनका आँखा कितापका पानाजस्ता छन् । म तिनमा आफ्नो र उनको कहालीलाग्दो भविष्यको स्वरूप पढ्न सक्छु ।

मलाई थाहा छ, उनले मेरा निम्ति मात्र नभएर आफ्नै निम्ति पनि आशाका कथाहरू बनाइरहेकी छन् । कहिलेकाहीं तथ्यमात्र बोकेर बाँच्न साह्रै गाह्रो हुँदो रहेछ । त्यस बेला सायद मानिसले आशा र विश्वास तथा स्वतन्त्रता र मुक्तिका काल्पनिक कथानक निर्माण गर्न थाल्दा रहेछन् ।

मेरो मगजका जरा हल्लाउँदै फैलिएको प्रचण्ड ज्वरो अब पूर्ण रूपले हराएको छ । दाहिने घुँडाको हड्डी पनि राम्ररी बाँधिएको छ । शरीरलाई पीडाका च्वासच्वास घोच्ने रेखाहरूले सताएका छैनन् । मगजको पीडा हराएको छ । टाउकाको देब्रे भाग पनि पोल्न छाडेको छ । भित्र सल्केको आगो निभिसकेको छ । शारीरिक रूपले भन्ने हो भने अब म पूर्णरूपले स्वस्थ छु ।

तर मलाई थाहा छ, मेरो मगज भने द्रुत गतिले विघटित हुँदै गइरहेछ । घर छाडेर विष्णुमती, दरबारमार्ग, वसन्तपुर र सुनधारावरिपरि भौतारिएका दिनहरूमा कहिलेकाहीं टाउकाको देब्रे भाग भकभकी उम्लिन्थ्यो । दिमागका नसा र तन्तुहरूमा पीडाका रेखा दौडिरहेका हुन्थे । तर त्यस पीडामा पनि एक किसिमको जीवन्त तीव्रता थियो । भित्रभित्रै सल्केको मेरो मस्तिष्क तीव्र संवेदना तथा भविष्यका आभासहरूले जुरमुराएको थियो । जतिसुकै छटपटाएर यताउता गरिरहेको भए पनि म पूर्णरूपले जीवित थिएँ । निभ्नुअघि प्रचण्ड रूपले दन्केको मगजको उग्र प्रकाशमा इतिहासका घटनाहरूलाई बुझ्ने उपक्रम गर्दै थिएँ । तर कता हरायो अहिले त्यो तीव्र संवेदना र छटपटी ?

जीवनको ऊर्जा र संवेदनाको तीव्रता कमजोर हुँदै गइरहेछ । संवेदना, स्मृति, विचार सबै निल्दै आएका काला भ्वाङजस्ता लाग्ने टाटाहरूले सबैतिरबाट जित्तै आइरहेका छन् । काला भ्वाङहरू भित्रभित्रै फैलिरहेछन् । ती मभित्रका अँध्यारा भ्वाङहरू ग्रह, उपग्रह र सूर्यहरूलाई निल्ने अन्तरिक्षका

ब्ल्याकहोलजस्ता छन् । तिनले मेरा सबै सम्झना र संवेदनालाई बिस्तारै निल्दै गइरहेछन् । कहिले दश मिनेट, कहिले पन्ध्र त कहिलेकाहीं एक घन्टासम्म पनि म केही थाहै नपाई तिनै काला भ्वाङहरूको संसारमा हराएको हुन्छु । बाहिरको संसारमा के भइरहेछ, कति समय बित्यो, को आयो, को गयो मलाई केही बोधै रहँदैन ।

के हुँदै छ मलाई ?

यसरी पलपल मानवीय संवेदना र विचारहरू रित्तिँदै निर्जीव-निष्प्राण अस्तित्वमा परिवर्तन हुनुभन्दा त बरू एकैचोटि मर्न पाए हुन्थ्यो, मनमा तीव्र इच्छा पलाइरहेछ । के अर्थ छ यस्तो निष्प्राण-निर्जीव जीवनको ? बरू फ्याट्टै मरिहालेमा कम्तीमा आफन्तहरू मेरो चिन्ताबाट एकैचोटि मुक्त त हुनेछन् !

मेरो आँखा नर्सले दराजमाथि बिर्सेर गएको राता गोलीहरूको बोतलमा टाँसिएका छन् । के बोतलका सबै गोली एकैचोटि निलिदिए मेरो जीवनलीला समाप्त हुनेछ ?

म हत्तपत्त ओछ्यानबाट उठेर वरिपरि हेर्छु । सायद मैले सेता र नीला गोलीका बोतल पनि भेट्टाउन सक्नेछु । तर म ती अरू बोतल देख्तिनँ । मलाई मृत्युको आमन्त्रण दिँदै राता गोलीको बोतल मात्र ठडिइरहेको छ दराजमाथि ।

"अब जे छ यही छ, यसैले काम चलाउनुपर्छ ।", म निश्चयसाथ सोच्दै छु ।

बोतललाई दराजबाट तानेर हातमा लिन्छु र जगबाट पानी गिलासमा खन्याउँछु । अब म ती गोली बोतलबाट टेबलमा निकालेर गन्दै छु । एक, दुई जम्मा तेईसवटा रहेछन् ।

अनि अब मन दह्रो बनाएर एकएक गरी ती सबै गोली पानीसँग निल्दै छु । अन्तिम गोली निल्दानिल्दै घोर निद्राले छोप्दै लाँदै छ । म बेडमा उत्तानो परेको छु । मुटु ठूलो स्वरमा धकधक धड्किइरहेछ । आँखाअगाडि काला धब्बाहरू नाचिरहेछन् । दृष्टि कमजोर हुँदै गइरहेछ । यस्तो लाग्छ, मानौं मृत्युका काला लहरहरूले मलाई तान्दै तल-तल डुबाउँदै लगिरहेछन् ।

ए मृत्यु भनेको यस्तो पो हुँदो रहेछ ! अँध्यारा शक्तिहरू मानिसको आत्मामा आधिपत्य जमाउन यसरी पो आउँदा रहेछन् त !

म आफ्नो सम्पूर्ण चेतना गुमाएर निद्रा, अवचेतन र बेहोसीको संसारमा झन्झन् भासिँदै जाँदै छु ।

जलमग्न संसार

म अकस्मात् ब्युँझेको छु निद्राबाट ।

मेरो मगजलाई गाँजिरहने संवेदनाहीन शून्यता पूरै हराएको छ । त्यो रिक्तताको ठाउँ ओगटेको छ, त्यही पुराना पीडादायक रन्काइले । घर छाडेर शहरमा भौंतारिएका दिनहरूमा जसरी बेलाबेला टाउको भकभक पोलिरहन्थ्यो, त्यही किसिमको पोलाइ, त्यही तीव्र रन्काइले पुनः मस्तिष्कका तन्तुहरूलाई सल्काइरहेको छ । दिमागका जराहरू जलिरहेछन् । एकपल्ट पुनः पीडाका रेखाहरू शरीर भित्रभित्रै तलमाथि दौडिइरहेछन् ।

तर अचम्म... डराउनु वा आत्तिनुका सट्टा म घाटबाट फर्किएर पुनः जीवन पाएको मानिसझैं हलुङ्गो र उल्लासित अनुभव गरिरहेछु । त्यो डरलाग्दो संवेदनहीनताभन्दा त त्यो प्रतिपलको भतभत पोलाइ नै कता हो कता उत्तम ! मस्तिष्कलाई गाँज्दै गएका ती अँध्यारा भ्वाङको सट्टा त यो पीडाजनक पोलाइबाट उत्पन्न ज्वाला नै धेरै राम्रो !

"अहिले नै हो, मैले मुक्तिका मार्गहरू खोज्ने !", म सोच्छु, "यही तीव्र ज्वालालाई नै माध्यम बनाएर मैले पागलपनविरूद्धको अन्तिम र निर्णायक युद्ध लड्नुपर्छ ।"

म जीवनका जराहरूबाट उर्लिरहेको अज्ञात शक्तिले भिजेर उल्लासित भएको छु । मगजका ओडारमा भविष्यमा हुने घटनाका स्वरूपहरू सलबलाइरहेछन् ।

मेरा आँखाहरू दृष्टिका शक्तिशाली उपकरण बनेका छन् । अकस्मात् प्राप्त कुनै दिव्यदृष्टिले प्रभावित आँखाहरू मलाई कैद गरेका पागलखानाका पर्खालहरूलाई छिचोलेर सम्पूर्ण शहर, उपत्यका र त्योभन्दा पनि परका

दृश्य देख्न थाल्दै छन् । वर्तमानका भित्ताहरूलाई नाघेका मेरा दिव्य आँखा इतिहासका सम्पूर्ण दृश्यलाई एकैचोटि हेरिरहेका छन्, बुझिरहेका छन् ।

के भइरहेछ यो देश, शहर र उपत्यकामा ?

ओहो ! कस्तो अचम्मलाग्दा र अविश्वसनीय दृश्यहरूको शृङ्खला... ! सबैतिर पानी नै पानी !

अविश्वसनीय भेलले शहरलाई नै डुबाउन लागिरहेछ । यस उपत्यकालाई पुनः विशाल दहमा रूपान्तरण गर्न पानीका लहरहरू लगातार उर्लिरहेछन् ।

हेरहेर, कसरी पानीका विशाल लहरहरू घर, रङ्गशाला, पार्क तथा बजारहरूलाई ढाल्दै, भत्काउँदै सबैतिर उर्लंदै छन् । उः हेर, कसरी न्यायालय, संसद्, दरबार, धर्मशाला र पाटीहरू पानीको वेग खप्न नसकी बालुवाका घरझैं भकाभक भत्किइरहेछन् ! हेर, कसरी गडगडाउँदा लहरहरूले उपत्यकालाई पुनः ठूलो दहमा परिवर्तन गर्दै छन् !

टौदहमा मित्र संसारसँग भएका गफगाफ सम्झिएँ । संसारले प्रस्ट भनेका थिए, "मञ्जुश्रीको भविष्यवाणीअनुरूप एक दिन युग फर्कनेछ र यो उपत्यका पुनः दहमा परिवर्तन हुनेछ ।"

वरूणले रिमझिममा सुनाएको लेख पनि सम्झिएँ, मञ्जुश्रीले स्वयम्भूको चुचुरोमा उभिएर भनेकै थिए, "एक दिन हत्या-हिंसा तथा षड्यन्त्रहरूले गाँजेको अँध्यारो युग यस उपत्यकाभित्र अवतरण हुनेछ । दाजुभाइले एकअर्कालाई मार्न थाल्नेछन् तथा एउटा मित्रले एकअर्काको पिठ्यूँमा छुरी घोप्नेछन् । त्यस दिन यो उपत्यका पुनः ठूलो दहमा परिवर्तन हुनेछ । यहाँका मानिस माछा, कछुवा, सर्प आदिमा रूपान्तरण हुनेछन् ।"

हो, अब मात्र भूलभुलैयाका अन्तिम ढोकाहरू खुल्दै थिए । बल्ल रहस्यका कडीहरू एकअर्कासँग जोडिएर मानचित्रको पूर्ण स्वरूपलाई कोर्दै थिए । आफ्नो दिव्यदृष्टिलाई शहरको केन्द्रतिर घुमाएँ ।

पानीका लहरले छुनासाथ मञ्जुश्रीको भविष्यवाणीलाई सत्य साबित गर्दै मानिसहरू जलचरमा रूपान्तरित भइरहेछन् । कोही पानीमाथिमाथि उड्दै बेलाबेला तल झम्टिएर तीखा चुच्चाले ससाना माछा समात्ने चरा

बनेका छन्, अरूहरू माछा, कछुवा, हाँस र पानीसर्प । मञ्जुश्रीले उपत्यका रित्याउनुअघि मानिसहरू जुन जीवन र स्वरूपमा थिए, त्यही आकार र जीवनमा पुनः परिवर्तन हुँदै जाँदै छन् ।

"यो सबै हुनु नै थियो ।", म उत्तेजनामा काँम्दै सोचिरहेछु, "यो सर्वविनाशी बाढीको भविष्यवाणी पहिल्यै भइसकेको थियो । सायद आजको रात सबै भविष्यवाणी पूरा हुने अद्भुत र अन्तिम रात हो ।"

दिव्यदृष्टिले देखिरहेको छु, रत्नपार्कतिर दगुर्दै गएका संयुक्त वाममोर्चाका बलिया पुड्का नेता चम्किला आँखा भएका ठूलो माछामा रूपान्तरण भएका छन् ।

पुँजीवादीहरूको षड्यन्त्रविरुद्ध नारा लगाउँदै, भविष्यमा अवतरित हुने वर्गहीन समाजको उद्घोष गर्दै दरबारमार्गबाट रत्नपार्कतिर दौडेका ती बहादुर नेतालाई पानीको भेलले प्रजातन्त्रको पर्खालअघिल्तिर नपुग्दै भेट्यो । उनको स्वर पानीको अराजक गडगडाहटमा कता बिलायो कता । रातो आँखा भएको माछामा रूपान्तरित ती नेता मुख खोल्दै बन्द गर्दै, भेलमा पौडँदै अगाडि बढिरहेका छन् ।

वसन्तपुर दरबार स्क्वायरतिर दौडेका संयुक्त प्रजातान्त्रिक समूहका अग्ला दुब्ला नेता सुनधारानिर पुगेको मेरो दिव्यदृष्टिले प्रस्ट देखिरहेछ ।

समर्थकहरूले उनलाई अन्तिम समयसम्म भन्दै छन्, "आउनुस्, वाग्मतीमा केही डुङ्गा देखा परेका छन् । तिनमा हामीसँगसँगै चढेर तपाईं पनि ज्यान जोगाउनुहोस् ।"

ती नेताले भने फुसफुसे स्वरमा सम्झाउँदै छन्, "मैले वसन्तपुर दरबारको ऐतिहासिक स्क्वायरमा पुगेर भेलसमक्ष आत्मसमर्पण गर्ने विचार गरेको छु । म धेरै बूढो र कमजोर भइसकेको छु । यति बेला भागेर ज्यान बचाउनुको मेरा निम्ति कुनै विशेष औचित्य छैन । बरू तपाईंहरू भने आफूलाई सकभर बचाउने प्रयत्न गर्नुस् । पहाडको यो घेरो नाघेर संसारका अन्य देश, महादेशहरूतिर पुग्ने बाटाहरू खोज्नोस् । मलाई भने भत्किँदै-ढल्दै गएका संसद्, न्यायालय, दरबार तथा धरहराहरूसँगसँगै डुब्न दिनुस् ।"

मैले हेर्दाहेर्दै ती नेता वसन्तपुरकै दिशाबाट उर्लँदै आइरहेको पानीको विशाल पर्खालतिर दुई हात फिँजाएर दौडँदै छन् । हेर्दाहेर्दै पानीको लहरले उचालेर पुनः थचारेका ती नेता लामा, मसिना पानीका सर्पमा रूपान्तरण भएका छन् । तीव्र इच्छा र जीवनशक्तिले टिलपिलाइरहेका साना आँखा भएको पानीसर्पमा ।

नारायणहिटी राजदरबारको गेटअगाडि पद्मासन कसेको, ठूला डरलाग्दा आँखा भएको गेरूवा वस्त्रधारी महाराज अति विशाल राजहाँसमा परिवर्तन भएको छ ।

उर्लँदो भेलको चिन्ता नगरी ऊ नाकका देब्रे र दाहिने प्वालबाट चल्ने श्वासप्रश्वासको ध्यान गरेर बसेको थियो । फलामको गेट तोडेर पानीको प्रवाह दरबारको प्राङ्गणभित्र पस्ने बेला नाकको कुन प्वालबाट सास भित्र-बाहिर गरिरहेको हुन्छ होला ? सायद ऊ यस्तै केही सोचिरहेको थियो । पानीले डुबाउन लागेका बखत उसले दाहिने प्वालबाट सास फेरिरहेको हुन्छ होला कि देब्रे प्वालबाट ? के डुब्न लागेको त्यस पलमा पनि श्वासप्रश्वासका तथ्यहरूलाई खुट्ट्याउनु नै उसको एक मात्र उद्देश्य थियो ?

पानीका लहरहरूले शरीरलाई छोपेको घडी त्यो जोगी नाकका दाहिने-देब्रे दुइटै प्वालबाट एकैचोटि सास फेरिरहेको थियो । लहरहरूको स्पर्शले उसलाई राता आँखा तथा सेता प्वाँख भएको विशाल राजहाँसमा परिवर्तन गरिदियो । गर्जिरहेको पानीमा बडो शान्त र आनन्द भाव लिई त्यो हाँस लहरहरूसँगै तलमाथि हुँदै अगाडि-पछाडि गर्न थाल्यो ।

हेरहेर, अब कसरी पानीका लहरहरू बैङ्क, बजार, विद्यालय तथा अस्पतालहरूलाई डुबाउँदै उपत्यकाको उत्तरी भागतिर लम्किइरहका छन् ! हेर, कसरी त्यो उन्मत्त भेल म रहेको पागलखानासम्म आइसकेको छ ! पागलखानाका भित्ताहरू ढल्दै जाँदै छन् । लहरहरू भवनका भित्री कक्षसम्म छिर्दै छन् । डाक्टरहरू, मनोविश्लेषक, नर्स, पाले र सफाइ कर्मचारीहरूलाई कुनै किसिमको भेदभाव नगरी सबैलाई साथसाथै बगाउँदै-डुबाउँदै जाँदै छन् ।

मलाई डुबाउन तम्सेका ती लहरलाई परपरसम्म नियाल्दै म देखिरहेछु, सेतो उज्यालो डुङ्गा पागलखानाको छेउछेउतिर आइरहेछ । गडगडाइरहेका लहरहरूमाथि तैरिरहेको त्यस डुङ्गामा बसेका केही मानिस उत्तेजित नारा लगाइरहेका छन् । लहरहरूसँग भिड्दै उनीहरू लोकतन्त्र र न्यायको समर्थनमा स्वर घन्काउँदै छन् ।

डुङ्गा म उभिएको धरातलनजिकै आइपुग्यो । नजिकैबाट हेर्दा चाल पाएँ, डुङ्गा त कागजको पो रहेछ !

मैले देख्तादेख्तै केही मानिस कागतको डुङ्गाबाट खस्तै छन् । पानीमा झर्नेबित्तिकै उनीहरू अचम्मका नीला, गुलाफी र पहेँला माछामा परिवर्तन भइरहेछन् । राता-काला सर्पहरू डुब्न आँटेको डुङ्गाछेउ जम्मा भई मुख खोल्दै, बन्द गर्दै गरिरहेका छन् ।

मै पनि डुब्न लागिरहेछु तर मेरो दिव्यदृष्टि भने अझसम्म कायमै छ ।

डुब्न बाँकी रहेका अग्ला धरहरा र घण्टाघरका टुप्पाहरूलाई मैले अझै परपर देखिरहेको छु । शहरतिरको दिशाबाट कोलाहल आइरहेछ, मानौं हजारौं मानिस एकैसाथ चिच्च्याइरहेछन् । तिनको आर्तनाद पानीको गडगडाहटसँग मिसिँदै छ ।

अनि अब म देख्तै छु, केही रित्ता डुङ्गा अझै पनि पानीमा यताउता तैरिरहेछन् । म उभिएको ठाउँबाट ती केही सुन्निएझैं देखिन्छन् । अँध्यारा लहरहरूमा तैरिएका ती सेता डुङ्गा स्त्रीका स्तनझैं लाग्दै छन् ।

म त्यो अथाह सागरमा डुब्नेबित्तिकै मरिहालिनँ । डुब्दैडुब्दै हरियो लेउले छोपेको दहको पींधमा पुगें । त्यहाँ कालो रूख थियो । म त्यसमै अडेस लाग्न पुगें । नीला-पहेँला माछाहरू वरिपरि पौडिरहेका थिए । अक्टोपस जस्तो देखिने भीमकाय जन्तु छेउमा तैरिरहेको थियो ।

मलाई थाहा थियो, म अब धेरै बाँच्ने छैन र उपत्यकाका अरू नागरिकझैं चेतना हराउँदै गएर या त चाँडै मर्नेछु या छिट्टै कुनै जलचरमा परिवर्तन हुनेछु । तर निभ्नुअघि तीव्र भएर बल्ने मैनबत्तीझैं मेरो दिव्यदृष्टि भने चेतनाका अन्तिम पलहरूमा झन्झन् सफा र चहकिलो बनेको थियो । त्यस

दृष्टिको तीव्र प्रकाशमा म ती मानिसका वर्तमान र भविष्यहरू पढ्न थालें, जो यस सर्वनाशी भेलको प्रकोपबाट बगेर भाग्न सफल भएका थिए ।

कोको सफल भएका थिए, उर्लंदा लहरबाट आफूलाई जोगाउन ? केकस्ता मानिस सफल भएका थिए, पुनः दह बनेको उपत्यकाको अँध्यारो नियतिबाट उम्किन ?

बाँचेर भाग्न सफल भएका मध्ये केही थिए, तिनै संयुक्त वाम र प्रजातान्त्रिक मोर्चाका नेताका समर्थक तथा अनुयायीहरू । त्यसबाहेक प्रजातन्त्रप्राप्तिका लागि सङ्घर्ष गरिरहेका नागरिक समाजका नेता-कार्यकर्ता, जङ्गलबाट शहर पसेका धेरै विद्रोही र अन्य सर्वसाधारण व्यक्तिका डफ्फाहरू पनि पानीको प्रकोपबाट उम्की उत्तरतिर लम्केका थिए ।

बैङ्क, बजार, घाट, स्तूप, मन्दिरहरू डुबाउँदै उर्लेको त्यस बाढीबाट जोगिँदै भाग्दै गएका ती समर्थक, अनुयायी र सर्वसाधारण उपत्यकावरिपरिका पहराको घेरालाई नाघेर उत्तरतिर उक्लिँदै गए । अग्ला पहाडहरू नाघ्दै, चीसा सेता हिमशृङ्खला छिचोल्दै बढेका तिनीहरू कैलाश पर्वतको टुप्पामा पुगेर मात्र रोकिए । त्यही प्रख्यात पर्वतको टुप्पोमा, जुन भगवान् शिवको निवासस्थानका रूपमा विश्वभरि प्रख्यात छ ।

कैलाशको टुप्पामा पुगेपछि मात्र तिनले आफ्ना खुट्टा, शरीर र मनलाई अस्थायी विश्राम दिए । त्यसपछि पुनः दक्षिणतिर फर्की जलमग्न उपत्यकालाई एकटक हेर्न थाले ।

कैलाशको टुप्पाबाट डुबेको उपत्यका हेर्दाहेर्दै कतिका आँखा रसाए तथा कतिपय भने असह्य भएर रून थाले । सुन्दर पहाडहरूले घेरिएको त्यो उपत्यका र त्यसभित्रका शहरहरू अब कहाँ थिए ? उपत्यकालाई त पानीका लहरले अघि नै पूरै निलिसकेकै थिए । न कुनै शहर बाँकी थियो, न त्यहाँका बासिन्दा नै । उत्तरबाट त पानीका लहरमात्र देखिन्थे । ती उपत्यकालाई घेर्ने चुचुराहरूमा अझै ठोकिँदै थिए ।

उनीहरू कैलाशको चुचुरामै बसेर रून थाले ।

पहिले उनीहरू पानीले निलेको उपत्यका र त्यसका शहरहरूका निम्ति रोए । अनि त्यो विनाशकारी भेलमा डुबी माछा, हाँस, कछुवा, गँड्यौला आदि बन्न पुगेका आफन्त र मित्रहरूका निम्ति रोए । त्यसपछि आफ्ना प्रख्यात नेताहरूका निम्ति रोए । ती नेताहरू, जसमध्ये एक जना ठूलो माछामा रूपान्तरण भएका थिए भने अर्का लामा मसिना पानीसर्पमा ।

रूँदै उपत्यकातिर हेरिरहेका अनुयायी, समर्थक, र सर्वसाधारणहरूले हिमचट्टानको फेदबाट उम्रेर पूर्व-पश्चिम दुवै दिशातिर ठडिएको कुनै दैविक उपकरण वा स्वरूप देखे... केकस्तो थियो त्यो संयन्त्र, त्यो स्वरूप ?

सबैका आँखालाई पछ्याउँदै मैले पनि घोरिएर हेरें... अनि पो बल्ल बुझें !

यही त थियो त्यो सर्वव्यापी शिवलिङ्ग, जसका बारेमा पाटीमा राता आँखा भएको गेरूवा वस्त्रधारी जोगीले मलाई र मोहनदासलाई बताएको थियो । भनेकै त थियो नि महाराजले ब्रह्मा र विष्णुको झगडा । कैलाशमा ध्यानमग्न शिवजीसँग को ठूलो, को सानो फैसला गर्दै झगडाको टुङ्गो लगाइदिने आग्रह । अनि त्यसपछि त्यो दैविक शिवलिङ्ग, जसको आदि र अन्त न विष्णुले भेट्न सकेका थिए, न ब्रह्माले ।

त्यही सर्वव्याप्त शिवलिङ्ग अहिले चुचुराको चट्टानमुनिबाट निस्केर पूर्वपश्चिम दुवैतिर तेर्सिएको थियो । परपरको धमिलो क्षितिजसम्म पुगेर त्यसको अद्भुत स्वरूप अझ पर कतै हराइरहेको थियो ।

सबै भविष्यवाणी, मिथक, इतिहास, कथाहरू बल्ल एकअर्कासँग जोडिँदै आएका थिए... वरूण र संसारले सुनाएको मञ्जुश्रीको भविष्यवाणी, पुनः जलमग्न भएको उपत्यकाको कथा, महाराजले सुनाएको सर्वव्यापी शिवलिङ्गको मिथक र दिलवरनाथले बताएको हिमचुचुरो !

हो, त्यही त बरबराएका थिए नि दिलवरनाथले पनि । एउटा ऐना, एउटा हिमचुचुरो । दिलवरनाथले बताएको हिमचुचुरो यही कैलाशको टुप्पो पो रहेछ !

"हामीले सबै कुरा गुमाइसकेका छौं ।", कैलाशको टुप्पोमा बसेका अनुयायी, समर्थक र सर्वसाधारणहरू गफ गरिरहेका थिए ।

"हाम्रो शहर डुबिसकेको छ, हाम्रा घर, संसद् र मन्त्रालयहरू पानीभित्र बिलाइसकेका छन् । हाम्रा परिवार र मित्रलाई पानीका लहरहरूले निलिसकेका छन् । हाम्रा नेताहरू माछा, साँप, गँड्यौला र भ्यागुतामा रूपान्तरण भइसकेका छन् । अब हामीसँग बाँकी नै के छ र ?"

"यही दैविक शिवलिङ्ग मात्र बाँकी छ, एकमात्र आशाको आधार । जे पर्ला, अब यसै लिङ्गलाई पुल बनाएर हामीले मुक्तिका मार्गहरू खोज्नु गर्नुपर्छ ।"

त्यसपछि बडो सावधानीपूर्वक उनीहरू चुचुराको पश्चिम भागमा रहेको चट्टाननिर पुगे । बिस्तारै-बिस्तारै त्यस लिङ्गमा सतर्कतापूर्वक चढे अनि त्यस दिव्य शिवलिङ्गलाई पलायनको पुल बनाएर कोही पूर्व त कोही पश्चिमतिर अघि बढ्दै गए ।

जता गए पनि त्यो दैविक लिङ्गको कुनै सीमा थिएन । तीनै लोकमा फैलिएको त्यो लिङ्ग जताजतै व्याप्त थियो । त्यही दैविक उपकरणलाई मुक्तिको मार्ग बनाएर सागर, महासागर र महाद्वीपहरू पार गर्दै अनुयायी, समर्थक र सर्वसाधारणहरू पूर्वपश्चिम पहिल्याउँदै गए । विश्वव्यापीकरणको यस युगमा राष्ट्रिय सीमाहरूलाई भिसा वा पासपोर्टबिनै नाघ्दै उनीहरू नयाँ भेषभूषा, संस्कृति तथा भाषा भएका राष्ट्रहरूमा पुग्न थाले ।

अनुयायी, समर्थक, विद्रोही तथा सर्वसाधारणहरू संसारका प्रसिद्ध शहरहरूमा पुगे । तिनमा उनीहरूले अचम्मका विद्रोह, झैझगडा र सम्झौता भइरहेका देखे ।

उनीहरूले बुझे, कसरी पैसा, पद र शक्तिप्राप्तिका सङ्घर्षले संसारभरि नै मानिसको मस्तिष्कलाई विद्रूप बनाएको रहेछ । कसरी केही मानिस घर तथा रूखभन्दा पनि अग्ला भएका थिए भने कोही कमिलाभन्दा पनि होचा र साना ! कसरी मानिसले प्रेम र करूणाका सन्देश बिर्सदै गएका थिए ! कसरी ठूलठूला शहरका अँध्यारा गल्लीमा बस्ने मानिस उपत्यकाभित्र माछा, कछुवामा रूपान्तरित नागरिकझैं पुच्छर भएका गधा, घोडा बन्दै जाँदै थिए !

अनुयायी, समर्थक र सर्वसाधारणहरूले देखे, संसारका प्रसिद्ध राजधानीहरूमा ठूलठूला टावरहरूको निर्माण भइरहेको थियो । उपत्यकाभित्र घण्टाघरछेउ अग्लिएर पुनः तुरुन्तै ढलेको टावरजस्तै ।

उनीहरूले थाहा पाए, कसरी मानिसहरू ती टावरभित्र छिर्न लगातार सङ्घर्ष गरिरहेका थिए । कसरी ती एकएक इन्च गरी टावरका भित्ता समातेर माथि लम्किन खोज्दै थिए । कसरी अरूहरू भने विद्युतीय लिफ्ट चढेर केही पलभित्रै माथिल्ला तलातिर अकासिँदै थिए ।

बुझ्दै गए, कसरी टावरका चुचुरामा बस्ने मानिस प्रख्यात नायकनायिका बन्न पुगेका थिए । कसरी तिनले चम्किला लुगा र महँगा कोट लगाएर वर्गसमानता र यौनस्वतन्त्रताको समर्थनमा भाषण गर्दै थिए ।

उनीहरूले यो पनि देखे- उपत्यकामा झैं संसारका ती अन्य विश्वप्रसिद्ध टावरहरूबाट पनि केही मानिस हार्दै, पछि पर्दै, तल झर्दै थिए । कसरी टावरबाट झरेका तीमध्ये कोही सडकमा पछारिँदै, कोही अझै परपर हुत्तिएर समुद्रमा झरी रङ्गीन सिङ भएका माछा छेउछेउ पौडिरहेका थिए ।

अनुयायी, समर्थक र सर्वसाधारणले थाहा पाए, उच्चाकाङ्क्षा र शक्तिसङ्घर्ष, फाइदा र बेफाइदाका तिनै कथा संसारभरि नै दोहोरिइरहेका रहेछन् ।

जनताका आशा बोकेर इतिहासका सडकमा अवतरित नेताहरू उपत्यकामा मात्र नभएर संसारका अन्य शहरहरूमा पनि कोही माछा, कोही भ्यागुता, कोही गँड्यौला, कोही विशाल मूला र कोही बडेमानका काउली तथा कोही अजङ्गका आलु र प्याजका डल्लामा परिवर्तन हुँदै थिए ।

उनीहरूले खोजे, बुझे, थाहा पाए, उपत्यकालाई डुबाउन आएको भेलजस्तै डरलाग्दा प्राकृतिक प्रकोपले संसारका अन्य शहरलाई पनि आतङ्कित पारिरहेका थिए । कठपुतलीका नाटक र गुच्चाका खेल उपत्यकाभित्र मात्र नभएर अन्य थुप्रै राष्ट्रमा समेत चल्दै थिए ।

पुराना शक्तिकेन्द्रहरू ढल्दै थिए । नयाँ बन्दै थिए । चक्कर र घनचक्करका अन्तहीन जाला विश्वभरि नै फैलँदै जाँदै थिए ।

दिव्यदृष्टिले सबैतिर हेर्दै जाँदा उनीहरूसँगसँगै मैले पनि बुझें, त्यस पन्नामा व्याख्या गरिएविपरीत घनचक्करका चारवटा मात्र नभएर सायद अन्य कारक पनि छन् । मैले भेटेको त्यो चिर्कटो सायद कुनै च्यातिएको पुस्तकको अंशमात्र थियो । त्यस पुस्तकमा सायद घनचक्करका अन्य कारकहरूको पनि व्याख्या गरिएको थियो । सायद विभिन्न समय, काल र परिस्थितिहरूमा मानिसले घनचक्करको चक्रलाई भिन्नाभिन्नै किसिमले अनुभव गरिरहेका थिए । संसारभरि घनचक्करलाई बेग्लाबेग्लै स्वरूपहरूमा बाँच्दै थिए ।

विभिन्न जरा, उपजरा, जाला र तन्तुहरूको रूप लिएर सर्वत्र फैलिएको घनचक्करलाई व्याख्या गर्दै प्रख्यात दार्शनिकहरूले विश्लेषणहरू गरेका थिए भने समालोचकहरूले समालोचना । कवि, कथाकार, चित्रकारहरूले पनि त्यसै भूलभुलैयाका माकुरे जालभित्र भइरहने काम, आराम, शक्तिसङ्घर्ष, अभाव र प्रतिपलको परिवर्तनलाई नै चित्रण गर्दै कविता र उपन्यास लेखेका थिए । क्यानभासमा रङ र रेखाहरू कोरेका थिए । घनचक्करको त्यही समयचक्र समयको प्रारम्भदेखि लिएर भविष्यको अस्पष्ट धमिलो क्षितिजसम्म लगातार गतिमान थियो ।

त्यसो भए के घनचक्करै मानवको अन्तिम नियति हो ? के विद्रोह र मुक्तिका सम्भावनाहरू छँदै छैनन् त ?

कुनै अलौकिक यन्त्रझैं धपक्क बलेर टाढाटाढाका घटनालाई हेर्न सक्ने, भूत र भविष्य केलाउन समर्थ भएको मेरो दिव्यदृष्टि एकछिनका लागि थरर्र काम्यो । दृष्टिलाई परपरका शहर, राष्ट्र तथा महादेशहरूबाट खिचेर पुनः आफू डुबेकै दहनजिक ल्याएँ । दहको पींधमा तैरिइरहेका राता, नीला, हरिया माछा र लेउ लागेका ढुङ्गाहरूबीचको कालो रूखमा अडेस लागेर म पुनः डुबेको उपत्यकालाई नियाल्न थालें ।

उपत्यकाको आकाश अब खुल्दै गएको थियो ।

अन्तरिक्षमा केही तारा बिस्तारैबिस्तारै टिलपिल गर्दै थिए । पानीको सतह पनि अलि घट्तै गएजस्तो मलाई लाग्यो । स्वयम्भूको डाँडो पानीमाथि

अग्लो उभिएको देखें । सायद मञ्जुश्रीले पनि दहमाझ अग्लिएको स्वयम्भूको डाँडालाई पहिलोचोटि यसरी नै हेरेका थिए ।

दिव्यदृष्टि घुमाएर चोभारको डाँडोतिर लगें ।

ओहो, त्यो डाँडो त काटिएको पो रहेछ !

के फेरि कुनै नयाँ मञ्जुश्री आएर पहिल्यै काटिसकेका थिए ? कि त्यो सधैंझैं काटिएकै थियो, मञ्जुश्री आउनुभन्दा पनि अघिअघिदेखि नै ? कि मञ्जुश्री कहिल्यै आएकै थिएनन् र चोभारको डाँडाले आफैँ काटिएर दहलाई दक्षिणतिर निकास दिइरहेको थियो ?

पानीको गडगडाउँदो भेल माछा, कछुवा, भ्यागुता, सर्पहरूलाई बगाउँदै उपत्यकाबाट बाहिरतिर उर्लिरहेको थियो । त्यसैले पो मलाई अघि पानीको सतह घट्तै गएको जस्तो लागेको रहेछ ।

फेरि दृष्टि घुमाएर उपत्यकावरिपरि हेर्न थालें ।

चाँगुनारायणको डाँडो पानीभन्दा निकै माथि देखियो । विशङ्खुनारायणको डाँडो पनि लामाटार र भैंसीपाटीका थुम्काहरूझैं पानीको सतहभन्दा केही माथि देखें । दरबारमार्ग, वसन्तपुर तथा कालिमाटीतिरको भूभाग भने अझैसम्म जलमग्नै देखियो ।

मैले अघि देखेका कागतका डुङ्गा तिनै क्षेत्रमा परपर तैरिरहेका थिए । तिनमा बसेका केही मानिस अझै पनि प्रजातन्त्रको अन्तिम विजयको समर्थनमा नारा लगाउँदै थिए । गीत गाइरहेका थिए । पानीका गडगडाउँदा लहरहरूसँग मुकाबिला गर्दै विरोधका स्वर घन्काउँदै थिए । तिनीमा सायद मेरो विद्यार्थी रङ्गनाथ पनि थियो कि ! प्रस्ट ठम्याउन भने सकिनँ ।

उपत्यकालाई घेर्ने पहाडका फेदीहरूलाई हेरें ।

बूढानीलकण्ठको फेदी चिहाएँ । सुतेर विश्राम गरिरहेका विष्णुको मूर्ति लेउ लागेर लतपत भए तापनि पहिलेझैं निर्लिप्त उत्तानो परेर खुल्दो आकाशलाई हेरिरहेको थियो । दक्षिणतिर आँखा नचाउँदै पुनः विशङ्खुनारायणको डाँडोलाई नियालें । विशङ्खुनारायण मन्दिर पानीमाथि उभिएको देखियो ।

पानीबाट मुक्त भएका चाँगुनारायण र स्वयम्भूका डाँडामा केही भ्यागुता, कछुवा र सर्पहरू उफ्रँदै, घस्रिँदै माथि चढ्ने प्रयत्न गर्दै थिए । त्यस्तै बूढानीलकण्ठ र फूलचोकीका फेदीमा पनि धेरै कछुवा, सर्प, र भ्यागुता जम्मा हुँदै थिए । तिनीहरूमध्ये कतिपय हेर्दाहेर्दै पानीभित्र रहँदाका आफ्ना स्वरूपलाई गुमाउँदै पुनः एकपल्ट मानिसमा रूपान्तरण हुन थालिरहेको कुरो मैले बल्ल देखें । बुझें ।

समयचक्र एकपल्ट पुनः वेगवान् भएर घुमिरहेको थियो ।

हात, खुट्टा, नाक, मुख हराएर लहरहरूको श्रापित प्रभावले मानिसबाट माछा, कछुवा आदिमा रूपान्तरित भएका व्यक्तिहरू अब पुनः हात, मुख तथा सोच्न सक्ने मगज भएका मानिसमा बदलिंदै थिए । रूपान्तरित मानिसहरूमध्ये केही एकपल्ट फेरि विरोध र विद्रोहका गुनगुन शुरू गरिरहेका थिए । विगतका गलत कदम सच्याउनुपर्छ, समयको चक्रलाई उल्टाउनुपर्छ, लहरहरूको आतङ्कबाट उपत्यकालाई मुक्त गरी नयाँ, शान्त, स्थिर समाजको सिर्जना गर्नुपर्छ भनी तर्क गर्न थाल्दै थिए ।

अब बल्ल मैले मञ्जुश्रीले उत्तरतिर फर्कनुअघि स्वयम्भूको टुप्पोमा गरेको भविष्यवाणी बुझें । मानवबाट पानीसर्प, कछुवा, हाँस, गँड्यौला, भ्यागुता तथा ती जलचरबाट पुनः मानवमा भइरहने रूपान्तरणको कथानकलाई ।

मैले बल्ल बुझें, मञ्जुश्रीको भविष्यवाणीले वरदान र श्राप एकैसाथ बोकेको थियो ।

रूपान्तरणको भविष्यवाणीले एकतिर समाजको सिर्जना तथा शहर हरूको स्थापना सम्भव गराएको थियो । सभ्यताको प्रारम्भदेखि लिएर आधुनिक संसारसम्म बगेर आएका इतिहासका धाराहरूलाई सम्भव गराएको थियो । अर्कातर्फ त्यही भविष्यवाणीले असङ्ख्य पाङ्ग्रा भएको घनचक्करको समयचक्रलाई पनि साथसाथै गति दिएको थियो ।

बुझें, प्राचीन काल, किरातकाल, लिच्छविकाल, मल्लकाल, शाहकाल इत्यादि हुँदै जतिजति समय वर्तमानको धरातलसमीप आउँदै गएको थियो,

त्यति नै घनचक्करको चक्र पनि जोडले घुम्न थालेको थियो । चक्करहरूको अनन्त जालो झन्झन् विस्तार हुँदै गएको थियो । पागलपन र अराजकता झन्झन् बढ्दै थियो ।

मैले बुझें, समय पुनः फर्कनेछ । चोभारको डाँडा काटिएर पानी बगी रित्तिएको उपत्यकामा पुनः गाउँ-शहर स्थापित हुनेछन् । पुनः विद्रोहहरू मौलाउनेछन् र पुनः गोली र लाठीहरू बर्सनेछन् । एउटा सफल विद्रोहपछि पुनः प्रजातन्त्र स्थापना हुनेछ । पुनः सालिक, धरहरा, घण्टाघरहरू ठडिनेछन् । भत्किएका अस्पताल, पागलखानाहरूको पुनर्निर्माण हुनेछ । रेडियो र टेलिभिजनले शान्ति र विकासका सन्देशलाई पुनः घरघरसम्म पुऱ्याउन थाल्नेछन् ।

साथै नयाँनयाँ रूप धारण गरेका शक्तिसङ्घर्ष र अभाव, इच्छा र ईर्ष्याका सञ्जालले मानिसको मनलाई अझै बिथोलिरहनेछन् । बन्दै-ढल्दै गएका टावर, मन्त्रालय र संसद्हरूभित्र चलिरहेका गुच्चाखेलाइका शृङ्खलाले मानिसको मनलाई अझै अत्याइरहनेछन् । दिलवरनाथका अस्पष्ट उच्चारणहरू नयाँ चोला पहिरिएर बारम्बार अवतरित भई नै रहनेछन् । हरेक युगमा नयाँ नायकहरू कठपुतलीका ससाना पुतलीझैं राष्ट्रको प्रतिष्ठित रङ्गमञ्चमा फर्किइरहनेछन् ।

यही थियो, मैले बुझेको मञ्जुश्रीको दोहोरो भविष्यवाणीको विरोधाभासी रहस्य ।

मैले देख्नुपर्नेजति सबै देखिसकेको थिएँ । जे बुझ्नुपर्ने थियो, त्यो बुझिसकेको थिएँ । अब केही खोज्नु र बुझ्नुको औचित्य थिएन । मेरो दिव्यदृष्टि बिस्तारै खुम्चिँदै, प्रकाशविहीन हुँदै गयो । मेरा आँखावरिपरिको कालो अँध्यारो पर्दा झन् फैलँदै गयो । कानमा पानीको गडगड मात्र बाँकी रह्यो ।

मैले सुनें, पानीका लहरहरू मसँग खासखुस कुरा गरिरहेका रहेछन् । म पनि तिनीहरूसँग बात मार्न थालें । मैले उनीहरूको भाषा प्रस्ट बुझिरहेको थिएँ र उनीहरूले मेरा शब्द । मलाई थाहा थियो, लहरहरूसँगको गफगाफको त्यो क्षण आइपुग्दा मात्र म पूर्णरूपले पागल बनेको थिएँ । आत्मज्ञानको

त्यो क्षण आइपुग्नुभन्दा एक सेकेन्ड अगाडिसम्म पनि म पूर्ण पागलचाहिँ भइहालेको थिइनँ । पागलपनको सीमासँग सङ्घर्ष गर्दै पहिले अर्धपागल र त्यसपछि सामान्य पागल हुँदै अन्त्यमा आफूलाई सद्दे र सामान्य व्यक्तिका रूपमा समाजमा पुनः स्थापित गराउने मेरो आशा मनको कुनै कुनामा विद्यमानै थियो ।

तर जब लहरहरूसँग वार्तालाप प्रारम्भ भयो, तब मात्र मैले बल्ल बुझेँ, थाहा पाउने, बुझ्ने, खोज्ने प्रयत्न तथा सङ्घर्ष, पीडा र मुक्तिका सबै सीमा नाघेर म अब अर्कै संसारमा प्रवेश गरेको रहेछु । त्यो संसार, जहाँ पानीको ध्वनिले मात्र मेरा विचारहरूलाई बुझ्दथ्यो र म मात्र लहरहरूको एकनासको भाषा बुझ्न सक्षम थिएँ ।

अब मात्र मैले आफ्नो अस्तित्वको कणकणमा प्रत्यक्ष अनुभव गर्दै आत्मस्वीकार गरेँ, हो, म पूर्णरूपमा पागल भइसकेको छु ।

नृत्यशाला र रङ्गमञ्च, दरबार र संसद् तथा बैङ्क र न्यायालयहरू डुबाएका ती पानीका लहर अब मसँग लगातार गफ गरिरहेका छन् ।

"तिमी नै सम्राट् र भिखारी हौ, तिमी नै जोगी र सिपाही हौ, पत्रकार र कथाकार हौ ।", उनीहरू मलाई भन्दै छन्, "तिमी नै शिक्षक, व्यापारी, विद्यार्थी, विद्रोही र चित्रकार हौ । अनि तिमी नै पानीका ती लहर हौ, जसले तिमीलाई नै डुबाइरहेछन् ।"

पानीका लहरहरूले मेरा कानमा सुस्तरी भन्दै लाँदै छन्, "तिमी नै अग्ला दरबार तथा ढलेका मूर्ति र सालिक हौ । तिमी नै मन्त्रालयका राता-नीला गुच्छा हौ र रङ्गमञ्चमा नाच्ने कठपुतली ।"

उनीहरू मलाई अझै भन्दै छन्, "अनि तिमी नै पानीका ती लहर हौ, जसले अहिले तिमीलाई नै डुबाइरहेका छन् ।"

उपसंहार

टबबाट उठेर हेर्दा

होसमा आउँदा पागलखानाभरि कोलाहल मच्चिएको थियो । म डुबेको बाथरूमको ढोका खोलेर डाक्टर, नर्स तथा कर्मचारीहरू धमाधम भित्र छिर्दै थिए । डाक्टरहरू नर्स र कर्मचारीलाई गाली गर्दै थिए ।

"तिमीहरूकै लापरबाहीले गर्दा झन्डै अर्को दुर्घटना हुँदाहुँदै बच्यो ।"

डाक्टरहरू रिसले भुनभुनाइरहेका थिए, "खोइ कति सम्झाउने, कति गाली गर्ने तिमीहरूलाई ? तिमीहरू सजग नभएकाले नै पागलहरू वार्ड, क्याबिन छाडी अस्पतालभरि घुमिरहेका हुन्छन् । अझ कोही कोही त शहरतिर भागेका समेत छन् । तिमीहरूलाई जति सम्झाउँदा, बुझाउँदा पनि पहिलेकै गल्तीहरू दोहो-याउँछौ । हेर, आज अरू अझै पाँच मिनेट मात्रै ढिला भएको भए !"

डाक्टरहरूले टबतिर औंल्याएर भन्दै गए, "यस पागलले त आफ्नो मृत्युको तारतम्य आफैँ मिलाइसकेको रहेछ । तिमीहरूको असावधानीले जुन रातो चक्कीको बोतल यसको कोठामा छुटेको थियो, त्यसका सबै चक्की निलेर बिहान हुने बेलामा आत्महत्या गर्न खोजेको होला । आत्मदाह भएर मगज, शरीर सबै पोल्न थालेपछि यो टबमा डुबेको हुनुपर्छ ।"

डाक्टर, नर्स र कर्मचारीले टबनजिक आई मलाई नियाले । मैले उनीहरूका दृष्टिबाट आफूलाई बचाउने प्रयत्न गरिनँ । बरू उनीहरूतिर एकटक लगाई टबमै ढल्किरहें ।

सबै जनाले मलाई आश्चर्य, दया तथा दिक्दारी सलबलाइरहेका आँखाले टुलुटुलु हेरे । मैले पनि टुलुटुल नै प्रत्युत्तर दिएपछि उनीहरू एकअर्कातिर फर्केर अहिलको भइपरीलाई कसरी सुल्झाउने भनी छलफल गर्न थाले । एउटा कर्मचारीले अघि सरेर टबको धारा बन्द ग-यो ।

"त्यतिका चक्की निलिसकेपछि त यसको मृत्यु निश्चितै थियो तर खोइ कसरी यो बाँच्यो ! त्यो मसिनो जुँगे डाक्टर टबतिर औंला तेर्स्याएर भन्दै थियो ।

"अब जे भयो-भयो, अहिलेलाई यो सङ्कटै सुल्झाउनपट्टि लाग्नुपर्छ ।", डाक्टर भन्दै गयो, "आज एक जना वरिष्ठ विशेषज्ञ यहाँको निरीक्षण गर्न आउँदै छन् । खास गरी उनी यसै बौलाहाको अध्ययन गर्न आउन लागेका हुन् । उनी आउने दिनै बिहान कर्मचारीहरूको असावधानीले बौलाहा आत्महत्याको प्रयासमा सफल भयो भन्ने कुरो वरिष्ठ विशेषज्ञले थाहा पाएमा यो सारा पागलखानाकै इज्जत र प्रतिष्ठाको के होला ?

"त्यसैले अहिलेको सङ्कटलाई सबैभन्दा पहिले सुल्झाइहाल्नु बेस ! तपाईंहरूमध्ये कोही यसलाई क्याबिनमा लगेर लुगा फेरी बेडमा बस्न लगाउनुस् ।"

उसले नर्स कर्मचारीहरूतिर औंलो ठड्यायो, "अरू भने प्राइभेट वार्डको पानी सुकाएर सफाइको काममा लाग्नुस् । म ती विशेषज्ञसँगको भेटघाटको तयारीमा लाग्छु । दश बजे नै आइपुग्छु भनेका छन् ।"

उसको योजनाबमोजिम सबै काम तुरुन्त हुन थाल्यो ।

कोही पानी सुकाउन र सफाइको काममा जुटे, कोही मलाई सम्हाल्न । उनीहरूले जेजे भन्छन्, मान्नेबाहेक विकल्पै थिएन । म टबबाट निस्की भुइँको पानीमा टेक्तै उभिएँ ।

नजिकबाट घुर्दै मसिनो जुँगेले भन्यो, "तिमीसँग मेरो धेरै प्रश्नोत्तर बाँकी छ ।"

मैले केही नबोली टुलुटुलु हेरेरै उसको हेराइलाई फर्काएँ । आफ्नो प्रतिरक्षामा प्रस्तुत गर्न मसँग कुनै तर्क थिएन । त्यसैले बरू चुपै लागेर बस्नु बेस भनेर केही नबोल्ने निर्णय गरें । सायद मौनता नै मेरो सुरक्षाको ढाल बन्नेछ ।

"यी विशेषज्ञको भ्रमण सकिएपछि म आज साँझ तिमीलाई भेट्न पुनः आउँछु । मैले धेरै प्रश्न गर्न बाँकी नै छ । सधैं त तिमी यसरी केही नबोली

टुलुटुलु हेरी पार पाउन सक्तैनौ ।", त्यस डाक्टरले भन्यो, "तिमीबारे केही नयाँ तथ्य फेला परेका छन् । हामी तिम्रो पागलपनको मूल जरोनजिकै आइसकेका छौं । अब तिमीसँग मेरो चाँडै भेट हुनेछ ।"

ऊ फरक्क फर्किएर बाहिर निस्कियो । अरूहरू पनि उसलाई पछ्याएर एकएक गर्दै बाथरूमबाट निस्के । मेरो छेवैमा उभिएका थिए तिनै नर्सहरू, जो मलाई आफ्नो क्याबिनमा तीन किसिमका चक्कीहरू खुवाउने गर्थे । खानेकुरा ल्याएर ख्वाउँथे । मेरो ब्लडप्रेसर जाँच्थे । उनीहरूकै गफगाफ सुनेर त मैले रङ्गनाथ पागलखानाबाट भागेको थाहा पाएको थिएँ नि !

"लौ दाइ, तपाईंले त हामीलाई फेरि गाली खुवाउनुभयो !", नर्सले भनी, "पहिले तपाई जनरल वार्डतिर भौंतारिंदा पनि हामीले कति दिनसम्म डाक्टर हरूको गाली खानुपरेको थियो । अब आज झन् यस्तो सङ्कटमा पार्नुभो । अब यी डाक्टरहरूले झन् केकति दुःख दिने हुन् । लौ हिंड्नुस् अब खुरूखुरू आफ्नै कोठातिर । सुकिला लुगा लगाएर चुपचाप बेडमा बस्नुस् ।"

म उनीहरूलाई पछ्याउँदै क्याबिनमा फर्कें । लुगा फेरेर बेडमा चुपचाप बसें । मलाई रिसाएका आँखाले हेर्दै नर्स र कर्मचारीहरू आआफ्ना काममा लागे । म भने बेडमा पलेँटी कसी आफ्नो बदलिएको अवस्थाबारे सोच्न थालें ।

हातखुट्टा अझै चिसा थिए । मन हलुङ्गो र चनाखो भएको अनुभूत गरें । हो, यो सही समय हो, सोच्ने र बिचार्ने । के गर्नुपर्ला त अब मैले ?

एक्कासि ढोका खुल्यो । त्यही पहिलेकी नर्स र गुचमुच्च कपाल भएको मानिस भित्र छिरे ।

"लौ है दाइ, तपाईंको अन्तर्वार्ता लिन आउनुभएको रहेछ, न्यु कान्तिपुर पोस्टबाट ।", नर्सले भनी ।

मैले त्यस मानिसलाई नियालें । पहिले अलि आत्तिएको पो हो कि जस्तो देखियो । तर होइन, भ्रम रहेछ । ऊ त ओठ च्यातेर मजाले हाँसिरहेको थियो ।

"आउनुस्, सँगै बसेर गफ गरौं ।", उसले मलाई भन्यो र नर्सतिर फर्कियो, "उहाँ मसँग बसेका बेला तपाईंले कुनै चिन्ता लिनु पर्दैन । उहाँको

जिम्मा म लिन्छु । म हुन्जेल उहाँले नचाहिंदो काम गर्नुहुन्न । तपाईं निश्चिन्त हुनुहोस् ।"

"लौ है त दाइ, म त गएँ ।", नर्सले जाँदाजाँदै मलाई भनी, "रिपोर्टरलाई अस्पतालमा भएनभएका कुराको बेलीविस्तार लगाएर हामीलाई अर्को सङ्कटमा पार्न होला नि ! तपाईंले गर्दा नै स्टाफले पहिले पनि गाली खानुपरेको थाहै छ । जोगिएर कुरा गर्नू नि !"

नर्स ढोका खोलेर कोरिडरमा निस्की । ढोका पुनः बन्द भयो ।

बेडमा बसेको म र अगाडि कुर्सी तानेर बसेको पत्रकार दुवैले एकअर्कालाई नियाल्यौं ।

गुचमुच्च कपाल, राम्ररी नखौरिएको चिउँडो र साना मसिना आँखा भएको ऊ मतिर हेरेर मुसुमुसु हाँस्तै थियो । कताकता चिनेको अनुहारझैं लाग्यो । एक किसिमको खुशीको अनुभूति पनि भयो । सायद पहिलेको कुनै साथी आएको छ मेरो हालखबर बुझ्न ।

"म अखबारहरूमा स्तम्भहरू लेख्छु ।", रिपोर्टरले भन्यो, "यही क्रममा मैले टौदहमा दिलवरनाथ फेरीवाल र बौद्धमा फ्रेन्ज राइनरको अन्तर्वार्ता लिएको थिएँ । उनीहरूको कथा तपाईंको कथासँग जोडिएको पाएँ । तपाईंका बारेमा मेरा गुरूहरूले बताउनुभएको कुरा पनि सम्झिएँ । तपाईंको केस अलि रोचक लाग्यो र अन्तर्वार्ता लिन आएको । विश्वास गर्नुस्, म तपाईंलाई गलत तवरले पेस गर्दिनँ र कुनै पूर्वाग्रहले पनि हेर्दिनँ ।"

कुरा त राम्रै गरिरहेको थियो रिपोर्टरले । ऊ आएदेखि ममा अज्ञात खुशी पनि पलाएको थियो ।

तर उसले कसरी लियो दिलवरनाथ र राइनरका अन्तर्वार्ता ?

तिनका अन्तर्वार्ता त मैले पो लिएको थिएँ, पहिले टौदहमा र त्यसपछि बौद्धको द लिटिल बुद्ध होटलमा । कसरी पहिले कुनै बेला राम्ररी चिनेको जस्तो लाग्ने यस रिपोर्टरले तिनै व्यक्तिका अन्तर्वार्ता लिइरहेको थियो, जोसँगको भेटपश्चात् मैले न्यु कान्तिपुर पोस्ट र शान्तिपुरमा लेख लेखेको थिएँ ? दुबिधा बढ्न थाल्यो ।

को हो यो रिपोर्टर ? सन्देह जाग्यो ।

के यो मानिस कुनै शक्तिशाली गिरोहका निम्ति जानकारी बटुल्न रिपोर्टरको भेष लिएर आएको गुप्तचर त होइन ? नत्र किन मेरा सम्पूर्ण मनोदशाको राम्रो ज्ञान भएजस्तो गरी मलाई यसरी नियालिरहेछ ?

कतै यो मेरै प्रतिरूप, मेरै दमित अँध्यारो छाया त होइन ?

सायद मेरै प्रतिरूप लिएर यो सडक-गल्ली घुमिरहेछ । दिलवरनाथ र राइनरको अन्तर्वार्ता लिन टौदहदेखि बौद्धसम्म दगुरेको छ ।

तर होइन, यस्तो कसरी हुन सक्छ ?

ऊ कसरी मेरो प्रतिरूप, मेरो अवचेतनको दमित छाया हुन सक्छ ? म पो बरू उसको कालो छायामा परिणत भएर पागलखानाको कोठरीमा थचारिएको छु । ऊ त स्वतन्त्र भएर मानिसहरूलाई भेट्न तिनको अन्तर्वार्ता लिन सबैतिर घुमिरहेकै छ नि !

ऊ स्वतन्त्र छ, म कारागारमा छु । ऊ सद्दे छ, म पागल ! ऊ अहिलेको अन्तर्वार्ताको सक्रिय कर्ता हो, म केवल निष्क्रिय कारक ।

आफूले अन्तर्वार्ता लिएका मानिसहरू सम्झें ।

कुनै बेला म पनि त यो रिपोर्टरझैं अन्तर्वार्ता लिंदै लेख लेख्तै हिंडिरहेकै थिएँ नि ! सायद मैले पनि उसले जस्तै अरूलाई आफ्ना लेखका पात्रमा ढाल्दै थिएँ । आफूलाई अन्तर्वार्ताको मुख्य कर्ता र अरूलाई त्यसको निष्क्रिय विषय बनाउँदै थिएँ ।

एकछिनका निम्ति त्यस रिपोर्टरसँग अचाक्ली रिस पनि उठ्यो ।

बडो विशेषज्ञ हुन खोज्दो रहेछ, मेरा सबै समस्या र मनोव्यथा बुझेजस्तो गरेर । हेर, कुर्सीमा बसेर मलाई कसरी टुलुटुलु हेरिरहेछ अझै पनि !

कुर्सी ढालेर सालेलाई भुइँमै पछारूँ कि क्या हो ?

आखिर घन्टौंसम्म टबमा डुबेकै भए पनि हारै मानिहाल्ने कुरो त भएन नि ! बरू अब त नयाँ मौका आएजस्तो छ । पूर्ण पागलै भइसकें भन्ने स्वीकार गरेर आत्महत्या गर्नसमेत तम्सिइसकेको मैले अब भने बल्ल आफ्नो क्षमता प्रमाणित गर्न सानो भए पनि आशालाग्दो मौका पाएको छु ।

अनि म ऊसँग किन डराउने ?

सायद मेरो प्रतिरूप बनेको यो रिपोर्टर पनि घनचक्करमा परेर समयका पाङ्ग्रासँगै दोहोरिएर फर्किइरहने कुनै अलमलिएको मानिस पो हो कि !

सायद घनचक्करको समयचक्र पुनः गतिवान् भइरहेछ । सायद घटनाहरू पुनः दोहोरिँदै छन् । सायद मैले देखे-भोगेका, अनुभव गरेका ती सबै घटना अब ऊसँग पनि एकएक घटित हुँदै जानेछन् ।

सायद यो रिपोर्टर पनि अब चाँडै पागलपनबाट आरोपित भएर घर छाडी भाग्नेछ । मजस्तै दरबारमार्गमा टावरको उत्थानपतन, दरबारभित्र हत्याकाण्डजस्ता घटनाहरू भोग्दै, तथ्यहरू एकअर्कासँग जोड्दै, कल्पनाहरू यताउता फिँजाउँदै, भोटाहिटी, असन, इन्द्रचोक र वसन्तपुर दरबार स्क्वायर हुँदै विष्णुमतीको पाटीमा पुग्नेछ । त्यसपछि रेस्टुराँमा नाच र नाटक हेर्दै, मन्त्रालयमा गुच्चाखेलाइ हेर्दै, वसन्तपुरको ढुङ्गे भुइँमा पछारिएर यही पागलखानामा ल्याइनेछ, जहाँ अहिले हामी दुवै बसिरहेका छौं ।

मैले कमभन्दा कम बोल्ने निर्णय गरेको थिएँ ।

म जति कम बोल्छु, डाक्टरहरूले मविरूद्ध प्रमाण जम्मा गर्ने अवसर त्यति नै कम पाउनेछन् । टुलुटुलु हेर्दै चुप लागेरै बसे के होला ? होइन, यो त सायद अब ठीक पो हुन लागेछ, यसको मगज सुध्रिन लागेछ भनेर सोच्लान् कि !

तर यसरी सोच्तासोच्तै पनि मलाई त्यस रिपोर्टरसँग अझै एकाध प्रश्न सोध्न मन लागिरहेकै थियो । ऊ आएपछि एकतिर ममा दुबिधा बढेको थियो भने अर्कोतिर मन हलुङ्गो भएजस्तो पनि लागेको थियो । तर साथसाथै संसारै उलटपुलट भएको, शब्दका अर्थ नै बाङ्गाटिङ्गा भएजस्ता अनुभूतिले पनि मलाई गाँजिरह्यो ।

"तपाईं त मजस्तै दैनिकहरूमा लेख्नुहुँदो रहेछ । त्यसो भए त तपाईं शान्तिपुरका प्रधान सम्पादक हरि शर्मालाई पनि चिन्नुहुन्छ होला ?"

"राम्ररी चिन्छु ।", उसले मुस्कुराउँदै भन्यो, "तर तपाईं उहाँलाई हरि शर्मा किन भन्नुहुन्छ, उहाँको नाम त विष्णु शर्मा हो ।"

हँ ! विष्णु, हरि, हरि, विष्णु !

नामहरूको चक्करमा परी झन् अलमलिएको म पलेटी खोलेर बेडमा टुक्रुक्क बसें । सामु बसेको उसलाई पुनः घोरिएर नियालें । ऊ भने मतिरै टुलुटुलु हेरिरहेको थियो ।

"अनि छवि श्रेष्ठ नि ! न्यु कान्तिपुर पोस्टका प्रधान सम्पादक ?", मैले असजिलो मान्दै प्रश्न गरें ।

"उनलाई पनि राम्ररी चिन्छु । तर उनको नाम त प्रतिरूप श्रेष्ठ हो ।"

छवि, प्रतिरूप, प्रतिरूप, छवि ! मनमा फेरि खुलदुली मच्चियो । के ठीक, के बेठीक ?

हरि कि विष्णु ? प्रतिरूप कि छवि ? पुनः मेरो मगज घुम्यो । शब्दहरू कस्तो रहस्यमय बन्दै गएका थिए, हरेक शब्दभित्र कुनै नयाँ संसार अटाएजस्तो । सायद शब्दहरूभित्रका संसारमा मन्त्रहरू फुकिइरहेका थिए ।

"अनि तपाईंले अखबारमा लेख्ने स्तम्भको नाम के हो ?", सायद उसको उत्तरले नै मलाई ऊसँग परिचित गराउनेछ ।

"मेरो कोल्युमको शीर्षक तथ्य र कल्पना हो ।", उसले उत्तर दियो, "म र मेरा मित्र तरूण मिलेर त्यो कोल्युम लेख्छौं ।"

होइन, यो रिपोर्टर के भन्दै छ ? 'तथ्य र कल्पना' कोल्युम त म र मेरा मित्र वरूणले पो लेख्छौं । यसले मलाई जिस्क्याउन खोजेको त होइन ? अन्तर्वार्ता लिइसकेपछि मेरो फोटो खिच्ने र अखबारमा 'पागलको अन्तर्वार्ता' भनेर लेख छपाई शान्तिपुरबाट पैसा लिने यसको नियत होला ।

पुनः रिस उम्लिन थाल्यो ।

"तपाईं अखबारमा लेख्नेबाहेक अरू काम पनि गर्नुहुन्छ ?", मैले सोधें । सोध्न त सोधिहालें तर साथै लाग्यो, यो प्रश्नको उत्तर मभित्रै कतै सलबलाइरहेको छ ।

"मेरो मुख्य काम विश्वविद्यालयको अङ्ग्रेजी सांस्कृतिक विभागमा पढाउने हो, त्यही केन्द्रीय नेपाली विभाग र केन्द्रीय अङ्ग्रेजी विभागछेउको विभाग क्या !", उसले भन्यो, "के गर्ने, दर्जनौं थेसिसहरू निर्देशन गर्नुपर्ने

र बोराका बोरा कपी जाँच्नुपर्ने भएकाले दैनिकहरूमा नियमित लेख्न पनि गाह्रै भइरहेको छ । आज अलिकति फुर्सद भयो र तपाईंको अन्तर्वार्ता लिन आइहालें ।"

होइन, अझै किन जिस्क्याउन खोज्दै छ मलाई यो रिपोर्टर भनाउँदोले ? मचाहिं पछार्ने इच्छा दमन गर्दै उसलाई केही प्रश्न सोध्न खोज्दै छु, ऊ भने कोठामा आएदेखि नै मलाई जिस्क्याउँदै मैले भेटेचिनेका मानिस र ठाउँका नाम बङ्ग्याउँदै छ ।

"म पनि पो पढाउँछु त विश्वविद्यालयको नेपाली सांस्कृतिक अध्ययन विभागमा । खोइ त यत्रो समय त्यहीं छेउछाउमै पढाउने हुँदा पनि हाम्रो भेट कहिल्यै किन हुन सकेन त ?", मैले प्रश्न गरें ।

"खोइ, त्यो त मलाई थाहा छैन तर तपाईंले भनेको विभागचाहिं केन्द्रीय नेपाली अध्ययन विभाग हो । नेपाली सांस्कृतिक अध्ययन विभाग नामको कुनै विभाग विश्वविद्यालयमा अहिलेसम्म खोलिएकै छैन ।"

अनि उसले भनेको अङ्ग्रेजी सांस्कृतिक अध्ययन विभाग नि ! त्यस्तो कुनै विभाग त मैले सम्झन सकिनँ ।

"कहाँ छ तपाईंले भनेको अङ्ग्रेजी सांस्कृतिक अध्ययन विभाग ?", सोधें, "केन्द्रीय अङ्ग्रेजी विभागको अघिल्तिर कि पछिल्तिर ?"

"केन्द्रीय अङ्ग्रेजी विभागभन्दा पर, केन्द्रीय नेपाली विभागभन्दा वर ।", उसले भन्यो, "त्यही विभाग जसका प्रमुख सूर्यप्रकाश शर्मा, सूपी सर हुनुहुन्छ । जसमा विष्णुप्रसाद सर, रवि सर, मोहन सर तथा तरूण, प्रतीक, कवीन्द्र आदिले पढाउँछन् ।"

होइन, सायद यस रिपोर्टरले सोचिरहेको छ, म पूर्णरूपले खुस्किसकेको छु । ऊ मलाई पागल सिद्ध गर्नमा लागेको छ, नाम र परिचयहरूलाई बङ्ग्याउँदै, उसको लेखको पात्रका रूपमा मलाई ढाल्दै ।

भित्रभित्रै जतिसुकै रन्किए पनि मलाई प्रश्न सोधिराख्न मन लागिरहेकै थियो । त्यसै किन आउँथ्यो यो रिपोर्टर ! सायद कुनै नयाँ मोडकै सूचक बनेर आएको हो । सायद कुनै नयाँ रहस्योद्‌घाटन हुनै लागेको छ ।

सायद थाहा छ यसलाई, घटनाहरूलाई कसरी लाइन लगाउँदा सत्य, हल्ला, तथ्य, कल्पना, सपना, विम्ब, प्रतीक, नारायण, कृष्ण, ब्रह्मा, विष्णु, वामन, बँदेल, कछुवा, माछा, नरसिंह, सबैका शक्ति-प्रभावहरूलाई खुट्याएर ग्रह, उपग्रह, जमिनमुनिमाथि सबैतिर सलबलाइरहेका शक्तिहरूलाई बुझी सिङ्गो कथानक निर्माण गर्न सकिन्छ । सायद त्यसैले नियतिले धकेलेर यो रिपोर्टर मेरो अन्तर्वार्ता लिन पागलखानामा आइपुगेको छ ।

"अङ्ग्रेजी सांस्कृतिक अध्ययन विभागमा मेरा सबैभन्दा घनिष्ठ मित्रहरू छन्, तरूण र प्रतीक । तीबाहेक कवीन्द्र, जिस्नु, हरि, मोहन, राधा, मीरा, दुर्गा, लक्ष्मी, पार्वतीलगायत अरू धेरै साथी-सहकर्मी पनि छन् ।", त्यो रिपोर्टर भने कुर्सीमा आरामसँग पस्रिएर आफ्नै पुराण सुनाउन लाग्यो, मानौं मैले उसको अन्तर्वार्ता लिइरहेछु र ऊ अन्तर्वार्ताको विषय हो ।

"विष्णुप्रसाद सर र रवि सरले नै पागलखानामा तिमीले भेट्नुपर्ने एउटा व्यक्ति छ, जसका बारेमा लेख लेख्न सक्छौ भनेपछि म यहाँ आएको । तपाईंका कुरा सुनेर मलाई धेरै कुरा बुझ्न सजिलो भयो ।"

सायद राति निलेका चक्कीहरूको प्रभावले मगजलाई अझैसम्म पनि गाँजिरहेको थियो ।

शब्दहरू भत्किँदै नयाँनयाँ रूपमा अवतरण भइरहेका थिए । हरेक शब्दभित्र अनेकौं अर्थहरू सलबलाइरहेझैं । शब्दहरू चिप्लिरहेका थिए, एकअर्कामाथि । मेरो मानसपटलमा भने शब्द, अनुहार तथा स्मृतिहरू नामहरूको तानाबानामा अल्झिएर एकअर्कासँग बाझिरहेका थिए ।

नारायणप्रसाद सर, कवि सर, गोपाल सर, राम सर र बी.पी. सरहरू त मेरा गुरू हुन् । उता यस रिपोर्टरका पनि विष्णुप्रसाद सर, रवि सर, मोहन सर र सू.पी. सर नामका गुरूहरू रहेछन् । उस्तैउस्तै सुनिने यी नामले बेग्लाबेग्लै मानिसलाई जनाइरहेका थिए वा विश्वविद्यालयका तिनै शिक्षकहरूलाई, जसका बारे ऊ मलाई भन्दै थियो ?

अहिलेसम्म नसोचेको अज्ञात-असम्भव कल्पना मेरो मनमा उम्लियो ।

आशङ्का र त्रास फैलिँदै गएको जस्तो । साथसाथै मुक्तिको क्षण पनि नजिक आउँदै गरेजस्तो । डर र आनन्दका दुवैका संवेदना मिसिएजस्तो ।

"तपाईंको घर कहाँ हो नि ? अनि के तपाईंकी पनि श्रीमती र एउटी छोरी छन् ?", मैले ठाडै सोधें ।

"सही अन्दाज गर्नुभयो । मेरी श्रीमती र एउटी छोरी छन् । मेरो घरचाहिँ कालीगाउँमा छ ।"

कालीगाउँ ? हाँडीगाउँ ?

मगजका जराहरू पुनः थर्र कामे । आफ्नी श्रीमती र छोरीसँग म हाँडीगाउँमा बस्छु । उता यो रिपोर्टर पनि उसकी श्रीमती र छोरीसाथ कालीगाउँमा बस्छु भन्दै छ । कालीगाउँ कि हाँडीगाउँ ?

शब्दहरू अझै सलबलाइरहेका थिए । तिनका अन्तहीन भिडमा मैले आफ्नै नाम खोज्न चाहें । के हो मेरो नाम ?

जति सोचे पनि कुनै नाम मनमा आएन । के नाम थियो मेरो, जब म विश्वविद्यालयमा पढाउँथें ? त्यति बेला मलाई विद्यार्थीहरूले कुन नामले बोलाउँथे ?

मगजमा पुनः जोड दिएर आफ्नै नामको आकार र ध्वनि सम्झने प्रयत्न गरें । कुनै शब्द, आकार वा स्वर आएन । बरू आफूलाई हातमा त्रिशूल बोकी 'जय गोरखनाथ जय शिव' भन्दै विष्णुमतीको तीरमा हिंडेको सम्झिएँ । के नामले बोलाउँथे त्यति बेला मलाई हात देखाउन आउनेहरू ?

दिउँसो हात देखाउन आउनेबाहेक कहिलेकाहीं राति पनि बन्दुक बोकेका मानिसहरू आएर "तेरो नाम के हो" भनेर सोध्ने गरेको सम्झें । "म फेरीको मन्त्र पढ्ने योगी हुँ, दिलवरनाथ मेरो नाम हो ।", म यही भनेर उनीहरूलाई सधैं जबाफ दिने गर्थें, "जय शिव, जय गोरखनाथ !"

केही अस्पष्ट विचार, आकृति, विम्बहरू फेरि मनमा उम्लिन थाले । हो, त्यति बेला मैले आफ्नो नाम दिलवरनाथ योगी भन्ने गरेको थिएँ । पाटीमा बस्ता मेरो नाम दिलवरनाथ थियो । त्यसपछि जोगी भेष त्यागेर रेस्टुराँतिर

हिंड्ने बेला मलाई नयाँ परिचय आविष्कार गर्नुपर्ने भएको थियो सायद । मेरो आफ्नै परिचय त पागल भनेर परिभाषित भइसकेकै थियो । त्यसैले सुनधाराको नयाँ मन्त्रालयमा पस्ता चौकीदारलाई छक्क्याउनका निम्ति मैले शान्तिपुरका सम्पादकको नाम र परिचयलाई ओढेको थिएँ ।

होइन, अब त अति नै भयो । यस रिपोर्टरले त मलाई जिस्क्याई-जिस्क्याई झन्झन् भ्रमित पार्दै पो लान थाल्यो । जे पर्ला, अब यसलाई मुख्य प्रश्नै सोधिहाल्छु । जे पर्ला, हेरौंला ।

मैले उसको आँखामा आँखा गाडेर अत्यन्त गम्भीर स्वरमा प्रश्न गरें, "अनि तपाईंको नामचाहिं के हो ?" केही बेर चुप रहेपछि उसले त्यतिकै गम्भीर स्वरमा जबाफ दियो, "मेरो नाम त्यही हो, जुन तपाईंको हो ।"

क्याबिनको झ्यालबाहिर देखिएका आकाश, पहाड, रूख, बगैंचाहरू, झ्यालभित्र देखिएका टेबल, कुर्सी, बेडहरू, कुर्सीमा बसेको त्यो गुजमुज्ज कपालवाला रिपोर्टर र बेडमा पलेंटी कसेको म आफैँ पनि फनन घुम्न थाल्यौं... ।

कुन नाम ?

त्यही नाम, जुन उसको नाम हो ।

तर, तर त्यो नाम... त्यो नाम उसको नाम कसरी... जब कि... हो, यसमा अब कुनै सन्देह छैन... जब कि त्यो त वास्तवमा मेरै नाम पो हो त... !

हो यही नाम त मैले बिर्सेको थिएँ नि !

सायद आफ्नै नाम बिर्सी अरू नाम, परिचयका मकुन्डाहरू ओढेकैले मेरो मगज सन्किँदै गएको थियो । सायद त्यही विस्मृतिले गाँजेरै मैले आत्महत्याको प्रयासजस्ता काम गर्न पुगेको थिएँ ।

अब बल्ल आफ्नो नाम सम्झें । मेरो नाम त्यही त थियो, जुन उसकै नाम थियो ।

त्यही नामले त मलाई विद्यार्थीहरूले चिन्थे । कवि सर, नारायणप्रसाद सर, वरूण, विम्ब, भोगेन्द्र आदिले बोलाउँथे । त्यही नामले त अखबारमा मेरा लेखहरू छापिन्थे ।

तर फेरि मेरै नामको मुकुन्डो ओढेर किन मैलाई जिस्क्याउन आइरहेछ, यो रिपोर्टर ?

मलाई ऊसँग पुनः झनक्क रिस उठ्यो ।

"अब यस सालेलाई नढाली भएन । एकै प्रहारमा बज्यालाई कुर्सीसहित पछार्छु ।", यस्तो निश्चय गरेर म बेडबाट जुरूक्क उठें र ऊतिर हामफालें ।

तर त्यो धूर्त रिपोर्टरलाई समात्न सजिलो कहाँ थियो र ! ऊ चनाखो भएर एकातिर सरिहाल्यो, ममात्रै पो कुर्सीसहित भुइँमा बजारिएँ । भुइँमाथि कुर्सी र कुर्सीमाथि म ।

मभित्रको शब्दसंसारमा भुइँचालो आएजस्तो लाग्यो ।

कालीगाउँ कि हाँडीगाउँ ? वरूण कि तरूण ? विम्ब कि प्रतीक ? कवि कि रवि ? नारायण कि विष्णु ? छुट्टाछुट्टै यथार्थहरू एकअर्कासँग बाझिरहेका थिए ।

ढ्याम्म ढोका खोली ठूला गोला आँखा र लामो कपाल बाटेकी अघिकी नर्स पुनः आइपुगी ।

"होइन दाइ, तपाईंले त फेरि महाभारत मचाउन थाल्नुभएछ नि !", उसले भनी, "किन यसरी यता उफ्रेर, उता थचारिएर तपाईं आफैँलाई दुःख दिन चाहनुहुन्छ ? बेडमा ढल्किरहनुस् ।"

"पहिले मलाई त्यस रिपोर्टरसँग भेट गराऊ ।", मैले कुर्सी पन्छाएर जबाफ दिएँ, "खोइ त्यो रिपोर्टर ? भर्खरैसम्म त यहीं कुर्सीमा बसेको थियो । त्यसलाई मैले अझै निकै प्रश्न सोध्नु छ ।"

"कस्तो प्रश्न ? कस्तो रिपोर्टर ?", नर्सले आँखीभौं उचालेर झन् चर्को स्वरमा मैलाई प्रश्न गरी, "त्यस्तो कुनै रिपोर्टर आएको छैन । तपाईं टबबाट निकालिएर ल्याइएदेखि कसैसँग एक शब्द पनि नबोलीकन, केवल टुलुटुलु हेर्दै आफैँसँग फतफताएर बस्नुभएको छ । भो, भैगो दाइ ! फेरि किन आफैँलाई दुःख दिन खोज्दै हुनुहुन्छ ? बेडमा उत्तानो परी आँखा चिम्म गर्नुस् । सुतेर ठूला हरिया ताल र सेता हिमचुचुराहरूको कल्पना गर्नुस् ।

चुचुराको छाया तालहरूको शान्त सतहमा कसरी देखिँदै छ, त्यो सोच्नुस् । यस्ता सुन्दर दृश्यको कल्पना गर्नुभयो भने तपाईंको दिमाग शीतल र शान्त हुनेछ । आफैँलाई टबमा डुबाउने, कोरिडरमा भौँतारिने, खाली कुर्सी उचाल्दै पछार्नेजस्ता नचाहिंदो काम गर्न पनि छाड्नुहुनेछ ।"

"त्यो गुजमुज्ज कपाल भएको रिपोर्टर एकछिनअघिसम्म त यहीं नै थियो नि !", मैले भनें, "तिमी आफैँले त दुई घन्टाजति अघि त्यसलाई ल्याएकी थियौ नि मेरो क्याबिनमा, यो न्यु कान्तिपुर पोस्टको रिपोर्टर हो, यसले तपाईंको अन्तर्वार्ता लिन्छ भन्दै ।"

"न मैले कुनै रिपोर्टरलाई भेटाउन ल्याएकी छु ।", उसले रिसाउँदै भनी, "न त्यस्तो कुनै रिपोर्टर यहाँ आएकै छ । तपाईं एक्लै बस्नुभएको छ यस कोठामा, कहिले सिलिङतिर टोलाउँदै त कहिले आफैँसँग फतफताउँदै ।"

ढ्याङ ढोका बजार्दै नर्स बाहिरिई । म पुनः एक्लो भएँ ।

त्यसो भए के त्यो न्यु कान्तिपुर पोस्टको रिपोर्टर आएकै थिएन त मसँग अन्तर्वार्ता लिन ? के तथ्य, के भ्रम ? कुन सत्य, कुन कल्पना... ?

होइन, नर्सले ठीकै भनेकी थिई । म नै पुनः भ्रममा परी गलत सिद्ध भएँ ।

त्यो रिपोर्टर कसरी आओस्, मेरो अन्तर्वार्ता लिन ! ऊ आउनु असम्भव थियो किनभने म आफैँ यहाँ थिएँ अनि मै थिएँ नि ऊ !

"हो, ऊ नै त हो नि म !", उत्तेजित हुँदै सोचें ।

म नेपाली सांस्कृतिक अध्ययन विभागमा नभएर अङ्ग्रेजी सांस्कृतिक अध्ययन विभागमा पढाउँछु । मेरा विभागीय प्रमुखको नाम बृहस्पतिप्रकाश वर्मा, बी.पी. सर नभएर सूर्यप्रकाश शर्मा, सू.पी. सर हो । मेरा गुरूहरूको नाम नारायणप्रसाद सर र कवि सर नभएर विष्णुप्रसाद सर र रवि सर हो । मेरा घनिष्ठ मित्रहरू वरूण र विम्ब नभएर तरूण र प्रतीक हुन् । मेरा अन्य सहकर्मीहरूको नाम समर, सीता, वनिता, रामकृष्ण, भोगेन्द्र, ज्ञानेन्द्र, राम र किस्नु नभएर कमर, राधा, दुर्गा, लक्ष्मी, पार्वती, मीरा, कृष्ण, कविन्द्र, हरि र विष्णु नै हो ।

खोइ कस्तो भ्रमको जालोभित्र परेर मैले कवीन्द्र र जिस्नुलाई मनमनै भोगेन्द्र र किस्नु बनाएको रहेछु । विष्णुप्रसाद सरलाई नारायणप्रसाद सर, रवि सरलाई कवि सर, गोपाल सरलाई मोहन सर, राम सरलाई कृष्ण सर, तरूणलाई वरूण, प्रतीकलाई विम्ब ।

ओहो, कस्तो बदलिएको परिस्थिति !

अघिसम्म मात्रै त मैले सम्पूर्ण उपत्यकै जलमग्न भएको, मानिसहरू माछा, कछुवा, पानीसर्प आदिमा फेरिँदै गएको देखेको थिएँ । तर त्यो सब त भ्रम पो रहेछ !

क्याबिनको झ्यालबाट परपरसम्म हेरें । घाम निकै उक्लिइसकेको थियो । बिहानको नरम प्रकाशमा बगैंचाका फूलहरू मज्जाले टल्किरहेका थिए ।

ओहो, हिजो राति नै त मैले आत्महत्या गर्ने निर्णय गरी तेईसवटै चक्की पानीसँग निलेर सुतेको थिएँ ! अनि राति शरीर, मगज पोलेर खप्न नसकी ढुनमुनिंदै टबमा पुगेर चोबलिएको थिएँ ।

त्यही डुबेको सुरमा मैले सम्पूर्ण उपत्यकालाई नै जलमग्न भएको देखेको रहेछु । माछा, कछुवा, हाँस इत्यादिलाई मानिसमा र मानिसलाई अन्य रूपहरूमा रूपान्तरण हुँदै गएको देखेको रहेछु ।

बल्ल बुझें, त्यो जलमग्न संसार त फगत भ्रम रहेछ । एक किसिमको लीला ।

झ्यालबाहिरको संसार, मेरो आफ्नै क्याबिन र त्यसमा रहेका सबै फर्निचर पनि त सधैंकै जस्तै रहेछन् नि ! शहरका सबै दरबार, संसद्, न्यायालय, विश्वविद्यालय पनि मानिसहरूले भरिभराउ होलान् यस बेला, सधैंसधैंकै जस्तै । मैले मात्रै पो आफू टबमा डुबेका सुरमा उपत्यका पुनः दह बनेको पुगेको सपना देखेको रहेछु ।

मन अलि दह्रो बनेर आयो ।

"त्यो महाप्रलयको दृश्य त मेरो रोगाएको मगज मात्र र चक्कीहरूको प्रभावका कारण अनुभूत भ्रम पो रहेछ ! अनि त्यसो भए मेरा उन्मुक्तिका सम्भावनाहरू पनि बाँकी नै होलान् ।"

नयाँ उत्साह पलायो ।

झ्यालछेउ उभिएर मैले बगैंचा र घाम लागेका हरिया डाँडाहरूतिर हेर्न थालें । पातहरू सुस्तरी हल्लिरहेका थिए । हावामा माटोको सुगन्ध थियो ।

मैले अनुभूत गरेको त्यो अविश्वसनीय जलप्रकोप फगत भ्रम पो रहेछ । त्यसो भए मैले घर छाडेर भाग्दादेखि अहिलेसम्म देखेभोगेका समस्त घटना पनि कतै पागलपनका असरबाट उब्जिएका स्वप्न-दृश्य मात्र त थिएनन् ?

त्यस्तो अद्‌भुत टावर कहिल्यै बनेकै छैन कि ? मन्त्रालयमा गुच्चा खेलिएकै छैन कि ? सायद देशका मानिसहरू माछा र सर्पमा रूपान्तरण भएकै छैनन कि ? नेताहरू आलुप्याजमा परिवर्तन भएकै छैनन् कि ? मैले पो पागलपनले गर्दा त्यस्ता अविश्वसनीय घटनाहरू देख्न पुगेको हुँ कि ?

होइन, यतिका मानिस बेठीक र म मात्रै ठीक भन्नेचाहिं कदापि हुन सक्तैन । मैले मात्र पागल भएर भ्रमहरूको यस घनचक्करबाट गुज्रिनुपरेको हो सायद !

सायद अरू सबैले मेरो विपरीत हेरिरहेका छन्, मन्त्रालयमा गुच्चाका खेल नचलेर विकास र प्रगतिबारेका नियम उपनियमहरू धमाधम पास हुँदै छन् । सबै कर्मचारी, प्रशासकहरू अत्यन्त इमानदारीपूर्वक आआफ्नो काममा लागेका छन् । देशको धमाधम प्रगति हुँदै छ । सबैतिर शान्ति र सुव्यवस्था छ । हत्याकाण्डहरू मच्चिएका छैनन् । मैले अनुभव गरेको बहुलट्ठी संसारविपरीत उनीहरूले देखेको संसार छुट्टै किसिमको पनि त हुन सक्छ ।

उनीहरूले प्रतीक्षा गरेका, अबिर चढाएका, गीत-बाजा घन्काएर स्वागत गरेका नेताहरू झन्झन् विनम्र भई दैलादैला चहार्दै छन् कि ? गरिबका पीडाले द्रवित हुँदै तिनकै भलाइका लागि दिनरात खटिँदै छन् कि ?

सायद सद्देहरूले बाँचेको संसार यस्तै हुन्छ । सायद मैले मात्रै पागल भएर संसारलाई अँध्यारो, आशाहीन र जलमग्न देखेको थिएँ । सायद तिनको संसार मैले सोचेभन्दा भिन्न, उत्साह, इमानदारी र प्रेमले जुरमुरिएको छ ।

मैले धेरै दिनपछि पहिलोपल्ट एक किसिमको आनन्द अनुभव गरें ।

होस्, उनीहरूले देखेको तथ्यको संसार नै मेरो बहुलट्टी कल्पनाको संसारभन्दा बढी सत्य ! आफूले देखेभोगेका भ्रमात्मक घटनाहरूको जालोभित्र परिरहुन्जेल त मेरो मुक्तिको ढोका खुल्नु असम्भवै छ । ती अविश्वसनीय घटनाहरूकै संसार सत्य हो भने त अरू कसैले नदेख्ने, नसुन्ने तर मैले मात्र अनुभव गर्न सक्ने संसारको एक्लो प्राणी बनी यस पागलखानामा सधैं यसरी नै बाँच्नेबाहेक मेरो कुनै उपायै रहेन अब । तर होइन, यदि उनीहरू सही र म गलत हुँ भनेचाहिं सद्देहरूले देखेको संसारमा मेरो मुक्तिका सम्भावना सायद अझै बाँकी नै छन् ।

उनीहरूको तथ्यको संसारमा म पागल थिएँ । अविश्वसनीय स्वप्न-दृश्यहरूले भ्रमित प्राणी र उनीहरू थिए, सबै भ्रमबाट उम्केका सामान्य व्यक्ति ।

तर यदि त्यसो हो भने म पनि त कुनै दिन आफैँलाई भ्रमबाट मुक्त गर्दै, बिर्सेका नाम, घटनालाई सम्झँदै पुनः आफूलाई सद्दे प्रमाणित गर्न सकुँला नि ! एक दिन आफ्नो घर फर्कन सकुँला नि !

भ्रमहरू भकाभक टुट्दै गइरहेका थिए । झ्यालबाहिरको आकाश झन्झन् सफा र प्रस्ट भएर आइरहेको थियो । शब्दार्थहरूको चिप्लाइ कम हुँदै संसार तरलबाट पुनः ठोसमा परिवर्तन हुँदै थियो ।

"म के गरिरहेको छु यो पागलखानामा ?", आफैँलाई सोधें ।

अकस्मात् आशा र विश्वास पलायो, विद्यार्थीहरूले मेरो प्रतीक्षा गरिरहेका होलान् । सहकर्मी, मित्र र आफन्तहरूले पर्खिरहेका होलान् । मेरी श्रीमती र छोरीले पर्खिबसेका होलान । हो, त्यतै फर्कनुपर्छ मैले अब चाँडै, यो पागलखाना त्यागेर ।

नयाँ जोसले जुरमुराउँदै सोचें, "मेरो पागलपनको रोग आफैँ निको भएको छ । सन्किएको मगज पुनः सहज र सरल बनेको छ । अब न मलाई यी डाक्टर र नर्सहरूको आवश्यकता छ, न त यिनलाई नै मसँग कुनै सरोकार । लौ, अब म त आज, अहिल्यै पागलखाना छाडेर घरतिर जान्छु । हेरूँ मलाई कसले रोक्तो रहेछ !"

मेरो मन अदम्य जोस र साहसले भरिएको थियो । क्याबिन, प्राइभेट वार्ड, जनरल वार्डछेउको लामो कोरिडर, सिमेन्टको पुरानो भऱ्याङ र भुइँतलाको ठूलो हलसम्म पुग्दा पनि मेरो प्रगतिलाई कसैले रोक्न सकेन । नर्सहरू तथा अन्य कर्मचारीलाई त मैले हात घुमाएरै पन्छ्याइदिएँ ।

"मेरा साथीहरूको नाम तरूण र प्रतीक हो । मेरा विभागीय प्रमुखको नाम सूर्यप्रकाश शर्मा, सूपी. सर हो । म कालीगाउँमा बस्छु र अङ्ग्रेजी सांस्कृतिक अध्ययन विभागमा पढाउँछु ।", मैले उनीहरूलाई हात उचालेर कक्षामा लेक्चर दिएजस्तो गरी परैबाट सतर्क गराइदिएँ, "अब मेरो मस्तिष्क सुध्रिसकेको छ । मलाई आफ्नो वास्तविक नाम, ठेगाना तथा परिचयको पुनर्स्मृति भइसकेको छ । मेरो दिमाग सरल र स्वस्थ बनिसकेको छ । त्यसैले तपाईंहरू कोही पनि मलाई पागल सम्झी पक्रिन नजिक नआउनुहोला ।"

सबै जना वाल्ल परेर मलाई हेरिरहे ।

कसैले अगाडि बढेर समात्ने प्रयास गरेनन् । बरू "लौन डाक्टरसाब आउनुहोस्, एउटा पागल म सद्दे छु भन्दै पागलखाना छोडेर जान लाग्यो" भनी हल्ला गर्दै कोरिडोर र भऱ्याङतिर मलाई पछ्याउँदै रहे ।

भऱ्याङको फेदमा त्यही मसिनो जुँगे डाक्टरसँग भेट भयो ।

"पूर्वसूचनाबिना अस्पताल छोडेर घर फर्कन पाइन्छ ?", उसले मलाई झपार्न खोज्यो, "मैले तिमीलाई धेरै प्रश्न सोध्नु छ । तिमीले जबाफ दिनु छ । अनि हाम्रा विशिष्ट विशेषज्ञले विश्लेषण गर्नु छ ।"

उसले हलको कुनातिर हात घुमायो । एक जना मानिस मतिर पिठ्यूँ फर्काई भित्तामा टाँसेको चित्र नियालिरहेका थिए ।

"आज उहाँ आफैँ तिमीलाई चेक गर्न आइपुग्नुभएको छ ।", डाक्टरले भन्यो, "लौ, बरू हिंडिहाल आफ्नो क्याबिनतिर । त्यहीं गएर हामी तिमीलाई पुनः केही प्रश्न सोध्छौं ।"

"अब मलाई तिमेरूका बकम्फुसे प्रश्नको कुनै आवश्यकता छैन ।", मैले अलिकति पनि नडराई ठाडै जबाफ दिएँ, "मेरा विद्यार्थीहरू मेरो प्रतीक्षा

गरिरहेका छन् । मेरी श्रीमती र छोरीलाई मेरो आवश्यकता छ । त्यसै पनि तिम्रा फ्रायडियन प्रश्नले मलाई महादिक्क पारिराखेका थिए । अब तिमी नै बस यसै पागलखानामा र सोध बौलाहाहरूलाई तिनले केटाकेटी छँदा देखेका लिङ्ग र योनिका बारेमा । म त यी सबै घनचक्करबाट मुक्त भएँ । हिँड्छु अब आफ्नै घर परिवार र समाजतिर ।"

"म ठीक भएँ भनेर आफैँले घोषणा गर्दैमा कुनै पागल सद्दे बनिहाल्दैन । हो, तिमीले केही दमित स्मृतिलाई पुनः सम्झेको हुन सक्छौ ।", डाक्टरले नयाँ पासो फ्याँक्यो, "हो, तिम्रो दिमाग सामान्य हुन थालेको पनि हुन सक्छ । तर त्यसो भन्दैमा के तिमी अहिले नै पूर्णरूपले सद्दे भइसकेका छौ त ? कि पागलपनका अवेशष भ्रामक स्वप्न-दृश्यका रूपमा तिम्रो मनभित्र अझै मडारिइरहेका छन् ? यदि हो, भ्रमहरू अझै कतै छन्, अझै फर्कीफर्की आइरहन्छन् भने हामीले तिमीलाई कसरी सामान्य मान्ने ? कसरी मजस्ता विशेषज्ञले तिमीलाई सद्देहरूको समुदायमा फर्कने अनुमति दिने ?"

होइन, यो मसिनो जुँगेको त जन्म नै मप्रति वैमनस्य राख्न भएको छ कि क्या हो ?

अचाक्ली झोंक चल्यो । नजाने कुन जन्मको रिसइबी निकाल्दै छ । यसले त मलाई सधैंका निम्ति पागलखानाभित्र राख्ने चाँजोपाँजो मिलाइसकेजस्तो छ ।

तर मैले वा मसिनो जुँगेले केही भन्नुअघि नै हलको कुनाबाट दृढ-गम्भीर आवाज गुन्जियो ।

"यसलाई जान देऊ ।", त्यस आवाजले भन्यो, "यो अब सद्दे भइसकेको छ ।"

मैले हलको कुनातिर आँखा घुमाएँ । ती भ्रमणमा आएका वरिष्ठ विशेषज्ञ अझै मतिर पिठ्यूँ फर्काएर भित्ताको चित्र हेर्दै थिए । सायद त्यो त्यही चित्र थियो, जसको सिसा मुठभेडका दिन उछिट्टिएको लौराले फुटाएको थियो ।

तर न मैले उनको अनुहार ठम्याउन सकें, न त उनले हेरको चित्रलाई परबाट खुट्ट्याउनै । उनले मतिर एकपल्ट पनि हेरेनन् । बरू चित्रमै एकटक हेर्दै पहिलेको वाक्य पुनः जोडसँग दोहोऱ्याए, "यसलाई जान देऊ । यो अब मुक्त भइसकेको छ ।"

विशेषज्ञको वाक्य सुन्नासाथ भऱ्याङको पुछारमा उभिएको मसिनो जुँगेका नौनारी गले । लल्याकलुलुक्क भएको त्यस डाक्टरले मेरो बाटो तुरुन्त छोडिदियो र हलको कुनामा गएर एक्लै भटभटाउन थाल्यो । भऱ्याङको टुप्पामा अडिएका नर्स तथा सफाइ कर्मचारीहरू पनि कोरिडर हुँदै माथिल्लो तलामै एकएक गरी हराउँदै गए ।

हलबाट निस्कनुअघि मैले फर्केर विशिष्ट विशेषज्ञलाई हेरें ।

उनी अझै पिठ्यूँ फर्काई अघिकै चित्रमा टोलाइरहेका थिए ।

"यी विशेषज्ञको परिचय रहस्यकै रूपमा रहने भयो ।", मैले सोचें, "तर जे-जस्तो छ, अहिलेलाई मुक्तिको अवसरै पर्याप्त । अहिले यस कारागारबाट निस्कन प्राप्त भएको अवसरलाई तुरुन्तै उपयोग गरिहाल्नु राम्रो !"

के भर छ र यी विशेषज्ञहरूको ?

छिनछिनमा निर्णय परिवर्तन गरिरहन्छन् । नयाँ टिपोट र टिप्पणीहरू लेखेर आफ्नै पुराना लेखनीलाई झूटा साबित गरिरहन्छन् । मलाई सद्दे घोषित गर्ने विशेषज्ञले पनि निर्णय उल्ट्याई मलाई फेरि पक्रिन लगाए भने ?

अनि के म वास्तवमा नै पूर्णरूपले सामान्य भइसकेको छु त ? भनिहाल्यो नि मसिनो जुँगेले, फर्केर आइरहने स्मृतिहरूबारे । सायद केही गडबडीहरू अझै बाँकी छन् ।

किन यति सजिलैसँग छाडिदिए मलाई ती चित्र हेर्दै उभिएका विशेषज्ञले ? कतै फेरि भित्रै फर्काउने आदेश दिए भने ?

होइन, यही मौका हो आफ्नो स्वतन्त्रता खोज्ने । कारागारका हल, भित्ता, बगैंचा, गेट नाघेर उन्मुक्त संसारतिर कदम बढाउने ।

अब मेरो मुक्तिको ढोका छेक्ने कोही थिएन ।

म दृढ कदम राख्दै हलबाहिर जाने ढोकातिर लम्कें ।

एउटा मोबाइल, एउटा बोरा

पागलखानाको भुइँतलाको काउन्टरअगाडि वेदिकालाई हातमा कागज समाती एउटा कर्मचारीसँग कुरा गरिरहेको देखें ।

उनका आँखामा हेरें । त्यहाँ मैले अहिलेसम्म नदेखेको खुशीको आँसु सलबलाइरहेको थियो ।

"तिमी आज डिस्चार्ज हुँदै छौ भन्ने पक्का भएपछि मैले आवश्यक फर्महरू पहिल्यै भरेर तयार पारिराखेकी थिएँ । हामी तुरून्त घर फर्कन सक्छौं । नानू तिमीलाई पर्खिइबसेकी छ ।"

उनी मुस्कुराइरहेकी थिइन्, सधैंको जस्तो शान्त बनेर ।

अनि मात्र मलाई लाग्यो, सायद म पागलपनको श्रापबाट मुक्त भएको छु !

मलाई वार्डमा भेट्न आएका बेला उनले मुस्कुराउँदै "तिमी अब ठीक हुँदै छौ" भन्ने गरे पनि आँखामा त्रास हुन्थ्यो, पीडा हुन्थ्यो । उनको आँखामा देखिएको त्यस त्रासले मेरो चिन्तालाई अझै गहिरो पार्थ्यो । मलाई त्यस बेला लाग्थ्यो, उनका आँखाहरूले मलाई भनिरहेका छन्, तिमी र मबीचको खाडल झन् फराकिँदै जानेछ । तिमी कुनै अँध्यारो भूगर्भभित्र भासिँदै जाँदै छौ तथा हाम्रो बिछोडको क्षण झन्झन् नजिक आउँदै छ ।

तर कस्तो अन्तर ती पुराना र आज खुशीले झिलमिलाइरहेका यी आँखामा !

आज उनका आँखाले मलाई भनिरहेका छन्, तिमी पागल छैनौ, ठीक भइसकेका छौ । यस पागलखानालाई त्यागेर घर फर्किन स्वतन्त्र छौ । नानूले तिमीलाई पर्खेर बसिरहेकी छे । तिम्रो संसारले तिमीलाई पर्खिरहेको छ । तिमी स्वतन्त्र छौ, स्वतन्त्र !

अगाडि बढेर उनलाई अँगालो हालें ।

"ल ल, यहाँ पब्लिकमा ड्रामा नदेखाऊ !", उनले उछिट्टिएर हाँस्तै भनिन्, "हिंडिहालूँ बरू ! बुबा र आमा पनि गाउँबाट हिजै आइपुग्नुभएको छ । अब केही महिना यतै बस्नुहुन्छ । सबै जना तिमीलाई बिहानैदेखि पर्खेर बसिरहेका छन् ।"

हामी दुवै जना फटाफट अस्पतालको पार्किङ लटतिर बढ्दै गयौं ।

उनी त्यही सधैं चलाउने पुरानो धमिलो रङको कार लिएर आएकी रहिछन् । म चालकछेउ प्यासेन्जर सिटमा बसी सिटबेल्ट लाउन थालें । उनले गाडी स्टार्ट गरेर सय मिटरजतिको फराकिलो ढुङ्गे सडक पछ्याएपछि झाडीबीचबाट गएको पक्की सडक भेटिन् । अनि त्यसमा बीस मिनेटजति कार दौडाएपछि बूढानीलकण्ठबाट महाराजगन्जतिर जाने बाटोमा पुगिन् ।

रिङरोड नजिकनजिक आउन थालेपछि सडकमा घुइँचो बढ्दै गयो । मानिसहरू कार, जिप, मोटरसाइकल र साइकिल चढेर दौडिरहेका थिए । हर्नहरू ट्याँट्याँ-टुँटुँ बज्दै थिए । कतिपय पैदलै हिंडिरहेका थिए । कोही खर्पन बोकेर आइरहेका थिए भने कोही किताप च्यापेर । कोही सटर खोल्दै गरेका त कोही ठेला गुडाउँदै । रङ्गीन ब्यानरहरूले मायालु साबुन, हिरो होन्डा, वाइवाइ चाउचाउ आदिका सन्देश यत्रतत्र फैलाउँदै थिए ।

त्यतिका दिन अस्पतालको क्याबिनमा प्रायः एक्लै बसेकाले होला मलाई यो भिड, त्यो ट्याँट्याँ-टुँटुँ, ती व्यापारिक सन्देशहरूको अविरल प्रवाहले अत्यास लाउन लाग्यो । मानौं कुनै भिड मेरो परिचयको सानो कोठामा छिरी टम्म पार्दै मनलाई अझै अत्याइरहेछ ।

"के म वास्तवमै सामान्य भइसकेको छु ? के त्रासपूर्ण स्वप्न-दृश्यहरूले पछ्याउन छाडलान् त ?", पुनः शङ्काहरू तुलबुलाउन थाले ।

"मलाई पागलखानामा पुऱ्याउने प्रयत्न पुनः शुरू हुने त होइनन् ?"

"धेरै चिन्ता नगर । अब त तिमी ठीक भइसकेकै छौ नि ! त्यत्रो दिन अनेकौं हन्डर खायौ । अब केही दिन घरमा बसेर आराम गर्नू ।", उनले मतिर एकनिमेषका निम्ति मात्र फर्केर भनिन्, "बरू लेऊ तिम्रो यो

मोबाइल । सिस्नोको झ्याङमा फ्याँकेर हिंडेका रहेछौ । पछि रेनु र मैले बल्लतल्ल निकाल्यौं ।"

महाराजगन्जको मोडनिर ठूलो ट्रकले हामीलाई छेक्यो ।

को रहेछन् ट्रकभित्र ? निकै घोरिएर हेर्दा पनि ठम्याउन सकिनँ । वरिपरि ससाना चारकुने दुला थिए र भित्र अँध्यारामा केही मानिसहरू बन्दुक समातेर बसेका ।

बल्ल त्यो ट्रक हट्यो, अब उनले पानीपोखरीतिर कार बढाइन् ।

उनले कुशलतापूर्वक कार हाँक्तै थिइन् । साइकिल, मोटरसाइकिल, कार, जिप, खर्पन, किताप, पसल, सटर, ट्याँट्याँ-टुँटुँ सबैको सामूहिक भिडबाट सावधानीपूर्वक कारलाई अघि बढाउँदै उनी मलाई हाम्रो घरतिर लैजाँदै थिइन्, जहाँ नानू र बुबाआमाले मेरो प्रतीक्षा गरिरहेका थिए ।

"एकछिन दरबार मार्गतिर हिंड न !", मैले भनें, "घर पुग्नुअघि केही हेर्न मन छ ।"

"हुन्छ !", उनले भनिन् र दाहिने हातले कारको रेडियो खोलेर पुनः दुवै हातले स्टियरिङ घुमाउँदै लाजिम्पाटतिर जाने बाटो पछ्याउन थालिन् ।

समाचार आइरहेको रहेछ ।

"देश संविधान निर्माणतर्फ उन्मुख... वामपन्थी र काङ्ग्रेसीहरूबीच विवाद र ढुङ्गा हानाहान... दलित, महिला, प्रौढ नागरिक, समलैङ्गिक, विधवा, विस्थापितलगायत अन्य समूहहरूको राजधानीमा संयुक्त कार्यक्रम... नारायणहिटी दरबार सङ्ग्रहालय हेर्नेहरूको धुइँचो अझै कम भएन ।" समाचारवाचकले खबरका मुख्यमुख्य अंश सुनाउँदै थिए ।

नारायणहिटी दरबार सङ्ग्रहालय ? मैले झसङ्ग भएर उनीतिर हेरें ।

लाजिम्पाटतिरबाट उकालो चढ्दै आएको टेम्पोलाई स्टियरिङ काटी छलेर कार ओरालो झार्दै उनले भनिन्, "तिमी अस्पतालमा रहेको बेला देशमा ठूलठूला घटना भए । रिङरोडवरिपरि जम्मा भएका दश लाखभन्दा बढी जनता राजाविरूद्ध नारा लगाउँदै कोटेश्वर, मैतीदेवी, कलङ्की, कालिमाटी, गोङ्गबु र सामाखुसी हुँदै नारायणहिटी राजदरबारतिर बढ्न

थालेपछि राजाले विद्रोही र दलहरूसमक्ष घुँडा टेके । संविधानसभाको निर्वाचन भयो । अहिले नयाँ संविधान लेख्ने काम अन्तिम चरणमा छ ।"

"ओहो, यत्रो परिवर्तन !" मैले चकित हुँदै सोधें, "जनता साँच्चै नै जागेछन् त ? अहिले देशमा सबैतिर शान्ति छ त ?"

साङ्ग्रिला होटलअगाडिबाट कार हुइँक्याउँदै उनले जबाफ दिइन्, "पहिलेभन्दा शान्ति नै छ । विद्रोहीहरूले हतियार छाड्नेबित्तिकै पहिलेको भन्दा बढी शान्ति त त्यसै हुने भइहाल्यो । अनि फेरि अहिले पहिलेको जस्तो स्थिति रहेन । जनता बढी जागरूक भएका छन् । नेताहरूले राम्रो काम गरेनन् भने सिंहदरबारअगाडि सुतेरै धर्ना दिन्छन् । नेता र कार्यकता पनि बढी सजग भएका छन् ।"

"घनचक्करको चक्र जति नै वेगवान् भए पनि, गाउँ र शहरहरूमा अराजकता फैलिए पनि, पागलपन बढे तापनि जनताको आवाजलाई शासकहरूले सधैंका निम्ति दबाइराख्न नसक्ने रहेछन् ।", मैले सोचें, "जत्रोसुकै अग्लो निरङ्कुशताको टावरलाई पनि एक दिन जनताको विद्रोहले ढाल्न सक्तो रहेछ । त्यसले जस्तोसुकै भड्खालोमा परे पनि मान्छेले कम्तीमा जुझ्नुचाहिं पर्ने रहेछ । कुन कल्पना, कुन सत्य, कुन कथानक, कुन तथ्य, कुन भ्रम, कुन यथार्थ, कुन आख्यान, कुन आत्मकथ्य आदि भनेर खुट्ट्याउन खोजिरहनुपर्ने रहेछ । नत्र त घनचक्करका जरा झन् फिँजिँदै जाने रहेछन् । पागलपन अझै बढ्दै जाने रहेछ ।"

"जे होस्, देशको स्थिति वास्तवमै सुध्रिँदै गएको रहेछ !", मैले सिटमा ढल्कीढल्की आँखा बन्द गरेर लामो सास तान्दै विचार गरें, "सायद अबदेखि मेरो दिमाग पनि ठीक र सङ्ग्लो रहला ।"

सडकछेउ भित्तामा कोरिएका नाराहरू प्रस्ट हुँदै आइरहेका थिए । सडकमा चलिरहने अविरल ट्याँट्याँ-टुँटुँले पनि मलाई बिथोल्न छाडेको थियो । इतिहास परपर धमिलो हुँदै गइरहेको थियो । वर्तमान प्रस्ट र चहकिलो बन्दै नजिक आउँदै थियो ।

लैनचौरबाट दरबारमार्गतिर बढेपछि लाग्यो, म पागलखानामा रहँदाबस्ता शहरमा ठूलठूला परिवर्तन भइसकेका रहेछन् । ठूलठूला राजनीतिक भूकम्पमात्र नआएर केही भौतिक परिवर्तन पनि भएका रहेछन् ।

दरबारमार्गमा रिमझिम डान्स रेस्टुराँ थिएन। त्यहीं अर्कै भवन अग्लिएको थियो । किताप, कपडा, शृङ्गारका साधन, कारका पाटपुर्जा, भिडियो, टेपरेकर्डर, सिडी, टेलिभिजन, क्यालकुलेटरलगायत सबथोक एकै ठाउँमा पाउन सकिन्छ, ब्यानरहरूले घोषणा गर्दै थिए ।

प्रजातन्त्रको पर्खालनिर एकछिन कार रोक्न लगाएँ ।

'लोकतन्त्र, गणतन्त्र, समावेशी, सङ्घीयता' यस्ता धेरै शब्द पर्खालमा सलबलाइरहेका थिए । पर्खालछेउको सडक चौडा भएको थियो । छेवैमा ठडिएका थिए, आकाशे पुलहरू । मानिसहरू पुल चढेर सडक नाघ्दै बागबजारतिर जाँदै थिए। कोही यता रत्नपार्कतिर आउँदै थिए ।

"लौ फर्कौं, अब घरतिरै ।", मैले भनें, "आजलाई घुम्न पुग्यो। बरू चाँडै गर, बुबाआमा र नानू पर्खिरहेका होलान् ।"

"तिमी जे भन्छौ ।", उनले भनिन् र कार मोडेर प्रदर्शनीमार्ग र पुतलीसडक हुँदै कालिकास्थानतर्फ दौडाउन थालिन् ।

बाँसघारीको उकालो चढ्दा पनि उनी द्रुत गतिमै थिइन् । मैले भने यस्तो द्रुत गतिमा सावधानीपूर्वक कार चलाउन कहिल्यै सिक्न सकिनँ । अँ, मोटरसाइकलचाहिं म राम्ररी नै चलाउँछु । बाटाको धूलो र धुवाँले मेरो फोक्सोलाई पिरोल्ने भए पनि मलाई भरसक मोटरसाइकलमै कहिले चाँगुनारायण र गोदावरी त कहिले चोभार र नागार्जुन पुग्न मन लाग्छ । पातहरू एकअर्कासँग ठोकिएको सुनेर वा आँखा चिम्म गरी केही नसुनी त्यतिकै पनि बस्न मन लाग्दछ । सायद एकदुई महिना घरमा बसी आराम गरेपछि म एकपल्ट पुनः मोटरसाइकल चढी परपरका पहाड, जङ्गल र खेतहरूलाई घुम्दै हेर्नेछु ।

अकस्मात् मैले मोहनदासलाई सम्झिएँ ।

कहाँ होला ऊ यति बेला ? के गरिरहेको होला ? सायद हिमालयको कुनै कन्दरामा राधाकृष्णकै भजन गाएर बसेको छ । यही जन्ममा मुक्ति पाउने उसको इच्छा सायद साकार हुनेछ ।

अनि मेरो नि ?

केही समय छुट्टी लिई आराम गरेपछि म पुनः पढाउन थाल्नेछु । मोटरसाइकल लिएर यताउता घुम्न थाल्नेछु । फेरि तरूण, कवीन्द्र, प्रतीक, जिस्नु सबै भेट हुन थाल्नेछन् । कहिले कक्षामा पढाउनेछु । कहिले किरातेश्वरमा गएर पापड चपाउँदै, सङ्गीत सुन्दै, पूर्णिमाको जून हेर्नेछु । कहिलेकाहीं सेमिनार गर्ने-गराउने, पेपर लेख्ने काम गर्नेछु । कहिले ती सबैबाट भागी चोभारका डाँडाबाट देखिने सूर्यास्त र त्यसपछि आर्यघाटमा सल्किएका ज्वालाको पुञ्ज हेर्दै समय बिताउनेछु ।

म मोहनदासजस्तो सबै छोडछाड गरेर हिमालयतिर लाग्ने मनस्थितिमा छैन । हो, अरू सबैझैं म आफैँ पनि घनचक्करका जालामा अड्किएको छु । त्यसकै समयचक्रमा बाँधिएर घुमिरहेछु । तर घनचक्करबाट बाहिर निस्किन नसके पनि प्रेम, मित्रता र जीवनका सासाना आनन्दमार्फत त्यसका सर्वव्याप्त चक्करहरूविरूद्ध विद्रोह गर्न सकिन्छ । मृत्युको अनुहारमा ढुङ्गा फ्याँकेर जीवनका गीत गाउन सकिन्छ । म पनि ती क्षण, ती अनुभवहरूलाई पछ्याइरहनेछु ।

कहिले सद्दे मकुन्डाहरू ओढ्ने, कहिले पागलपनको अभिनय गरेर चक्कर-घनचक्करहरूलाई पन्छाउने, कहिले धोबीखोलाको कालो पुलभित्रको तरकारीबजारबीच उभिएर चिया खाने, कहिले शहरका भव्य भवनभित्र पसेर शक्तिका कर्मकाण्डहरू हेर्ने, कहिले नेताहरूका गहकिला भाषणबाट जागेका विद्यार्थीसँगै मिलेर सडकमा ढुङ्गा हान्ने, कहिले यी सबै समस्याका शान्तिपूर्ण समाधान हुनुपर्छ भन्दै चक-डस्टर च्यापेर कक्षा कोठातिर बढ्ने, कहिले तथ्यको संसारमा पसेर आफूलाई जोगाउने, कहिले कल्पनाको संसारमा टेक्तै पाठकहरूलाई आनन्द दिने, कहिले काम गर्ने अनि कहिले आराम गर्ने, कहिले

भाग्ने, कहिले फर्किनेजस्ता सबै काम साथसाथै गरेर मात्र मैले आफ्नो दिमाखी सन्तुलनलाई कायम राख्न सक्छु ।

हो, यस्तै हुनुपर्छ मैले हिंड्नुपर्ने मध्यमार्गको मानचित्र !

हाम्रो यात्रा कालिकास्थान, चारखाल र ज्ञानेश्वरको शिवमन्दिर पार गरेर भगवतीबहालतिर बढ्दै गयो ।

'ट्वार्र ट्याँ... ट्वार्र ट्याँ' घण्टी बज्यो अकस्मात् कतै, 'ट्वार्र ट्याँ... ट्वार्र ट्याँ !'

खोइ, कता बज्दै छ यो घण्टी ?

"तिम्रो मोबाइल हो नि, किन आत्तिएको ?", उनले भनिन् ।

ए हो त नि ! मैले मोबाइल खल्तीबाट झिकेर औंलाले थिचें । उताको स्वर अङ्ग्रेजी सांस्कृतिक अध्ययन विभागका प्रमुख बी.पी. सर ए होइन, सूर्यप्रकाश, सू.पी. सरको रहेछ ।

"ए सब राम्रो छ ?" सू.पी. सर सधैंको जस्तो गहकिलो स्वरमा बोल्दै हुनुहुन्थ्यो ।

"हो, मैले पनि थाहा पाएँ तिमी अस्पतालबाट घर फर्किंदै छौ भनेर । धेरै राम्रो भो, घरैमा एक हप्ताजति आराम गर्नू । तर धेरै आराम गर्ने बानी पनि नबसाल्नू किनभने विभागका काम धेरै बढेका छन् । यसपल्ट पहिलो वर्षमै दुई हजार विद्यार्थी भर्ना भए । दशवटा सेक्सन चलाउनुपर्छ । कसले पढाउँछ यी सब कक्षालाई ? एकातिर तरूणले अध्ययन बिदा पाऊँ भनेर आवेदन दिएको छ, अर्कोतिर तिमीलाई कहिले घाट, कहिले मन्दिर त कहिले अस्पतालबाट फर्काएर ल्याइने परिपाटी चलेको छ । डिन र रेक्टरहरू नयाँ शिक्षकलाई तलप दिन सकिँदैन, पुरानैले चलाऊ भन्छन् । यस्तो अवस्थामा मैले कसरी विभाग चलाउने ? त्यसैले तिमी अब दुई-चार दिन, बढीमा एक हप्ता, आराम गरेर क्लास लिन फर्किहाल ।"

"तर सर, छुट्टी लिएर यसो परिवारसँग केही समय बिताऊँ, आराम गरेर पूरै स्वस्थ पनि होऊँ र त्यसपछि पढाउन आऊँ भन्ने मेरो विचार थियो ।", मैले सू.पी. सरको कुरा काट्तै भनें ।

सू.पी. सर जङ्गिन थाल्नुभयो ।

"एकछिन म पनि कुरा गरौं है !" भनेर वेदिकाले फोन मागिन् ।

फोनमा उनीसँग सानो छलफलपछि सू.पी. सर पुनः सामान्य भएर कुरा गर्न थाल्नुभयो ।

"ठीकै छ, नमिल्ने होइन ।", उहाँले भन्नुभयो, "शारीरिक र मानसिक आरामको जरूरत छ भनेर डाक्टरले दिएको रिपोर्टका आधारमा तिमीलाई छुट्टी दिन पनि सकिन्छ । तर एउटा कामचाहिँ तिमीले तुरून्तै गर्नुपर्‍यो । त्यो सक्नेबित्तिकै तिम्री श्रीमतीले दिएको तिम्रो बिदाको आवेदनमा म तुरून्त सहीछाप लगाइदिन्छु ।"

"के छ सर त्यस्तो काम ? महिनौं सेमिनार सञ्चालन गर्न लगाउने त छैन होला नि ?", मैले सोधें । डाक्टरी रिपोर्टका कारण मेरो स्थिति दह्रो बनेको थियो ।

"तपाईं आफैँले भनिहाल्नुभयो, मलाई शारीरिक र मानसिक आरामको आवश्यकता छ । कुनै अप्ठ्यारो काममा पेल्न नखोज्नुहोला नि !"

"होइन, त्यस्तो अप्ठ्यारो काम केही छैन । कुरो के भने परीक्षा नियन्त्रकको कार्यालयबाट तिम्रो नाममा कपीको एउटा बोरा आएको छ । जबसम्म सबै कपी जाँचिसक्तैनौ, तबसम्म तिमीलाई विभागले छुट्टी दिन गाह्रै देखेको छु ।", सू.पी. सरले भन्नुभयो, "त्यसैले कमसेकम त्यो एक बोराचाहिँ तुरून्त जाँचेर बुझाइदेऊ । आज त केही आराम गरौला तर भोलि नै आएर बोरा लगे पनि हुन्छ ।"

"हुन्छ !" भनेर मोबाइल अफ गरेपछि मैले बल्ल बुझें, दिलवरनाथका अस्पष्ट उच्चारणहरूको अन्तिम र अहिलेसम्म पनि नसुल्झिएको कडी !

टावरहरूको चुल्याइ र विघटन तथा दरबारभित्रको हत्याकाण्डतिर औंलाएका उनका वाक्यहरूले एउटा मोबाइलबारे पनि सङ्केत गरेका थिए नि !

मैले अब सम्झिएँ- ऐना, हिमचुचुरो, दरबार, रेस्टुराँ र मन्त्रालय सबै हेरेका उनका आँखाले भविष्यमा आइपर्ने कुनै बोरालाई पनि त देखिसकेका थिए नि !

मलाई यताउता भट्किँदा सधैं लाग्दथ्यो, मेरो यात्राको अन्तमा सायद कुनै मोबाइल छ, सायद कुनै बोरा छ । तर मोबाइल र बोराको अन्तर्सम्बन्ध बुझ्न नसकेकाले नै मैले दिलवरनाथले टौदहमा बोलेका वाक्यको अन्तिम कडीलाई पनि सुल्झाउन नसकेको रहेछु ।

अब बल्ल मैले मोबाइल र बोराको सम्बन्ध बुझें ।

बोरा थियो किनभने मोबाइल थियो ।

म घर छोडेर भाग्नुअघि पनि त सू.पी. सरले मोबाइलमै फोन गरेर "तिमीले जाँच्नुपर्ने कपीका बोराहरू लिन आऊ" भन्नुहुन्थ्यो ।

त्यति बेला कहिले किरातेश्वरमा गएर जून हेर्दै, पापड चपाउँदै, चिया सुर्कँदै, सङ्गीत सुन्न मन लागेको त कहिले त्यसै खेत, पहाड, जङ्गल, घाट आदि हेरेर रम्न चाहेको मेरो मनलाई उहाँका यस्ता विद्युतीय सन्देशहरूले निकै विचलित पार्थे । त्यसैकारणले त जोगीको भेष लिएर हिंड्दा मैले "सू.पी. सरका कठोर वचनहरू अब मलाई चाहिएनन् ।" भन्दै मोबाइललाई बुइँगलको झ्यालबाट सिस्नोको झ्याङमा हुर्‍याइदिएको थिएँ ।

त्यही मोबाइल जुन पागलखानाबाट निस्केपछि मैले पुनः प्राप्त गरेको थिएँ, जसलाई हातमा लिएको केही बेरमै सू.पी. सरको फोन आएको थियो र उहाँले मलाई "एक बोरा कपी जाँच अनि मात्र छुट्टीको आवेदन स्वीकृत गरिदिन्छु" भन्नुभएको थियो ।

हो, मोबाइल थियो, त्यसैले त बोरा थियो ।

तर साथै फेरि सोचें, बोरा थियो, त्यसैले त मोबाइल थियो ।

त्यही बोराका बोरा कपी जाँचेर त मैले मोबाइल हराएका बेला वेदिकासँग झगडा हुँदा रिसले "लौ अब म कसैबाट एक पैसा पनि लिन्नँ" भनेको थिएँ । बरू बोरै जाँचेर आएको पैसाले नयाँ मोबाइल किन्ने घोषणासमेत गरेको थिएँ । त्यसपछि त्यही दृढसङ्कल्प कायम राख्दै एक दर्जनजति बोरा खोली तीभित्र रहेका हरेक कपीसँग भिडी, तिनको सत्यतथ्य अवलोकन गरी मूल्याङ्कन गरेको थिएँ । त्यसैबाट आएको पैसाले अर्को मोबाइल किनी आफूलाई विश्वव्यापी सञ्जालभित्र प्राविधिक नागरिकका रूपमा पुनर्स्थापित गराएको थिएँ ।

हो, त्यसैले त बोरा र मोबाइलबीच अत्यन्त निकटको सम्बन्ध थियो ।

यी दुईको अन्तर्सम्बन्ध पनि त्यही सर्वव्यापी घनचक्करकै भाग थियो, जसका बारे मैले पाटीमा सुत्न लाग्दा कागतको पानामा पढेको थिएँ ।

एक्कासि डेडलाइनहरूको सम्झना भयो । छटपटी बढ्यो, झ्वाट्टै सोधिहालें, "के भयो विभागको मिटिङमा, केही थाहा पायौ तिमीले ?"

"कुन मिटिङ ?", उनले सोधिन् ।

"मूल्याङ्कन मिटिङ नि, विभागमा पढाउने सबैको काम र व्यवहारको मूल्याङ्कन गर्ने वार्षिक मिटिङ !"

"ए, त्यो ! त्यही मिटिङमा त मैले तिम्रो बिदाको लागि निवेदन दिएकी थिएँ । प्रायः स्वीकृतजस्तै भइसकेको छ । सू.पी. सरले केही फर्मल कुरा मिलाउनुपर्छ, भइहाल्छ भन्नुभएको छ ।"

मनभित्र केही काला छाया अझै यताउता गरिरहेका थिए, रातको समयमा विभागको अजङ्गको वरको रूखमुनि देखिने छायाहरूझैं । तीमध्ये एउटा बिलाएर गयो । मनभित्रको अँध्यारो कुनामा सानो दियो टिलपिल गर्न थाल्यो । मनमा छायाहरू अझै थिए, वरको रूख अगाडिपछाडि चलमलाइरहेका ।

सोधें, "मिटिङमा मेरा बारेमा कुनै कुराहरू, कुनै हल्ला, केही चर्चा त भएन ?"

"अहँ, केही पनि भएन !", उनले पुलुक्क हेरिन्, "किन सोधेको ?"

"कसैले केही पनि भनेनन् ?", मैले सोधें, "प्रसाद सर, रवि सर, सू.पी. सर, वरूण, विम्ब, भोगेन्द्र, वनिता, सीता, किस्नु कसैले वास्तवमै केही पनि भनेनन् त ?"

उनी मतिर फर्केर मुस्कुराइन् । उनका ओठ र आँखा पुनः हाँसे । अर्को छाया परपर हुँदै बिलाउन थाल्यो ।

"खासै केही कुरा भएन !", उनले भनिन्, "तिमीलाई आरामको आवश्यकता छ । लगातार पढाएको धेरै वर्ष भयो । सोच्न र लेख्न पनि त मान्छेलाई केही समय चाहिन्छ । त्यसैले निवेदन ल्याएकी छु, छुट्टी मिलाइदिनुपर्‍यो भनें ।

त्यसपछि प्रसाद सर, कवि सर, जादव सरलगायत सबैले सही थाप्तै होहो उसलाई छुट्टी मिलाइदिनुपर्छ, निकै वर्ष पढायो, कार्यपत्र लेख्यो, कपी जाँच्यो, अब केही दिन आराम गरोस् भन्नुभयो । सू.पी. सरले पनि हुन्छ नि त सबै भन्छन् भने मैले मात्र हुँदैन भन्ने कुरो त आएन तर एकदुइटा कुरा मिलाउनुछ, फर्केपछि विभागमा पठाइदिनू, त्यसपछि अरू मिलाउँला भन्नुभयो ।"

"अनि तरूण र प्रतीक ? के भने उनीहरूले ?"

"के भन्थे ? दुवैले एउटै कुरो गरे ।", उनले भनिन्, "तिम्रो छुट्टी मिलाइदिनुपर्छ भने ।"

अर्को कालो छाया झ्वाट्ट बिलायो, चौरमा टिमटिमाइरहेको शीतको थोपा न्यानो किरणसँग ठोक्किएर हराएजस्तो ।

झ्यालबाहिर हेरें । सडक, पेटी, कार, पसल सबै बिहानको मधुरो घाममा टल्किइरहेका थिए ।

अब आरामसँग एकदुई महिना कतै नगई घरमै बिताउँछु । नत्र केही समय गाउँ गई बुबाआमासँग बिताउनेछु । त्यहीं कुनै लामो कथा वा उपन्यास लेख्ने प्रयत्न गरौंला । क्लासको बोझ र थेसिसहरूको चपेटाले गर्दा लेख्न सधैं गाह्रो भइरहेको हुन्थ्यो । अहिले राम्रो अवसर आएको छ ।

हो अनि छुट्टी लिएपछि सायद म फेरि मोटरसाइकल लिएर घाट, मन्दिर, खोलाहरूमा घुम्दै छेउमा बस्नहरूसँग गफ गर्नेछु । तिनीहरूबारे लेख्नेछु । नदीका बगरहरूमा झरेको मधुरो साँझलाई हेरेर रम्दै आफूले लेख्ने उपन्यासबारे योजना बनाउनेछु ।

अकस्मात् रङ्गनाथको सम्झना आयो ।

अप्ठ्यारो मान्दै सोधें, "तिमीले सम्झेकी छ्यौ, झुस्स दाह्री पालेको त्यो दुब्लो अग्लो विद्यार्थी, जो एकपल्ट हाम्रो घरमा पनि आएको थियो ? केही सुनेकी छ्यौ रङ्गनाथका बारेमा ?"

"ए, जाँचमा फेल भएपछि पागल भएको अभिनय गरेर सबैलाई तर्साउन खोज्ने तिम्रो विद्यार्थी रङ्गनाथ ?", उनले हाँस्तै भनिन्, "तिमीलाई विश्वासै नलाग्ला तर ऊ त अहिले नागरिक समाजको मुख्य युवा प्रवक्ता बनेको छ ।

जोसिला, चटपटे भाषणमा ऊ प्रमाण, तथ्य, लोकतन्त्र, गणतन्त्र, समावेशी समाज, सङ्घीयता, रिटोटलिङ, रिचेकिङ आदिबारे निकै कुरा गर्छ । हिजोमात्र टेलिभिजनमा पनि देखिएको थियो । कसैकसैले त के पनि भनिरहेका छन् भने ऊ कुनै दिन देशको प्रधानमन्त्रीसम्म पनि हुन सक्छ ।"

मनभित्रको कालो छायाको अन्तिम अंश अब बल्ल बाहिरियो ।

अब मैले रङ्गनाथको कपी रिचेकिङ्ग गराउनेबारे टाउको दुखाउनुपर्ने आवश्यकता छैन । अब उसले आफ्नो रिचेकिङ आफैँ गराउनेछ । त्यसबाहेक उसले देशका सबै नियम, उपनियम, संविधान, सन्धि, दस्तावेज, नियमावली, कानुन र विचारहरू रिचेकिङ गराउने प्रणालीसमेत शुरू गर्नेछ । अहिले तुरून्तै नभए पनि त्यो दिन एकचोटि अवश्यै आउनेछ ।

हामी टङ्गालको भुँडे गणेश मन्दिरअगाडि पुगेका थियौं । जन्तीसहितका कार र बसहरू भाटभटेनीतिर बढ्दै थिए । कारहरू फूलले सजिसजाउ थिए ।

"कस्तो भिड आज, कति बेर लागेको घर पुग्न !", मैले भनें ।

"चिन्ता नगर न, यहाँसम्म आइपुगेपछि त पुगिहालिन्छ नि !", उनले मेरो काँध थपथपाइन् ।

"घर पुगेर बुबाआमा, छोरी सबैलाई भेटी कौसीमा चिया खाँदै बसेपछि मात्र मन हलुका होलाजस्तो छ ।", मैले भनें, "पागलखानाका स्मृतिहरूले अझै पिरोल्न छाडेका छैनन् ।"

"त्यो अस्पताललाई पागलखाना नभन न ! त्यो उत्तरको अस्पताल हो । सबैलाई त्यही भन्ने, उत्तरको अस्पताल ।"

म एक निमेषका निम्ति आफैँभित्र उम्लिएको त्रासले कामें ।

के म वास्तवमै ठीक भइसकेको छु ? कि स्थिति पुनः बिग्रन थाल्नेछ ?

केही शब्दहरू अझै बिर्सिराखेकै छु कि, केही नाम, परिचय, ठेगानाहरू सम्झन बाँकी नै छन् कि जस्तो लागिरह्यो ।

पागलखाना कि अस्पताल ? कुन संसार सत्य थियो, कुन कल्पनाले सिर्जेको दिवास्वन ? सायद यही प्रश्नको उत्तरले मात्र म अझै पागल छु कि सद्दे भइसकें भनेर खुट्ट्याउन सक्थ्यो ।

आत्तिएको मैले उनका आँखामा हेरें ।

अझै पनि तरल देखिएका उनका आँखामा प्रेम थियो र जस्तोसुकै विपत्तिमा मेरो साथ दिने दृढता पनि ।

"हुन्छ ।", मैले भनें, "त्यो अस्पतालै थियो ।"

कार अगाडि बढेपछि मैले सोचें, मैले विश्वविद्यालयबाट छुट्टी लिएर कुनै उपन्यास लेखे त्यो केवल सरल प्रेमकथा हुनेछ । केवल एउटा सरल प्रेमकथा ।

जन्ती पन्छिएपछि उनले कार हाँडीगाउँतिर मोडिन् । मैले पुनः उनीतिर हेरें । सम्पूर्ण जीवन पागल भएर बित्ने भयो भनी आत्महत्यासम्मको प्रयास गरिसकेको मलाई उनी पागलखानाबाट मुक्त गरी घर फर्काएर लगिरहेकी थिइन् । मलाई मेरी छोरी र आमाबुबासँग भेट गराउन ! यो प्रेमको विजय नभए के हो त ?

मलाई लाग्यो, हो, प्रेमले मात्र पागलपनमाथि विजय प्राप्त गर्न सक्छ । हुन त कुरो गाह्रो छ किनभने कुरो प्रेमको छ र पागलपनको पनि । अनि न प्रेमलाई पूर्ण रूपले बुझ्न सकिन्छ, न त पागलपनलाई नै ।

तर पनि मलाई त्यस्तै लाग्यो । हो, सायद प्रेमले नै पागलपनलाई परास्त गर्न सक्छ ।

हुन त यो मेरो अहिलेको मात्रै विचार हो । सबै मानिसका आफ्नै जीवन छन् । आआफ्नै आँखा र दृष्टिकोण छन् । ती सबैले जीवनका असङ्ख्य चक्कर हरूलाई बेग्लाबेग्लै अनुभव गरिरहेका होलान् । धेरैले भोगेको दुःख, कष्टहरू मैले अनुभव गरेका भ्रमहरूभन्दा पनि कैयौं गुणा बढी त्रासपूर्ण होलान् ।

मैले जनरल वार्डमा भेटेकाहरू नजाने केकस्ता डरलाग्दा स्वप्न-दृश्यबाट तर्साइएका होलान् ! उनीहरूले भोगेको संसारमा देशका नेताहरू प्याजका डल्लामा मात्र नभएर विशाल हाइड्राहरूमा पो रूपान्तरण भएका थिए कि ? उनीहरूले मन्त्रालयको गुच्चाखेलाइलाई गोलीको खेलका रूपमा देखेका थिए कि ! उनीहरूका निम्ति भुइँमा गुच्चा नभएर बम पो गुड्किइरहेका थिए कि ! तीमध्ये कतिपयका निम्ति कठपुतलीको नाटक मृत्युनाटकका रूपमा अवतरण

भएको थियो कि ! कतिका निम्ति संसार भेलमा डुब्दै जानुको सट्टा पानीको अभावले त्रस्त बलौटे बगर पो बन्न पुगेको थियो कि !

"किन व्यर्थमा यसरी घोरिइरहेछौ ?", उनले भनिन्, "हेर, अब पुग्न लागेका छौं । डाक्टरहरूले भनेका थिए, घर फर्किएपछि पनि तिमीलाई केही समय भ्रमहरूले बेलाबेला सताउन सक्छन् । केही बिर्सिएका नाम, घटना, स्मृतिहरूलाई पनि सम्झिन केही समय लाग्न सक्छ ।"

मैले उनीतिर हेरें ।

"तर चिन्ता लिनुपर्ने कुनै आवश्यकता छैन । ती भ्रम आफैँ बिस्तारै हराउँदै जानेछन् । बिर्सिएका नाम र शब्दहरू फर्कंदै आउनेछन् । लामो रोगको असर पूरै हराउन समय त लागिहाल्छ नि !"

टङ्गालबाट पश्चिमतिर लागेपछि एउटा मोड आउँछ । त्यहाँबाट एउटा बाटो देब्रेपट्टि छुट्टिई गहनापोखरी हुँदै हाँडीगाउँतिर जान्छ । अर्को दाहिनेपट्टि लागी कालीगाउँतिर ।

मैले झ्यालबाट बाहिर हेरें ।

सडकको दाहिने पेटीमा एउटा सानो ढुङ्गालाई फूल र अबिर चढाएर देवीका रूपमा प्रतिस्थापन गरिएको रहेछ । ध्यान दिएर हेरें, ढुङ्गामा देवीको सानो आकृति कुँदिएको थियो । आकृति सानो र अबिर-फूलले पनि छोपेका कारण परबाट देवीको प्रतिमा भनेर चिन्न गाह्रै थियो । मैले पनि एकछिन अगाडि त्यसलाई ढुङ्गाजस्तो मात्र देखेको थिएँ ।

अब हामी कालीगाउँको गणेशको मन्दिरअगाडि थियौं ।

पानी बोक्ने ठूलो ट्याङ्कर कालीगाउँ मार्गमा तेर्सिएकाले हाम्रो बाटो पुनः रोकियो । चालक भने कतै हराएको थियो । सायद छेउको कुनै पसलमा चुरोट तान्न वा चिया खान गएको हुँदो हो । मोटरसाइकलहरू ट्याङ्करको छेउछाउबाट निस्कँदै आआफ्ना गन्तव्यतिर बढ्दै थिए । कार, ट्याक्सीहरू भने लाम लागेर रोकिएका थिए । हतारमा हुनेहरू वाहनबाट निस्की हात हल्लाईहल्लाई भुटभुटिँदै थिए । म भने सिटमै अडेस लागेर मन्दिरलाई हेरिरहें । जीर्णोद्धार भएको रहेछ, निकै राम्रो देखिन्थ्यो मन्दिर ।

आहा कति सुन्दर ! कति राम्रो देखिँदै छ संसार आज ! घाम यसरी लागेका बेला, हल्का फिरफिरे बतासमा पातहरू हल्लिरहेका बेला उपन्यास लेखेर को बस्न सक्छ ?

दुई महिना घरै बसेर आराम गर्ने र कुनै लामो कृति, भरसक एउटा उपन्यास पनि लेख्ने आफ्नो भर्खरैको योजनाप्रति अब मलाई सन्देह लाग्न थाल्यो। घाम यति आनन्दसँग लागिरहेछ। पातहरू यस्तो मज्जाले एकअर्कासँग ठोकिइरहेछन्। यस्तो रमाइलो क्षणमा को कथा, उपन्यास लेखेर बस्छ ?

बरू पर्सितिर घुम्न जाऊँ कि क्या हो, मोटरसाइकल चढेर विष्णुमतीको तीरैतिर। त्यो कालो रिक्सावाल र लठेब्री आइमाईसँग फेरि भेट होला कि ! के भन्न सकिन्छ र, सायद अहिलेसम्म बिहा गरेर पाटीमै घरजम गरेर बसेका छन् कि !

ट्याङ्कर चालक बल्ल आइपुग्यो। पिसाप फेर्न गएको रहेछ। बाटो छेकिएकाहरू उसलाई तथानाम गाली गर्दै थिए। ठूलो आवाज गर्दै दुईचोटि हर्न बजाएर ट्याङ्कर हटेपछि हाम्रो घर-यात्रा पुनः अघि बढ्यो।

भविष्यप्रतिका नयाँ आशङ्का मनभित्र तुलबुलाउन थालेजस्तो लाग्यो। हुन त देशमा सबैतिर शान्ति बढ्दै गएको बेला, सबै जना झन्झन् सचेत र जागरूक हुँदै गएको यस्तो समयमा त मनमा दुबिधा आउनु नपर्ने हो। तर पनि हलुका चिन्ताले मनलाई अझै घेरिरह्यो।

के पुनः शान्ति बिथोलिएर हिंसा-हत्या मच्चिने त हैन ? के आपसी झैझगडाहरू अझै विकट र हिंसात्मक बन्दै जाने त होइनन् ? अनि सबैभन्दा मुख्य कुरो, यदि देशको स्थिति पुनः अराजकतातिर बढ्न थालेमा मेरो दिमाग पनि फेरि सन्किने त होइन ?

अघि अँध्यारामा बिलाएका छायाहरूमध्येको एउटा पुनः वरका पातपछाडि सलबलाउन थाल्यो।

के त्यसो भए मैले पुनः आफैँसँग सङ्घर्ष गर्दै घरबाट भाग्नुपर्नेछ ? के मैले पुनः अरू नै परिचयका मकुन्डाहरू ओढ्नुपर्नेछ, सबैबाट लुक्तै-भाग्दै हिंड्दा ?

होइन, नयाँ युग आएको छ । सायद अब मैले चाँडै नै कुनै नयाँ किसिमको मुकुन्डो ओढ्नेछु । सायद कथावाचकको मुकुन्डो ओढेर कुनै कथाको संसारमा पसी नयाँनयाँ अवतार लिएर पात्रहरूका विचार र भावनालाई केलाउन थाल्नेछु ।

कन्ड्यान्स मिल्क र स्याउको बास्ना र उसको गुजमुज्ज कालो कपाल अब सम्झिएँ ।

"नानूले पुतलीका कथाहरू बनाउँछे, आजकल पनि बुइँगलमा बसेर ?"

"बीचमा त चटक्कै छाडेकी थिई ।", उनले भनिन्, "तर दुई-तीन दिनदेखि फेरि बनाउने लहर चढेको छ । तर बुइँगलमा होइन, बाथटबमा बनाउने रे ! हिजो टबमा पानी भरेर कागतका डुङ्गाहरू पौडाउँदै निकै बेर कथा बनाएर बसी । उसको कथाका डुङ्गाहरू संसारभरि फिँजिँदै गइरहेका थिए रे !"

होइन, इतिहासका घटनाहरूसँग मेरो मगजको कुनै अदृश्य सम्बन्ध छ भन्ने सोचमात्र आफ्नै गडबडीको उपज थियो । हो, पक्कै पनि यस्तै भएको हुनुपर्छ ।

देशमा लाखौं मान्छे दिनदिनै अस्पताल र घाट पुग्छन्, मन्त्रालय र दरबार चहार्छन्, संसद् र न्यायालय धाउँछन् । ती सबै व्यक्तिमध्ये ममात्र कसरी इतिहाससँग त्यसरी गाँसिन पुगें होला त ? न म कुनै सम्राट् हुँ, न नेता, न कुनै शक्तिशाली प्रशासक वा दक्ष कूटनीतिज्ञ । त्यसैले होइन, त्यस्तो सब परोक्ष-अपरोक्ष सम्बन्ध मात्र मेरो तातिएको मगजको सोच थियो ।

देशको इतिहास छुट्टै छ, मेरो व्यक्तिगत जीवन छुट्टै । अरू सबैझैं म पनि इतिहासभित्रै बाँचिरहेछु । तर सबैको झैं मेरो पनि इतिहासका महत्त्वपूर्ण घटनाहरूसँगै आकस्मिक तथा संयोगवश मात्र जम्काभेट हुन्छ । नत्रभने त एकातिर इतिहासका घटनाक्रमहरू चलि नै रहेका हुन्छन् । अर्कातिर सबैका आआफ्नै छुट्टाछुट्टै कथा, उपकथा, प्रेम, झगडा, उत्थान, पतन, चक्कर तथा चक्रहरू पनि चलि नै रहेका हुन्छन् । त्यसैले मेरो आफ्नो कथा पनि भिन्न र पृथक् छ, अरू सबैसबैका कथाजस्तै ।

मन निकै दह्रो भएको थियो । बुबाआमा र छोरीलाई भेटिहाल्ने उत्सुकताले आतुर पनि थियो । तर भित्रभित्रै दबेर बसेको आशङ्काले भने अझै कताकता च्वास्स छोइरहेकै थियो ।

"एक महिनापछि अस्पतालमा एपोन्इटमेन्ट छ ।", उनले भनिन्, "सामान्य रिचेकिङका लागि । त्यसपछि त हरेक वर्ष एकचोटि मात्रै आए पनि हुन्छ भनेका छन् ।"

डाक्टर र विशेषज्ञ दुवैलाई सम्झें । कतै निर्णय फेरि बदलिने त होइन ? कतै पुनः गडबडी बढ्ने त होइन ?

"मलाई रिचेकिङको कुनै आवश्यकता छैन ।", झ्यालबाट बाहिर हेर्दै जबाफ दिएँ, "अब म त्यहाँ फर्कन्नँ । ठीक भइसकेको छु ।"

कतै स्थिति फेरि बिग्रिने त होइन ? अझै प्रश्न सलबलाइरहेको थियो, मगजको ओडारमा ।

"हुँदैन, बिग्रँदैन ।", आफैँलाई भनें, "अब स्थिति पहिलेभन्दा निकै ठीक रहनेछ ।"

आफ्नै विचारहरूमा घोत्लिइरहँदा घर कहिले आइपुग्यो थाहै पाइनँ । उनले गाडी घुमाउँदै खुलेको गेटबाट ब्याक गर्दै आँगनमा हुल्न थालेपछि पो थाहा पाएँ । मैले कारको साइड मिररमा घरको प्रतिविम्ब देखें । ऐनामा रातो रङ लगाइएका गमलाहरू देखिए । झ्याङहरू मिलाएर काटिएका थिए । ऐनामा घरको बुइँगल छिर्दै आयो । बुइँगलमा छरिएका कठपुतली, डुङ्गा, गुच्चा आदिलाई सम्झिएँ ।

ऐनामा कथाको संसार देखियो ।

आभार

मेरा बुबा डा. शङ्करप्रसाद उप्रेती तथा आमा महेश्वरी उप्रेतीले यस उपन्यास लेखनको प्रारम्भिक अवस्थामा बहुमूल्य सुझाव दिनुभयो । पुनर्लेखनका क्रममा अर्चनाबाट थुप्रै भाषासम्बन्धी सुझाव पाएँ । उनले कथा-गठनसम्बन्धी सल्लाहसमेत मनग्य दिइन् । सबैलाई म हृदयदेखि नै आभार प्रकट गर्दछु ।

यस संस्करणका निम्ति भूपेन्द्र खड्काले भाषासम्पादनको कार्यमा सहयोग गर्नुभयो भने कलाकार सचिन यगोल श्रेष्ठले आवरण स्केच । नयाँ कलेवरको यो संस्करणका निम्ति बुक-हिल पब्लिकेसनप्रति अत्यन्त आभारी छु ।

BOOK HILL

www.ingramcontent.com/pod-product-compliance
Lightning Source LLC
LaVergne TN
LVHW060210051026
849517LV00005B/1361
9789937931274